小婦人
Little Women
露易莎·梅·艾考特——著
Louisa May Alcott
劉珮芳——譯
好讀出

目錄

Contents

第一章　朝聖者

「什麼禮物都沒有的聖誕節就不是聖誕節。」喬躺在地毯上發牢騷。

「當窮人太悲傷了。」瑪格嘆一口氣，低頭看向自己身上的舊洋裝。

「有些女孩兒有一大堆好東西，有些女孩兒卻什麼也沒有，眞是太不公平了！」小艾美憤世嫉俗地補一句。

「我們有父親、母親，還有彼此呢。」貝絲從她的角落裡傳來滿足的話語。

她的話音一落，映照壁爐中熊熊火光的四張年輕臉龐霎時間明亮起來，不過，喬的一句話又讓大家重回黯淡：「父親現在不在家，還要好長一段時間才能回來。」她語帶傷心，沒有把「也許永遠回不來了」說出口，然而，大家沉默不語，彷彿已經暗自加上這句話。此刻的她們，都在想念身處遠方戰場[1]上的父親。

大夥兒沉默了約一分鐘，直到瑪格改變話題：「母親提議今年聖誕節不要準備任何禮物，是因爲今年冬天對大家來說都會很不好過。她認爲當軍人們在戰場上拚搏時，我們不應該把錢花在玩樂上，雖說我們能做的不多，但至少可以犧牲一下我們的禮物，而且應該愉快地去做才是！……話雖

1本書故事背景爲美國南北戰爭期間（1861-1865）。

「什麼禮物都沒有的聖誕節就不是聖誕節。」

如此，不過，我怕我沒辦法做到。」瑪格說完搖搖頭，萬分遺憾地想著她希冀的一切美物。

「可是，我們要花的那一點小錢根本算不上什麼！我們每個人有一塊錢，就算全捐了，對軍隊來說也沒太大幫助。我可以接受你和母親不買禮物給我，但我可要給自己買一本《水妖精與辛燦》[2]，我想要這本書很久了！」喬說道，她是個書蟲。

「我原本打算把錢用來買新樂譜。」貝絲輕嘆道。除了爐床刷子和茶壺墊子以外，沒有人聽見她的低語。

「我要買一盒很棒的輝柏牌素描鉛筆，我非常需要那些筆的！」艾美堅決地說。

「母親完全沒說過我們的錢該怎麼用，而且她也不會讓我們什麼都沒有，我們想買什麼就去買吧！讓自己開心一點，我確信我們工作得夠辛苦了，得到些報償並不爲過。」喬高聲說道，然後像個男孩兒似的檢視自己的鞋跟。

「我的工作確實很辛苦——當我想留在家裡清閒一下，卻得一整天教那些討人厭的孩子讀書。」瑪格首先發難，重拾剛才的抱怨語氣。

「你連我的一半辛苦都談不上，」喬反駁，「要不要試試看和一個神經兮兮、要求一大堆的老太太關在一起幾小時？經常讓你跑來跑去，你做什麼她都不滿意，還一直煩你，煩到你想從窗戶飛出去或乾脆崩潰大哭！」

2《水妖精與辛燦》（*Undine and Sintram*），十九世紀德國文學家莫特・福開（Friedrich de la Motte Fouqué）的作品英譯版合集。原爲《渦堤孩》（*Undine*，意譯水妖）、《辛燦與他的同伴們》（*Sintram and his Companions*）兩部作品。

「雖然這是小事不用拿出來說，但我認爲洗碗和整理家務是世界上最糟糕的差事了。這些事經常讓我生氣，還讓我的手變得這麼僵硬，都沒辦法好好練琴了。」貝絲盯著自己粗糙的雙手，這一次她的嘆氣大家全聽到了。

「你們沒有一個人可以跟我比慘！」艾美叫道，「因爲你們都不必上學，不會因爲功課不懂就被態度失敬的女孩兒們惹得一肚子氣！她們還會嘲笑你的穿著，品評你父親的財力，若不是富人之流就給他貼標籤，而且碰到你鼻子不舒服時，還會來糟蹋你一番！」

「如果你是要說『詆毀他』、『把他當標靶』，我覺得那還行，但請別說給他貼標籤，好像爸爸是一罐醃黃瓜似的。」喬大笑著如此建議。

「我清楚我說的話，你不必在那兒冷潮熱風（冷嘲熱諷）的。選用些好字，增進你的詞巢（詞彙）能力，本來就是應該的。」艾美傲氣十足地回嘴。

「好了你們，別互相攻擊了。喬，難道你不希望我們過得像小時候一樣好嗎？唉，要是爸爸的那筆錢還在，要是我們可以像那時一樣無憂無慮，該有多幸福美好啊。」瑪格說道，懷念起從前的好日子。

「你前幾天才說過，你覺得我們比金恩家的孩子幸福很多呢。因爲他們雖然家裡有錢，卻老是在吵架，成天打鬧不停，毛躁得很。」

「我是說過，貝絲。嗯……我想我們應該是。因爲我們雖然得工作，卻還是能自得其樂，套用喬的話說，我們在一起就是歡樂大禮包。」

「喬最喜歡講這種莫名其妙的話！」艾美下了這般評論，用責備的眼神看向隨意躺在地毯上伸展的某人。

喬立刻坐起身，雙手插進褲袋，吹起口哨來了。

「別這樣！喬，男生才會這樣做！」

「所以我要這樣做。」

「我不喜歡魯莽、不淑女的女孩子！」

「我討厭矯情、裝模作樣的小女生！」

「我的家庭眞可愛，……」貝絲唱起歌，這個和事佬的表情太過滑稽有趣，使得原本劍拔弩張的兩人態度軟化不少，她們笑出聲來，雙方的「決鬥」就此結束。

「說眞的，你們兩個都該罵。」瑪格說，開始以長姊的姿態教育妹妹：「你已經夠大了，不該再玩那些男孩子的把戲了，行爲舉止得學著端莊些，**喬瑟芬**。當你還是個小女孩，或許可算無傷大雅，可現在，你都這麼高了，頭髮也梳起來了，不要忘記你已經是個淑女了。」

「我不是淑女！如果把頭髮梳起來就叫淑女，那我就要綁雙馬尾，一直到我二十歲！」喬叫道，扯下頭上的髮網使勁甩頭，把自己甩成一個鬈毛豎立的栗色獅頭。「我討厭去想長大這件事，要被叫成瑪楚小姐，要穿長禮服見人，還要看起來夠矜持、夠乖巧，我又不是什麼養給人觀賞用的花！不管怎樣，當一個女生簡直太悲慘了！尤其我明明就喜歡男生的遊戲和工作，喜歡男生的那種樣子！我眞的不能接受爲什麼我不是男生，現在就更不能接受了，因爲我好想跟爸爸一起上戰場，可是卻只能待在家裡織襪子，活像個哪裡也去不了的老女人！」

說罷，喬舉起她織到一半的藍色軍襪用力搖，兩支棒針撞在一起，響板似的發出聲音。毛線球掉到地上，正在滿屋子亂滾。

「可憐的喬！眞是太慘了，可這也是沒辦法的事。所以啦——你有個男生的名字，而且還能在我們幾個女生中扮演哥哥的角色，該知足了。」貝絲說道，伸手揉揉喬那一頭蓬亂的獅毛。即便得洗上全世界的碗、做上全世界的打掃工作，貝絲的手依舊溫柔得完美無瑕。

「至於你，艾美，」瑪格接著訓示，「你的個性吹毛求疵又拘謹，現在這種裝腔作勢的小大人樣還算有趣，但你若不注意改善，將來只會長成一個做作的小傻子。我很喜歡你的言談，有禮貌又有教養，可那只在你不故作優雅的時候。你的用字遣詞太離譜了，就跟喬的滿口俚語一樣糟糕。」

「如果喬是個男人婆，艾美是傻子，那我是什麼呢？」貝絲請教道，準備也來聆聽一下教誨。

「你就是我們最親愛的小寶貝，沒別的了。」瑪格如此回答，語調裡滿是柔軟。沒有人反駁她的說法，因爲「小鼠」確實是家中的寵物。

由於年輕的讀者們想知道「她們長什麼樣」，我們就花點兒時間來描述一下這四姊妹。時値嚴寒的十二月天，屋外雪花靜靜飄落，屋內爐火雀躍燃燒，四姊妹端坐日暮微光下，手裡都在打毛線。這是一幢舒適的屋子，儘管地毯已經褪色，家具再平常不過。牆上懸掛有一、兩幅極佳的畫作，壁櫥裡放滿書籍，菊花和聖誕玫瑰在窗台邊盛放，空氣中瀰漫著家的寧靜祥和。

瑪格麗特，暱稱瑪格，四姊妹中的大姊，芳齡十六，容貌生得精緻，體態豐潤、肌膚白皙、嘴型甜美，還有一雙大眼睛、一頭濃密柔軟的棕髮，她最引以爲傲的則是她那一雙白淨的手。

十五歲的喬，身材高瘦，皮膚較黑，總讓人聯想到一匹小馬，因爲她彷彿從不知道該拿自己過長的四肢怎麼辦才好，對此很困擾的樣子。她有一張堅毅的嘴、一個好笑的鼻子，還有一對銳利的灰眼珠，彷彿要把人生百態都看盡，眼中的神情時而兇暴、時而好笑，時而又像個沉思者。喬的一頭濃密長髮是她全身上下最亮眼的地方，只不過她嫌礙事，通常都拿髮網罩起來。她有一副渾圓的肩膀、寬大的手掌和腳掌，經常穿著輕便寬鬆的衣服，外表給人的感覺就是一個快要從少女過渡到淑女，心中卻排斥這種轉變的女孩兒。

伊莉莎白，或稱貝絲，大家都這樣叫她，是個雙頰紅潤、秀髮柔順，有一雙明亮眼眸的十三歲女孩。她的個性害羞，語氣總是靦腆，臉上帶著鮮少受到打擾的平靜神情。她的父親稱她為「恬靜小姐」，這個頭銜簡直是為她量身打造，因為她好像活在自己快樂的小天地中，只有碰到信任且喜愛的少數人時，才會勇敢地冒險一回。

艾美，雖然年紀最小，卻是最重要的一人——至少她自己是這麼想的。一個十足的雪少女，她的膚色白皙、身材纖細，擁有湛藍雙眸、金黃色及肩長捲髮，相當注重自己的舉手投足，表現得派淑女風範。至於四姊妹的個性如何，則有待我們慢慢發掘。

時鐘敲過六下，打掃完爐床，貝絲把一雙拖鞋放到火爐邊烤。一瞧見這雙舊鞋，女孩們的心情不由得好轉起來，因為母親就要回來了，每個人都雀躍地等著迎接她。瑪格停止說教，點起油燈，艾美不待人吩咐即從安樂椅上跳起，喬更是忘掉自身疲憊，傾身向前移動拖鞋，把它們往火焰處挪得更靠近些。

「這雙鞋磨損得厲害，媽咪該有雙新鞋才是。」

「我要用我的錢幫她買一雙。」貝絲說。

「不，我買給她！」艾美高聲叫道。

「身爲大姊，我……」瑪格才開口，喬就打斷她的話，語氣堅定地說：「爸爸不在家，這會兒我就是家裡的男人，拖鞋歸我來買。因爲爸爸吩咐過我，他不在家的時候，我得好好照顧媽媽。」

「我來告訴大家怎麼做好了，」貝絲說，「我們每個人都爲媽媽準備一份聖誕禮物，不要給自己買東西了。」

「我就知道你會這樣說！親愛的！我們要爲她準備些什麼呢？」喬興奮大叫。

每個人都一本正經地想了一下，瑪格首先宣布答案，這靈感應是來自於她那一雙美麗的手：「我要給她買一雙很棒的手套。」

「她從未有過的，一雙最好的軍靴！」喬叫道。

「幾條手帕，都縫上鑲邊的。」貝絲說。

「我要給她買一小瓶香水，她喜歡這個，而且也不貴，這樣我就還剩一些錢可以買我要的鉛筆。」艾美補充。

「那，這些東西要怎麼給呢？」瑪格接著發問。

「把東西放在桌上，然後請她過來，坐在桌子前面拆禮物。你們不記得我們是怎麼過生日的了？」喬反問。

「以前輪到我過生日時，我都滿害怕的，因爲要戴生日皇冠坐在那張椅子上，等你們列隊進來送禮物和親我。我當然很喜歡禮物和你們的親吻，只是拆禮物時大家都坐在椅子上盯著我看，還滿嚇人的。」貝絲開口，在爐火前一邊烤著自己的臉，一邊烤著配茶吃的麵包。

「讓媽咪以為我們買了禮物給自己，就這樣給她驚喜一下！瑪格，我們明天下午得出門採購一番，聖誕夜的話劇表演有太多東西要準備了。」喬說道，同時在屋子裡來回踱步，雙手放在背後，仰著臉鼻尖朝天。

「這是最後一次，以後我不演了。我的年紀已經夠大了，不適合再玩這種遊戲了。」瑪格嚴肅地聲明，但其實她一碰到這樣的「扮裝遊戲」，狂歡起來完全就像個小孩子。

「你不會不玩的！我知道。只要能把頭髮放下來，亮相時有白色長禮服可以穿，還有燙金色紙剪的首飾，你不會缺席的。你是我們最好的女演員，如果你不演，我們就眞的沒戲唱了！」喬說，「我們今晚得預演一下才行，艾美過來，先演一下昏倒那一幕，你每次都僵硬得像根火鉗一樣。」

「我沒辦法呀！我又沒看過人昏倒，而且我也不想像你那樣摔，那會讓我全身瘀青。如果我可以慢慢地倒，我就倒！如果不行，我就要倒進椅子裡，這樣我的姿態才會很優雅，就算雨果拿手槍逼過來我也不會改！」艾美回嘴，她欠缺演戲天分，之所以被選上完全是因為她長得夠嬌小，符合劇中角色尖叫著被壞蛋扛出去的要求。

「這樣做好了，雙手像這樣交叉握住，走路要歪歪斜斜的，從房間中間穿過去，哭的時候要情緒失控地哭，像這樣：『羅德里柯！救我！救我！』」喬邊說邊演，誇張的尖叫聲著實令人毛骨悚然。

艾美於是跟著做，不過她的雙手直挺挺地向前伸出，步伐僵硬得好像被機器操控似的，而且她那一聲「啊！」聽不出充盈心中的恐懼

痛苦，反倒像是被針刺一下而已。喬絕望地呻吟出聲，瑪格當即大笑，而貝絲因爲津津有味地看表演，竟把麵包給烤焦了。「算了！到時你就盡力吧，觀衆笑出來別怪我就是了。該你了，瑪格。」

彩排接著順利進行，因爲唐·佩德羅將長達兩頁的演說台詞全念完了，一口氣也沒停，簡直天下無敵。女巫海加誦念起拗口的咒語，就著她那鍋熬煮的蟾蜍，揮發出的效果也是極度奇詭。羅德里柯勇猛地將捆住他的鎖鏈扯得粉碎，雨果則是在懊悔的痛苦及砒霜作用下，「哈！哈！」地狂叫著死去。

「這是我們有史以來最棒的演出。」瑪格說道，劇中已經死透的壞蛋在同時坐起來揉揉手肘。

「羅德里柯！救我！救我！」

「我真不知道你怎麼能寫得這麼好又演得這麼棒，喬，你簡直是莎士比亞！」貝絲興奮地喊，她堅定不移地相信，她的姊妹們在所有事情上都是天賦異稟。

「過獎了啦！」喬謙虛地回答，「我認爲這齣《女巫的咒詛》是相當不錯的選擇，它是走歌劇風格的悲劇，可是如果我們能有個暗門給班柯使用的話，我倒是很想試試《馬克白》[3]的劇本。我一直很想來個殺人場面……『唉呀，我眼前那個是短刀嗎？』」喬壓低聲音呢喃，她轉動眼珠，雙手在空氣中抓握，就像她看過的一個著名悲劇演員做的。

「不是！那是烤麵包的叉子，上面掛的是母親的一隻鞋而不是麵包，貝絲看演戲看呆了！」瑪格叫道，這一場預演就在哄堂大笑中結束了。

「很高興看到你們如此開心，女兒們。」門口傳來一個愉悅的聲音，屋裡的演員和觀衆一起迎向這位慈母模樣的高䠷女士。她的神情和煦，彷彿在問「我可以幫你嗎？」那般親切，衣著雖然樸素無華，卻自然流露一股雍容氣度。女孩們一致認爲，在那件灰色斗篷與過時軟帽底下，藏著的是全世界最出衆不凡的母親。

「好啦，親愛的孩子們，今天過得如何？我今天事情好多，得預備好明天要寄出去的箱子，所以沒有回來吃晚餐。貝絲，今天有沒有訪客呀？瑪格，感冒怎麼樣了？喬，你看起來好疲憊啊。寶貝，過來親我一下。」

瑪楚太太一邊和孩子們閒話家常，一邊脫下濕冷的外衣和鞋子。她換上溫暖的拖鞋，坐進安樂椅中，把艾美拉到膝上，準備好享受這忙碌一天中最快樂的時光。女兒們趕忙各司其職，張羅出一個舒適空間，瑪格負責安排茶桌，喬去添柴火和排椅子，不過她匆忙間碰什麼就掉什麼，打翻一堆東西，乒乒乓乓的聲響不斷，貝絲在廚房和客廳間穿梭，沉靜而忙碌，艾美則是雙手交疊，坐著發號施令。

當大家在桌邊坐定，瑪楚太太帶著愉快甚於以往的神情說：「等大家吃過點心後，我要給你們一個驚喜。」

3《馬克白》（Macbeth），莎士比亞四大悲劇之一，班柯（Banquo）爲主角馬克白的友人。

大家臉上迅即綻出笑容，燦爛明媚猶如一道日光降臨。貝絲不顧手上的餅乾鼓起掌來，喬則尖叫著高高抛起餐巾：「有信！有信！爲父親歡呼三聲！」

「對，是一封很棒的長信。他過得很好，而且認爲這個寒冷的季節並沒有我們所擔心的那麼可怕，他沒問題的。他給我們寄來所有最美好的聖誕祝福，此外還有一段特別寫給你們的話。」瑪楚太太說著拍拍口袋，好像藏了寶貝在裡面似的。

「點心快點吃完啊！認眞吃！還玩手指？艾美你什麼怪癖呀！還有不要對著你的盤子傻笑！」喬喊道，說完就被口中的茶水嗆住，而且因爲趕著要聽驚喜，匆忙間把麵包打翻到地毯上，抹奶油那一面正好朝下。

貝絲不再吃了，只是爬回她的角落裡坐好，醞釀起愉快的心情，等待其他人打理好自己。

「父親已經過了被徵召的年齡，要去當兵也不夠強壯，可是他仍然去擔任隨軍牧師，這是很了不起的。」瑪格的語調裡滿是溫暖。

「我也想去當鼓手啊！或是隨軍——那個怎麼講[4]來著？或是當個護士之類！這樣我就可以在他身邊幫忙了。」喬扼腕地說。

「睡在帳棚裡一定很不舒服，食物一定很難吃，更別提還得用錫杯喝茶了。」艾美嘆氣道。

「媽咪，爸爸什麼時候回來呢？」貝絲詢問，聲音裡透出一絲顫抖。

「還得過好幾個月呢，親愛的，除非他生病了。爸爸他啊，只要負荷得了，一定是盡忠職守，毫不懈怠，除非軍隊讓他回來，否則我們連一分鐘也不會要求他提早離開的。好了，都過來坐好，聽聽信上寫些什麼吧。」

女孩們全往爐火邊靠近，母親坐在大椅子裡，貝絲坐在她的腳邊，瑪格和艾美倚在兩旁，喬則斜靠著椅背——那確實是個好位置，萬一信上寫了教人掉淚的內容，不會有人看見喬的反應。在那些艱困的日子裡，很少有信能教人不掉淚的，尤其是爲人父者所寫的家書。在這封信裡，瑪楚先生甚少提到生活的艱苦、面對的危險，或是對家鄉的思念。這是一封愉快而充滿希望的信，生動地敘述了紮營、行軍以及許多軍隊趣聞，只有在結尾時才流露出父親的慈愛，以及對家中女兒們深切的掛念。

「請轉達我對她們每一個人發自內心深處的愛，幫我親每個人一下。請告訴她們，我白天思念她們，夜晚爲她們禱告，隨時都爲她們給我的愛而感到安心。還要一年才能見到她們，這眞是漫長的等待，但是請提醒她們，在等待的同時我們仍須活得精彩，如此一來，這些艱困的日子才不會白白流逝。我知道她們會記得我告訴過她們的話，她們要當你親愛的孩子們，會認眞盡責，會勇敢對抗心中的軟弱與挑戰，並且漂亮地迎接一場又一場勝仗，足以讓我在回家後，更加疼愛我的好女孩們，以她們爲榮，更勝於以往。」

每個人聽到這裡都忍不住猛吸鼻子，喬一點也不覺得從鼻頭上掉落的斗大淚珠讓她難爲情，艾

4 喬原想講的字是 Vivandière，意指女性隨軍雜貨小販。

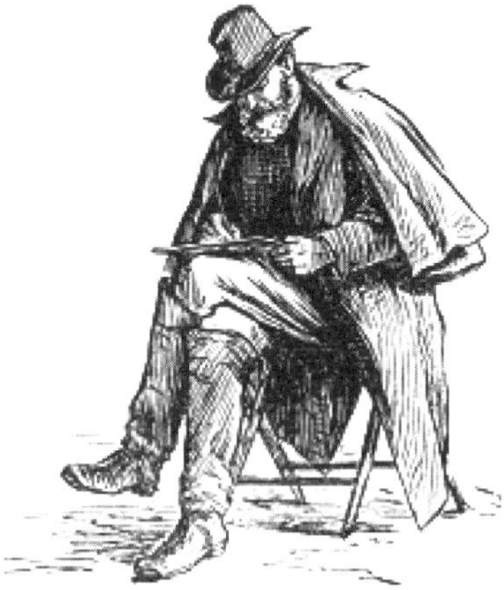

「我白天思念她們，夜晚爲他們禱告，
隨時隨地都爲她們給我的愛而感到安心。」

美也絲毫不介意弄亂自己一頭捲髮，將臉埋在母親肩膀上啜泣：「我是個自私的女孩！可是我眞的有試著想變好，等爸爸不久後回來，就不會對我失望了！」

「我們都會努力的，」瑪格哭著說：「我太注意我的外表，討厭工作，可是我不會再這樣了，我會盡力的！」

「我會努力當一個『好女孩』，這是他對我的期待。我不會再表現得粗魯、野蠻，會好好盡自己的本分，而不是老想著往外跑。」喬說道，心裡卻想著，要她老老實實待在家裡，還不如去南方面對一、兩個叛徒要來得容易。

貝絲一言不發，只是用織到一半的藍色軍襪拭去淚水，然後盡其所能地繼續編織。她不肯浪費絲毫時間，撿起離自己手邊最近的一份工作就做，平靜的小小心靈暗下決定，待來年父親返家時要讓他發現，他期盼過的她都做到了。

喬的話音一落，大家也跟著靜默下來，但瑪楚太太打破這陣沉寂，聲調愉快地開口：「你們記得小時候演過的《天路歷程》[5]嗎？你們最喜歡讓我把我的斜肩包綁在你們背上當作重擔，再給你們帽子、手杖、紙捲等等，讓你們從當作『毀滅之城』的地窖開始旅行，一路往上、往上，一直走到屋頂，在那兒用你們收集的道具製作一個『天國之城』。」

「眞的很好玩！尤其是用獅子當座騎，跟惡魔對戰，還有經過大地精峽谷的時候！」喬附和。

5《天路歷程》（*Pilgrims Progress*），西元一六七八年出版，由英格蘭傳教士約翰．班揚（John Bunyan）所著，體裁爲寓言詩或小說，被認爲是最著名的基督教寓言文學出版物。

「我喜歡包包都掉下來後滾到樓下去的橋段。」瑪格說。

「我沒什麼印象了，只記得我很害怕地窖和入口，因爲那邊很暗，不過倒是很喜歡在屋頂上吃蛋糕、喝牛奶的。如果我還不算太老的話，眞想再演一遍。」艾美發表起她的見解，認爲以她十二歲大的成熟之齡，應該拋棄這種孩童把戲了。

「演這樣一齣戲，我們永遠不嫌太老，孩子，因爲我們的生活或多或少就像這齣戲一般。重擔在這裡，道路在眼前，對於美善和幸福的盼望，能夠引導我們克服困頓、邁向平安，也就是邁向眞正的天國之城。現在，我的小朝聖者們，想像一下你們要開始了，不是演戲，而是眞心誠意邁步向前，看看在父親回來前，你們究竟可以走多遠。」

「媽媽，您說的是眞的嗎？那我們的重擔放在哪裡呢？」艾美問道，她仍在凡事都照字面理解的年紀，不大會多想兩圈。

「你們每個人剛才不都說了嗎？除了貝絲以外，我希望她是眞的沒有重擔的。」母親回答。

「不，我有：洗碗、打掃、忌妒擁有好鋼琴的女生，以及怕生。」

貝絲的重擔甚是有趣，每個人都想笑，卻沒有人眞的笑出來，因爲這樣會讓她覺得很受傷。

「我們來做做看吧，」瑪格沉吟著，「這是充實自己的另一種說法而已，這齣戲的故事可以幫助我們。因爲我們雖然想要變好，卻忘了這件事極爲困難，所以沒有盡力做到。」

「今晚就想像我們身陷『沮喪泥沼』，母親過來拉我們一把，就像書中的角色『助力』一樣，而我們則像主角基督徒，擁有引導行爲的卷軸。如果是這樣，那我們接下來該怎麼做呢？」喬提出疑問，非常期盼能在這時給她沉悶的工作灑上一些浪漫色彩。

「在聖誕節早晨看看枕頭底下，你們就會找到指引了。」瑪楚太太說。

她們討論起新計畫，老漢娜則收拾著餐桌，四個小針線籃隨後出現在桌面，女孩們連忙做起針線活，爲瑪楚姑媽縫製床單。這只是無趣的針黹工作，但今晚沒有人哀嘆呻吟，她們採用喬的計畫，將長長的布邊分成四份，分別稱爲歐洲、亞洲、非洲、美洲，這個方法使得工作順暢許多，尤其是當她們沿著自己所縫之處討論各地國家的時候，效果更是絕佳。

到了九點，她們放下工作，在上床睡覺前唱首歌，這在瑪楚家已經行之有年。除了貝絲，沒有人能讓那架舊鋼琴發出悅耳的旋律，她觸碰泛黃琴鍵的手勢總是如此輕柔，爲姊妹們所唱的簡單歌曲點綴上美好伴奏。瑪格的聲音清亮如長笛，因此由她和母親帶領這個小小唱詩班，艾美的嗓音高亢如蟋蟀，喬則興之所至，隨意亂唱，老在不該出聲的時候蛙鳴一下或抖音亂顫，再莊嚴肅穆的曲子也能引人發噱。她們從牙牙學語的時候起，就有這個習慣了……

「雞閃雞閃娘擠擠（一閃一閃亮晶晶）……」

因爲母親是天生的歌者，她們的合唱自此成爲家中傳統。每天早晨，忙碌的母親用那雲雀般的歌聲喚醒她們，也在每個夜晚以同樣優美的嗓音將她們送入夢鄉。那熟悉的曲調是屬於女孩兒們的，永遠的搖籃曲。

那熟悉的曲調是屬於女孩兒們的，
永遠的搖籃曲。

第二章　聖誕節

聖誕節早晨，天空仍是破曉不久的霧灰。喬是第一個醒來的，發現壁爐前面沒有任何一隻聖誕襪，她怔了一會兒，失望爬上心頭，就像好久以前她沒發現她的聖誕襪因爲塞滿東西而掉下來一樣。接著她想起母親的話，便將手探進枕頭底下，拉出一本深紅色皮的小書，她對此書知之甚詳，那是一個美麗而古老的故事，講述史上最精彩的人生，而且喬也覺得這本書對任何一個走在漫漫長路上的朝聖者而言，都是最眞切的導引。她輕輕喊一聲「聖誕快樂」喚醒瑪格，並要她看看枕頭底下有什麼。瑪格收到一本綠色皮的書，裡頭有著相同圖片，還有母親寫的幾句話，這讓禮物在女孩兒們眼中顯得格外寶貴。隨後醒來的貝絲和艾美也連忙往自己枕頭下翻找，她們找到一本鴿灰色的小書，另一本則是藍色的。大家全都坐起來看著自己的禮物，嘴上不停討論，天空也隨著新的一天來臨，逐漸暈染出朝陽的薄紅。

瑪格雖然有些小虛榮，不過她的本性還是甜美、虔誠的，並且不自覺影響妹妹們，尤其是喬。喬深愛著姊姊，姊姊說什麼，她總是照著做，因爲姊姊從不會對她們頤指氣使的。

「妹妹們，」瑪格認眞開口，眼光掃過身旁的鳥窩頭，落到房間另一端的兩頂睡帽，「母親要

我們讀這些書，愛惜它們、看重它們，我們得馬上開始才行。我們過去總是每天讀的，但是自從父親離開家，我們又因戰事攪擾，好些事情都忽略了。對於這份禮物，你們可以隨自己心意去做，不過我現在就要把書放上桌來，每天一醒來就讀一些，因為我知道這樣做對我有益處，還能幫助我順利度過每一天。」

說完她便打開她的禮物閱讀起來，喬伸出手臂攬住姊姊，和她臉頰貼著臉頰，一同讀起書來，臉上平和的表情是她一向靜不下來的個性所罕見的。

「瑪格真棒。來吧，艾美，我們也來開始讀。遇到比較難的字就讓我幫你，如果遇到我們都不懂的，還有姊姊會幫我們。」貝絲輕聲道，對於這幾本美麗的書和姊姊們樹立的模範，不論哪一項都令她感觸良多。

「真高興我的書是藍色的。」艾美說。接下來除了輕輕翻動書頁的聲音外，屋裡只餘下一片靜寂。冬天的陽光溜進來，輕柔地拂過每顆聰慧的腦袋，觸上她們認真的臉龐，以此祝福她們聖誕節快樂。

「母親在哪兒呢？」瑪格問道。她和喬在半個鐘頭後，跑下樓想謝謝母親準備的禮物。

「天曉得呢？有個可憐的孩子來要東西，你們媽媽就馬上跟去看還需要些什麼了。從來沒有一個女人如此樂於給予——吃的、喝的、穿的、用的，能給就給。」漢娜回答，她自瑪格出生以來就一直在瑪楚家幫傭，全家人一直當她是朋友而非傭人。

「我想，她很快就會回來了，所以你還是快去煎鬆餅吧，並且把東西都準備好。」瑪格說，檢視起放在沙發底下的籃子，等待時機一到就把這籃禮物拿出來。「咦，艾美那瓶香水呢？」她發出一聲疑問，因爲那只小瓶子不見了。

「大概一分鐘以前她拿出來了，好像要再加個緞帶之類的吧！」喬回答，她穿著買給母親的新鞋在屋裡來回走跳，打算先把鞋子穿得軟一點兒。

「我的手帕看起來很美，對吧？漢娜幫我洗過、燙過，手帕上的字是我自己繡的。」貝絲說，自豪地看著自己花了好大工夫才完成的，有些歪七扭八的字母。

「這個好孩子！她在手帕上繡『母親』而不是『M．瑪楚』，眞有意思！」喬大笑著拿起一條手帕。

「這樣不對嗎？我還以爲這樣比較好，因爲瑪格名字的縮寫也是『M．瑪楚』，可是除了媽咪以外，我不想讓任何人用這些手帕。」貝絲說，臉上充滿困惑。

「沒事的，親愛的妹妹，你的想法很對，也很有道理，這樣就絕不會有人弄錯了。媽媽一定會很高興，我知道的。」瑪格說道，對喬皺了皺眉，隨即送給貝絲一個微笑。

「母親回來了！把籃子藏好，快！」喬急忙地喊。她們聽見關門的重響，走廊裡傳來腳步聲。艾美匆忙跑進來，一看見姊姊們全在等她，臉上露出不好意思的神情。

「你到哪兒去了？背後藏著什麼？」瑪格問道，驚訝地看著裹在連帽斗篷底下的妹妹，懶惰的艾美竟然早起了！

「不要笑我，喬！我本來想到時候再說的……我剛才只是去把香水換成大瓶的，我的錢全花在這上面了，因爲我眞的不想要再那麼自私了。」

艾美邊說邊拿出取代原本那瓶廉價香水的精美瓶子，她的神情是如此眞誠、謙卑，努力想要忘記自己的私心。瑪格忍不住把她摟進懷裡，喬宣布她爲「王牌」，貝絲則跑到窗前摘了一朵她最漂亮的玫瑰花，來妝點這只尊爵不凡的香水瓶。

「你們知道的，今天早上在閱讀和討論過行善以後，我對自己的禮物覺得很羞愧，所以一下床就去街角換掉原本那瓶香水。現在我好高興，因爲我的禮物是最漂亮的了！」

此時開關門的聲音再度傳來，女孩們急忙把籃子推進沙發底，跑到餐桌前坐好，迫不及待地等著吃早餐了。

「媽咪，聖誕節快樂！祝您一直快樂！謝謝您送我們的書，我們今天已經讀了一些，以後每天都會讀！」她們齊聲說。

「可愛女兒們，聖誕節快樂！我很高興你們馬上就開始讀這些書，希望你們繼續保持。不過，在坐下前我想先說一件事，我們這附近有位可憐的女士，她才剛生產完，帶著她的寶寶臥病在床。家裡還有六個小孩，全部擠在一張床上，因爲他們家裡沒有柴火，要是不這樣就會凍死了。他們也沒有東西可以吃，今天一早，那個家裡年紀最大的小男孩，就跑來跟我說他們又餓又冷，快要撐不下去了。女兒們，你們願意把你們的早餐送給他們當聖誕禮物嗎？」

她們等了將近一個鐘頭的早餐，實在餓極了，約莫一分鐘左右沒有人說話，不過也只有一分鐘之久，喬按捺不住地高聲說：「我眞高興您在我們開動以前就先說了！」

「我可以幫忙把這些東西送去給那些可憐小孩嗎？」貝絲急切地問。

「我來拿奶油和鬆餅。」艾美接著說，十分壯烈地放棄她最喜愛的餐點。

瑪格則已經打包好蕎麥，正把麵包疊放進一個大盤子裡。

「我就知道你們會願意的。」瑪楚太太滿足地微笑，「你們都一起去，也好幫我的忙。等我們回來時，就用麵包和牛奶當早餐，晚餐時再好好彌補你們一下。」

她們很快準備好，一行人浩浩蕩蕩出門了。所幸那時還是一大清早，而且她們是走後街過去，所以沒什麼人看見她們，也就沒人嘲笑這看起來甚爲怪異的隊伍了。

那是一間什麼都沒有的小屋，窗戶破了、柴火沒了，床單簡直跟破布沒兩樣，克難之極，情狀甚爲悲慘。一個生了病的母親、一個嚎啕大哭的嬰兒，還有一群蒼白著臉、飢餓難耐的小孩子，披著唯一一條舊被子，緊緊依靠在一起好互相取暖。

當女孩們進屋時，那些小孩們個個睜圓了眼，凍得發紫的嘴唇綻放出笑容。

「啊……天哪，善良的天使來看我們了！」那名可憐的女子嘆道，高興得流下淚水。

「包了頭巾和超厚手套的好笑天使。」喬回答，把大家全逗笑了。

有那麼幾分鐘，好像美善的天使眞的在那兒做工一樣。漢娜不僅帶來木柴生火，更用上幾頂舊帽子和她自己的斗篷，好擋住破掉的窗框。瑪楚太太給那位母親喝了茶還有稀粥，並且安慰她，向她保證她們還會再來，同時溫柔愛憐地給新生兒穿上衣服，彷彿那就是她自己的孩子。女孩兒們也沒閒著，她們擺好餐桌，讓孩子們圍坐在火爐旁，像在哺餵一窩嗷嗷待哺的雛鳥似的餵他們吃飯。她們歡笑著，話題源源不絕，也努力去聽懂孩子們好笑的破英文。

「Das ist gut!（這眞好！）」、「Die Engel-kinder!（小孩天使！）」，可憐的小東西們用熟悉的德文高喊，他們邊吃東西邊靠近舒服的爐火旁，藉此讓凍得發紫的雙手好好暖和一下。女孩們從未被人稱作過「小孩天使」，對於這個稱號她們是欣然接受，尤其是喬，因爲她從一出生就被認爲

沒什麼人看見她們，
也就沒人嘲笑這看起來甚爲怪異的隊伍了。

是個十足的搗蛋鬼。那是一頓非常愉快的早餐，雖然女孩兒們什麼也沒吃到，捨棄自己的早餐，寧願以麵包牛奶充飢。不過當她們留下滿屋子的溫馨啓程返家時，我想在這聖誕節早晨，全城上下找不出比這四個飢腸轆轆的女孩兒們更快樂的人了。

「那就是愛鄰居更甚於愛自己，我喜歡。」瑪格說。她們這時已經返回家中，母親正在樓上收拾衣物，準備帶給那可憐的漢默爾一家，女孩們則忙著將自己的禮物搬上桌。

儘管她們的禮物並非光鮮亮眼，幾個小包裹裡卻盛裝了滿滿的愛。這些禮物堆在桌面上，圍住中間一只瘦高的花瓶，花瓶裡插著紅玫瑰與白菊，自在垂落的藤葉點綴其間，爲整張桌子帶來高雅的氣息。

「她來了！貝絲，開始奏樂！艾美，把門打開！爲媽咪歡呼三聲！」喬來回跑跳，在瑪格走去引導瑪楚太太坐上首位時，高聲發號施令。

貝絲彈奏起她最愉快的進行曲，艾美敞開大門，瑪格儼然扮起瑪楚太太的護花使者，神態端莊肅穆。瑪楚太太又驚喜又感動，當她仔細欣賞禮物、閱讀禮物小卡時，眼中飽含笑意。嶄新的鞋履立即躍上她雙腳，手帕輕巧滑進口袋，飄散出艾美那瓶香水的芬芳氣息，一朵玫瑰花別上胸前，一雙手套則是完美貼合她的雙手。

屋子裡充滿歡笑，一家人彼此親吻，訴說對於彼此的眞誠關愛。此刻的家庭節日溫情滿溢，這樣的甜蜜溫馨即使在很久以後仍舊印象鮮明，雖則如此，一家人很快又投入了各自的工作。

清早的慈善活動和節慶儀式已經耗去大半時間，接下來只能分秒不停地投入夜晚慶祝的準備。由於女孩們年紀都還太小，不能經常上戲院，也沒有足夠預算去看私人表演，於是她們一肩扛起發明之母的重任：需要什麼道具，自己動手做就對了！腦袋裡的創意巧思被發揮個徹底，有些東西因此做得還眞不錯，例如吉他是用紙板糊的，骨董檯燈是用錫箔紙包上老舊奶油碟做的，雍容華貴的長袍是用舊棉布縫的，綴飾其上的閃亮錫片全部來自醃黃瓜工廠。而將這些無用罐頭割開蓋口，用罐身裁製出的菱形金屬片黏在被單上，又成了一套特製鎧甲。無數天眞爛漫逐一化做形體，這偌大房間也就成了讓想像力盡情奔馳的夢幻舞台。

劇場裡謝絕男士，喬於是能得償所願，扮起劇中諸多男角。每當蹬上那一雙赤褐色皮靴，她就能從中獲得巨大的滿足感。那是一個友人送她的，那位朋友的一位女性朋友的一位男性朋友是個演員，而這一雙靴子、一把舊鈍劍、一件男用開衩緊身衣，都被喬視爲最最珍重的寶物，在所有重要場合都會現身，儘管那件緊身衣曾被某位畫家拿來當成作畫工具。由於演出陣容太小，兩位主要演員必須一人分飾多角，她們除了苦練劇中三、四個角色，還得衝進衝出地換裝、打理舞台前後，如此辛勤付出於她們而言勢必要有所回饋，這樣的訓練能夠大幅提升記憶力，也能被視作無傷大雅的休閒娛樂。以此消磨上好幾小時，總比遊手好閒、孤單寂寞，或浪費時間在更無益處的社交活動上頭好太多了。

聖誕節當晚，十幾個女孩子擠在嬰兒床上排排坐，那張床在這個晚上儼然是劇院裡的貴賓席。女孩們坐在黃藍印花的舞台布幕前滿心雀躍地期待，幕後傳來窸窸窣窣的雜音、交談的絮語、一縷油燈飄出的輕煙，還有艾美間歇性的咯吱笑聲，她總在興奮的時候這麼歇斯底里來一下。過了一會兒，鈴聲搖響，布幕緩緩拉起，「歌劇式悲劇」正式開演。

節目單上所謂的「幽闇之森」由幾盆小樹叢、鋪在地上的綠色粗毛呢布，還有稍遠的一處洞穴構成。這個洞穴以吊衣架當屋頂，五斗櫃當牆面，裡頭擺了一個火力全開的小火爐，爐子上有一只黑色湯鍋，一個老巫婆正彎下腰打算探看鍋子。舞台是暗的，映襯出火光燃燒的極佳視覺效果，尤其當巫婆掀開鍋蓋，鍋中冒出縷縷白煙的瞬間，更加令人讚嘆。待到震懾的觀眾們驚叫聲趨緩，劇中壞蛋雨果堂堂登場，皺巴巴的帽子底下是一臉黑色落腮鬍，他身披斗篷、足蹬長靴，腰上的佩劍匡啷作響。雨果焦躁地來回踱步，忽然啪一聲打向自己額頭，憤懣的嘶喊自他口中傾瀉而出，他開始唱起歌，歌聲裡迴盪著他對羅德里柯的恨，以及對莎拉的愛，爲了即將殺掉前者贏得後者感到痛快非常。他的嗓音粗啞，時不時又因無法自已的過度亢奮發出刺耳囂叫，他的表演太成功了，餘波蕩漾使得他在停下來喘氣時，得到觀眾們的熱烈掌聲。他從善如流地接受喝采，以大牌明星的架式鞠躬致謝，接著倏地轉向洞穴，命令女巫海加出來，「嚇！你這奴才！給我過來！」

瑪格應聲出場，灰色馬鬃做成的頭髮罩住她的臉，她身穿一件紅黑相間的袍子，外罩繡上神祕符號的斗篷，提著一根手杖。雨果命令她調製一劑讓莎拉愛上他的愛情魔藥，和一劑讓羅德里柯登時斃命的毒藥。海加吟唱著應下要求，並以同樣優美的曲調，召喚出精靈爲她帶來愛情魔藥。

「到這兒來，到這兒來，從你長棲之所前來，
縹緲妖精，從我吩咐，速速前來！
生於玫瑰，飲於露水，

魅惑的一劑靈藥，你能製否？
迎風飛馳，火速遞投，
靈藥魅惑應我所求！
使之甜蜜，轉瞬浸潤，蔓行全身，
小妖，小妖，速速回應我！」

一段輕柔的音樂隨即響起，洞穴最裡面出現一道雲朵白的身影，一雙翅膀閃耀光輝，玫瑰花環安放一頭金髮之上。小小的精靈揮舞起魔杖，同聲歌唱：

「我應邀前來，
來自我空中之宅，
那遼遠的銀白月彎所在。
魔力迷咒予你吩咐，
善加役使，
否則魔力迅即消散！」

精靈歌唱完，扔下一個小瓶子後隨即消失，光彩奪目的瓶子落在海加腳邊，這個巫婆誦念起另一段咒語，第二個精靈應聲而至。不過，這次來的精靈長得一點都不討喜。隨著一聲巨響，出現一個醜陋黝黑的小鬼，啞著嗓子回應海加，朝雨果擲去一個黑色小瓶，消失的剎那仍在嘲諷地奸笑。雨果顫聲道謝，將黑瓶放進靴裡，就此離去。海加此時向觀眾解釋，以前雨果殺了她一些朋友，她

因此對他施下詛咒，打算阻礙他的計畫，並且對他報仇。語畢，布幕隨即拉下，觀眾們也一同中場休息，邊吃糖果邊討論劇情裡的精彩橋段。

布幕後傳來好一陣子敲敲打打的聲響，時間之久令觀眾們紛紛悄聲議論起來。不過當布幕拉起，揭開舞台上的木工背景，它的氣勢磅礴足可證明等待絕對值得。所有觀眾都被驚豔得說不出話，這背景實在太棒了！只見一座高塔直通天花板，塔身開了一扇窗，窗子裡一盞燃亮的油燈清晰可見，白窗簾後正是莎拉，穿著可人的銀藍兩色禮服，正在等待羅德里柯。羅德里柯盛裝出場，頭戴深紫色帽子，身披鮮紅色斗篷，背著一把吉他，一頭栗色長捲髮散在肩上，腳上當然還是那雙靴子。他單膝跪在高塔下方，歌唱起小夜曲的嗓音幾乎要令人爲之融化，莎拉回應他的情歌，兩人深情對唱起來，一曲完畢，莎拉承諾要和他一起逃跑，本劇最精彩之處於焉降臨。羅德里柯製作了一條總共五階的繩梯，他將繩梯一端拋給莎拉，邀請她走下。莎拉怯生生地爬出窗子，觸上踏階，將手搭在羅德里柯肩上，就在她打算優雅地縱身一躍——「慘啦！莎拉慘啦！」她忘了拉她的裙襬。卡在窗格子裡的裙襬在她往下跳時扯動高塔，高塔開始搖晃、前傾，最後轟然倒下，將這一對不幸的戀人埋進高塔殘骸中。

霎時間驚叫四起，赤褐色靴子從殘骸裡冒出，使勁兒晃蕩，一顆金色的頭冒出來，尖聲怒斥：「我早就跟你說了！我早就跟你說了！」這時，唐・佩德羅鎮定上台，這位該是性格乖戾的君主衝進高塔殘骸，一把拉出女兒，拽到旁邊。

「別笑！當沒事一樣，繼續演！」

他命令羅德里柯站起來，滿含怒意與輕蔑地把他驅逐出王國。而羅德里柯剛才雖然被高塔的倒塌嚇得不輕，此時卻已冷靜下來，紋風不動地站著，反抗眼前的老者。他的堅毅不拔鼓舞了莎拉的心，她也起而反抗國王，於是國王下令將這兩人關進城堡中最深的地牢裡。一個粗壯矮小的老僕帶著鐵鍊上來把人領走，他看起來一臉驚慌，竟然怯場到把該說的台詞全部忘光，一個字也沒說就下場了。

第三幕背景是城堡牆邊，海加出現了，她來釋放這對戀人並終結雨果。她聽見雨果的腳步聲後躲起來，目睹他一邊將毒藥倒進兩個酒杯中，一邊吩咐起那矮小怯懦的僕人：「把這兩杯酒端去給牢裡那兩人喝，告訴他們，我很快就到。」那僕人將雨果拉到一旁竊竊私語，海加趁機調換酒杯，換成兩杯無毒的酒。「忠僕」費迪南多端走那兩杯酒，海加再把原本要陷害羅德里柯的毒酒放回原處。密談結束的雨果顫著嗓音高歌一陣，結束的當下感到一陣口渴，便端起那杯毒酒喝了。可想而知，雨果立刻精神錯亂，雙手亂抓、雙腳亂跳，海加於此刻現身，以令人心醉神迷的歌喉敘述起一切眞相。雨果在優美的旋律下失控癲狂，好一會兒後終於倒向地面，就此死去。

這一幕著實令人震顫，不過有人也許會覺得雨果散放下來的一頭紅色長髮破壞了這個壞蛋死亡的氣氛。布幕降下，觀眾熱烈鼓掌，於是雨果風度翩翩地領著海加出現在幕前，女巫的歌唱被公認爲本劇最具張力的演出。

第四幕，羅德里柯被人告知莎拉已經拋棄他，他因此絕望得就要自盡。就在短劍即將刺進心臟那一刻，窗前響起溫柔的歌聲，那個聲音告訴他，莎拉是眞心愛他的，但是此刻她身陷險境，倘若羅德里柯願意，就能前去營救莎拉。一把鑰匙從窗外拋進來，正是打開牢門的鑰匙，羅德里柯被一陣狂喜沖刷，渾身激烈抽搐彷彿神力附體，下一秒，他掙斷鐵鍊，直直衝出牢房，要去拯救他心愛的女人。

第五幕一開場，就是唐．佩德羅與莎拉的激烈爭執。國王希望女兒進修道院，但是莎拉無法接受，她懷著滿腔情感泣訴心聲，整個人近乎暈厥，羅德里柯在同時趕到，並要求唐．佩德羅將莎拉嫁給他。唐．佩德羅立刻拒絕，因爲羅德里柯並不富裕，兩人大呼小叫，肢體語言激動難停，然而唐．佩德羅始終不同意將女兒嫁給羅德里柯，就在莎拉筋疲力盡，羅德里柯打算強行帶走她之際，那膽怯的僕人在此刻走進來，說海加捎來一封信和一只袋子，海加本人卻神祕地消失無蹤。她在信中表示，她將無數財產遺贈給這對年輕戀人，並且，倘若唐．佩德羅不讓這對戀人幸福快樂，她就要讓他走向滅亡。袋子被揭開了，湧泉一般的錫片金幣灑落舞台上，直到堆疊成一座閃閃發光的小山。這陣黃金雨將國王的心融化得徹底，二話不說答應了婚事，於是全員愉快地大合唱，這對戀人跪地接受唐．佩德羅的祝福，布幕就在這般浪漫場景中完滿落下。

觀眾們報以如雷掌聲，始料未及的災難卻突然降臨！充當觀眾席的嬰兒床瞬間收合，滿室興奮激動頓時被消滅得無影無蹤。羅德里柯和唐．佩德羅飛奔下台救援，把所有人都拉出來，所幸無人受傷，倒是有好幾個女孩兒笑到上氣不接下氣，滿屋子的歡笑直到漢娜出現都還無法止息：「瑪楚太太稱讚你們演得眞好，並請小姐們下樓吃點心。」

這對所有人來說眞是一個驚喜，特別是演員們，當她們看見餐桌，彼此對望的眼中盡是欣喜若狂。這應該是媽咪給她們準備的甜品，但她們已經好久不曾見過這樣的好東西了：桌上有整整兩碟冰淇淋，一碟粉紅色和一碟白色的，更有蛋糕、水果和令人心馳神往的法式糖果，圍繞桌面正中央的四大束捧花，全是從溫室中摘採下來的。

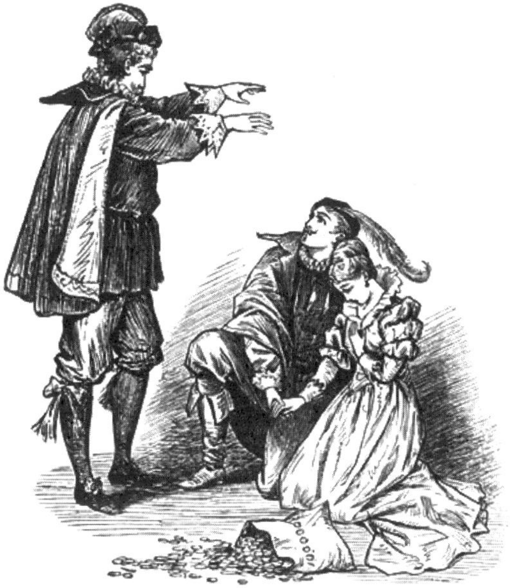

這對戀人跪地接受唐・佩德羅的祝福。

眼前的一切讓她們幾乎要忘了呼吸，先是看看餐桌，又轉頭看看媽咪，她們的媽咪看起來非常享受這副景象的樣子。

「是仙子嗎？」艾美問。

「聖誕老人。」貝絲說。

「是媽媽做的。」瑪格露出最甜美的笑容，雖然臉上還黏著灰鬍子和白眉毛。

「是瑪楚姑媽大發慈悲送來這些餐點！」喬突發靈感地叫道。

瑪楚太太終於公布答案：「都猜錯了，是勞倫斯老先生送的。」

「勞倫斯男孩的祖父！他哪來的原因想這樣做呢？我們又不認識他！」瑪格驚呼。

「漢娜把你們的聖誕早餐那件事，告訴他們家一個僕人了。他是個古怪的老紳士，不過你們做的事讓他很讚賞。他和我父親在許多年前就認識了，今天下午他派人送來一封客氣的短箋，希望我可以讓他對我的孩子們表達一下敬意，送些小東西過來慶祝這一天。我無法拒絕，於是你們就有了這一桌消夜，可以彌補一下你們只有牛奶和麵包的聖誕節早餐。」

「是那男孩，是他要他祖父這樣做的，我知道是他！他是個好人，眞希望我們能認識一下，他看起來似乎也很想認識我們，可是他的個性太害羞了，瑪格又那麼老古板，我們經過時都不讓我和他說話。」喬說。她們一邊傳遞盤子，一邊觀察冰淇淋融化，享用餐點的途中，「噢！」和「啊！」的感嘆聲持續不斷，大家都爲此感到心滿意足。

「你們是指住在隔壁大房子裡的人吧？」女孩當中有人問道，「我媽媽認識勞倫斯老先生，可是說他很驕傲，而且不喜歡和鄰居們混在一起。他的孫子除了騎馬和家教散步時間外，都被他關在家裡，而且他要求他孫子非常用功地讀書。我們開派對時邀請過他，可是他都沒來，媽媽說他是一個很好的人，只是他從來沒和我們女生說過話。」

「有一次我們家的貓跑掉了，是他把貓送回來的。我們隔著籬笆交談，聊得還不錯，就聊板球之類，聊到他看見瑪格走過來，就說要先離開了。我有一天一定要跟他認識一下，因爲他眞的很需要放鬆，我確定他需要的。」喬果斷地說。

「我喜歡他的教養，他看起來就像個小紳士，所以如果時機適當的話，我不反對你去認識他。是他把這些花送過來的，我眞該請他進來坐坐，可是當時不確定樓上到底發生什麼事。他聽到樓上好熱鬧的樣子，卻沒有他的份，要離開時一臉失落的表情。」

「還好您沒讓他進來，媽媽，」喬笑著說，低頭盯著自己的靴子瞧，「不過，我們下次會演一齣他可以看的戲。也許他還能幫忙軋一角，這樣不是很開心嗎？」

「我從沒收過這麼漂亮的花……太美了！」瑪格興味盎然地檢視起她的花束。

「這些花眞的很棒，不過對我來說，貝絲送我的玫瑰花更漂亮呢。」瑪楚太太說，嗅了嗅別在腰帶上半枯萎的花朵。

貝絲依偎到母親身旁，輕柔地開口：「要是可以把我的花送過去給爸爸就好了，他恐怕不像我們一樣，有這麼愉快的聖誕節。」

「我們隔著籬笆交談，
聊得還不錯，就聊板球之類。」

第三章　勞倫斯

「喬？喬！你在哪裡？」瑪格站在閣樓樓梯口叫道。

「這裡！」上面傳來一聲粗啞的回應，瑪格跑上閣樓，發現妹妹一邊啃蘋果一邊流眼淚，正在讀《瑞德克利夫的繼承人》[1]。

喬裹著棉被窩在一張三腳舊沙發上，陽光從身旁窗戶流洩進來。此處是喬最鍾愛的避風港，她總是帶上半打蘋果和一本好書，躲進這兒享受靜謐，不遠處就是她的寵物鼠抓寶的家，抓寶乖巧得很，絲毫不介意喬占了那一點兒空間。瑪格一出現，抓寶火速奔回自己的老鼠洞，喬甩掉臉頰上的淚，等待瑪格發話。

「眞好玩！快看！嘉地納太太發給我們正式邀請函，邀我們出席明晚的舞會！」瑪格叫道，揮舞手上的寶貴信函，聲音裡充滿少女的喜悅。她展開信紙朗讀：

「『嘉地納太太敬邀瑪楚小姐與喬瑟芬小姐[2]蒞臨寒舍之除夕舞會。』媽咪同意讓我們去，可是我們要穿什麼去呢？」

「幹嘛問呢？你又不是不知道，我們除了棉布禮服之外，也沒別的可以挑啦！」喬滿嘴蘋果地

1《瑞德克利夫的繼承人》（*The Heir of Redclyffe*），西元一八五三年於倫敦出版的愛情小說。
2按照一般慣例，長女以姓氏稱之，其他排行者以名稱之。

回答。

「要是我有絲質的禮服就好了，」瑪格嘆一口氣，「媽媽說我十八歲時也許就可以有一件，可是還要等兩年，太久了！」

「我確定我們的棉質禮服看起來就像絲綢的一樣，而且對我們來說已經夠好了，你的就像新的一樣啊？噢，不過，我忘了我的有焦痕也有裂痕，該怎麼辦呢？那焦痕看起來滿嚴重的，可是我沒別的衣服好穿了。」

「你的禮服前半部沒什麼問題，所以盡量坐著不動，把背脊挺直就好。我會給頭髮綁上一條新緞帶，媽咪再把她的珍珠小髮夾借給我，我還有一雙新舞鞋，非常好看，我很喜歡！手套雖然不如預期的好，倒也差強人意。」

「我的卻讓檸檬汁給毀了，而且也不可能買新的，所以我就不戴手套去囉。」喬說道，她從來沒有為了該穿戴些什麼而傷透腦筋。

「你當然得戴手套！要不然我就不去了。」瑪格不由分說地喊，「手套比什麼都重要，你不能不戴手套跳舞，你不戴手套會讓我很沒面子！」

「那我坐著不動好了。我沒有一定要跳舞，在地板上滑來滑去的又不好玩，我比較喜歡滿場飛或蹦蹦跳跳的那種。」

「你不能要求媽媽買新的，手套很貴而你又這麼不小心。她上次就說過，如果你弄壞了，今年冬天是沒辦法給你買新的了。你不能想辦法彌補一下嗎？」

「我可以把它們捏在手裡，弄得皺皺的，就沒有人看到上面的污漬啦。我只想到這個方法……

啊！不對！我想到了！我們兩人各戴一隻好手套，然後各拿一隻壞手套，這樣不就解決了嗎？」

「你的手比我的大，會把我的手套撐壞的。」瑪格提出異議，手套對她的重要性非比尋常。

「那我不戴就好啦，我又不在意別人怎麼說！」喬叫道，拿起她的書。

「你可以戴我的，可以啦！只要別弄髒就好，而且動作要優雅些。不要把手放在背後，或是瞪著人看，或是說『我的天啊嚇死人！』……行嗎？」

「別擔心，我會盡我所能地做一名端莊優雅的女子，還能讓你的手套毫髮無傷——如果可以的話啦。好了，你快去回覆人家的邀請，讓我把這個精彩絕倫的故事看完。」

於是瑪格離開閣樓，按她說的「滿懷欣喜地致謝與接受邀請」去了，接著拿出舞會禮服審視，愉快地哼起小曲給它加上蕾絲花邊。喬繼續她未完的故事，吃掉剩下四顆蘋果，又逗弄抓寶玩，玩了好一會兒才停歇。

除夕當天，客廳裡空無一人，兩個妹妹充當起貼身女僕，幫忙姊姊們打扮，兩個姊姊也全神貫注在「舞會的著裝準備」中。一夥人擠在浴室裡，一會兒東奔西走，一會兒談天說笑，還有那麼一會兒房子裡彌漫著一股濃濃的燒焦味。

瑪格想給頭髮來上一些捲度，好修飾自己的臉型，喬於是自告奮勇接下這個任務，她拿紙捲固定好瑪格的頭髮，舉起火熱的鐵鉗使勁夾下去。

「這味道正常嗎？」貝絲窩在床上問。

「這是要把水氣燙乾。」喬回答。

「好奇怪的味道呀，像是羽毛燒焦了。」艾美發表評論，從容慵懶地順了順自己美麗的捲髮。

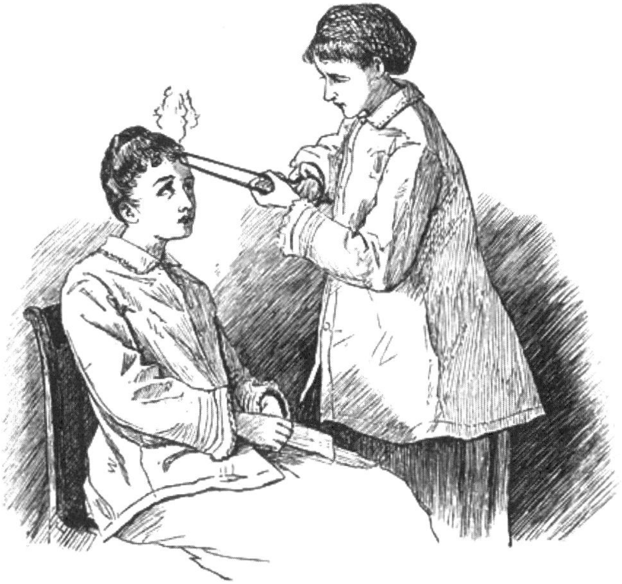

「這是要把水氣燙乾。」

「好了，現在我要把紙捲拿掉，你們就會看見像雲朵般飄逸的捲髮束了！」喬說著，鬆開手中的火鉗。

她是拿掉紙捲了，不過雲朵般的飄逸捲髮並未出現，因爲頭髮黏著紙捲一起下來了，驚恐莫名的髮型師把一綹燒焦的頭髮放到受害者面前的書桌上。

「噢，噢……天啊！你是怎麼燙的？我完了，我不能去了！我的頭髮……不！我的頭髮！」瑪格放聲大哭，絕望地撫摸自己額前參差不齊的碎髮。

「都是我害的！你眞不應該叫我燙，任何事情到我手裡就會砸鍋！眞的很對不起！火鉗太燙了，我把事情搞得一團糟！」可憐的喬，雙眼充滿悔恨淚水，直盯著那捲燙成焦黑小煎餅的物體，語氣裡有滿滿的難受。

「其實還有救的，瀏海稍微燙一下，額前再繫一條髮帶，頭髮只要露出一點兒，這樣看起來就是最時髦的髮型了，我看過很多女孩子都這麼做。」艾美安慰道。

「我眞是多此一舉，當初要是不去動我的頭髮就好了！」瑪格鬧脾氣似的哭泣。

「我也是這麼想的呀，你的頭髮原本是這麼柔順美麗。不過，很快就會長回來了啦。」貝絲說道，走過來親一下剛被剃了毛的小羊。

又經過幾場小意外，瑪格終於打扮完成，而且在全家人通力合作下，喬也將頭髮成功盤起，著裝完畢。這簡單的裝扮讓她們看起來優雅得宜，瑪格身穿銀白連身裙，長髮籠在藍絲絨髮帶裡，蕾絲褶邊和珍珠髮夾點綴其間。喬則穿上栗色連身裙，搭配紳士款亞麻硬領，佩戴的一、兩朵白菊是她唯一的飾品。兩人各戴一隻完好的手套，另一隻手上則抓著壞掉的，大家都說效果看起來「簡約大方」。雖然，瑪格的高跟鞋磨得她一雙腳又緊又痛，可是再不願意也只好穿了，而喬的頭頂那十九根髮夾好像硬生生刺進頭皮一樣，想當然爾不可能太舒服——不過，拜託，在這種場合裡，不優雅，毋寧死哪！

「我親愛的孩子們，祝你們玩得愉快！」瑪楚太太對優雅步下樓梯的兩姊妹說，「別吃太多點心，我讓漢娜十一點去接你們。」隨著大門砰地關上，一聲驚呼又從窗戶裡冒出：

「等一下，等一下！手帕都帶上了嗎？有挑好看的帶嗎？」

「帶了，帶了！最好看的！瑪格還在她的手帕上噴香水呢！」喬高聲回答，邊走邊笑，「我敢說哪天要是遇上地震，媽咪在我們逃難前，還是會先問手帕帶了沒。」

「這是她的貴族品味之一，一個真正的淑女必須擁有的基本配備就是整潔的靴子、手套，還有手帕。」瑪格答道，她自己也有大大小小一堆「貴族品味」。

「好，現在，記得要把衣服不能見光的部分遮好，喬。我的腰帶有沒有擺正？頭髮看起來會很糟嗎？」兩人進了嘉地納太太家的更衣室，瑪格對鏡子照了老半天，最後轉過身來問道。

「我一定會忘記遮。如果你看到我做了什麼蠢事，就眨眨眼提醒我，好嗎？」喬回應她，伸手拉拉衣領，又快速梳攏一下頭髮。

「不行，眨眼這個動作太不淑女了。如果有什麼不妥的，我就挑一下眉毛；如果都沒問題，我就點一下頭。現在，把肩膀挺直，走路步伐小一點，有人介紹你跟別人認識，不要跟對方握手，那不合乎禮節。」

「你怎麼記得住這些禮節啊？我就記不了。這音樂下得真好，你覺得呢？」

嘉地納太太親切地歡迎姊妹倆。

她們走下樓，心裡有些膽怯，因爲她們其實不常參加舞會，雖說眼前這個小聚會並非特別隆重的場合，對她們來說卻是大事一件。嘉地納太太是位有些年紀的貴婦，她親切地歡迎姊妹倆，並指派六個女兒中最年長的招呼她們。瑪格認識了莎莉，並且很快就熟稔起來，不過，喬就不一樣了。她對認識女孩兒沒多大興趣，也不太喜歡和她們湊在一起聊八卦，她只是直挺挺地站著，時刻注意讓自己的背緊貼牆上，不自在的模樣就像一匹小公馬闖入花園一般。屋子另一邊有一群男孩子，正在興高采烈地討論溜冰，喬很想過去加入他們，因爲溜冰是她的人生樂趣之一。

她朝瑪格打暗號，表達自己極想參與男孩話題的渴望，可是得到的回應只有挑得老高的眉毛，濃重的警告意味讓她不敢輕舉妄動。沒有人過來跟喬搭話，漸漸地大夥兒都找到各自的舞伴轉移陣地去了，只剩她一個人形單影隻。她也不敢隨意亂逛，因爲害怕被人看到衣服後面的焦痕，只好哀怨地杵在原地，盯著人群來去直到舞會開始。

瑪格立刻就被人邀走了，她的舞步輕盈流暢，然而沒有人知道，她綻放笑容的臉龐底下，那雙過緊的高跟鞋究竟有多麼令她疼痛難當。喬一眼望見有個滿頭紅髮的年輕人朝她所在的角落走來，她擔心是來邀她跳舞的，便往身後的窗簾躲去，打算在那兒悠哉地觀賞人群就好。

然而她的運氣太糟了，另一位羞怯的來賓已經先她一步選中這個避難所，喬一閃身到窗簾後方，就發現自己正好和「勞倫斯男孩」面對面。

「噢……噢，我不知道這裡有人！」喬結巴地開口，一踏進來便打算退出。

那男孩雖然嚇一跳，卻只是笑了笑，愉快地回答：「別在意我，你喜歡的話就留下來。」

「我沒打擾你吧？」

「並沒有。我之所以在這兒是因爲我沒有認識那麼多人，而且在一開始會覺得有些奇怪……你懂的。」

「我懂。拜託別走開，除非你不想待在這。」

那男孩於是坐回原位，低頭看向自己的鞋子，直到喬率先打開話題。她想盡量表現得有禮又輕鬆：「我想我很榮幸地與你見過面了，你住在我家附近，是嗎？」

「住你家隔壁啊。」男孩抬起頭，直接笑出聲，因爲喬拘謹的態度太有趣了，和上一次交談簡直大相逕庭。他可沒忘記自己把撿到的貓送還給對方時，兩人隔著籬笆聊起板球的樣子。

這讓喬完全放鬆下來，她也跟著笑了，展現出她最自然的樣子，開心地說：「我們很高興收到你送的聖誕節禮物，那天過得眞的很開心。」

「那是爺爺送的。」

「可是，是你要他送的，不是嗎？是吧？」

「您的貓還好嗎？瑪楚小姐？」男孩問道，想要讓自己看起來嚴肅些，一雙黑眼珠卻閃動著好玩的光彩。

「好得很，謝謝您問候，勞倫斯先生。不過，別叫我瑪楚小姐，叫我喬。」年輕女士如此回應。

「別叫我勞倫斯先生，叫我勞瑞。」

「勞瑞．勞倫斯？好怪的名字。」

「其實我的名字是提奧朵爾，可是我不喜歡，有些朋友會因爲這樣叫我朵拉，我乾脆讓他們叫我勞瑞。」

「噢……噢，我不知道這裡有人！」

「我也討厭我的名字，好像我很多愁善感一樣，眞希望每個人都可以叫我喬，而不是喬瑟芬。你是怎麼讓男生不再叫你朵拉的？」

「揍他們就對了。」

「我可不能揍瑪楚姑媽，我想我只能忍了。」喬無奈地嘆口氣。

「喬小姐，你不喜歡跳舞嗎？」勞瑞問，臉上表情彷彿在說他認爲這個名字很合適。

「我很喜歡啊，如果空間夠大，而且每個人都很活潑的話。但是這種場合我一定會出錯，可能踩了別人的腳趾或犯了其他禁忌，所以我還是安分一點，讓瑪格去跳舞就好。你呢？你不跳嗎？」

「偶爾。你知道，我在國外住了好幾年，所以還不太清楚這裡的規矩是什麼。」

「國外！」喬叫道，「噢，快說給我聽！我最喜歡聽人分享旅遊經驗了！」

勞瑞似乎不知該從何說起，好在喬的一連串提問很快就讓他侃侃而談。他講起在瑞士維威[3]就學的情形，當地男生從來不戴帽子，他們在湖上有一隊船艇，一到假日就遠足去，跟著老師們遍覽瑞士的湖光山色。

「我也好想去那裡看看啊！」喬感嘆道。「你去過巴黎嗎？」

「我們去年冬天就待在那兒。」

「你會說法語嗎？」

「我們在維威時不准說其他語言。」

「快說兩句來聽聽！我會讀，可是不會說。」

「Quel nom a cetter jeune demoiselle en les pantoulles jolis?」

「你講得眞好聽！我想想……你是說『那個穿著美麗舞鞋的年輕淑女是誰？』對嗎？」

「Oui, mademoiselle.（答對了，小姐。）」

「那是我姊姊瑪格麗特，你本來就知道的！你覺得她漂亮嗎？」

「是啊，她讓我想起德國的女生，看起來很清新又文靜，而且跳起舞來一派淑女風範。」

聽到這個男生對姊姊的讚美，喬感到與有榮焉，決定之後要將這句讚美複述給瑪格。兩人就這麼偷看人群品頭論足，恣意談天，直至彼此覺得已經是老友了一樣。勞瑞的羞澀早已煙消雲散，因爲喬男孩子氣的舉止讓他覺得很有趣，相處起來輕鬆愉快，喬也重回自己眞正開心的模樣，因爲她忘了衣服的問題，也沒有人會衝她抬眉毛了。她對這個「勞倫斯男孩」的好感更勝以往，仔細打量他好幾次，這樣才能在回家後，把這個人的樣貌詳述給妹妹聽，因爲她們沒有親兄弟，堂表兄弟也沒幾個，男孩子對她們而言幾乎是未知生物。

「黑色捲髮、膚色略深、眼睛又大又黑亮、鼻子很挺、牙齒也好看……手和腳滿小的，個子比我高，人又有禮貌，是一個讓人相處起來很愉快的男孩子……不知道他幾歲？」

喬的問題懸在舌尖上，幾乎就要開口問了，所幸她懸崖勒馬，嘗試以生澀的技巧旁敲側擊。

「我猜，你不久就要念大學了吧？我看過你讀書讀到快掛點的樣子……喔不是！我的意思是……你很、努力、用功……」喬的臉上一熱，對自己脫口而出「掛點」這種詞感到極度難爲情。

3維威（Vevey），瑞士西部的一個城市。

勞瑞微笑著，一點也沒被驚嚇到，聳聳肩回答：「再一、兩年吧，我十七歲才要去念大學。」

「你才十五歲？」喬問道，看著眼前的高個兒，她還以爲他十七歲了呢！

「下個月十六。」

「眞希望我也能去念大學！你看起來好像不怎麼想去。」

「我恨死了。不過就是一堆麻煩外加胡搞瞎鬧而已，我也不喜歡同學的作風，在這個國家啦。」

「那，你喜歡什麼？」

「住在義大利，用自己的方式開心過日子。」

喬非常想問什麼是他自己的方式，不過勞瑞的兩道濃黑眉毛皺緊在一起，很是嚇人，讓她不敢往下問。她於是用腳打拍子，趁勢換個話題：「這波卡舞曲眞好聽，你何不去跳一下舞呢？」

「你也一起的話。」他回道，充滿紳士風度地微微躬身。

「我不能跳，我告訴過瑪格我不會下場跳，因爲……」喬話說一半就停了，一臉不知該往下說還是該大笑。

「因爲？」

「你不會說出去？」

「絕對不會！」

「呃，好吧，我有個喜歡站在火爐前的壞習慣，我有好幾件裙子就是這樣被我燒焦的，包括這一件。雖然仔細補過了，還是看得見焦痕，瑪格說我只要直挺挺地坐著不動，就不會有人去注意。你想大笑的話請便，這種事眞的很好笑，我知道。」

然而，勞瑞並沒有笑。他只是看著地上好一會，隨後換上一張讓喬甚感困惑的表情，神態溫和地說：「沒關係，我想到辦法了。外面有個長廊，我們可以在那裡跳舞，動作多誇張都沒關係，沒有人會看見我們的。一起來吧？」

喬道了聲謝便欣然前往，但是當她看見舞伴手上那雙珍珠白色的精緻手套，不禁想道，要是自己也有稱頭的手套就好了。

長廊裡空無一人，他們盡興地跳了支波卡舞，勞瑞的舞跳得很好，還給喬教了德式舞步，這種舞步又是迴旋又是跳躍，喬因此高興得很。音樂停止的當下，他們坐到階梯上喘口氣，當瑪格來找妹妹時，勞瑞正好說到在海德堡舉辦的一個學生慶典。瑪格向喬打手勢，喬只好不太情願地跟隨她走進一旁的房間，瑪格一進去就往沙發上坐，一手緊緊握住腳，臉色一片慘白。

「我扭傷腳踝了，那雙蠢高跟鞋害我拐到腳，痛死了……我根本沒辦法站，等一下不知道該怎麼回家……」她說，在沙發上痛苦地挪動身子。

「我就知道那雙蠢鞋子會害你腳痛！很抱歉，可是，我也不知道除了叫馬車還能怎麼辦，或是你就留在這裡過夜了？」喬一邊回應姊姊，一邊揉揉她那可憐的腳踝。

「我不能叫馬車，根本負擔不起。況且大部分人都是坐自家馬車來的，馬廄離這裡又遠，沒辦法派人去，我是坐不到馬車了。」

「我去。」

「不行，你別想！現在已經過九點了，外面黑得跟什麼一樣？在這兒過夜也不行，莎莉已經邀請好幾個女生留下來陪她，房間住不下了。我休息到漢娜來就好，之後我就自己盡力吧。」

「我去問勞瑞，他會答應的。」一想到這個好點子，喬明顯地鬆了口氣。

「噢天，拜託不要！千萬別讓任何人知道。幫我把平底鞋拿來，然後把這一雙和我們其他東西放到一起。我沒辦法再跳舞了，晚餐一結束就注意看漢娜來了沒，她一到馬上叫我。」

「大家都去吃晚餐了，我在這裡陪你，我寧願陪你。」

「不行，親愛的，你快跟大家一起去，然後幫我帶杯咖啡，我累到走不動了。」

於是瑪格把鞋子小心藏好，身體斜靠在沙發上，喬則絲毫不顧形象地往餐室奔去，途中經過一個放瓷器的小廳，打開一扇門後發現竟是嘉地納老先生用餐的私人空間。她火速衝回大餐廳，到桌前倒了杯咖啡，然而下一秒她就把咖啡灑出來，這下子，她的禮服正面就跟背面一樣慘烈了。

「啊……真是！我怎麼這麼笨手笨腳的！」喬叫道，抓起瑪格的手套來抹裙襬。

「我可以幫你嗎？」一個友善的聲音問。勞瑞一下出現在喬身旁，一手拿著斟滿的咖啡，一手拿著一碟冰品。

「我只是想給瑪格帶點吃的，她累壞了，然後剛才有人撞到我，然後我就變成現在這樣了，真是太精彩了。」喬答道，陰鬱的眼光掃過潑了污漬的衣裙，落在變成咖啡色的手套上。

「太慘了！我正想把手上的東西給人，我可以拿去給你姊姊嗎？」

「啊，眞謝謝你！我帶你去找她。不過咖啡還是你拿好了，要是我拿肯定又出事。」

因此喬在前方領路，勞瑞則像經驗豐富的護花使者，拉過一張小茶几來，又給喬準備第二份咖啡和冰品，他的態度親切、斯文有禮，就連對禮儀吹毛求疵的瑪格都說他是一個「好男孩」。

他們在接下來度過一段愉快的時光，吃著糖果餅乾，討論夾在裡頭的籤詩。兩、三個經過的年輕人加入他們，於是他們玩起「拍七」[4]，遊戲進行到一半，漢娜剛好也到了。瑪格忘記她的腳正傷著，立刻站起後痛得大叫一聲，被迫撲向前抓緊了喬。

「噓！什麼都別說！」瑪格低聲吩咐，接著揚起音量：「沒事！我扭了一下腳，就這樣！」這才一跛一跛地走上樓收拾隨身物品。漢娜責備著，瑪格哭了，喬完全不知該拿這種情況怎麼辦，最後決定由自己全權處理。她迅速溜下樓找到一個僕人，問他能否給她弄來一輛馬車。然而，這名侍者只是剛好受雇在今天來工作，對這附近並不熟悉，喬只能繼續四下張望，希望能找到人幫忙。勞瑞剛好聽到她的話，便主動提議搭乘他祖父的馬車，他說，那本來就是專程派來接他的。

「現在還這麼早！你不會想走了吧？」喬問道。勞瑞的話讓她放下心來，不過她遲疑著是否該接受勞瑞的好意。

「我都很早走，眞的！請讓我送你們回家吧，完全順路，你知道，而且聽說現在下雨了。」事情就這樣決定了，喬把瑪格的不幸遭遇告訴勞瑞，在欣然接受他的好意後，喬趕緊上樓把瑪格和漢娜帶下來。漢娜就跟貓咪一樣討厭下雨，所以她樂得有馬車可坐，一行人坐上豪華大馬車離開，覺得這種體驗既快活又優雅。勞瑞坐到駕駛旁邊去，好讓瑪格在馬車裡抬高腳休息，也能讓女孩們自在暢談今晚的舞會。

「我玩得很愉快！你呢？」喬問道，順手撥鬆原本盤起的頭髮，讓自己處得更舒服些。

「我也是——直到我扭傷腳。莎莉的朋友安妮．墨法特很喜歡我，她邀我和莎莉一起去她家住上一星期，莎莉在春天歌劇公演時會去，到時一定好玩得不得了，要是媽媽也答應讓我去就太好了。」瑪格回應道，一思及此又打起精神。

「我看到你跟那個我逃掉的紅頭髮男人跳舞，他人好嗎？」
「噢，當然！他的頭髮是紅褐色的，不是紅的，而且他非常有禮貌，我跟他跳了一首雷多瓦舞曲，跳得很高興。」
「他換舞步的時候，看起來像一隻活蹦亂跳的蚱蜢！我跟勞瑞一直在笑……你們有聽到我們的笑聲嗎？」
「沒有，可是這樣很沒禮貌。你呢？整晚都躲在那兒嗎？」
喬把今天晚上的冒險說給瑪格聽，說完同時也剛好到家。她們向勞瑞道了許多次謝，最後才道了晚安，躡手躡腳走進家門，希望不要打擾任何人。然而，門才打開一條縫，兩顆戴睡帽的頭立刻擠到眼前，帶著睏極了卻又期待的聲音喊道：
「告訴我們舞會的事！告訴我們舞會的事！」
在瑪格所謂「失禮到極點」的驚呼聲中，喬拿出從舞會上暗藏的糖果送給兩個妹妹。而在聽完整個晚上最驚險刺激的片段後，她們很快就安靜下來了。
「說眞的，我覺得我今天過得就像高貴的年輕淑女一樣呢。參加完舞會坐豪華馬車回家，一身晚禮服，身旁還有個女傭正在服侍我。」瑪格開口，正當喬用消炎藥膏包紮完她的腳，打散她一頭長髮幫她梳理的時候。

4拍七（Buzz），破冰遊戲，基本玩法是多人圍坐一圈報數，喊到七或七的倍數時，改以拍手或蜜蜂的嗡嗡聲代替，失誤的人接受少許懲罰。

「我覺得那些高貴的年輕淑女也許還沒有我們快樂呢！雖然我們有人頭髮燒焦，只剩舊禮服可穿，手套也只能戴一隻，而且還笨得去穿不合腳的高跟鞋，扭傷了腳踝呢。」喬的說法讓我十分認同呢。

「告訴我們舞會的事！」

第四章 包袱

「噢，天哪，要背起我們的重擔繼續往前行似乎很困難。」瑪格在舞會隔天早晨嘆道。假期已經結束，而那歡樂的一星期似乎沒能給她力量，好讓她愉快地去做她從沒喜歡過的工作。

「要是每天都是聖誕節或新年就好了，肯定會很好玩吧？」喬無精打采地打了個哈欠。

「我們不應該過得那麼快樂的。可是有時候吃點兒好東西、收一下花束、參加個舞會、坐馬車回家、讀讀小說，讀累了就休息，不必工作……卻是那麼美好，就像其他人一樣，你懂的。我總是忌妒那些可以這樣過日子的女孩兒，我眞喜歡奢華的生活。」瑪格說，試圖從手上兩件寒酸的長裙裡，分辨出哪一件比較不寒酸。

「呃，我們過不起那樣的生活，所以就別發牢騷了。學學媽咪，扛起我們的重擔，打起精神繼續走吧。我很確定瑪楚姑媽就是我背上那個渡海老人[1]，希望當我學會毫無怨言地背著她走時，她就會從我背上跌下來，或是輕得讓我感覺不到她的存在了。」

1渡海老人（Old Man of the Sea），《辛巴達歷險記》中，用計騎到失事船員肩膀上，再將之奴役至死的老人。

這個想法激發了喬的想像力，她的情緒因此上揚許多，不過瑪格就沒這麼容易打發了，因為她的重擔是四個被寵壞了的小孩。此刻她只覺得背負這個重擔的苦悶更勝以往，她甚至連打扮的心情都沒有了，平日裡她總會繫條藍色領巾，仔細造型過頭髮再出門的。

「好看又有什麼用？除了那四個只會給我找麻煩的小鬼頭，根本沒有人看見我，誰還會在意我長得好不好看？」她咕噥著，甩手關上抽屜的力道充滿忿懣，「我這輩子就是每天辛勤勞苦，只能偶爾享個小樂，等著最後變老、變醜、變陰沉，就因為我窮，不能像別的女孩那樣享受人生。為什麼是我要這樣子！」

所以瑪格走下樓的時候一臉委屈，吃早餐的過程也很不愉快。餐桌上每個人似乎都是牢騷滿腹，心情不佳。

貝絲因為頭痛而躺在沙發上，試圖從她的貓和牠三個小孩身上得到安慰。艾美則是焦躁得很，因為她該念的書都沒有念，而且找不到她的平底靴。喬還在吹口哨，準備出門的過程中又製造出更多噪音。

瑪楚太太正在趕著寫好信件，因為這封信馬上就要寄出去了。漢娜今天脾氣也很暴躁，晚起惹得她非常不自在。

「沒看過脾氣這麼差的一家人！」喬大叫一聲，她打翻了墨水台，扯斷了鞋帶，還一屁股坐在自己的帽子上，不禁怒從中來。

「脾氣最差的就是你！」艾美立刻回嘴，她含著淚把寫字板擦乾淨，將計算錯誤的答案連同滴落板上的淚水全部抹掉。

「貝絲！如果你不把這些可惡的貓留在地下室，我就要把牠們全部抓去淹死！」瑪格憤怒地大叫，因爲一隻小貓爬到她背上，像鬼針草種子一樣黏著不肯下來，她卻怎樣都抓不到這隻小貓。

喬大笑，瑪格尖聲怒斥，貝絲哀告求饒，艾美在一旁哭泣，因爲她不記得九乘十二是多少。

「女兒們，女兒們！請安靜一下！我得寫完這封信，交早班的郵件寄出去，你們吵吵鬧鬧的我沒辦法專心啊！」瑪楚太太喊道，第三次劃掉信上寫錯的句子。

一切暫歸平靜，不過，隨即進門的漢娜打破這陣安寧，她踩著重重的腳步進來，放了兩個捲餅在桌上，又踩著同樣步伐走出去。這兩個捲餅是家中慣例，女孩們稱之爲「暖手筒」，因爲在寒冷的早晨中，她們沒有其他東西可以取暖，卻發現這冒著熱氣的捲餅能夠發揮極好的暖手功能，從此便這樣暱稱這些捲餅了。

漢娜從沒忘記爲女孩們製作捲餅，不管再累、再煩躁，她始終如一，因爲女孩們要走的路程既漫長又苦悶，她們沒有別的午餐可吃，回到家中也往往是下午兩點以後的事了。

「貝絲，抱好你的貓，戰勝你的頭痛。媽咪再見！我們今天早上眞是一群小混蛋，不過等到我們回家，就會跟平常一樣是天使了！瑪格，走吧！」喬說完大踏步前行，心中覺得今天的朝聖者們眞是有失平常水準。

她們在拐過彎前總會回頭看，因爲她們的母親也總是會停在窗邊，對她們點頭微笑後揮一揮手。不知爲何，她們彷彿沒看到這一幕就過不了這一天似的，因爲不管心情如何，轉出拐角前看見的，母親臉上那最後一抹笑容，永遠能像陽光一般，帶領她們走出陰霾。

「如果媽咪不是送來飛吻，而是想對我們揮拳頭，那才是我們應得的吧。因爲像我們幾個這麼

「我要把牠們全部抓去淹死！」

惡劣狂妄、不知感恩的東西，還眞是從來沒見過！」喬大聲說道，迎著刺骨的寒風，贖罪一般踩在積雪道路上。

「不要用這麼嚴厲的措辭。」瑪格從厚厚的圍巾裡冒出聲，她把自己包得像個厭世的修女。

「我喜歡言之有理、一針見血的詞彙。」喬如此回應，一把抓住頭上的帽子，免得它被強風掀飛、投奔自由。

「你愛怎麼叫自己隨便你，但我不是什麼混蛋或不知感恩的東西，我也不想被這樣叫。」

「好的好的，你是個遭逢困頓失意的可憐人，今天因爲無法坐擁奢華悠閒的有錢人家生活而大發脾氣。親愛的你太可憐了！你就耐心等我賺大錢吧，到時你就可以享受各種豪華馬車、冰淇淋、高跟鞋、捧花，還有各種紅髮男孩當你的舞伴啦！」

「別胡說八道了，喬！」雖然這麼說，瑪格卻已經被喬的胡說八道給逗笑，心情也在不知不覺中好了不少。

「好在有我逗你開心，如果我也跟你一樣情緒低落，老是垂頭喪氣的，那我們可就有得煩了。感謝上天，我總是能找到有趣的事讓自己開心起來。別再垂頭喪氣了，要快快樂樂地回家，我們可愛的家！」

她們要分頭工作時，喬拍拍姊姊的肩膀打氣，兩姊妹便朝不同方向離去。她們各自緊握自己的捲餅，努力在寒冷的冬天裡、艱辛的工作中，以及無法恣意揮灑青春瘋玩的遺憾心情下振作起來。

瑪楚先生早年爲了幫助一位不幸的朋友而傾家蕩產，當時兩個年紀較大的女兒便央求父母，讓她們分擔家計，至少得以支應自己的日用所需。父母親認爲早一些讓女兒們出外歷練，培養工作能力和獨立性是必須的，於是答應了她們，兩姊妹開始抱著熱忱去工作，並且認爲即使困難重重，但只要堅持到底，最後一定能有所回報。

瑪格麗特找了一份家庭女教師[2]的工作，雖然薪水微薄，她卻覺得自己像富婆。正如她自己所言，她「喜歡奢華」，所以她的頭號難題就是窮困。她發覺自己比妹妹們更難以忍受經濟拮据的日子，因爲她記得以前舒適華麗的家、輕鬆愉快的時光、什麼也不缺的好日子。她努力避免自己產生羨慕別人或是不滿足的心態，可是年輕女孩兒喜歡漂亮東西、結交引人矚目的朋友、學學才藝、快樂過日子，都是再自然不過了。在金恩家照顧小孩時，她每天都能看見她夢想中的生活，因爲這些孩子的姊姊們剛進入社交圈，瑪格經常可以瞥見她們身上講究的舞會禮服及花束，聽著她們興高采烈地談論戲院、音樂會、雪橇出遊，以及各種好玩有趣的事物，看著她們把大筆金錢花在對她們來說微不足道的瑣事上，這些瑣事對她而言卻是極爲珍貴。

可憐的瑪格很少抱怨，但是心裡那種不平衡的感覺偶爾一竄出來，總能令她不論對誰都擺不出好臉色，然而她仍未知道的是，她所擁有的全部祝福早已充分富裕，足可讓她一生幸福快樂了。

喬的條件正好符合瑪楚姑媽的需要，不良於行的姑媽需要有個活力充沛的人來服侍她。當瑪楚家發生財務危機，沒有子女的瑪楚姑媽曾提議要收養一個瑪楚家的女兒，卻被斷然拒絕，她爲此大發雷霆。許多友人告訴瑪楚家，這樣一來，這位富裕的老太太將來絕不會分給他們半點兒遺產了，不過向來淡泊名利的瑪楚夫婦只是如此回覆……

「再多的財富也不會讓我們放棄女兒。富裕也罷貧窮也好，我們都將在一起，因爲相繫彼此而活得幸福快樂。」

老太太有好一段時間不再與他們交流，巧的是，竟在朋友家遇見了喬，她那張喜感十足的臉加上直言不諱的態度，讓老太太很是欣賞，於是表明希望喬過去跟她作伴的想法。這份差事完全不適合喬，儘管如此，喬還是答應下來，因爲也沒別的選擇了。讓大家頗感意外的是，喬和這位暴躁易怒的親戚相處得挺好，雖說衝突在所難免，有一次喬甚至氣沖沖地回家宣布她再也受不了，不過瑪楚姑媽的脾氣來得快去得也快，很快便又派人把喬找回來，而且態度懇切得讓喬無法拒絕，因爲其實在喬心裡，她還滿喜歡這位性格剽悍的老太太的。

我猜喬眞正喜歡的是姑媽家豐富的藏書，自從瑪楚姑丈過世後，那間藏書室就蒙上厚厚一層灰，成爲只剩下蜘蛛還會去探訪的地域。喬還記得那位慈祥和藹的老紳士，他總是讓喬把他的大字典當積木玩，建造起鐵路和橋樑，他也會捧起他的拉丁文藏書，告訴喬那些書籍中一切古怪插圖的故事，每次在街上遇見喬，還會買薑餅人卡片送給她。那布滿灰塵的幽暗房間中，數個半身雕像從高大的書櫃頂端向下俯視，那些溫馨舒適的座椅、工藝精巧的地球儀，最棒的是那些一眼望不著邊際的大量書籍，足以讓喬的想像力恣意馳騁，使得圖書室在她眼中從此成爲至福之地。

每當瑪楚姑媽午睡或忙著招呼賓客時，喬就會迅速溜進這處靜謐空間，整個人蜷縮在一張沙發裡，盡情享受觸手可及的各式詩集、愛情故事、歷史傳奇、遊記、畫集等等，像隻不折不扣的書蟲。然而，幸福總是短暫，每當她即將深入故事核心，或詩歌中最美的篇章，或冒險者們最驚險萬

2 這時代指的家庭女教師（governess）除了教導課業，也帶有看護孩童的性質。

狀的經歷時——「喬——瑟芬！喬——瑟芬！」尖銳的呼叫聲就會劃破一切，催促她立刻離開這個天堂，趕緊去幫忙捲毛線球、幫狗洗澡，或是朗讀貝爾瑟姆[3]的論文，往往一忙碌起來，好幾個小時就過去了。

喬的野心是做些轟轟烈烈的大事，至於是什麼事，她現在也還說不上來，就等待時間去揭曉謎底吧。此刻她所需面對的最大課題，是她發現自己無法按照自己的期望，盡情閱讀、奔跑、騎馬，因此嘗到生活中的極致苦澀，她的火爆脾氣、尖銳言詞，以及不甘於現狀的衝勁更是經常使她陷入困境。喬的生活就是一連串的跌宕起伏，既有歡笑也有悲傷，話說回來，她在瑪楚姑媽家的歷練正是她所需要的，而且一想到這份差事有錢賺，可以養活自己，即使「喬——瑟芬！」的喊聲不絕於耳，她也甘之如飴。

貝絲因爲太害羞而無法上學，其實這條路也不是沒試過，只是讓她受苦太多，最後只好放棄，留在家裡讓父親指導課業。即使後來父親上戰場，母親也被召集加入軍人後勤協會貢獻心力，貝絲仍孜孜不倦地盡力自學。她是個天生散發母性光輝的小女孩，習於幫助漢娜收拾家裡，讓外出工作的家人歸來時得以有個整潔、舒適的環境，除了希望被愛以外，她不求任何回報。她的日子過得漫長而寧靜，不過，她既不覺寂寞也沒有因此虛擲光陰，因爲她的小世界裡滿是由想像力捏塑而出的朋友，熱鬧得很，她自然也就忙碌不已了。貝絲有六個娃娃需要照顧，每天早晨她都要幫它們穿衣

3 貝爾瑟姆（William Belsham, 1752-1827），英國政治作家與歷史學家。

打扮，因爲她仍然是個孩子，仍然對她的寶貝們呵護至極。她的娃娃沒有一個是完整或好看的，因爲在貝絲把它們帶進自己的世界前，它們全都是被人遺棄的存在。姊姊們在過了玩玩具的年紀以後，就把這些娃娃丟給她，艾美也不要任何舊的或醜的東西，然而，這些或老舊或不好看的娃娃只要到了貝絲手裡就是寶物，她甚至爲這些老舊殘破的娃娃設立醫院。沒有一根針扎過它們由棉絮所成的內心，沒有一句殘忍的話需要由它們承受，更不曾有拳頭落在它們身上，它們從來沒有因爲被冷落或嫌惡而傷心難過，它們有的盡是豐衣足食，享有源源不絕的愛與關懷。

這些命運多舛的娃娃中，有一個原本是喬的，它的一生當眞是驚濤駭浪，最後淪落得被丟進破布堆中，幸好貝絲及時搶救它，把它帶進自己的庇護所。這個娃娃沒有頭頂，貝絲替它做了頂小帽戴上，它的手和腳也不見了，於是貝絲拿一塊小毯子將它包裹起來，藉以遮掩它的殘疾，並讓這名重傷患者睡在最好的床上。我想如果有人知道貝絲在這個娃娃身上所耗費的精力，就算覺得好笑也會忍不住大爲感動的。她會準備小花束探視它，念故事給它聽，帶它出門呼吸新鮮空氣，把它藏在她的大衣裡，唱搖籃曲幫助它入睡，而且從不忘在睡前親親它髒兮兮的臉頰，柔聲細語地說：「我可憐的寶貝，祝你今晚有個好夢。」

貝絲和其他人一樣有煩惱，因爲她不是天使，只是一個平凡小女孩，套句喬的話說，她經常忍不住「掛了兩串水珠在臉頰上」，她的哭泣則源自於她上不起音樂課，也沒有一架好鋼琴。貝絲非常熱愛音樂，也想盡辦法自學，她在那架老鋼琴上叮叮咚咚努力練習，那身影總令人看得覺得應該要有人幫她一把才是（不是暗指瑪楚姑媽喔）。然而，沒有人對她伸出援手，也沒有人瞧見貝絲在那架嚴重走音的鋼琴面前，獨自抹去落在泛黃琴鍵上那些淚滴的身影。她吟唱自己的創作時，那歌聲像雲雀般悅耳，且永遠不會對於將此獻給媽咪和姊妹們感到厭倦，日復一日，她總是滿懷希望地對自己說：「只要我夠好，有朝一日我一定會擁有一架鋼琴的。」

世界上有許多像貝絲一樣的人，總是害羞、安靜地坐在角落，但是只要有人需要他們，他們甘心樂意爲別人而活。直到這隻爐床上的小蟋蟀不再鳴叫，這抹溫馨的日光消逝爲止。否則不會有人目睹他們所做的犧牲，以及徒留身後的寂靜與陰影。

如果有人問艾美，她此生最大的磨難是什麼，她會不加思索地回答：「我的鼻子。」當她還是個小嬰兒，喬有一次不小心讓她掉進煤斗，艾美因此堅稱那次的意外永遠毀了她的鼻子。艾美的鼻子既不大也不紅，不像可憐的「佩特拉」[4]那樣，她的鼻子只是扁平了些，即使用上全世界所有種類的夾子也無法讓它有個貴族長相的稜角。其實沒有人在意這一點，除了艾美自己以外，她的鼻子已經奮力想長成最好的樣子了，然而，艾美仍舊深切期盼它能長得像希臘雕像那般挺拔，所以她的畫紙上總是充滿各式好看的鼻子，藉由這些畫作，對自己聊表一下安慰。

「小拉斐爾。」姊姊們總是這樣叫她，艾美生來就有極高的繪畫天分，每當她提筆速寫花朵，繪製精靈造型，或給閱讀的故事添上光怪陸離的插畫，這些過程無疑是她感到最快樂的一段時光。她的老師們對她有些不滿，告狀她的寫字板上沒有該算出來的數學答案，反而畫了一堆動物，地圖冊上的空白頁被她用來臨摹地圖，心情不佳時就在課本上畫出通篇極盡嘻笑怒罵之能事的諷刺漫

4佩特拉（Petrea），十九世紀瑞典作家弗雷德麗卡・布雷默（Fredrika Bremer）的作品《家庭》（*The Home*）中的角色，特色是鼻子非常大。布雷默本人則爲本書作者傾心仰慕的作家。

畫。她努力讓自己的功課過關，爲了避免責罵又盡量讓自己維持操行模範生的形象，她在同儕中相當受歡迎，因爲她不僅脾氣好，而且總能不費吹灰之力就得人喜愛。她那小小的派頭與優雅舉止很受人喜愛，學業表現又亮眼，除了繪畫以外，還會彈奏十二曲調、鈎針編織，她用法語念課文時，念錯的發音不會超過全文三分之二以上。她在談話間慣用一種故作哀愁的語調：「在爸爸有錢的時候，我們是如何如何地……」聽來格外令人同情，她那些刁鑽的遣辭用句更被女孩兒們視爲是「十分優雅」的。

艾美很有可能被慣壞了，因爲每個人都很寵她，她小小的虛榮心和自私的心態也理所當然發芽茁壯，倒是有一件事讓她的虛榮心受挫不少：她得穿她表姊的衣服。芙蘿倫斯的母親沒什麼品味，所以艾美得忍受戴著一頂紅色而非藍色無邊軟帽的難堪，穿起不合身的連衣裙，圍上裝飾過頭且和她一點兒也不相襯的圍裙。每件衣服都很好看，作工精細，沒穿過幾次，仍然很嶄新，可是在艾美藝術家的眼光看來只是俗不可耐，今年冬天則更加令她難以接受，因爲她上學穿的連衣裙是暗紫色底配上黃色大圓點，再無其他任何裝飾。

「我唯一的安慰，」她含著眼淚向瑪格泣訴，「就是媽媽在我不乖的時候，不會把我的裙子縫成短裙，瑪麗亞．帕克的媽媽就會那樣。我的天哪，那眞的很可怕！因爲有時候她慘到只能穿及膝裙，那根本沒辦法到學校去！我一想到這可怕的懲罰，就覺得我的塌鼻子，還有那件黃點點的暗紫色校服都是可以忍受的了！」

瑪格是艾美的密友兼心靈導師，而基於某些原因不明的相異相吸互補道理，喬之於貝絲就如同瑪格之於艾美。喬是害羞的貝絲唯一傾訴思緒的對象，而對於這個冒失又粗線條的姊姊，貝絲也不自覺地對喬散發出家庭成員中最大的影響力。瑪格和喬深愛著彼此，也分別用自己的方式帶領一位妹妹成長，她們稱自己是在「飾演」母親角色，並且像在照顧被遺棄的玩偶一般，以各自的母性本能照顧妹妹們。

「大家，有沒有什麼好玩的事可說來聽聽呢？今天一整天悶死了，我想來些好玩的。」那天晚上，瑪格在大夥兒坐在一起縫紉時問道。

「我今天在姑媽那裡發生一件超尷尬的事，不過，倒是有個最好的結局，我這就來說給你們聽。」喬率先起了頭，她對講故事一向如此熱中，「當時我正在讀那永遠也讀不完的貝爾瑟姆，聲音一如往常低沉又含糊不清，姑媽很快就打起瞌睡，於是我趕快拿些有趣的書來讀，翻頁翻得像狂風掃落葉，直到她醒來為止。其實我那時是裝成很想睡的樣子，在她開始點頭前，我已經把嘴巴張得老大，誇張到她甚至問我，幹嘛把嘴巴張那麼大，好像要立刻把書吞進去似的。

「『但願我可以這樣做，就能把書吃個精光。』我這樣回她，盡量不要讓自己的口氣太放肆。然後她對我犯下的罪行發表了長篇大論的訓示，叫我趁她『閉目養神』一會兒時好好反省一番。她的閉目養神向來不只一會兒，所以當她的便帽開始前後搖晃時——那樣子滿像一朵頭重腳輕的大理花的，我趕快從口袋裡抄出《威克菲爾德的牧師》[5]，一隻眼睛看書，另一隻眼睛看姑媽。讀到書中他們全跌進水裡時，我笑得非常大聲，完全忘記姑媽就在旁邊。姑媽醒過來了，而且午睡過後的

5《威克菲爾德的牧師》（*Vicar of Wakefield*），愛爾蘭作家高德史密斯（Oliver Goldsmith）於西元一七六六年出版的小說。

她變得很善良，叫我念一小段給她聽，又問我是什麼樣的輕浮作品，跟如此有益世道人心的貝爾瑟姆相比，居然能更讓我喜歡。我盡力解釋，她還滿高興的，雖然她只說了句……『我不懂那是什麼故事。從頭開始讀，孩子。』

「所以我就聽命而行啦，我想盡辦法把牧師一家人講得生動有趣，又很奸詐地停在一個最精彩的地方，很體貼地問她：『我怕這樣的故事讓您覺得乏味了，姑媽，是不是在這邊停下就好呢？』她撿起原本丟在一旁的棒針打毛線，從鏡片後面很銳利地瞥我一眼，講話也跟平常一樣簡潔有力：『把那一章念完，小姐，你急什麼？』」

「她在表達她喜歡那個故事嗎？」瑪格問道。

「噢，當然不呀！不過，她讓老貝爾瑟姆退下休息了，而且下午我跑回去她家拿手套，她居然就在看《威克菲爾德的牧師》！專心到我在她家走廊上大笑著跳吉格舞[6]都沒聽到，好日子就要來啦！只要她願意，她可以過得很快樂的！雖然她很有錢，我卻不怎麼羨慕她，畢竟，我想，富人與窮人，煩惱的數量應該也差不多啦！」喬補充道。

「這倒提醒了我，」瑪格說，「我也有事要說。不過，不像喬的故事那麼有趣，反而讓我在回家路上一直思考。我今天在金恩家發現每個人都很慌張，有個孩子跟我說，她的大哥做了非常可怕的事，爸爸就把他趕出家門了。我聽到金恩太太在哭，金恩先生說話非常大聲，葛瑞斯和愛倫經過

6吉格舞（jig），一種輕快的民俗舞蹈，起源自十六世紀英格蘭，今日常見於愛爾蘭與蘇格蘭音樂中。

我面前都別過頭去，不讓我看見他們的眼睛有多紅腫。我當然什麼問題都沒問，只是我真替他們感到難過，卻又暗自慶幸我沒有這樣不受教的兄弟去做壞事，讓整個家族蒙羞。」

「我認為在學校裡丟臉比壞男孩所能做出的任何壞事都還要慘，」艾美搖搖頭，彷彿她的人生歷練已經深不可測，「蘇西．柏金斯今天戴了一枚很可愛的紅瑪瑙戒指到學校來，我非常想要那枚戒指，眞想不顧一切變成她。好吧，我要說的是，她今天畫了一張戴維斯老師的肖像，不只有像怪物一樣的醜鼻子和駝背，她還給他拉了一個對話框，上面寫『小姐，我的眼睛正在盯著你！』我們一群人都在偷笑，忽然，老師**眞的**瞪過來了。他命令蘇西把寫字板拿到前面去，她嚇到快動不了，可是還是照著老師的話做，然後，噢，你們猜老師做了什麼事？他拉著她的耳朵——耳朵耶！想想那多可怕！——叫她站上講台，罰站半小時，還得把寫字板舉高好讓每個人都看到。」

「你同學們沒有對那幅畫大笑嗎？」喬問道，這般窘況讓她聽得津津有味。

「大笑？誰笑得出來呀！大家排排坐得跟老鼠一樣，蘇西哭得可慘了，我知道的。在那之後，我就不羨慕她了，因為我覺得要是發生這種事，就算有幾百萬個紅瑪瑙戒指，我也快樂不起來。我絕對無法忍受這種意圖使人顏面盡失的奇恥大辱！」艾美說完，繼續手上的針線活兒，語氣裡相當以自己的好德性為傲，並且對於能一口氣說完這用詞艱深的句子感到頗為得意。

「我今天看到令人開心的事情，本來打算在晚餐時說的，可是我忘了。」貝絲一邊說，一邊將喬弄得亂七八糟的籃子按順序排好，「我早上去幫漢娜拿牡蠣，勞倫斯先生也在魚店裡，可是他沒看到我，因為我躲在放魚的木桶後，他正忙著跟漁夫卡特先生說話。那時有個貧窮的婦人拿水桶和拖把走進店裡，問卡特先生是否可以幫他清理店面或處理一下魚，好為她的孩子們換一頓晚餐，因

「他拉著她的耳朵——耳朵耶！」

爲她想找一份工作，可是一整天下來一直被拒絕。卡特先生像在嫌她礙事一樣，口氣很差地回『不用』，那婦人只能轉身走了，看起來又餓又難過。就在那時，勞倫斯先生用手杖的曲柄勾起一條大魚遞給她，她很驚喜地連忙把魚揣在懷裡，對勞倫斯先生謝個不停。勞倫斯先生告訴她『快回家煮晚餐吧』，她便迅速離開了。眞讓人開心哪！勞倫斯先生很好心吧？那婦人的樣子眞好玩，抱著一條滑溜溜的大魚，祝福勞倫斯先生在天堂裡一定會過得『特別好』。」

女孩們笑著聽完貝絲的故事，隨即要求母親也分享一個。瑪楚太太思索片刻，語氣嚴肅地開口：「我今天在裁製一件藍色法蘭絨夾克，忽然非常擔心爸爸，並且想到如果他發生不幸，我們會變得多麼孤單無助。這樣想眞不是明智之舉，我卻一直憂慮，直到有個老人走進來要訂做衣服。他在我旁邊坐下，我開始跟他說話，因爲他看起來既清貧又疲倦，整個人焦慮不已。『您有兒子在當兵嗎？』我這樣問他，因爲他的訂單不是我受理的。『是的，女士。我有四個兒子在當兵，兩個死在戰場上，一個是戰俘，剩下一個生重病，在華盛頓一家醫院裡住院。』他回答得很平靜。

「『您爲國家貢獻良多，先生。』我說，心中充滿了敬意而非同情。『遠不及我所應該做的，女士。倘若我派得上用場，我會親赴戰場。然而我已老朽，於是我奉獻我的兒子們，不求回報地奉獻。』他說得精神抖擻，面容眞誠，似乎很樂意把他的所有奉獻出去，我對自己感到汗顏。我只奉獻我的丈夫，還猶豫著我給得太多，他把四個兒子都獻上了，卻沒有一絲怨嘆。我在家裡有四個女兒安慰我，而他僅剩的一個兒子卻遠在異鄉，也許就等著和他永別了！我想著我所擁有的祝福，我是多麼富裕，多麼快樂呀，於是我把他要的衣服打包好，又給他一些錢，衷心地感謝他教了我這麼寶貴的一課。」

「快回家煮晚餐吧。」

「媽咪，再講一個故事，像這個一樣有某種寓意的。如果是眞實故事，不是單純說教類型，我都喜歡在聽完後反芻一下。」大家沉寂了約莫一分鐘，喬開口道。

瑪楚太太微笑，立即說起第二個故事。她已經給這些小聽衆們講了許多年的故事，她們喜歡聽什麼，她瞭若指掌。

「從前從前，有四個女孩子，她們不愁吃穿，日子幸福快樂，有疼愛她們的父母及關心她們的朋友，然而她們卻不太知足。（聽衆們忽然面面相覷，接著個個認眞作起針線活。）這些女孩兒們想著積極向善，擬定了許多絕佳計畫，可是她們並沒有好好遵循計畫去做，而是不停地說『要是我們有這個就好了』，或是『如果可以那樣就好了』，忘記了她們早已擁有的美好，也沒有察覺到她們可以做的事情其實很多。所以她們跑去請教一個老婦人，有什麼咒語可以讓她們得到快樂，老婦人回答：『當你們感到不滿足的時候，想想你們所得到的祝福，並且感恩這一切。』（喬骨碌碌地轉動眼珠，迅速往上瞧一眼。她彷彿有話要說，但一想到故事尙未結束就改變了心意。）

「身爲聰慧的女孩兒，她們決定試試老婦人的建議，很快地，她們便對結果感到驚奇不已。一個女孩兒發現再多的金錢也不能拯救那些有錢人免於羞恥和憂傷，另一個女孩兒發現雖然自己很窮，但相較於某個脾氣暴躁、身體衰弱，無法享受生活的老婦人，她既青春健康又活潑有精神，顯然快樂得多。第三個女孩兒老是爲幫忙準備晚餐感到不悅，後來發現這總比向人乞討晚餐好上太多，第四個女孩兒則是發現再多的瑪瑙戒指也比不上良好的品德。於是她們決定停止抱怨，盡情享受擁有的一切，而且還要努力保有這些祝福，以免失去的一天來臨。我相信她們一旦照老婦人的建議做，就一定不會失望或後悔的。」

「媽咪，您很奸詐喔！用我們的故事來教訓我們，不是說了個浪漫的故事，而是訓了我們一頓！」瑪格率先發聲。

「我喜歡這樣的訓話，爸爸以前也是這樣和我們說話的。」貝絲深思道，說著把縫針直接戳進喬的針插裡。

「我不像其他人抱怨那麼多，但從現在起我會更注意，因爲我已經從蘇西的挫敗上學到課題了。」艾美一臉道貌岸然。

「我們當然得記取這樣的教訓，萬一我們重蹈覆轍，請您就像《湯姆叔叔》裡的老克洛伊[7]一樣，對我們說：『想想你們所得的恩典憐憫，孩子們！想想你們所得的！』」喬補上一句。她總忍不住想從一段訓示裡找出一些小樂趣，不過她面對課題本身，嚴肅認眞的態度是絕對不會輸給姊妹們的。

7克洛伊（Chloe），美國小說《湯姆叔叔的小屋》（*Uncle Tom's Cabin*）中，主角湯姆叔叔的妻子。

第五章　睦　鄰

「喬，你到底……想做什麼啊？」一個下雪的午後，瑪格問道，因爲她的妹妹正在門廳裡來回踱步。喬腳踩一雙橡膠靴，身上套一件舊大衣、一件斗篷，兩手又各抓一支掃帚、一把鏟子。

「出去活動一下。」她回答，眼睛閃著淘氣的光芒。

「我還以爲早上走兩趟長路已經夠了呢！外面又冷又陰暗，我建議你待在火爐旁，以保持乾燥和溫暖，喏，像我一樣。」瑪格說道，打了個哆嗦。

「才不要咧。我沒辦法整天待著不動，又不是小貓咪，需要待在火爐旁打瞌睡。我喜歡冒險，我現在就要去尋找目標！」

瑪格縮了縮身子，把腳底板晾在火爐前烤，繼續讀她的《撒克遜英雄傳》[1]，喬則開始致力於從雪地裡開路。積雪並不深，她很快就沿著花園外圍清出一條路，爲了在陽光露臉後，可以讓貝絲帶著她那些殘病羸弱的娃娃到花園裡呼吸新鮮空氣。這個花園位於瑪楚家與勞倫斯家中間，兩家都位於市郊，附近有小樹林、草地、寬廣的花圃和寧靜的街道，仍舊一派鄉村樣貌。兩家之間隔著低矮的樹籬，一邊是一棟老舊的紅褐色屋子，看上去貧瘠而寒酸，牆面到夏季時卻會爬滿藤蔓和盛開的花朵。另一邊是宏偉的石砌大宅，擁有偌大的馬車屋、通往溫室的平整草皮、做工華美的窗簾和從它縫隙間偶爾可以瞧見的精緻擺設，讓人一望而知這是集各種舒適與奢華於一身的豪宅。

然而，這豪宅似乎顯得相當冷清、欠缺生命力，草地上沒有兒童嬉戲，窗邊不見慈母的笑顏，除了老主人與孫子外，這棟大宅幾乎沒什麼人進出。

在喬豐富的想像力中，這是一座被魔法控制的宮殿，它的富麗堂皇令人屏息，卻無人能享受其中。她一直渴望一探宮中隱藏的瑰麗，也想要認識那位貌似很想被認識卻又不知該如何開始的勞倫斯男孩。自從上次的舞會後，她更想認識他了，而且想了許多可以跟他交朋友的方法，可是他最近總是不見蹤影。就在喬思忖著他已經離開時，有一天卻瞥見豪宅上方的窗戶裡，冒出一張紅通通的臉朝樓下看，惆悵地凝望花園裡正在互丟雪球玩的貝絲與艾美。

「那男孩需要朋友和玩樂，」她自言自語起來，「他祖父不明白什麼是對他有益的，淨把他一個人關在家。他需要和一大票男孩子，或至少跟個活潑好動的同齡人，一起玩個痛快，我就好心走過去，跟那個老紳士說一下吧！」

一想到這個主意，喬就開心得不得了，她喜歡大膽前衛的嘗試，老做些驚世駭俗的事情，把瑪格嚇個半死。這項「跨越計畫」一直在喬的腦海中盤旋，就在這個下雪的午後，她下定決心放手一搏。她看見勞倫斯先生坐馬車出門了，自己隨即帶掃帚出來，一路掃到樹籬邊，她站在那兒觀望一陣子，四周靜寂無聲，下層窗戶的窗簾全拉上了，僕人們不見蹤影，整座豪宅只見上方窗戶中，一隻纖瘦手掌撐著一顆黑色捲髮的頭。

「他在那裡，」喬想道，「可憐的男孩！孤單一人，還在這種天氣生了病。太可憐了吧！我來

1《撒克遜英雄傳》（*Ivanhoe*），西元一八二〇年由蘇格蘭作家華特．史考特（Sir Walter Scott）發表的長篇歷史小說。

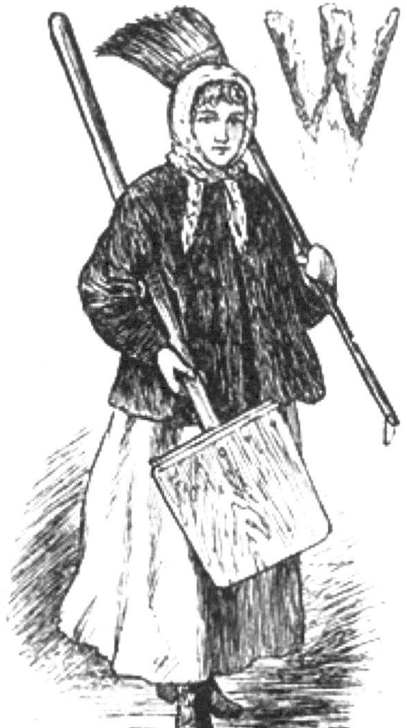

「我喜歡冒險，我現在就要去尋找目標！」

丟個雪球吸引他注意，再跟他說些安慰的話。」

一團鬆軟的白雪向上翻飛，窗戶中的頭立即轉動，原本毫無生氣的臉龐瞬間崩解，那雙大眼綻出光芒，緊閉的嘴唇拉出微笑的弧線。喬點點頭，大笑著，揮舞手中的掃帚叫道：

「你好嗎？你生病了嗎？」

勞瑞打開窗戶回應，儘管聲音沙啞有如烏鴉：

「好多了，謝謝你！我重感冒，快一個星期沒出門了。」

「眞遺憾。你都做什麼娛樂呀？」

「什麼都沒做，這上面跟墳場一樣悶。」

「你不看些書嗎？」

「看得不多，他們不讓我看。」

「不能找個人念給你聽？」

「爺爺有時候會，可是他對我的書沒興趣，我也不喜歡老是麻煩布魯克。」

「那就找個人來看你。」

「我誰也不想見，男生太吵了，我受不了，會頭痛。」

「那，就沒有個好女生去陪你、念書給你聽嗎？女生們都很安靜，而且很樂意當個護士的。」

「我一個女生也不認識。」

「你認識我們啊！」喬開口，接著大笑，最後閉嘴。

「說得也是。那，請你上來，好嗎？」勞瑞喊道。

「我既不安靜也不溫柔，不過，如果我媽說好，我就會上去。我問她一下，現在，你乖乖聽話，把窗戶關起來等我上去。」

於是，喬把掃帚扛到肩上，大踏步走回家，心裡想著姊妹們不曉得會對她說些什麼。勞瑞則是一想到有人要來探望他就興奮得不得了，連忙準備招待客人，因爲他還記得瑪楚太太給了他「小紳士」的好評價。他梳理一下自己的捲髮，換了件衣服讓自己氣色好一些，再整理一下他那亂七八糟的房間——儘管有半打僕人，他們卻似乎總是做不到整潔。不一會兒，門鈴聲大作，一聲篤定果決的嗓音表示要找「勞瑞先生」，一個神情驚訝的僕人上樓來，向他通報有位年輕女士到訪。

「好，請她上來，那是喬小姐。」勞瑞說著，走到他的小客廳門口迎接喬。站在那兒的喬臉色紅潤，態度自然，一手端一只上了蓋的盤子，另一手則抱了貝絲的三隻小貓。

「我來了，我的全部家當也來了。」她語調雀躍地說，「我媽要我向你問好，還說如果我能幫你做些什麼，她會很高興的。瑪格要我送來一些她做的牛奶凍，她的手藝眞的很好喔！而貝絲認爲她的貓可以安慰你，所以……我知道你會覺得這些貓很好笑，可是我無法拒絕，她眞的很想幫忙。」

貝絲的好心確實發揮作用，逗弄這些小貓讓勞瑞開懷大笑，他忘卻了害羞，立刻變得活潑可親起來。

「它們看起來好漂亮，我都捨不得吃了。」喬打開盤上的蓋子，可口的牛奶凍映入兩人眼簾，周圍還裝飾著用綠葉及艾美寶貝的深紅色天竺葵編成的花環。

「沒什麼啦，儘管吃吧，她們就想表達一下慰問而已。你讓女僕先收起來，等一下可以配茶喝。奶凍的材料很簡單，你吃沒問題的，而且既軟又滑，不會傷你的喉嚨……噢，這房間感覺好舒適喔！」

「如果好好整理的話，應該是啦，可是女僕們都很懶惰，我也不知道該怎麼做才叫得動她們，這還真夠我困擾的。」

「我兩分鐘就可以搞定，只要先掃一下爐床，像這樣——然後這些東西放直，放壁爐架上，然後——書放在這兒，瓶子放那兒，再把沙發轉過來避掉光線，靠枕拍鬆一點。這樣，弄好了。」

喬說說笑笑的，移動這個，擺放那個，三兩下就讓小客廳有煥然一新的感覺。勞瑞肅然起敬地望向喬，當喬示意他在沙發上坐下時，他滿足地嘆口氣，充滿感激地說：

「你真是太善良了……對，這個房間就需要這樣擺設。現在請你坐在那張大椅子上，讓我來招待一下我的訪客。」

「不用，我是來讓你放鬆的，要不要朗讀一點書給你聽？」喬說道，看向不遠處一些書籍的目光充滿熱忱，它們相當能勾起她的興致。

「謝謝你，不過那些書我全看過了，如果你不介意的話，我比較喜歡聊天。」勞瑞回答。

「我一點兒也不介意，只要你讓我講話，我聊個一整天都沒問題，貝絲說我從來就不知道何時該閉嘴。」

「貝絲是臉頰紅潤，大部分時間都待在家，偶爾會提個小籃子出去那位嗎？」勞瑞好奇地問。

「對，那就是貝絲。她是我最疼的妹妹，平常也都很乖。」

「漂亮的那位是瑪格，捲髮的是艾美，我沒說錯吧？」

勞瑞的臉唰地紅起，不過他還是繼續坦白：「呃，我常聽你們互相叫對方名字，而且我一個人待在樓上時，總會忍不住觀察你們的房子，你們看起來似乎一直都是那麼快樂。請原諒我的無禮，可是你們有時忘記拉上窗簾──就是窗台上有花的那扇窗戶，而且屋裡點上燈的時候，那幅景象眞的非常溫馨。你們和你們的母親一起圍著桌子坐，她的臉正好面對我的方向，半藏在花盆後面，看起來和藹極了，我忍不住就一直看……我沒有母親，你知道的。」他說著撥動一下炭火，藉以掩飾無法控制緊咬的唇角。

勞瑞渴望被愛，他那寂寞的眼神觸動喬柔軟的內心。她所受的教育樸實而沒有任何雜質，腦袋裡沒有裝過一點惡意，儘管十五歲了，依舊天眞無邪得像個孩子。喬心想，勞瑞生病了而且孤身一人，相較之下不禁覺得自己的生活既富足又快樂，她樂於將這一切同勞瑞分享，帶著無比眞誠的神情，用平日罕有的溫柔聲音說：

「今後我們家的窗簾不再拉上了，你愛看多久就看多久，只有一點，我希望你不要只是偷看，你可以過來看我們。我媽最棒了，她會對你很好的，而且如果我拜託貝絲，她會唱歌給你聽，艾美也會跳舞，還有我和瑪格的搞笑舞台劇，保證你會笑得很開心，一定很好玩的！你爺爺不至於不讓你來吧？」

「我想，如果是你媽媽開口，他會讓我去的。他人很好，不過看不出來而已，我喜歡的事他幾乎都會讓我去做，他只擔心我會打擾了陌生人。」勞瑞接口，神情越來越愉快。

「我們才不是陌生人，我們是鄰居，你別想著會打擾我們，我們本來就想認識你，我也等這一天等好久了。雖然我們家住在這裡的時間還不長，可是這附近的鄰居我們全認識了，就剩下你們這一家。」

「你想想，爺爺只會跟他的書相處，不太關心外面的世界。我的家教老師布魯克先生又不住這兒，你知道，所以我連一個可以說話的伴也沒有，只好在家自生自滅了。」

「這樣不好。無論哪一家，只要有人邀你，你就應該上門拜訪，這樣你就會有很多朋友，也會有很多好玩的地方可以去。不要害羞了，出門久了你就習慣啦！」

勞瑞又臉紅了，不過倒不是因爲害羞這個形容而覺得被冒犯，因爲喬充滿了善意，任誰也不可能曲解她眞誠而坦率的言語。

兩人間經過一陣短暫沉默，男孩盯著爐火，女孩則興味盎然地環顧四周，最後由勞瑞開口，改變話題。

「你喜歡你們學校嗎？」他問。

「我沒有在上學，我是個談生意的——我是說，我在工作啦，我去照顧我姑婆，一個可愛但古怪的老人。」喬答道。

勞瑞張口想再問一個問題，卻及時想起過問太多他人隱私非常不合乎禮節，便又把嘴巴閉上，表情不甚自在。

喬喜歡他的好教養，並且也不介意說點兒瑪楚姑媽的笑話來聽。於是她向勞瑞描述起這位神經兮兮的老婦人、她的肥貴賓狗、會說西班牙文的鸚鵡，以及令喬自己爲之狂熱、每每流連忘返的圖書室。她的形容極爲傳神，用上各種豐富生動的語彙，彷彿這些事物躍然眼前般地活靈活現。

勞瑞聽得津津有味，喬談到曾有一位拘謹的老紳士來向瑪楚姑媽求婚，浪漫動人的台詞正說到一半，竟被鸚鵡掀飛頭上的假髮。老紳士尷尬不已的窘態逗得勞瑞大笑出聲，他笑得整個身子往後

躺，眼淚滾落臉頰，一名女僕還得探頭進來看看，到底發生了什麼事。

「噢天！聽這個太紓壓了，再多說一點，好嗎？」勞瑞說道，將臉從沙發靠墊裡拔起來。他的臉色紅潤不少，閃爍著神采奕奕的光芒。

受到鼓舞的喬再接再厲，將她們四姊妹的戲劇、計畫、對父親懷抱的希望與擔憂，直至四人小世界中最有趣的生活插曲，一古腦兒全部傾吐出來。他們接著討論起書籍，這讓喬感到非常開心，因爲她發現勞瑞也很喜歡看書，而且他看過的書甚至比她還要多。

「如果你這麼喜歡書，那就該下樓看看我們家的。爺爺出門了，所以你不用怕。」勞瑞說著站起身。

「我什麼都不怕。」喬回道，甩了一下頭。

「我才不信！」勞瑞叫道。他看著她的眼神充滿敬意，心裡倒想著，要是喬看見爺爺發脾氣的樣子，不怕才有鬼。

整棟豪宅的氛圍和煦而溫暖，勞瑞領著喬逛過一個又一個房間，經過特別令她驚喜的角落就稍做停留，讓她盡情駐足觀賞。兩人走走停停，終於來到圖書室，喬一進門便忍不住鼓掌，興高采烈的步伐更加滑稽起來，她在特別開心時就會這樣。圖書室裡的書籍井然有序地排進書櫃，許多圖畫和雕塑裝飾其間，奪人眼光的小小珍奇櫃裡，擺滿各式錢幣與私家珍藏，還有精美的皮製高背椅、長相奇特的桌子、青銅器，最棒的則是那一處以瑰麗磁磚環繞裝飾的大型開放式壁爐。

「太奢侈了吧！」喬感嘆道，抱著無限滿足的情緒，深深陷入一張絨布座椅中，「提奧朵爾・勞倫斯，你應該是世界上最幸福的男孩子了。」她有感而發地補一句。

「一個人不能只靠書而活。」勞瑞搖搖頭，隨意坐到喬對面的桌子上。

在他接著說話以前，門鈴響起，喬馬上跳起來，警覺地大叫：「天哪！你爺爺回來了！」

「他回來了又怎樣？反正你什麼都不怕。」勞瑞回嘴，一副等著看好戲的表情。

「我想我是有一點兒怕他的，可是我也不知道爲什麼要怕。我媽說我可以過來，而且你也沒有因爲這樣病情加重啊。」喬說道，努力讓自己鎮靜下來，不過眼睛還是一直盯著門把不放。

「我覺得身體好多了，都是你的功勞，非常感謝你。只是我怕你因爲和我講太久的話累壞了，跟你聊天很有趣，我一點都不想停下來。」勞瑞感激地說。

「少爺，醫生來看診了。」女僕進來招呼。

「你介意我離開一下嗎？我想我非得去給他看一下不可。」

「不用管我，我在這兒會活得好好的。」

於是勞瑞離開圖書室，他的客人則留在原地，悠然自得地享受滿室書香。房門再度打開，喬正站在一幅畫工精細的肖像前，畫中人是一位年老的紳士，喬沒有轉過身，只是用她篤定的語氣開口：「現在我確定我不怕他了，因爲他有一雙仁慈、和善的眼睛，雖然嘴型讓他看上去很冷硬，似乎是個非常有主見的人。他是沒有我外公那麼帥，不過我喜歡他。」

「謝謝你，這位女士。」一聲粗啞的嗓音從背後傳來，喬感到尷尬至極，勞倫斯老先生就站在她的正後方。

可憐的喬，臉紅得不能再紅了，而且一想到剛才說的話，心臟更是狂跳得幾乎要負荷不了。有那麼一分鐘，她積極盤算起奪門而出的可能性，可是那樣果然太窩囊了，家裡幾個姊妹們一定會嘲笑她，於是她暗下決心，要留下來勇於承擔。她轉過身面對眼前老人，只覺得那對濃密眉毛下一雙溢滿生氣的眼睛，與畫像相比居然更顯溫和良善，從中閃現的淘氣光芒也大大降低喬的恐懼感。在令人窒息的短暫沉默後，老人突然開口，低沉的嗓音聽來似乎更沙啞了，「你說，你不怕我，啊，是吧？」

「不太怕，先生。」

「而且你覺得我沒有你外公帥？」

「比較沒那麼帥，先生。」

「而且我非常有主見，我有嗎？」

「我只說看起來而已。」

「但即便如此，你還是喜歡我？」

「是的，勞倫斯先生。」

這個回答逗樂了老人家，他笑一聲，和喬握握手，接著用手指輕輕抬起喬的下巴，慎重地端詳起喬的臉龐，最後終於放開，點點頭說：「就算你沒有你外公的長相，你也獲得了他的意志。他是個很好的人，親愛的，更好的是他既勇敢又誠實，我很榮幸能與他為友。」

「謝謝您，勞倫斯先生。」聽完這番話，喬整個人都放鬆下來，因為這樣的評語對她而言再貼切不過了。

「你對我那孫子都做了些什麼啊？」老人拋出下一道尖銳問題。

「只是來善盡鄰居職責而已，勞倫斯先生。」喬接著陳述她來訪的動機與經過。

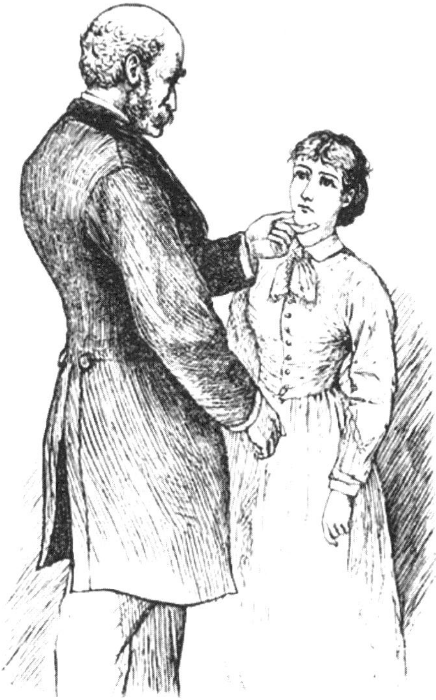

「就算你沒有你外公的長相，
你也獲得了他的意志。」

「你認爲他應該活潑些，是嗎？」

「是的，先生。他似乎有些寂寞，常跟年輕人在一起應該會對他比較好。我們家都是女生，不過，如果幫得上忙，我們會很樂意的，因爲我們一直記著您送給我們那麼美好的聖誕節禮物。」喬熱切地說。

「停，停，停！那是那孩子的主意，倒是那個可憐的婦人怎麼樣了？」

「現在挺好的，先生。」喬快速地把漢默爾一家的事敘述一遍，其中也提到她母親對那家人的關懷與照顧。

「她就跟她父親一樣行善，我眞該找個時間過去看看你母親，你可以先跟她說一聲。下午茶的鈴響了，因爲我孫子的關係，我們今天就提早喝下午茶。一起下樓來，繼續善盡鄰居的職責吧！」

「如果您樂意和我當鄰居的話，先生。」

「如果不樂意就不會邀你了。」勞倫斯先生說，伸出臂膀給喬挽著，展現出老派紳士的禮儀。

「瑪格不知道會怎麼說呢？」喬在心裡想道，跟著勞倫斯先生移步樓下。一想到回家後可有一段故事能說了，喬的眼睛不禁閃爍出興奮的光芒。

「嘿！怎麼，什麼事情讓你這小毛頭嚇成這樣？」老紳士開口。他眼看勞瑞慌忙衝下樓，臉上盡是不敢置信的驚訝——他那可怕而威嚴十足的祖父，竟然和喬手挽著手出現在他面前！

「我不知道您已經回來了，爺爺。」勞瑞回答，喬帶著凱旋歸來的得意神色瞥他一眼。

「現在你知道啦。另外，既然你已經下樓來，那我們就可以開始下午茶了，先生，拿出你的紳士風度來。」勞倫斯先生說，憐愛地揉揉孫子的頭髮，繼續往前走。勞瑞被拋在後頭，他擺出一連串的誇張動作表達他的大惑不解，弄得喬幾乎忍不住要爆笑出聲。

老紳士喝了四杯茶，卻沒說什麼話，只是觀察眼前兩個年輕人，他倆一下就像老友似的談天起來，而他孫子的改變當然逃不過他的眼睛。此刻，這個男孩的臉頰紅潤、明亮，言談間活潑爽朗，笑聲中流露歡樂。

「她說得對，那孩子很寂寞，我倒要看看那幾個女孩兒對他會有什麼影響。」勞倫斯先生看著他們，聽著兩人對話時這樣思忖。他喜歡喬，因爲她奇特卻又坦蕩蕩的行徑令他相當欣賞，而且她似乎很了解勞瑞，彷彿她就是過來人似的。

倘若勞倫斯一家是喬所謂的「拘謹無趣」的人，她就無法和他們交上朋友了，因爲這樣的人總是讓她感到不自在又不知所措。她發現勞倫斯一家人並非如此，他們非常好相處，她也就樂得毫不做作地做自己，並因此留給祖孫倆非常好的印象。當他們喝完午茶，喬在起身同時表示她該離開了，勞瑞卻說還有東西要給她看，帶她到溫室去，爲她點起燈火。喬置身其中，覺得自己彷彿走入仙境，她走在高低起伏的小道上，欣賞兩旁綻放的花朵、柔和的光暈、濕潤香甜的空氣，圍繞四周的樹木與藤蔓同樣令人嘆爲觀止。她的新朋友正在她身旁，忙著剪下開得最好的花朵，直到手裡再也拿不下了，便將它們紮成花束，用喬最喜歡的那張笑顏對她說：「請代我將這些花送給你母親，也請轉告她，我很喜歡她送來的特效藥。」

他們發現勞倫斯先生站在大客廳的爐火前，喬的注意力卻完全被一架平台鋼琴所吸引，它的鋼琴蓋是開著的。

「你會彈鋼琴嗎？」喬問道，望向勞瑞的眼神充滿敬意。

「請轉告你母親，我很喜歡她送來的特效藥。」

「偶爾。」他謙虛地答。

「請你現在彈一首好嗎?我想聽你彈，然後就可以告訴貝絲了。」

「你不先試試嗎?」

「我不會彈。我太笨了學不會，不過，我非常喜歡音樂。」

於是勞瑞彈起鋼琴，喬在一旁聆聽，並且奢侈地將鼻子埋在洋茉莉與月季花束間。她對「勞倫斯男孩」的敬意與評價直線上升，因爲他的鋼琴彈得好極了，卻一點兒也不裝腔作勢。她好希望貝絲也能聽聽他的琴聲，不過喬並沒有說出來，只是不斷地稱讚勞瑞，直到男孩不好意思起來，他的爺爺適時走過來解救他。

「夠了，夠了，小姐，吃太多糖蜜對他沒有好處。他彈得確實不錯，不過，我倒希望他在更重要的事情上也能做得這麼好。你要走了?好吧，我眞的很感謝你，希望你會再度光臨。請代我向你的母親致意，喬醫生，晚安了。」

勞倫斯先生和藹地跟喬握握手，可是眼底看來像是遇上什麼不樂見的事情一樣。待到踏進走廊，喬問勞瑞，她是不是說了什麼不該說的話了，勞瑞搖搖頭。

「不是你，是我。他不喜歡聽我彈鋼琴。」

「爲什麼?」

「我改天再跟你說。約翰會送你回家，因爲我不能出門。」

「不用啦!我又不是什麼淑女，而且也就走幾步而已。你好好照顧自己，好嗎?」

「好，可是你會再來吧?可以嗎?」

「如果你答應身體康復了就來看我們的話。」

「好，我會去。」

「晚安，勞瑞！」

「晚安，喬，晚安！」

當喬說完她的午後冒險故事時，一家人都想過去拜訪勞倫斯家，每個人都有一個造訪隔壁大宅的極大動力源。瑪楚太太想和勞倫斯先生見上一面，和他聊聊經過這麼多年依然被他惦記著的父親，瑪格盼望去溫室裡走一遭，貝絲想著那架平台鋼琴而嘆息，艾美則興致勃勃地想去看那些精彩的繪畫與雕塑作品。

「媽媽，為什麼勞倫斯先生不喜歡讓勞瑞彈鋼琴？」喬問道，她的個性就是打破砂鍋問到底。

「真正的原因我不確定，不過我想是因為勞倫斯先生的兒子，也就是勞瑞的父親，他娶了一名義大利女子，那名女子是個音樂家，老先生因此很不高興，因為他是個很高傲的人。那位女士人非常漂亮，個性很好，成就也不凡，但老人家就是不喜歡她，自從兒子結婚後，他就不再跟兒子見面。勞瑞的父母在勞瑞還很小時就過世了，於是祖父就把孫子帶回家，我猜勞瑞應該是在義大利出生，他的身體不是很健壯，老人家害怕失去他，以致凡事都小心翼翼的。勞瑞天生就喜愛音樂，像他母親一樣，而我敢說老先生大概是怕勞瑞也想當音樂家，不管怎麼說，勞瑞的琴藝都讓老先生想起那位他並不認可的女性，所以他就像喬說的一樣，被『惹火』了。」

「哇……聽起來好浪漫哪！」瑪格驚呼。

「多蠢哪！」喬說，「他想當音樂家就讓他當嘛！他要是不想念大學就不要硬逼他，不要插手干涉他的生活啊！」

「我想，這就說明了他的黑色眼眸爲何如此漂亮，還有他那優雅有涵養的禮儀，義大利人就是好。」瑪格說道，她的浪漫幻想又開始了。

「你又怎麼知道他的眼眸和禮儀？你幾乎沒跟他說過話耶！」喬叫道，她壓根沒往這方面幻想下去。

「我在舞會上看過他，根據你的描述，他確實彬彬有禮。而且，他說『媽媽送的特效藥』，這個比喻簡直太棒了！」

「他指的是牛奶凍吧？」

「他指的當然是你啊！你傻啦？」

「眞的嗎？」喬瞪大雙眼，彷彿這檔子事從沒進過她的腦袋裡。

「我眞是從沒看過像你這種女生！人家在恭維你，你還渾然不知！」瑪格說道，一副深諳箇中情由的年輕淑女派頭。

「我覺得那都是在鬼扯。如果你不要再講這種蠢話來破壞我的好心情，我會非常感激你。勞瑞是個好男孩，我眞的很喜歡他，不過，什麼恭維比喻之類的廢話就免了，本人沒什麼感性因子，不想去談這種沒營養的話題。我們本來就應該對他好，因爲他沒有母親，所以他也可以過來找我們……媽咪，他可以嗎？」

「當然可以，喬，我們非常歡迎你親愛的朋友來，並且我也希望瑪格可以記得一件事：孩子應該盡可能地當一個孩子。」

「我不會稱自己是孩子，雖然我也還不是青少年！」艾美連忙陳述己見，「貝絲，你說呢？」

「我正在想我們的《天路歷程》。」貝絲回答，姊妹們方才的爭論她一個字也沒聽進去。「我們該如何下定決心，憑藉爲善走出『沮喪泥沼』，穿越『邪惡之門』，努力爬上那座陡峭斜坡呢？也許爬過那座斜坡以後，就是一棟充滿美好事物的大宅，就是我們想前往的『美麗宮』呢！」

「那，我們還得先通過獅群哪！」喬說道，對這般前景的構想表現得更加喜愛了。

第六章　宮殿

那大宅果眞是那所謂的「美麗宮」，儘管朝聖者一行人花了一些時間才進去，尤其是貝絲，她發覺要通過獅群眞不是件容易的事。勞倫斯老先生就是最大的那隻獅子，不過，在他造訪瑪楚家，對每個女孩兒或詼諧或善意地招呼過一輪，和她們的母親聊過往日好時光以後，女孩們也就沒那麼怕他了，只剩膽小害羞的貝絲除外。而另一隻獅子就是兩個家庭間的經濟狀況，女孩們過得貧窮，和勞瑞的富裕生活一對比，更讓她們難以接受勞瑞的好意餽贈，因爲她們覺得自己還不起。然而，她們過了一陣子後發覺，勞瑞才是把自己視爲欠了恩情的一方，他總感覺自己受到她們莫大的幫助，因此想要盡力回報，卻又覺得怎麼樣都報答不了。瑪楚太太總是滿懷慈愛與慷慨地迎接勞瑞拜訪，和女孩兒們的相處也帶給他相當的鼓舞作用，他身在一幢簡樸的屋子裡，卻得到更多溫暖與安慰。於是女孩兒們不久便將這樣的矜持拋諸腦後，彼此誠懇仁慈地互相對待，自然也就不去計較誰給的恩惠比較多了。

所有美好有趣的事物都來敲門了，嶄新的友誼如同春天的綠草如茵般欣欣向榮。每個人都喜歡勞瑞，勞瑞也曾私下向家教老師透露：「瑪楚家的女孩子人都非常好。」憑藉青春的耀眼與熱情，女孩們將這個寂寞的男孩拉進她們的生活，她們幫助了他許多，勞瑞也發現，由這些心思單純的女孩所建立起來的純眞情誼，帶給他更多意料之外的驚喜。他自幼喪母，也不曾有過任何姊妹，因此很快就感受到女孩們的影響力，而且她們勤奮、樂觀的生活方式令他對自己的遊手好閒感到汗顏。

他厭倦了書本，發現人群有趣多了，布魯克老師不得不向老先生打小報告：勞瑞又翹課跑到瑪楚家去了。

「沒關係，讓他放個假也好，以後再補課就行。」老先生說，「隔壁那位善良的女士說他讀書讀得太累了，而且年輕人是需要有人互動的，一起玩、一起運動。我想她說得沒錯，我一直以來都很保護他，好像快變成他奶奶了。讓他去做他喜歡的事，只要他高興就好。待在隔壁那座女修院，我諒他也做不出什麼壞事來，而且瑪楚太太能為他做的比我們兩人多得太多。」

說真的，勞瑞和她們一起過得可愉快了。他們玩過話劇、雪橇、溜冰，在瑪楚家的老客廳裡度過好幾個愉快的夜晚，有時一行人也在大宅裡舉辦愉快的小型派對。瑪格可以隨心所欲地飽覽溫室風光，在美麗的花叢包圍中漫步，喬向大宅裡的藏書進攻，讀書的樣子像要狼吞虎嚥地把所有藏書看盡為止，有時甚至以她獨到的見解令老先生驚訝不已，艾美對於臨摹畫作、欣賞精美藝術品感到心滿意足，勞瑞則以神采飛揚的姿態，盡興扮演著他的「莊園領主」。

然而，貝絲雖然深深嚮往那架平台鋼琴，但是對於再度踏入瑪格口中的「幸福大宅」，她卻始終提不起勇氣。有一次她跟著喬拜訪大宅，老先生沒注意到她的脆弱，用他濃密眉毛下一雙灼灼目光直盯著貝絲瞧，聲音宏亮的一聲「嘿！」更是嚇得貝絲「兩隻腳在地板上瘋狂打顫」。她從未跟母親提過這事，那一天她逃跑了，並且發誓她以後再也不到那兒去，就算有那架平台大鋼琴也別想她靠近了，無論再怎麼勸說誘導，都無法使她克服這份恐懼。直到有一天，這件事不知怎麼傳到老先生耳裡去，他決定要彌補缺憾，在一次短暫的到訪中，他很有技巧地將話題拉到音樂上，聊起他曾見過面的偉大演唱家、曾聽過的管風琴演奏，以及諸如此類的奇聞軼事，他的侃侃而談敦促貝絲忍不住離開她的小角落，像是著了魔似的，朝著老先生所在的位置悄悄摸過去，越走越近。她最後佇立在老先生的椅子後方靜靜聆聽，這些奇妙見聞讓她美麗的雙眸睜得圓大，雙頰因爲興奮期盼而紅撲撲的。老先生卻似乎只當她的存在是無關緊要的小蟲一般，談起勞瑞的課業與老師們，就在這時，他彷彿忽然想到什麼，對瑪楚太太說：

「那孩子最近忽略練琴了，我高興得很，因爲他花太多時間玩音樂了。不過，這鋼琴總得有人彈哪！您家的女兒們要是有空可以過來，偶爾彈那架鋼琴練練手，免得它走音了，您說好嗎？」

貝絲向前跨一步，緊緊捏住指掌，免得不小心拍起手來，因爲這眞是天賜良機，一想到可以坐在那夢幻的樂器前演奏，她激動得就快喘不過氣來了。在瑪楚太太開口回話前，勞倫斯老先生突兀地點頭，微笑道：

「她們不必擔心會看到誰或必須跟誰說話，任何時候，只要想來就可以來。我會關在我的書房裡，而書房遠在屋子的另一端，勞瑞經常不在，僕人們在九點後也不會靠近客廳。」說到這裡，他站起身，彷彿要離開了，「請將我的話轉告給那幾位年輕淑女，對了，如果她們不想來，那也完全沒有關係。」此時，貝絲下定決心非開口不可，因爲這份邀請已經太過誠摯。一隻小手滑進勞倫斯先生的大掌，貝絲一臉感激地抬頭仰望，用她最眞誠卻依然害羞膽怯的語氣說：

「嗯，勞倫斯先生，她們想的，她們非常非常想去的！」

「你就是那個喜歡音樂的女孩嗎？」他問道，低頭和藹地回望，用絕對不會嚇到貝絲的音量「嘿」了一聲。

「我是貝絲，我非常喜愛音樂，如果您確定沒有人會聽到我彈琴，而且我不會打擾到任何人的

「她們想的，她們非常非常想去的！」

話，我會去的。」貝絲補上一句，深怕自己顯得太無禮，說話時又因自己竟如此大膽而瑟瑟發抖。

「一個人也沒有，親愛的小朋友。屋子裡有半天是空的，所以放心過來，想彈得多大聲都可以，我還得因此感謝你呢。」

「您人眞好，勞倫斯先生。」

仰望老先生友善的面龐，貝絲羞怯泛紅的臉頰看起來就像朵玫瑰花。她現在不害怕了，用盡全力握緊老先生的手，因爲對於他送來這麼一樣珍貴的禮物，她無法再用任何言語表達她的感謝。老先生輕輕撥開貝絲額前的頭髮，俯下身來親吻一下她的額頭，用旁人幾乎聽不見的聲音說：

「我以前也有個孫女，眼睛跟你好像。上帝賜福你，親愛的小朋友。再見了，瑪楚太太。」他一說完便轉身，就此匆匆離去。

貝絲和母親欣喜若狂，她隨即跑上樓，將這個大好消息告訴她那些在庇護所裡的娃娃，因爲她的姊妹們都不在家。當天晚上她旁若無人地愉快唱歌，更因此成爲逗樂大家的笑料，因爲她在深夜裡把艾美的睡臉當成鋼琴彈，把她給吵醒了。隔天，貝絲看見老、少兩位勞倫斯先生都出門後，便走去門口，卻又折返回來，這動作重複了兩、三次，她終於鼓起勇氣從側門進去，然後像隻小老鼠般無聲地奔向夢想所在的客廳。像是巧合似的，鋼琴上擺了一些好聽又容易上手的樂譜，貝絲顫著指尖翻看，不時又停下來觀望四周動靜。最後，她終於伸手碰了碰琴鍵，立刻彈奏起來，她忘了恐懼，忘了自己，也忘了周遭所有一切，只全心沉浸在音符所帶給她的，無法言說的快樂，彷彿她正聆聽著一位摯愛友人的叨叨絮語。

她在大宅裡一直待到晚餐時分，漢娜過來帶她回家爲止。然而在餐桌上，她一點兒胃口也沒有，只是一個勁兒地對每個人傻笑，看起來幸福無比。

在那之後，幾乎每天都能看見一個披戴棕色斗篷的嬌小身影在兩家樹籬間穿梭，她來無影去無蹤，大宅裡的豪華客廳彷彿被這名帶來優美樂音的精靈給攻佔了。而貝絲從未察覺的是，勞倫斯老先生早早就打開書房的門，只為了聆賞他所鍾愛的古典樂，她也從沒見過走道口的勞瑞，他在那兒站崗把守，叫僕人們別靠近大客廳。她更未曾想過的是，那些她在譜架上發現的練習本和新樂譜，都是特別為她準備的，而當勞倫斯先生在她們家聊起音樂時，她也只覺得他的心腸眞好，總說些對她裨益良多的樂理和彈奏技巧等事物。她眞是打從心底感到快樂，因為這簡直異乎尋常，她最大的願望竟然實現了！也許是出於對這般恩典的無盡感激，貝絲才會感到格外歡喜與心滿意足，不管怎麼說，這都是她配得的。「媽媽，我想為勞倫斯先生做一雙拖鞋。他對我這麼好，我得好好謝謝他才對，可是我實在想不出其他方法了，所以，我可以做一雙鞋給他嗎？」在勞倫斯先生那次特別到訪的幾週後，貝絲向母親問道。

「當然可以，親愛的，他一定會很高興的，而且這也是對他表達感謝的好方法。你的姊妹們會幫忙你，材料費就由我來出吧。」瑪楚太太回答，喜出望外地答應了貝絲，這個幾乎不曾為自己要求過哪怕任何一點小東西的孩子。

和兩位姊姊認眞討論過幾次後，鞋子的樣式決定了，材料也買了，製鞋工程開始了。她們設計的鞋面以深紫色為底，襯上一叢三色菫，用色略顯濃厚，但依舊繽紛且充滿生機，大家都說好看。貝絲早晚努力工作，只偶爾碰到困難才稍事停歇，她的手藝靈巧，能做極好的女紅，鞋子以驚人的速度完成。接著，她寫了封信，內容不長，連同縫製好的鞋子，委託勞瑞在老先生起床前，偷偷放

到他的書桌上。

帶著一股熱忱做完這一切事情，貝絲心裡七上八下的，不知接下來會如何進展。一整天過去，第二天也過了一半，然而，什麼動靜都沒有，她不免開始害怕自己觸怒這位脾氣古怪的朋友。當天下午，她出門跑個腿，順便帶她那傷病纏身的娃娃喬安娜去透個氣。當她走上返家的那條街，她看見家裡客廳的窗戶上冒出三……噢，不，是四顆頭，他們一和貝絲對上視線，立刻揚起手瘋狂揮舞，夾雜在好幾隻擺動的手臂間，大夥兒歡樂的尖叫聲遠遠傳來：

「老先生來了一封信！快過來看哪！」

「噢！貝絲！他送你……」艾美亂七八糟地比劃，不過，還沒等她說得更完整一些，喬便使勁關上窗戶，阻止艾美透露更多。

貝絲既緊張又好奇，趕快往家裡跑，她的姊妹們在門口攔下她，像一支凱旋遊行的隊伍般簇擁著她走進客廳。大家一齊指向某處，口中喊道，「你看！你看！」貝絲順著她們指的方向看去，霎時間被震驚與狂喜沖刷得臉色發白。那兒站著一架小型直立式鋼琴，光滑如鏡的琴蓋上平躺著一封信，像一塊路牌一般，清晰地寫著指名給「伊莉莎白．瑪楚小姐」。

「給我的？」貝絲倒抽一口氣，伸手抓住一旁的喬，感覺自己就快倒下去了——這一切真是太令人措手不及。

「是的，全部都是給你的！我親愛的小寶貝！他人真好，對吧？你不覺得他是全世界最可愛的老先生嗎？信封裡有把鑰匙，我們沒拆信，不過我們都很想知道他信裡到底寫些什麼！」喬激動地說，用力抱緊妹妹，並且把信交給她。

「你讀吧！我沒辦法，我現在根本緩不過來……噢，這一切眞是太美好了！」貝絲把臉埋進喬的圍裙中，被這禮物弄得完全不知該如何是好。

喬打開信紙，忍不住笑出來，因爲首先映入眼簾的是……

「『敬愛的瑪楚小姐：』……聽起來好優雅喔！我眞希望有人也可以這樣寫信給我！」艾美說道，她覺得老派的稱呼都很優雅。

「我這一生中擁有過許多雙拖鞋，可是從來沒有一雙像你做的這樣合適。」喬接著開口。

三色菫是我最喜歡的花，這些美麗的花朵將會永遠讓我記得，它們是出自一位如此溫柔的製鞋人之手。我想回報一下，所以請你收下『老先生』那無緣的小孫女曾擁有過的物品。

在此謹獻上誠摯的謝意與最美的祝福，您感恩的好友與謙卑的僕人

詹姆士・勞倫斯　敬上

「貝絲，我確定你該以擁有這份榮幸爲傲。勞瑞曾經告訴我，勞倫斯先生很疼愛那個過世的孫女，還有他是如何小心翼翼地保存她所有的小東西。想想看，老先生把他孫女的鋼琴送給你耶！因爲你有一雙藍色的大眼睛，而且同樣熱愛音樂。」喬說，試圖緩和貝絲的情緒，因爲她的身子開始打顫，正處於從未有過的激動狀態。

「這些燭台做得好精巧啊！還有這絲質的防塵布，這綠色選得眞好，搭上金色玫瑰和抓縐的收邊，還有這漂亮的譜架和鋼琴椅，太完美了！」瑪格在一旁附和，打開鋼琴展示它的美麗。

「『您謙卑的僕人，詹姆士·勞倫斯』，噢，光想到他這樣寫給你就夠了！我要去跟班上那些女生說！她們一定會覺得這太特別、太夢幻了！」艾美說道，比任何人都還要為那封短箋著迷。

「親愛的，試彈一下，讓我們聽聽看這架寶貝小鋼琴的聲音。」漢娜說。在這個家中，不論悲傷或歡喜的時刻，總有漢娜參與其中。

於是貝絲試彈一曲，每個人都說這是她們聽過最棒的琴聲。顯而易見，這架鋼琴是新近調過音的，而且它的狀況被整理得非常好。然而，雖說這架鋼琴堪稱完美無缺，但我認為，造就它如此奪人眼目的真正原因，卻應該是倚在鋼琴邊的那張笑臉，那是在座所有染上愉快的臉龐中，笑得最燦爛、最幸福的一個——來自滿心珍愛地彈奏黑白琴鍵，踩著光亮踏板的貝絲。

「你得去好好謝謝他呦。」喬半開玩笑地說，因為她壓根兒沒想到，這孩子真的會跑過去。

「是，我正想這麼做。我想，我最好在覺得害怕想要退縮之前趕快去才行。」接著，完全出乎眾人預料，貝絲在全家人驚愕的眼光目送下，毅然決然走過花園，穿越樹籬，直接走到勞倫斯家門口去了。

「噢天，這絕對是我這輩子見過最荒謬的事！這架小鋼琴直接讓她換個腦袋啦！她從沒有像這樣失常過啊！」漢娜瞪著貝絲的背影大喊，姊妹們也全都因為眼前的奇蹟愣神得說不出話。

要是她們親眼看見貝絲接下來做的事，一定會更驚訝了。若讀者們相信的話，實情是這樣子的：貝絲在尚未來得及思考前，就一股作氣直走到老先生書房門口敲門，聽見一聲粗啞的「請進」後，她走進書房，繼續走到驚訝不已的勞倫斯老先生面前，抬起手，用微微顫抖的聲音開口：「我是來謝謝您的，先生，因為……」然而，她沒能把話說完，因為老先生看起來是如此慈祥和藹，她

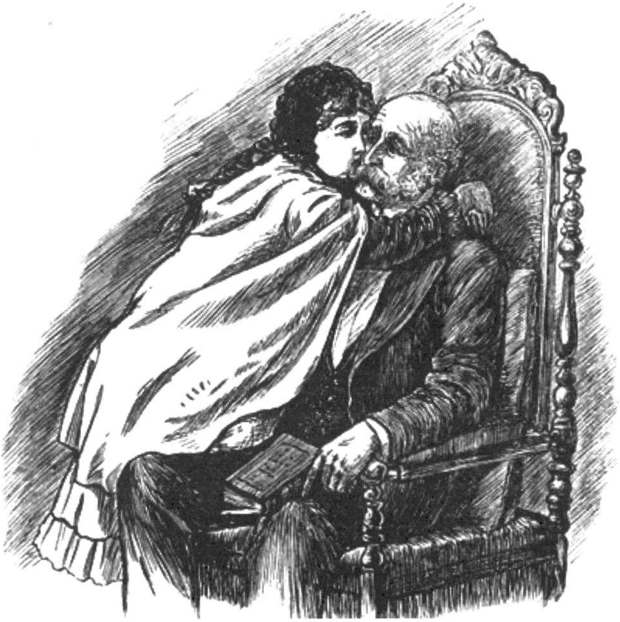

一時把要說的話都忘了，腦海裡只記得他失去了摯愛的孫女兒，於是她伸出雙臂，抱住老先生的脖子親吻他。

此刻，就算狂風把屋頂掀翻，老先生也不會覺得這比眼前的景象更令人吃驚。不過，他確實樂見這一幕，啊，是的，沒錯，他太爲此高興了！老先生所有的驕矜都消失了，他的心中深受感動，情緒大好，於是他抱起貝絲，讓她坐在自己膝上，皺紋滿布的臉龐輕輕摩娑貝絲紅潤的面色，感覺像是已逝的小孫女又回來了。貝絲也從這一刻起不再畏懼老先生，她舒服自在地坐在他膝上聊天，彷彿從出生起就認識了他。因爲這交心的輕輕一吻，愛驅走了懼怕，感激克服了驕傲。當貝絲要回家時，老先生親自送她到家門口，誠摯地與她握手道別，甚至在轉身要往回走時，伸手輕抬一下帽子，舉止有度又令人敬畏，就像一位生得英挺威嚴的老紳士，而他也的確是如此。

女孩們目睹這般景況後，喬開始大跳吉格舞，表達她發自內心的滿意，艾美訝異得差點兒從窗戶摔出去，瑪格則高舉雙手，大聲宣布：「好的好的！我相信，世界末日就要近了！」

第七章　恥　辱

「他是個完美的獨眼巨人（Cyclops），對吧？」艾美有一天這麼說。她看見勞瑞騎著馬，噠噠的馬蹄聲從她們家門前經過，少年手執馬鞭的姿態襯得他看起來更加氣宇軒昂。

「你在亂說些什麼？他不是有兩個眼睛嗎？而且那雙眼睛還漂亮得很！」喬大叫起來，只要有人用輕蔑的字眼評論她朋友，她就不免義憤填膺。

「我又沒說他的眼睛怎麼樣，我是在欣賞他騎馬的英姿，眞不知道你爲什麼要發火。」

「噢！我的天！這小笨蛋想說的是人馬（centaur），卻把他叫成獨眼巨人了！」喬說著，爆笑出聲。

「你用不著如此無禮，我不過是像戴維斯老師說的，『一時牙齒打滑』[1]而已。」艾美反駁道，並用一句拉丁文堵住喬的嘴巴。「要是我能有勞瑞花在那匹馬身上的一小部分錢就好了。」她悄聲加上一句，好像只是說給自己聽的，其實很想讓姊姊們都聽到。

「怎麼啦？」瑪格好心地問，因爲喬早就因爲艾美的又一次口誤而大笑著走開了。

「我非常需要錢。現在的我債台高築，可是我得等到下個月才會有錢。」

1原文中，艾美所言爲「lapse of lingy」，但正確的拉丁文應爲「lapsus linguae」，乃「舌頭打滑」之意。作者此意在表達艾美的愛賣弄。

「他是個完美的獨眼巨人，對吧？」

「債台高築？艾美，你發生什麼事了？」瑪格的表情變得嚴肅。

「啊，我欠了至少一打醃萊姆了，而且除非我有錢，要不然根本就還不起，你知道，媽咪又不讓我賒帳買東西。」

「把事情原原本本說給我聽，現在是流行醃萊姆嗎？以前是流行把橡皮擦屑搓成球。」瑪格盡量正經地開口，免得不小心笑出來，艾美看起來一臉茲事體大的樣子。

「唉呀，你知道嘛，同學們都會買萊姆啊，除非你想被當成吝嗇鬼，不然你也一定得買。現在就是萊姆的天下，大家上課時間都會在桌子底下偷吃兩口，也會在下課時間用來交易鉛筆啊、串珠戒指啊，紙娃娃或其他什麼東西。如果一個女生想和另一個女生交朋友，就給她一顆醃萊姆；如果看她不順眼，就當著她的面把萊姆吃掉，連一滴果汁都不會留給她。而且大家還會輪流請客，我已經被人家請過好幾次了，可是連一次都還沒請過她們，你懂的，我眞的該還債了。」

「那得花多少錢才能還債，保回你的名聲呢？」瑪格問道，順帶拿出錢包。

「二十五分錢有找，還可以留幾分錢買給你吃。你喜歡萊姆嗎？」

「還好，你可以把我那一份也吃了。來，錢給你，省著點花，你知道的，我們也沒什麼錢。」

「噢！感謝你！能有自己的零用錢眞好！我可要來好好吃一頓，這一週都還沒吃到萊姆呢！我實在是很想吃萊姆，無法抗拒它的誘惑，現在就很想吃上一顆！」

第二天，艾美很晚才到學校。因著人性中難以免除的驕傲，她還是忍不住炫耀了一下手上那濕潤的咖啡色紙包，才把它放進書桌抽屜最角落。在接下來幾分鐘裡，流言已然傳開：艾美・瑪楚帶了二十四顆多汁可口的萊姆（她自己在路上吃掉一顆）到學校來，要請她那一掛的人吃，於是朋友們對她的關注也排山倒海而來。凱蒂．布朗當場就邀請她參加下一場派對，瑪麗．京斯利堅持要借她手錶戴到下課，而愛嘲諷人且挖苦艾美沒有萊姆片的珍妮．斯諾也趕快過來講和，希望能在那二十四顆萊姆中分到一杯羹。然而艾美並沒有忘記那些尖酸刻薄的話，像是「有些人的鼻子不是塌得聞不到別人的萊姆，就是驕傲得不想請人分她一顆」，於是她當即以令人難堪的字眼粉碎那「斯諾大小姐」的期盼：「你不必突然這麼有禮貌，因爲你一顆也拿不到。」

那天早上剛好有一位重要人士到校參觀，艾美精巧的手繪地圖於此大受讚賞，這樣的褒揚激起了斯諾小姐的憤怨，卻讓瑪楚小姐得意得像隻神氣盡顯的小孔雀。然而，嗚呼，哀哉！飛得越高，跌得越重，復仇者斯諾小姐帶來的災難成功來了個大翻盤。訪客致上陳腔濫調的場面話，對學校恭維一番之後隨即離開，珍妮．斯諾立刻假裝有重要問題要請教戴維斯老師，接著向他告發：艾美．瑪楚的抽屜裡有包醃萊姆。

戴維斯老師早先宣布過，醃萊姆是違禁品，而且起了重誓要公開嚴懲第一個違反規定被逮的人。這個意志力堅強的男人在持久的消耗戰中贏得勝利，他成功地杜絕口香糖，一把火燒掉沒收來的小說、報紙，壓制了私人郵局，頒布了禁止扮鬼臉、取綽號、畫諷刺漫畫等禁令，盡一人之力讓五十個叛逆的女孩兒乖乖聽話。男孩兒們已經足夠挑戰人類耐心的底線，天曉得，女孩兒們的本領遠超於此！這對一個精神緊繃、脾氣暴躁，教書本事和布利莫博士[2]差不多的紳士而言尤其是挑戰。戴維斯老師精通希臘文、拉丁文、代數，以及所有科學知識，因此被稱爲是一位好老師，至於禮貌、道德、情操、楷模，他就覺得不是特別重要了。告發艾美簡直是災難一場，珍妮心底非常清楚，這天早上戴維斯老師顯然喝了太多咖啡，而且那時颳的正好是東風，讓他的神經痛更加嚴重，加上他的學生竟然沒有遵照他的指令。因此，這時的戴維斯老師，套句學校裡女學生的話說——也許不文雅，但頗爲貼切——「他神經質得像個巫婆，憤怒得像隻熊」，「萊姆」這個字眼就像導火線，他蠟黃的臉頓時漲得通紅，敲擊桌面的力道把珍妮嚇得以非比尋常的速度竄回自己座位。

「同學們，請注意！」

隨著一聲嚴厲的喝令，教室裡頓時鴉雀無聲。五十雙眼珠，藍的、黑的、灰的、褐的，全部乖順地將目光集中在老師那張盛怒的臉上。

「瑪楚小姐，到講台來。」

艾美順從地站起，外表強作鎮定，內心卻暗自驚恐不已，因爲那些萊姆此刻成了她的重擔。

「抽屜裡的萊姆一起拿過來。」就在離開座位前，老師冷不防又拋出一句話，讓她愣在當場。

「不要全拿。」鄰座的女生對她冷靜耳語。

艾美迅速倒出半打萊姆，將其餘都交到戴維斯老師面前，心裡還覺得無論任何人，只要聞到醃萊姆的味道，他的心腸都會柔軟下來的。很不幸，這種時下最流行的醃漬品味道特別讓戴維斯老師反感，這反感也更加添了他的憤怒。

「就這些？」

「還有一些。」艾美回答得結結巴巴。

2布利莫博士（Dr. Blimber），英國文豪查爾斯．狄更斯（Charles Dickens）的小說《董貝父子》（*Dombey and Son*）中的人物，經營一間私立男校，實施高壓教育，是一名冷酷嚴峻不近人情的老師。

「立刻把剩下的全拿來。」

艾美絕望地看了朋友們一眼，照著老師的話做。

「你確定全在這兒了？」

「我從不說謊的，老師。」

「我知道。現在，把這討人厭的東西，兩個兩個，從窗戶扔出去。」

這下子，女孩們垂涎已久的零食完全泡湯，隨著最後希望的幻滅，她們同時發出一陣唏噓。艾美漲紅的臉交織了羞慚與憤怒，她咬著牙來回六趟，不情不願地，兩手各抓兩顆飽滿多汁、鮮嫩欲滴，卻命運坎坷的醃萊姆，將它們盡數往窗外扔去。外頭街上傳來的尖叫讓女孩兒們的怒氣升到最高點，因爲這代表原本屬於她們的歡愉饗宴，此刻已成了她們的宿敵——那些愛爾蘭小孩們——天上掉下來的大禮。這實在……實在太過分了！女孩兒們的眼神或憤慨或哀求，全部集中在鐵腕無情的戴維斯身上，一名醃漬萊姆的狂熱信徒甚至因此落淚。

就在艾美熬過她最後一趟來回時，「哼！」戴維斯老師刻意清了清喉嚨，吸引大家目光，接著用他最有威儡力的聲音開口……

「同學們，你們記得上一週我說過什麼話。我很遺憾今天發生了這樣的事，但是，我立的規矩，絕不容許有人破壞，我言出必行。瑪楚小姐，手伸出來。」

艾美嚇了一跳，連忙把雙手藏到背後，帶著懇求的目光看向戴維斯老師，用這可憐兮兮的模樣代替她再難辯解的隻言片語。艾美算是女孩兒們口中「老戴維斯」最寵愛的一個學生了，依我個人之見，要不是台下一名桀驁不馴的年輕女士憤懣地噓一聲，戴維斯老師應該會爲了艾美破例一次才對。然而，這噓聲雖然幾不可聞，還是激怒了這位脾氣暴躁的男士，他逮到的這名罪犯，命運也就此蓋棺論定。

「你的手！瑪楚小姐！」艾美無聲的請求只迎來這般最後通牒，她的自尊讓她不再哭了，也不再哀求乞憐，她咬緊牙關，仰起頭，小小的掌心毫不畏縮，硬是吃下幾記抽打。老師其實沒打太多下，打得也不算重，可是就艾美來說這並沒有什麼不同，這是她有生以來第一次挨打，這樣的羞辱在她眼中就和把她揍倒在地一樣沉重。

「你就站在講台上直到下課。」戴維斯老師說。他決定既然已經開罰，索性就罰個徹底。

這簡直太悽慘了。艾美覺得，光是走回座位的途中，必須面對朋友們充滿悲憫的臉，或是她的宿敵們得意的笑臉，就已經夠糟糕了，更何況是面對全校學生，承受這樣的羞辱。叫她如何吞得下去？有那麼一秒鐘時間，她想乾脆就從罰站的地方倒下去，哭個肝腸寸斷算了。而幫助自己撐下去的，是腦海中思錯的痛苦感受，以及珍妮．斯諾的嘴臉，艾美站在那個羞辱的位置，目光越過一大片被她當作蒼茫大海的人臉，定睛在暖爐的煙囪上。她蒼白著一張臉，面無表情地佇立，女孩們因此發現，眼前站著這麼一個可憐傢伙，實在是連書都無法讀下去了。

接下來的十五分鐘裡，這個驕傲且善感的小女孩忍受著她永遠也忘不了的恥辱與痛苦。對其他人來說，這也許不過就是荒謬可笑或微不足道的小插曲，但對她而言卻是一次刻骨難忘的經驗，因為在她十二年的生命經歷中，所接受的只有愛的教育而已，在此之前她從未領教過這樣的打擊。「我回家得告訴她們發生什麼事，她們一定會對我失望透頂！」一個加倍疼痛的想法竄出來，使得艾美手上的刺痛和心裡的傷痛忽然都離她遠去了。

「你的手！瑪楚小姐！」

這十五分鐘恍如一個鐘頭，不過這段時間終究是結束了，那句「下課！」聽在她耳中是從沒有過的解脫。

「你可以走了，瑪楚小姐。」戴維斯老師說，他的表情反應了內心的感覺——很不自在。艾美望向他時，那種責難的眼神，想必他短時間內很難忘記。艾美走下講台，沒有跟任何人交談，逕直走進休息室，抓起自己的東西便「永遠地」離開了——她憤怒地對自己如此宣告。她回到家時情緒非常低落，等到稍晚姊姊們也回來，她立刻向大家控訴這起不公義的事件。

瑪楚太太聽完後沒有多說什麼，她看起來有些不安，但是仍以最溫柔的模樣安慰她受到傷害的小女兒。瑪格用甘油擦拭妹妹手中的傷痕，間或掉了幾滴眼淚進去。貝絲感覺就連自己最寵愛的小貓，在這樣哀戚的場面也絲毫起不到平復心情的作用。喬則在盛怒之下堅持，像戴維斯老師這樣的人應該立刻被逮捕。漢娜也對空揮舞起拳頭，痛揍那個「壞蛋」，她拿著杵用力搗爛晚餐要吃的馬鈴薯泥，好像被她砸扁在缽碗裡的是戴維斯老師一樣。

除了艾美的朋友，沒有人注意到她的離去，不過，眼尖的小姐們都發現，那天下午戴維斯老師變得非常和藹可親，且異乎尋常地緊張。就在快放學前，喬出現了，她的表情冷峻，大踏步走向講桌，將她母親的親筆信放在桌上，然後收拾一下艾美的東西便離開了。她在走之前，仔細將靴底的泥土刮落在門墊上，彷彿要把在那地方沾染到的髒污全部甩脫她的腳似的。

「好，你可以先放幾天假，可是我要你每天跟著貝絲念一點兒書。」當天晚上瑪楚太太說，「我不贊成體罰，尤其是對女孩子們。我不喜歡戴維斯老師的教育方式，也不認爲你跟那些女生來往對你有任何益處，所以，我會先問問你父親的意見，再決定要把你送到哪個新學校去。」

「太好了！眞希望所有的女孩兒都離開，讓他那所破爛學校關門大吉！那些醃萊姆多美味呀，他那樣都快叫人氣瘋了。」艾美嘆一口氣，一副殉道者的姿態。

「我不覺得你丟失那些醃萊姆有什麼好難過的，因爲你破壞了規定，違反戒律受到懲罰也是你應得的教訓。」母親的回覆嚴厲之至，讓這位只想得到同情與安慰的小姑娘相當失望。

「您的意思是您很高興我在全校面前蒙受羞辱嗎？」艾美哭喊。

「我不會用那種方式來要求學生認錯。」她的母親回答，「不過，這樣的懲罰方式對你來說不見得不好。你已經越來越自負了，我親愛的孩子，這是你該自我檢討改進的時候了。在許多事上你都很有天賦，也有許多長處，但是你不用把它們拿出來大肆宣揚，因爲自命不凡終將毀掉最棒的天才。眞正的才華或美德是不會被長久埋沒的，即使別人沒看見你的好，但是善加使用你的才華，就已經夠讓人心滿意足了，而謙虛才是讓人喜歡你的最大的助力。」

「就是這樣！」勞瑞大聲說，他正在一個角落裡，跟喬下著西洋棋。「我曾經認識一個女孩子，她在音樂方面非常有天分，可是她自己卻不知道。她從來就沒有想過，她獨自一人時，創作出來的小曲子有多動人。而且就算有人告訴她，她也不會相信的。」

「要是我可以認識那個她就好了。她那麼好，也許可以幫幫我，因爲我太遲鈍了。」貝絲說，她就站在勞瑞身旁，對他說的一番話感到興致勃勃。

「你認識她啊，而且她幫你幫得比其他任何人都還要多。」勞瑞回答，一雙漂亮的黑眼睛注視貝絲，眼神充滿了意有所指的淘氣。貝絲霎時間滿臉通紅，趕緊把臉埋進沙發靠墊，她被自己頓悟的眞相完全擊沉了。

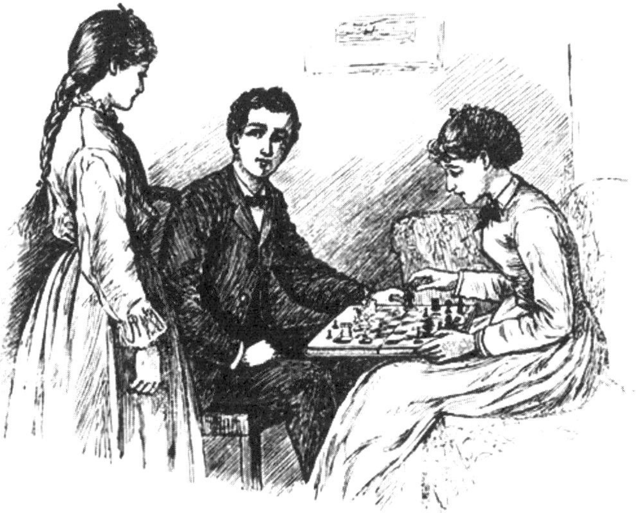

「你認識她啊，
而且她幫你幫得比其他任何人都還要多。」

喬故意讓勞瑞贏了這盤棋，好報答他對小貝絲的讚美，不過，在經過這樣的盛讚以後，大夥兒怎樣都無法再說服貝絲爲大家彈奏一曲了。於是勞瑞盡他所能，歡快地爲大家引吭高歌，表現得格外活潑逗趣，而對瑪楚一家而言，勞瑞其實鮮少露出這樣奔放的一面。在他返家後，整個晚上都陷進沉思的艾美忽然發話，好像她發現新大陸似的：「勞瑞是個很有才華的男孩子嗎？」

「是的，他受過非常良好的教育，本身也很有天分。如果不被寵壞的話，他將來會成爲一個非常優秀的人。」她的母親回答。

「而且他並不自負，是嗎？」艾美問道。

「一點兒也不。這就是爲何他這麼受歡迎，而且我們都如此喜歡他的原因。」

「我懂了。有才華又有氣質是一件好事，可是，用不著特別拿出來炫耀，或是因爲這樣就覺得很得意。」艾美若有所思地說。

「一個才華洋溢的人，無論再怎麼謙虛，人們還是可以從他的態度和言談中看出來、感覺出來的。完全沒有炫耀的必要。」瑪楚太太說。

「就像你不必一次就把所有帽子、衣服和緞帶全穿到身上，人們也會知道你擁有這些東西一樣。」喬補了一句，在大家的笑聲中，這次的品德教育就此劃下句點。

第八章　心　魔

「你們要去哪裡？」艾美問道。時值週六下午，她剛走進房間，卻發現姊姊們神祕兮兮地準備要出門，她的好奇心頓時活絡起來。

「你不用管，小女生哪來那麼多問題。」喬尖銳地回應。

其實，在我們小時候，小孩子所得到的回答遠比這令人難受呢——我們只會被吩咐一聲「親愛的，閃邊去」。艾美忍下這口氣，決定不計任何代價，她都要挖出姊姊們到底有什麼祕密計畫，只要讓她纏上個一小時，總會成功的吧！她把目標轉向瑪格，因爲瑪格不可能拒絕她，肯定很快就會投降。艾美開始溫言軟語地相求：「告訴我嘛——你一定會讓我去的，對吧？貝絲整個心思都在她的鋼琴上，我又沒有事情可做，眞的好孤單啊……」

「我不能帶你去啊，好妹妹，因爲人家沒有邀請你……」瑪格才開口，就被喬不耐煩地打斷：「好了瑪格，別說了，你想把事情搞砸嗎？艾美，你不能去，所以別像個小嬰兒在那邊唉唉叫！」

「你們要跟勞瑞出去！我知道你們就是！昨天晚上你們坐在沙發上講悄悄話，還笑得很開心，一看我進來你們就不講了！你們就是要跟他出去，對吧？」

「對，我們就是要跟他出去。嘴巴閉上，別再煩我們了。」

艾美不出聲了，不過眼睛可沒閒著，她瞥見瑪格把扇子放進小手袋裡。

「我知道了！我知道了！你們要去戲院看《七城堡》！」她尖叫起來，要求的語氣更加堅決：

「你們要去哪裡？」

「我也要去！因爲媽媽說我可以看，而且我也拿到我的錢了！你們眞壞！爲什麼不早點跟我說！」

「聽我說一下，當個乖小孩，好嗎？」瑪格安撫道，「媽媽不希望你這一週去，因爲你的眼睛還沒有完全好，舞台打的燈光很強烈，怕對你的眼睛不好呀！再等一星期？到時你就可以跟貝絲還有漢娜去看，一樣很好玩的。」

「跟你們還有勞瑞一起會更好玩！拜託讓我去嘛……我已經感冒好久好久，一直關在家裡，就讓我出去透透氣一下嘛？好啦……瑪格……我一定會表現得非常、非常、非常地乖！」艾美懇求道，使盡全力裝出最可憐的樣子。

「帶她去吧？如果我們把她管好，我想媽媽不會介意的。」瑪格開始一起相勸。

「如果她去，我就不去了，勞瑞也會因爲這樣不高興。再說，這種行爲非常失禮，因爲他只有邀請我們，我們卻還拖了個艾美，我覺得艾美就算去了也不會自在的。」喬氣憤不平地說，因爲她不想在可以好好享受的一段時間中，還得照看這樣一個我行我素的小孩。

她的語調和態度激怒艾美，於是艾美走去穿靴子，一邊穿一邊用她最令人惱火的口氣說：「我就是要去！瑪格說我可以去，而且如果我自己付錢，勞瑞就不用再管這件事了！」

「你不能跟我們坐在一起，因爲我們已經訂位了，你又不可能一個人坐，到時勞瑞就必須把他的座位讓給你，我們的興致就整個被破壞了！再不然就是他另外幫你安排座位，但這樣很不恰當，因爲人家根本就沒有邀你。別再搗亂了，你不准跟就是了！」喬責罵道，匆忙之中劃破自己的手指，火氣更大了。

艾美才穿好一隻靴子，坐在地板上開始大哭，瑪格試圖開導她，樓下卻傳來勞瑞的聲音，兩個大女孩慌忙趕下樓，留下地板上仍在哭嚎不止的妹妹。艾美有時忘了她的小大人風範，舉止活脫脫就是個被寵壞的小孩，就在姊姊們終於整裝完要出門時，艾美從欄杆上冒出頭，語帶威脅地大叫：

「你會後悔的……！喬．瑪楚！你等著看好了！」

「我聽你在鬼扯！」喬用力甩上門作為最後回應。

《鑽石湖的七城堡》是一部盡善盡美的作品，大家看得很盡興，這齣劇碼相當精彩，完全不負他們所望。然而，不論劇中令人發噱的紅魔鬼、閃閃發光的小妖精、英俊的王子或美麗的公主有多逗趣，喬在歡笑中還是不免有些難受。劇中妖精皇后的金黃捲髮讓她聯想到艾美，中場休息時，她就想著艾美打算怎麼叫她「後悔」來打發時間。打出生以來，喬和艾美就有過無數大大小小的衝突，因為她們都有一副暴躁脾氣，一旦被惹毛，很有可能暴力相向或口不擇言。艾美愚弄喬，喬激怒艾美，有時僅僅擦槍走火，激烈的衝突就會立即爆發，事後又雙雙為此感到羞慚。雖說喬的年紀比艾美大，她的自制力卻是姊妹中最差勁的，多年來她一直很努力想克制自己的火爆脾氣，以免再度把自己攪和進麻煩裡。她的脾氣來得急，去得也快，冷靜後更會謙卑地坦白認錯，她總是衷心悔過並且希望能有所進步，姊妹們因此說道她們喜歡讓喬惱火，因為發過脾氣而後悔的喬就像個天使一樣。可憐的喬，用盡一切努力想要有副好脾氣，然而她的心魔隨時都準備好了鼓吹她大動肝火，將她擊潰在地，喬花了好幾年的耐心，才艱辛地克服了這個難題。

她們回到家後，發現艾美正在客廳裡看書。她一副很受傷的樣子，姊姊們進來了也不肯將視線從書上挪開，甚至連個招呼都不打。要不是貝絲跑來問這場表演的感想如何，讓她們提起興致述說劇院裡有多精彩，否則艾美的好奇心也許會瓦解她的怨懟，讓她主動向姊姊們開口了吧。喬走上樓打算收起她最好的帽子，同時先檢查了她的衣櫃，因爲她和艾美的上一場爭執中，艾美爲了出氣，把櫃子最上層的抽屜整個翻倒在地板。幸而此刻的衣櫃安然無恙，喬迅即看向其餘數個櫥櫃、袋子及箱子，然後篤定地認爲艾美已經原諒並且忘記她的錯了。

這會兒，喬可是大錯特錯了，因爲隔天的發現使她大發雷霆。第二天快傍晚時，瑪格、貝絲、艾美正坐在一塊兒，喬忽然衝進屋裡，她的神情激憤，開口時仍在上氣不接下氣地喘：「有人拿了我的書嗎？」

「沒有。」瑪格和貝絲立刻回答，兩人都是一臉訝異。艾美用火鉗翻翻爐火，什麼也沒說，喬發現艾美的神色不對，一下就將矛頭對準她。

「艾美，是你拿的！」

「不，我沒拿。」

「你知道書在哪裡！」

「不，我不知道。」

「你說謊！」喬大叫，猛地抓住艾美肩膀，表情可怕得足以嚇壞比艾美膽大的孩子。

「才不是！我沒拿，我不知道你的書在哪裡，而且也不想知道！」

「你一定知道，你最好現在就告訴我！要不然我就讓你好看！」喬說著搖起她的身子。

「你愛罵就罵到你高興好啦！反正你再也看不到那本愚蠢的破書了！」艾美大叫，精神全來了。

「爲什麼？」

「我把它給燒了。」

「你說謊！」

「你……！那本書我多重視、裡面的作品我改寫過幾次你知道嗎？我還打算在爸爸回來之前完成的！……你眞的把它給燒了嗎？」喬的臉色變得慘白，眼睛卻燃起熊熊怒火，抓住艾美的雙手因爲慌張捏得越來越緊。

「是呀，沒錯！我早就告訴過你，你一定會爲你昨天的行爲後悔的，我說到做到，所以……」艾美沒能繼續往下說，因爲喬的怒氣完全爆發，她使勁搖晃艾美，搖得艾美嘴裡的牙齒卡搭卡搭響，喬又難過又氣憤地吼叫：

「你太過分了、你太過分了！這本書我沒辦法重寫了！我這輩子都不會原諒你！」

瑪格飛奔過去解救艾美，貝絲也趕緊上前安撫喬，可是怒不可遏的喬根本不想理貝絲，她賞了小妹一巴掌，衝出客廳直奔小閣樓，獨自一人窩進那兒的小沙發裡宣洩情緒。

樓下的風暴已然止息，因爲瑪楚太太回來了，了解來龍去脈後，她立刻讓艾美明白，她對姊姊做的事情究竟鑄下何等大錯。喬的小書是她引以爲傲的心血結晶，也被全家人認爲是文壇明日之星初試啼聲之作。雖然那只是六個短篇童話故事，但卻是她苦心經營，耗費相當多心力才寫成，只希望讓內容能夠完善得足可出版。她只把小心翼翼修整完成的篇幅謄寫到這本書上，爲此寫過的舊手稿便盡數毀棄，哪知艾美一把火就讓喬的數年心血付之一炬。也許對其他人而言，這只是一個小損失，但對喬來說卻是一場毀天滅地的大災難，而且她覺得這樣的損失再怎麼樣也彌補不了了。貝絲爲此啜泣，悲傷得像在爲一隻死去的小貓哀哭，瑪格這回不想再袒護疼愛的妹妹了，瑪楚太太也是一臉嚴肅而哀戚。艾美深刻地感受到，除非她爲自己的行爲道歉，否則沒有人會愛她了，她發現，在場沒有一個人比她更後悔的了。

下午茶鈴聲響起，喬出現了，表情陰森，讓人不敢接近，艾美必須鼓起全部勇氣，才能溫馴地對她開口……

「喬，請原諒我，我非常非常抱歉。」

「我永遠也不會原諒你。」喬冷峻地回答，接著完全不再理會艾美。

關於這場災難，沒有人再開口提及，就連瑪楚太太也保持緘默，因爲從過往經驗就能得知，喬如果正在氣頭上，對她說什麼都沒用，最明智的做法是等待一些小插曲發生，或等她自己氣消，這樣傷口才有可能癒合。當晚眞是個不愉快的夜晚，雖然一家人坐在一起做針線活，母親也像往常一般，朗讀布雷默、史考特、艾鞠華斯[1]的作品給她們聽，但總覺得這個情境少了什麼，原本溫馨甜蜜的家庭氣氛被破壞了。當歌唱時間來臨，這樣的怪異感更是強烈到極點，因爲貝絲發不出聲音，只能彈琴，喬呆站得像座石像，艾美則是徹底哭個崩潰，只有瑪格和母親兩人堅持住。然而，即使她們盡力想唱得像活絡氣氛的雲雀，長笛般清亮的嗓音卻頻頻走調，難以唱出平日的和諧。

臨睡前，瑪楚太太給了喬一個晚安吻，在她耳畔低語：「我親愛的孩子，別讓怒氣滯留到日落。彼此原諒，彼此幫助，明天又是新的開始。」

喬好想將頭埋進母親憐惜的懷裡，讓淚水沖盡一切憂傷與氣憤，然而眼淚是欠缺男子氣概的軟弱表現，艾美又實在傷她太重，她眞的無法在一時半刻間原諒她。於是她強忍淚水，搖搖頭，在艾美豎起耳朵聽她們談話時，粗著聲音說：「這種行爲太惡劣了，她不配被原諒。」

說完，她大踏步走向床邊，那天夜裡再沒有愉快或無所顧忌的閒聊。

艾美因爲自己主動求和卻被悍然拒絕而惱羞成怒，她開始想著自己當初若沒有那麼低聲下氣，受到的傷害也不會像現在這麼大，生性本就高傲的她因此故態復萌，認爲自己早就充分表現出她的美德修養。喬還是一臉山雨欲來的可怕模樣，她那一整天都沒遇到好事，早晨過得既苦悶又寒冷，她把珍貴的暖手餡餅掉進水溝裡，接著是瑪楚姑媽神經質地叨念不停、瑪格又多愁善感起來，貝絲返家時更是一副哀傷惆悵的樣子，艾美則不斷開口批判，說有些人總把行善掛在嘴邊，一旦有人給他們機會表現，卻又完全不是那麼一回事。

「每個人都可惡透了，我要去找勞瑞溜冰。他個性那麼好，又會逗人開心，我知道他一定會讓我打起精神的。」喬自言自語，然後便著手準備出門。

艾美聽見溜冰鞋的鏗鏘聲後看向窗外，忍不住大聲驚呼。

「看！她答應過我下次可以去，可是這是今年最後一場結冰了！果然，要那麼愛生氣的人帶我去，簡直連問都不用問，別想了！」

「不要說那種話。確實是你太調皮，而且她那麼寶貝那本書，要她原諒你眞的不容易。不過，我想她現在應該沒問題了，她會原諒你的，但你得挑對時機。」瑪格說，「跟在他們後面去吧，先不要說話，等喬和勞瑞玩得愉快些。你先保持安靜，再過去親她一下，或是表現一點善意，我確定她很快就會跟你和好了。」

「我會試試看。」艾美說，因爲這項建議正是她所需要的。她火速準備妥當，跟在喬和勞瑞後

1布雷默（Fredrika Bremer, 1801-1865，詳參第四章註4）、史考特（Sir Walter Scott, 1771-1832，詳參第五章註1）、艾鞠華斯（Maria Edgeworth, 1768-1849），皆爲活躍於十九世紀早期～中葉的作家。

面跑出去，此刻的兩人已經越過一座小丘。

在離河道不遠處，喬和勞瑞都準備就緒，艾美卻還沒趕上他們。喬看見跟過來的艾美，逕自轉過身，絲毫不予理會。勞瑞沒有看到，因為他正小心地沿著河岸溜，謹慎地聆聽冰層情況，因為在寒流來襲前幾天都是很暖和的天氣。

「我先到第一個彎去察看一下，確定安全之後再來比賽。」艾美聽見勞瑞說道，少年迅速竄上冰面遠去，身上的毛皮滾邊大衣和帽子，讓他看起來就像個俄羅斯人。

喬聽見艾美追在她後面，不停地喘氣、跺腳、往手指頭呵氣、努力想穿上溜冰鞋，然而，喬完全沒有回頭看她，自顧自慢悠悠地在河面上彎曲前進。艾美的受挫讓喬的心中湧起一股苦澀的快意，她讓怒氣在胸中恣意發漲、壯大，直至掌控了她整個人，人一旦有了負面情緒或想法，若不立即將之排解，往往就會變成這樣。勞瑞此時已經抵達彎道那兒，轉過身來叫道：

「沿著岸邊溜！中間不太安全。」喬聽見了，可是艾美一個字也沒聽見，她還在掙扎著把腳塞進鞋裡。喬偏過頭瞄了她一眼，耳畔一個聲音對她呢喃，彷彿是出自她意識中藏匿已久的惡魔……

「不用管她有沒有聽到，讓她自己照顧自己就好。」

勞瑞早已消失在河道拐彎處，喬才剛要繞去那裡，而遠遠落後的艾美正在冰層較薄的河中央，奮力追趕他們。喬驀地停下腳步，約莫有一分鐘左右，她只是呆站著，一種怪異的感覺漫過心底，但她決定不予理會。霎時間，彷彿有股力量扯住她，叫她回頭看，她轉過視線，正好看見艾美掉進河裡！冰層猛然迸裂，艾美高高舉起雙手，拍打水面的聲音和尖叫聲頓時嚇得喬不知所措，恐懼瞬間充斥胸口。她想呼叫勞瑞，卻一點都發不出聲；她想急奔向前，兩腿卻瘓軟無力。頃刻間，她連移動一步也做不到，只能傻愣在那兒，瞪著即將被深沉河水吞沒的藍色小斗篷。一個物體迅速略過身旁，勞瑞扯開嗓門對她吼：

「找根橫木來！快點！快點！」

她完全不知道自己是怎麼做到的，在接下來幾分鐘裡，她就像個提線木偶一樣，完全聽命於勞瑞，他一個指令，她就一個動作。相比起喬，勞瑞沉著冷靜得多，他平趴在冰面上，用雙臂和一根曲棍球棒拉住艾美，直到喬去拆了圍籬中一根橫木帶過來，他們才合力將艾美拉出水。她驚嚇過度了，身上倒是沒受什麼傷。

「我們得盡快送她回家，把我們的衣服都堆在她身上，我把這麻煩的溜冰鞋脫下來。」勞瑞大聲說，用他的外套裹住艾美，動手解開溜冰鞋上的束帶——他才發覺這東西好像從沒這麼難解過。

一路顫抖、滴水、哭泣，他們終於把艾美帶回家。經過一番手忙腳亂，艾美總算沉沉睡去，她縮在毛毯裡，睡在燃燒熊熊火光的壁爐前。在這陣忙亂中，喬幾乎沒說話，只是飛快地來回奔波，蒼白著一張臉，看起來極度狼狽。她的東西大半都丟失，裙子撕破了，雙手也被冰塊、橫木和金屬扣折磨得滿是割痕和瘀傷。待到艾美舒適地入睡，屋子裡一片靜寂，瑪楚太太坐到床邊，把喬喚過去，爲她包紮起那雙傷痕累累的手。

「您確定她安全了嗎？」喬輕聲問道，無限悔恨地看著毛毯裡的面龐。就在今天，在暗潮洶湧的冰面前，她差一點就要眼睜睜看著那頭金髮滅頂了。

「十分安全，親愛的。她沒有受傷，我想，連感冒都沒有。你把她包覆得很好，而且很快就把她送回家了。」她的母親回答，情緒是上揚的。

「找根橫木來！快點！快點！」

「全都是勞瑞做的，我就是害她掉進河裡去而已！媽媽，如果她死了，那全都是我的錯！」喬癱倒在床邊，臉上布滿懊悔的淚水，她陳述起所有事發經過，痛苦地譴責自己冷酷無情，卻也爲了僥倖逃過萬劫不復之重罰而感激得啜泣不已。「都是我這可怕的脾氣！我努力要克服它了，我以爲我做到了，可它竟然爆發得比以往都還要嚴重……噢！媽媽，我該怎麼辦？我該怎麼辦才好？」喬絕望地痛哭。

「警醒和禱告。親愛的，千萬別放棄努力，千萬別認爲克服你的缺點是不可能的事。」瑪楚太太說，讓那一頭蓬亂的髮倚到自己肩上。她極其溫柔地親吻被淚水濕透的面頰，喬哭得更傷心了。

「您不知道，您不知道我這脾氣有多壞！一旦它發作，我好像什麼事都做得出來！我變得好殘忍，我可能傷害任何一個人，而且，我可能會因爲這樣覺得很高興……我好怕哪一天我就做出什麼可怕的事，我會後悔莫及，我會毀掉我的一生，每個人都會痛恨我……媽媽，請幫幫我，拜託請幫幫我！」

「我會幫你的，孩子，我會的。別哭得這麼傷心，將今天牢記在心中，並且痛下決心，永遠不要再讓這樣一天出現。喬，親愛的，我們每個人都會面臨試煉，有些比你的問題還要嚴重許多，而且往往得花上一輩子時間才能克服。你認爲你的脾氣是全世界最壞的，不過，我以前的脾氣就跟你很像。」

「您的脾氣？媽媽？可是，您從不生氣的……？」就在刹那間，喬驚訝得忘了自己的懊悔。

「四十年來我一直在奮戰，但也只能剛好控制住它而已。我幾乎每天都會生氣，喬，不過，我已經學會不要表現出來，雖然我更希望的是，有朝一日我可以學會不要生氣，也許這得再花上個四十年才學得會。」

喬所摯愛的母親臉上流露出耐心與謙遜，對喬而言這遠遠勝過任何一場最能啓迪人心的演說，或是措辭最嚴峻的責備。母親的憐惜與信任讓喬在頃刻間得到滿滿安慰，得知母親也有過一樣的問題，並且一直在努力克服，使她覺得重擔減輕不少，也因此更加堅定要改掉壞脾氣的決心。儘管必須維持四十年的警醒與禱告，對一個十五歲的女孩來說可有得盼的了。

「媽媽，有時候當瑪楚姑媽責罵您，或是有人讓您不開心時，您緊閉著嘴巴就走開了，那就是您在生氣的時候嗎？」喬問道，發覺她跟母親的關係是前所未有的親密。

「是呀，我已經學會謹慎守口，當我快要講出一些難聽話時，就會先離開一下，趕緊告誡自己清醒一點，不要如此軟弱與邪惡。」瑪楚太太答道，輕輕理順並紮起喬的亂髮，嘆息著笑了聲。

「您是如何學會的？我就是學不會這個，我常常還沒來得及想，重話就講出來了，而且越講越糟糕，講到我高興了，重傷人了，事情搞砸了爲止。親愛的媽咪，請告訴我，您是怎麼做到保持冷靜的？」

「我的母親會幫助我，她是個很好的媽媽。」

「就像您對我們一樣。」喬插嘴，感激地親了媽媽一下。

「不過，在我比你這年紀稍微大一點的時候，我的母親就過世了，於是好些年來我都只能倚靠自己，因爲我太驕傲，沒辦法跟任何人坦承內心的軟弱。我曾過得非常辛苦，喬，爲自己的失敗吞了不知多少痛苦的淚水，因爲即使我不斷努力，卻好像一點都沒有成長。後來，你父親出現了，我好高興，因爲我發現要變好並沒有那麼難。可是，日子一久，當我有了四個女兒，經濟上又不寬裕時，我的老脾氣又發作了。我本來就不是個有耐心的人，看到女兒們想要什麼卻缺什麼，我又開始覺得受不了了。」

「可憐的媽媽！您是怎麼撐過來的？」

「你的父親呀，喬。他從不會失去耐心，從未懷疑也從未抱怨過，他只是永遠抱持希望，努力工作，樂觀等待，在他面前如果不像他一樣，不論是誰都會感到慚愧的。他幫助我，安慰我，也讓我了解到，若要我的女兒們擁有好德性，我就得自己身體力行才可以，因爲我就是她們的榜樣。如果是要爲了你們才變好，而不是爲了我自己，那對我來說更容易做到。有時我說了很刻薄的話，引得你們當中有人一臉錯愕，那樣的表情比任何言語的責備都還要叫我難受，然而，我的女兒們對我的愛、尊敬，以及信心，就是對我的辛勤努力最甜蜜的回饋，因爲我希望，我的樣子就是我希望她們成爲的樣子。」

「噢，媽媽，我要是有您的一半那麼好，我就心滿意足了。」喬激動地大聲說。

「我希望你會變得更好，孩子，不過你得小心你的『心魔』——你父親是這樣叫它的。它即使不會毀掉你的人生，也會讓你始終處在低潮。你已經領教過它的厲害了，要記取教訓，趁它還沒有帶給你比今天更難過、更懊悔的災禍前，全心全意去制伏這個壞脾氣。」

「我會努力的，媽媽，我眞的會。可是您得幫我，提醒我，讓我保持冷靜，不要再度失控。以前我有時候會看到爸爸把手指頭放在嘴上，很溫柔可是又很嚴肅地看著您，您就緊閉雙唇走開了。他這樣做就是在提醒的意思嗎？」喬柔聲問道。

「是呀，我要求他這樣幫我，他從來沒有忘記過。就是他那個小動作，和他的眼神，讓我得以避開好多次就快把傷人的重話講出來的場面。」

喬看見她的母親眼中盈滿淚水，說話時嘴唇微顫，害怕起自己是否說得太多。她慌張地低聲急道：「我是不是不該暗中觀察您還有問這些事情的？我不是故意想傷害您的，我只是覺得這樣很自在，可以把心中想說的話都說出來給您聽，我覺得這樣很安全，而且很快樂。」

「喬，任何事情都可以跟媽媽說，因爲可以讓我的女兒們把我視爲知己密友，並且知道我有多愛她們，就是我最大的快樂，也是最值得驕傲的事了。」

「我以爲我讓您難過了。」

「不，孩子，提及你父親只是讓我想到我是多麼想念他，覺得多麼虧欠他，以及爲了他，我應該再做些什麼，才能更謹慎小心地把他的女兒們保護好，教養好。」

「可是，媽媽，是您鼓勵他去軍隊，在他離開時沒有哭，一直到現在也沒有抱怨，您甚至也沒有表現出需要幫忙的樣子。」喬滿臉困惑。

「我把最好的給了我所愛的國家，在他離開後我才讓眼淚流下來。在我們兩人都已經恪盡職責，並且確信最終我們會更加幸福快樂的時候，我又有什麼好抱怨的呢？如果我看起來沒有需要幫忙的樣子，那是因爲我有一個更好的朋友——比你父親更好的朋友——在安慰我，並且支持我。孩子，你的人生中，還有許多的困難險阻、試煉和誘惑才正要展開，不過，如果你學會仰望你在天上的天父，像你敬重你在人間的父親一樣，從天父那兒支取力量，領受祂溫柔的愛，你就可以克服困境，拋開煩擾。你越愛祂、信靠祂，你對俗世的權柄、智識的倚賴就會越少。祂的愛和關懷永不困倦，永不改變，也永遠不會從你手中被奪走，天父對我的愛與關懷已成爲我一生平安、幸福、以及力量的泉源。你要謹記在心，把生活中一切大小憂慮、盼望、罪惡、困頓，向你的天父訴說，就像你全心信任而自在地對你的母親傾吐心意一樣。」

喬只是緊緊擁住母親作爲回答，她無聲地祈禱，那是她有生以來最虔敬的禱告，她的內心終歸平靜安穩。在那既悲傷又快樂的時間，她嘗遍懊悔與絕望的痛苦，也經歷了克己與自制的美善，在母親引導下，她與那位「摯友」更親密了——祂歡迎每個孩子到祂面前去，祂的愛比任何一位父親都強烈，比任何一位母親都溫柔。

睡夢中的艾美翻了個身，嘆息聲清晰可聞。喬彷彿迫不及待要開始彌補過錯，她抬眼往上瞧，臉上的表情前所未見。

「我讓怒火滯留到日落，一直不肯原諒她，今天要不是勞瑞，恐怕一切都太遲了！我怎麼會如此邪惡？」喬半激動地說，傾身靠向妹妹，輕柔撫摸她披散在枕上的濕髮。

艾美彷彿聽到喬的言語，忽然睜開眼睛，伸長雙臂，給了喬一個暖到心扉裡的微笑。兩人都沒有說話，只是隔著毯子緊緊擁抱對方，隨著發自內心獻給至親的親吻，一切不快都已然被原諒，被遺忘。

第九章 虛華

「這些孩子在這時候出痲疹，眞是讓我覺得太幸運了！」瑪格說。四月裡的某一天，她正站在房間裡，收拾那只象徵「遠走高飛」的大皮箱，妹妹們則圍繞在她身旁。

「那安妮・墨法特也眞好，沒有忘記她的承諾。你可以玩上整整兩星期，光想就覺得一定快樂得不得了。」喬這般回應她，她正在幫瑪格摺裙子，擺動的兩條長手臂讓她看起來像一座風車。

「而且天氣也很棒，我很高興天氣這麼好。」貝絲補充道，她在翻找她最貴重的箱子，拿出領巾和髮帶仔細整理，好借給瑪格在正式場合中使用。

「要是我也能去玩，也有機會穿上這些漂亮衣服就好了。」艾美說。她用嘴唇輕輕抿住縫衣針，正以獨到的藝術家眼光幫姊姊縫補襯墊。

「眞希望你們全部都可以去，不過，既然沒辦法，那我就好好地玩，等回來時再把詳細過程告訴你們。你們都對我這麼好，借我東西、幫我準備，我沒有什麼能報答的，但至少能把我的旅程講給你們聽。」瑪格說道，環視著屋裡，身上的衣著樸實無華，但在妹妹們眼裡，她們的姊姊簡直完美無缺。

「媽媽從百寶箱裡拿什麼給你呀？」艾美問。因為母親打開那口杉木箱時，艾美剛好不在。箱裡存放了好些精巧東西，足可證明過往的家底殷實，瑪楚太太將那些東西收拾妥當，在適當的時機下就能拿出來給女兒們作爲禮物。

「一雙絲質長襪、一把雕工精美的扇子，還有一條可愛的藍色腰帶。我想穿紫色的絲質禮服，可是沒時間改，只好繼續穿舊的白色棉布那件了。」

「它配我那件新的薄紗裙會很好看，再繫上那條腰帶就更美了。眞希望我沒打破我的珊瑚手鍊，要不然就可以借你戴了。」喬說道，她絕對樂於給予或是出借物品給人，只是她的所有物普遍壽命都不長。

「百寶箱裡有一套古典珍珠配件，非常好看，可是媽媽說鮮花才是最配年輕女生的飾品，所以勞瑞答應我，不論我需要多少鮮花，他都能負責供應。」瑪格回應，「好了，我來看看，我新的灰色外出服……帽子上的羽毛幫我弄捲一些，貝絲，然後是我星期天和小宴會要穿的棉質禮服……這在春天穿果然還是太沉重了，對吧？要是有紫色的絲質禮服該有多好……唉，眞是的！」

「別擔心，這件白色棉質的就夠你在大宴會穿了，你穿白衣服看起來就像天使一樣。」艾美說道，她看著瑪格的行頭，心中充滿了美好的想像。

「它不是低領的，也不夠長，不過總是可以派上用場。我的藍色家居服看起來很不錯，稍微修整一下之後，看起來簡直跟新的一樣，倒是，我的絲質外出服看起來很過氣，軟帽也沒有莎莉的好看。我實在不想說什麼，可是我的傘眞讓我感到非常失望，我明明跟媽媽說過，要一把黑色傘面配白色手把的傘，可是她忘記了，買了一把綠色傘面配黃色手把的。它很堅固耐用沒錯，我也的確不應該再抱怨，可是我知道，只要一站到安妮旁邊，她那把絲質金頂的傘就會讓我無地自容。」瑪格嘆道，非常不滿意地審視那把小傘。

「那換掉它。」喬建議。

「我不想糟蹋媽媽的好意，她花了好多心血爲我準備這些東西，我不能這麼蠢！只是無病呻吟一下而已，我不會放棄這把傘的。幸好，還有絲質長襪和兩雙新手套安慰我。喬你眞好，還把你的也借給我，我眞覺得自己變得又優雅又貴氣呢！兩雙全新的手套，還有舊的也洗乾淨了以備不時之需。」瑪格又看一眼她的手套收納盒。「安妮．墨法特的睡帽上有藍色和粉紅色蝴蝶結，你可以也幫我弄一些嗎？」她朝貝絲問道，貝絲從漢娜手中接過一疊雪白的薄紗布，正要送進房間來。

「不，要我就不會這樣弄，睡帽做這麼花俏，拿去配這種單調的睡衣？除非把睡衣也改了，要不然絕對很不搭。窮人打扮那麼過頭幹嘛呢？」喬的語氣很強硬。

「可是，我也想要我的衣服上有高級蕾絲，睡帽上有蝴蝶結啊！也許那樣我就會更高興也說不定了，是吧？」瑪格焦躁地說。

「你之前才說，只要能去安妮．墨法特家，你就已經高興得不得了了。」貝絲語氣平淡地陳述。

「我是說過沒錯！唉唷……我很快樂，而且我沒有不高興！只不過，好像一個人擁有的越多，想要的也就越多，不是嗎？好啦，箱子整理得差不多了，就剩我的舞會服，我要把它交給媽媽來裝箱！」瑪格說道，她打起精神，目光掃過半滿的皮箱，落在那件她愼重以待的，幾經熨燙與修改，被她稱之爲「舞會服」的白色棉質禮服。

第二天一切順利，瑪格帶著對未來兩週的憧憬與喜悅踏出家門。雖然，其實瑪楚太太是勉爲其難才答應了這趟旅行，因爲她擔心女兒回來那天，可能不會像出門時這般開心。可是瑪格苦苦哀求，莎莉也信誓旦旦地說會好好照顧瑪格，更何況在辛苦工作了一個冬天後，來點兒小娛樂也未嘗不可，於是母親讓步了，女兒也得以初次體驗何謂時尚生活。

墨法特家相當時髦，他們的居所富麗堂皇，居住其中的人也是個個品味不俗，起初還眞叫樸實的瑪格有些膽怯。不過，雖說他們的生活態度顯得玩世不恭，待人接物卻是友善慷慨，很快就讓前來做客的瑪格感覺自在起來。只有一點，瑪格說不出所以然來，她覺得這一家人在才智與修爲上並非特別突出，況且外表再怎麼耀眼奪目，也掩飾不了他們平庸的本質。瑪格跟著他們享受奢華待遇，出入有豪華馬車接送，每天穿著她最漂亮的衣服，除了享樂之外什麼也不必做。這樣的日子當然快活，瑪格生活在其中如魚得水，她沒多久便開始模仿起墨法特家的儀態、語調，言談間時而矯飾一下，故作優雅，說話時夾雜些法文，把頭髮弄捲，衣服改得寬鬆，盡可能和大家聊些時尚與流行的話題。她看著安妮．墨法特使用的好東西，看得越多就越羨慕她，越慨嘆有錢眞好，當她想起家裡，頓時覺得貧乏、寒傖，想起自己的工作就更難以忍受了。雖然她有新手套和絲質長襪，此刻的她卻只感受到自己的一貧如洗，內心更加挫折受傷。

不過，她也沒什麼時間自怨自艾，因爲三個女孩兒忙著「找樂子」，她們白天逛街購物、散步、騎馬、串門子，晚上則去看戲、聽歌劇或在家裡嬉鬧，因爲安妮有許多朋友，深諳玩樂之道。她的姊姊們都是條件極好的年輕淑女，其中一位已經訂婚了，這在瑪格眼裡既新鮮又浪漫。墨法特先生認識瑪格的父親，他本人則是位體態豐滿、洋溢歡樂氛圍的老紳士，墨法特太太同樣是位體態豐滿、洋溢歡樂氛圍的老太太，她就跟她的女兒當初一樣，對瑪格充滿好感。每個人都把瑪格捧在手心，暱稱她「小雛菊」，自然也就讓瑪格樂昏頭了。

舉行小宴會那晚，她發現自己的棉質禮服根本派不上用場，因爲在場其他女孩都穿著質料輕巧的薄長裙，而且打扮得非常好看，尤其是換上一襲新裝的莎莉，對比起她的光鮮亮麗，站在一旁的瑪格那件白色棉裙就顯得更加老舊、沉悶又寒酸。瑪格看得見女孩兒們的眼神，她們瞥了一眼她的穿著又面面相覷，瑪格的雙頰開始發燙，儘管她的個性極其溫柔，卻也擁有強烈的自尊心。沒有人對瑪格的穿著多加置喙，只是莎莉主動說要幫瑪格梳理頭髮，安妮說要幫她繫腰帶，而她的姊姊貝拉——就是訂了婚的那位——則稱讚起她的白皙雙臂。然而，這些善意在瑪格看來都只是在憐憫她的貧窮而已，當其他人談天說笑，像花蝴蝶般輕盈來去時，她獨自一人站著，心情盪到谷底。此時某個女傭送進來一箱鮮花，她感到更加難堪，還來不及開口，安妮便打開蓋子，剎那間所有人都對箱中美麗的玫瑰、石楠與羊齒蕨驚呼連連。

「這肯定是給貝拉的，喬治都會送花給她！不過，這些實在太漂亮了！」安妮叫道，鼻子跟著湊上去深吸一口。

「這是指名給瑪楚小姐的，這裡還有封信。」女僕一邊說，一邊將信交給瑪格。

「眞有趣！是誰送的？我們不知道你有男朋友呢！」女孩兒們尖叫，好奇與驚訝的情緒升到最高點，開始圍著瑪格問東問西。

「信是我母親寫的，花是勞瑞送的。」瑪格簡短地說，心中卻相當感激勞瑞沒把她給忘了。

「喔？居然哪！」安妮一臉懷疑，因為瑪格迅速就把信塞進口袋。不過，對瑪格來說，那就是一個可以抵擋忌妒、虛榮與自傲的護身符，母親愛的關懷已經令她獲益良多，花朵的美麗也足以使她重振精神，恢復元氣。

瑪格幾乎又快樂起來，她留一些羊齒蕨和玫瑰花給自己，接著快速將其他花材編成纖巧的花飾，給朋友們裝飾在胸前、髮髻或裙襬上，她的大方使得安妮的長姊克拉拉因此稱讚她是「她所見過最甜美最貼心的小傢伙」，女孩們也因爲瑪格的巧手更顯清麗動人。先前的沮喪因這段小插曲而告終，就在瑪格將其他花朵全數送給墨法特太太時，她望見鏡子裡是一張愉快的臉，雙眸明亮而燦爛。她將羊齒蕨裝飾在她波浪般的秀髮間，再將玫瑰花別在衣裙上，這樣一來她的打扮終於沒有先前那般寒傖了。

那天晚上她過得非常開心，舞也跳得心滿意足，每個人都非常和善，她還收穫了三次讚美。安妮叫她唱歌，隨即有人說她有一副好歌喉，林肯少校詢問旁人「那位氣質清新的女孩兒是誰，她的眼睛好漂亮」，墨法特先生堅持要跟她跳舞，根據他極具風度的稱讚，這是因爲她「不扭捏作態，自有一股靈動脫俗」。瑪格享受了一整晚的美好時光，直到她無意間聽見一段對話，讓她感覺自己被狠狠地刺傷了。當時她正坐在溫室裡，等著舞伴幫她拿點冰品過來，突然間她聽到從花牆的另一邊，傳來有人交談的聲音……

「他年紀多大？」

「我看，十六或十七歲。」

「對她們那樣的女孩兒來說，能有這樣的際遇簡直要飛上天了，不是嗎？莎莉說他們現在很親密了，就連老的也很寵愛她們。」

「我敢說，M太太自有布局，她早就把一切都安排好了，那女孩兒顯然還沒想到這一層就是。」墨法特太太說。

「她用她媽咪當藉口，撒了那個小謊，好像她知道眞相似的，而且那些鮮花剛送來的時候啊，她的臉都紅了！可憐的小東西！要是好好打扮一下，她會很漂亮的。你想，如果我們主動說要借她衣服，好讓她能出席週四的宴會，她會不會覺得……被冒犯啊？」另一個聲音問。

「她自尊心很強的，不過，我不認爲她會生氣，因爲那件過氣的白棉裙就是她僅有的一件禮服。也許她今晚會把那件裙子扯破，那我們可就能順理成章借她一件像樣的衣服了。」

瑪格的舞伴回來了，發現她滿臉通紅，情緒頗爲激動。她的自尊心很強，幸而也在那時派上用場，幫她把剛才那一席話所帶來的屈辱、憤怒及厭惡統統隱藏起來。她這樣一個單純、不善猜疑的人，將那些閒言閒語都聽進心裡，她試圖忘記，卻忘不了，「M太太自有布局」、「她用她媽咪當藉口」、「過氣的白棉裙」……，那些話不斷盤旋迴繞在腦海中，不斷重複到她直想大哭著跑回家，將這些煩惱一古腦兒全說出來，希望有人可以告訴她該怎麼辦才好。但是，現下的她不可能這樣做，只能盡力讓自己笑臉迎人，看起來充滿活力，她掩飾得如此成功，誰又能想到她暗自吞下的眼淚有多少。當一切終於結束，她靜靜躺在床上，頓時感到一陣解脫，因爲此時的她，終於可以好好思考、困惑、宣洩怒氣，直到頭痛欲裂，直到發燙的雙頰因爲兩行清淚冷卻了爲止。那些愚蠢卻意有所指的話給瑪格開啓了另一個世界，也一舉搗壞了她的舊世界長久以來的平和，那份她原先樂在其中的平和，自在無憂得像個孩童。她跟勞瑞之間的純友誼被她無意間聽到的蠢話狠狠扭曲了，她對母親的信心開始有所動搖，就因爲那老以自己想法揣度他人的墨法特太太一句「早有布局」，本來她還能理智地堅持，窮人家女兒的衣物盡量簡樸就好，然而就因那些女孩不必要的憐憫——沒有像樣的舞會服眞是全天下最悲慘的遭遇——讓她的價值觀都要瀕臨崩解了。

可憐的瑪格一夜難眠，早上起來時雙眼浮腫，心情欠佳。造成情緒低落的原因，半是來自對朋友們的不滿，半是因爲自己沒有坦誠地說出實情，造成一些誤解而感到羞慚。

隔天早上每個人都提不起勁兒，直到午後才有精神去做手上的針線活。大家湊在一起後，女孩們突來的多禮讓瑪格驚訝不已，她總覺得她們對她更客氣了些，對她所說的話更仔細聆聽，看向她的眼中透露出更多隱藏不住的好奇。雖然她不明白為何如此，倒也覺得滿驚喜又得意的，直到貝拉小姐停下正在書寫的筆，抬起眼睛看著她，以相當感性的語氣開口……

「小雛菊，親愛的，我已經給你的朋友勞倫斯先生送了邀請函，邀請他星期四來參加我們的宴會。我們很想認識他，也想藉此表達對你的激賞。」

瑪格臉紅了，不過她也想淘氣地捉弄這些女孩們一下，便端莊地回應：「你們真是太好了，只是我擔心他無法前來。」

「小甜心，這是為什麼呀？」貝拉小姐問。

「他太老了。」

「好孩子！你在說什麼？他幾歲？請你務必跟我說！」克拉拉小姐叫道。

「我想，快七十歲了吧。」瑪格回答，數著針腳來掩藏眼底的笑意。

「你這狡猾的小妮子！我們指的當然是年輕的那位！」貝拉小姐拉高聲調，笑了出來。

「怕你們要失望了，勞瑞只是個小男生而已。」瑪格說完大笑，她也注意到她在形容女孩們假定的對象時，她們彼此交換的奇異眼神。

「跟你差不多大吧！」奶媽說。

「跟我的妹妹喬差不多，我八月就滿十七歲了。」瑪格答道，甩了甩頭。

「不過，他也真好啊，還送花給你，不是嗎？」安妮故作狡獪地問。

「是呀，他經常這樣，常送花給我們每一個人，因爲他們家有一屋子的花，我們也都很喜歡那些花。我母親和勞倫斯老先生是朋友，我們兩家的小孩玩在一起也是很自然的事。」瑪格回答，暗自期盼她們能夠就此打住。

「顯然，咱們的雛菊還沒準備好踏進社交界。」克拉拉小姐對貝拉點個頭。

「一派天眞無邪哪！」貝拉小姐聳聳肩。

「我要出門給我家女兒買點小東西，各位小姐們，要不要幫你們帶點兒什麼呢？」墨法特太太晃進來問道，像極了一隻身披綾羅綢緞的大象。

「不用了，謝謝您，夫人！」莎莉答道，「我已經準備好一件新的粉紅色絲質禮服在星期四穿，沒什麼欠缺的了。」

「我也……」瑪格才剛開口，很快就閉上嘴，因爲她突然想起自己還缺了好幾樣東西，想要它們卻半點都沒有。

「你打算穿什麼？」莎莉問。

「還是那件白色禮服吧，我再修補一下就能讓它上場——昨晚不小心扯破了。」瑪格說，盡量讓自己的語氣聽起來稀鬆平常，儘管心裡相當不舒服。

「你何不派人回家裡，送一件新的來？」莎莉問道，眞是一個不懂察言觀色的年輕淑女。

「我沒別的舞會服了。」瑪格用了好大的勇氣才說出這句話，然而莎莉一點兒也看不出朋友的難處，只是很無害卻訝異地驚呼：「只有那件？你太有趣了吧……」她還沒講完就讓貝拉給制止，貝拉朝她搖搖頭，好心地插進話來……

「沒關係，她又還沒開始社交活動，要那麼多衣服做什麼？小雛菊，就算你有一打禮服也不用派人回家去拿。我有一件可愛的藍色絲質禮服，放著都沒穿，已經放到穿不下了，給你穿剛好，你就穿來讓我高興高興吧，好嗎？親愛的？」

「你人眞好，可是，如果你覺得沒問題的話，我也不介意再穿一次我的舊衣服，對我這樣的小女生來說，這件就夠了。」瑪格說。

「你聽我說，就讓我好好打扮你，我也會覺得很開心啊！我非常喜歡幫人做造型的，而你，資質這麼好，再給我們加點裝飾、加個妝容，就會是個十足的小美人兒啦！在我把你打扮妥當之前，任何人都不許看到你，然後我們盛裝出席，就像前去參加舞會的灰姑娘和她的神仙教母，我保證你一定會驚豔全場的！」貝拉跟著勸，語氣裡是十足的說服力。

瑪格無法拒絕這樣的熱情，也想看看自己是否眞能在精心打扮後成爲所謂的「小美人兒」，於是她決定接受提議，並且忘掉先前因墨法特一家而起的不愉快。

週四晚，貝拉將自己和女僕關在房裡，通力合作將瑪格打扮成一位美麗出眾的淑女。她們將她的頭髮夾成波浪捲，用精緻的香粉塗抹她的頸項和手臂，再以珊瑚香膏點上她的嘴唇，使顏色更加紅潤。要不是瑪格極力反對，女僕荷藤思還想給她上「一點點」胭脂呢！她們幫忙瑪格套上那件天藍色禮服，束腰緊得幾乎喘不過氣，過低的領口更令保守的瑪格看見鏡中的自己都忍不住要臉紅。兩人再給她配上一套銀質掐絲首飾，包括手鍊、項鍊、胸針，甚至還有一副耳環，由荷藤思用粉紅色絲線繫住，從外表上看不出來。接著在胸前妝點上一簇茶花花苞與褶邊裝飾平衡，使之更能襯托瑪格的美麗和她的雪白雙肩，一雙絲質高跟靴滿足了瑪格所有心願。最後搭上一塊蕾絲手帕、一把羽毛扇、肩帶上的花飾，這場精心打扮終於大功告成。貝拉小姐看著眼前由小女孩蛻變而成的精緻娃娃，心中無限滿意。

「Mademoiselle est charmante, tres jolie!（小姐眞是美極了，美極了！）」荷藤思用法文讚嘆，興高采烈地緊握雙手。

「你該登場囉！」貝拉說，領著瑪格到女孩們等待的房間去。

瑪格緊隨在後，她的曳地裙襬沙沙作響，耳環發出清脆的叮噹聲，一頭捲髮輕搖，她的心臟也跟著噗通直跳。她發覺自己的歡愉時光眞正來臨了，因爲鏡中人影簡單明瞭地讓她了解到，她的確就是那個「小美人兒」。一衆朋友都對她稱頌不已，瑪格的耳中充斥滿懷熱情的盛讚之言。有好幾分鐘之久，她呆站在那兒，就像寓言故事中的寒鴉一樣，享受她借來的羽毛，其他人聒噪得就像一群喜鵲。

「我去換衣服的時候，奶媽，你可以跟著她嗎？幫她照看一下裙襬，還有那雙法國高跟鞋，我怕她會把自己絆倒。克拉拉，你那隻銀蝴蝶拿過來，幫她把左邊那束長捲髮別起來，你們任何人都不許破壞我的傑作！」貝拉說道，急急走開了，對自己的成功露出極爲滿意的神色。

「你看起來一點兒也不像你自己，不過眞是好看極了。我完全比不上你，因爲貝拉的品味是最好的，我可以跟你保證，你現在完全就像一個法國人。讓你的花自然垂下來就好，不用對這些花這麼小心翼翼的，還有，你可別絆倒了。」莎莉說道，努力不去在意瑪格竟然比自己漂亮許多。

將這些忠告謹記在心，瑪格麗特安全地走下樓，緩步進入大廳，墨法特家的人和一些提前來的賓客早已聚集在那兒。她很快就發現，華麗的衣飾果然能吸引特定階層人士的眼光，並且立刻就能贏得他們的尊敬。有幾位年輕仕女先前完全沒有理睬過她，在這瞬間突然都對她熱情起來，幾位年輕男士在前一場舞會中只是盯著她猛瞧，現在不僅看得雙眼發直，甚至要求多加引介認識，對她說一堆愚蠢不堪的恭維話。還有幾位年紀大的女士，她們只會坐在沙發上，對舞會上其他人品頭論足，這會兒同樣極有興趣地詢問她是誰。她聽見墨法特太太如此回答其中一位……

「黛西．瑪楚[1]——父親正在戰場上，是個上校——來自我們這兒的名門望族之一，雖然現在過得稍微艱苦一些，您了解的。他們和勞倫斯家私交很好，而且，我掛保證，她是個可愛的小甜心，我家奈德可是很青睞她的。」

「我的天！」那老太太嘆了聲，隨即戴上眼鏡，再次仔細打量瑪格，瑪格則假裝那些話她全沒聽到，儘管她對墨法特太太的小謊感到震撼。那種詭異感持續繞在身周，不過她仍將自己想像成是一名正在飾演名媛淑女的演員，演得還眞不錯，就算那身衣服勒得她腰疼，裙襬時不時想竄到腳底下，更磨人的是她一直擔心著耳環要是在甩動時飛出去，不見了或弄壞掉要怎麼辦。她搖動扇子，聆聽一位年輕男士說話，他似乎想好好表現自己的機智幽默，可是說出口的玩笑話淨是無趣拙劣至極。瑪格努力裝出爲此開懷大笑的樣子，卻突然住了口，臉上露出困惑神情，因爲就在那時，她看見勞瑞就站在舞廳另一端。望見瑪格的勞瑞也是同樣驚愕的表情，完全掩飾不住，瑪格心想，那表情裡還夾雜了不贊同，因爲勞瑞雖然鞠躬微笑著向她致意，眼中寫滿的實話卻叫瑪格臉紅，眞希望

1 黛西（Daisy）原意即爲雛菊。

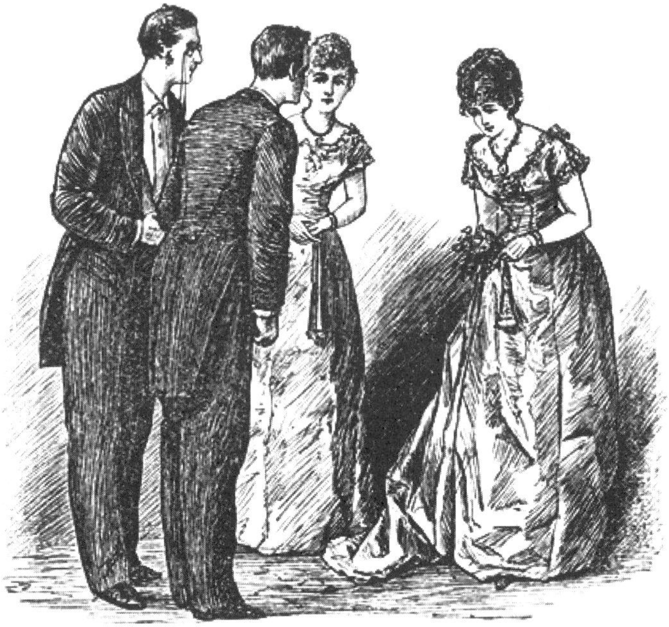

自己穿的是當初的舊衣服。更讓她不解的是，她看見貝拉用手肘輕推一下安妮，兩人的目光一起從她的身上移到勞瑞身上。不過，此刻的勞瑞看起來只是個格外單純又怕生的男孩子，這令瑪格感到鬆了一口氣。

「兩個愚蠢的人，竟然讓我有這種想法。我才不會在乎這種事情，而且也絕對不會受影響。」瑪格思忖，趕緊走過大半個宴會廳，去和她的好友握手。

「眞高興你來了，我還擔心著你不來呢。」她用她最成熟的語氣說。

「喬要我來的，再回去告訴她，你看起來如何，所以我就來了。」勞瑞答道，雖然他因爲瑪格那慈母似的語氣而勾起微笑，不過他並沒有正眼看她。

「那，你會怎麼跟她說？」瑪格問，對勞瑞怎麼看待她這一身裝扮充滿好奇，雖然，這是她第一次覺得跟勞瑞的相處很不自在。

「我會說我認不出你，因爲你看起來很成熟，而且完全不像你，我還挺怕你的。」勞瑞一邊說，一邊把玩著他手套上的鈕扣。

「你怎麼能這樣說！那些女生是因爲很有趣才幫我打扮的，而且我挺喜歡這個樣子。喬要是看到我，一定也會盯著我不放的……會吧？」瑪格說道，一心想讓勞瑞吐出實話，想知道她這個模樣是否比以前好看得多。

「會吧，我想她應該會。」勞瑞一臉凝重。

「你不喜歡我這樣嗎？」瑪格問。

「不喜歡。」他毫不掩飾。

「爲什麼?」瑪格焦急起來。

勞瑞的目光掃向瑪格,從那頭過度造型的捲髮、裸露的雙肩,到那一身華麗花俏的衣裙,臉上表情不言而喻。他一副打量的態度,完全不見一絲平日的彬彬有禮,卻比他先前的回答更讓瑪格感到無地自容。

「我不喜歡浮誇,還有那些羽毛。」

被一個比自己年紀還小的男孩子如此形容,瑪格幾乎要無法忍受。她掉頭就走,臨走前氣憤地說:「你是我見過最無禮的男孩子!」

她感到異常沮喪,於是獨自走到一扇安靜的窗前,想讓涼風冷卻發燙的雙頰,因爲那身過緊的衣服讓她感到非常難受,臉色十分難看。她站在那兒時,林肯上校正好從她身旁走過,約莫一分鐘後,她聽見上校對他母親說……

「她們在愚弄那個小女孩!我本來想讓您見見她,可是她們把她給搞砸了,今晚的她就只是個任人擺布的玩偶而已!」

「噢天……」瑪格嘆氣道,「我要是能理性些,穿自己的衣服就好了,這樣就不會讓人倒胃口,也不會連自己都覺得不舒服,甚至引以爲恥了。」

她將額頭靠在涼冷的窗櫺上,半個身體藏進簾子裡。她最喜愛的華爾滋已經開始,她卻好像什麼都沒聽見,直到有個人碰了碰她。瑪格轉過身,發現是勞瑞,他的神情彷彿在懺悔自己說過的話,以最優雅的姿態鞠躬,向瑪格伸出手。

「請原諒我的無禮,和我跳一首曲子吧。」

「我怕這樣太爲難你。」瑪格說，假裝依然不悅的樣子，但是徹底失敗了。

「才不會呢！我想跳得很！來吧，我會好好表現的。我不喜歡你的禮服，可是我覺得你就是最好看的！」勞瑞說著舞動雙手，彷彿言詞遠遠不足以表達他的欽羨。

瑪格露出微笑，不再跟他計較了。他們雙雙站好，在等待開舞時彼此耳語。

「小心我的裙襬，別給絆倒了。這眞是我人生中的災難，我竟然蠢到去穿這種衣服。」

「把它圍到你脖子上就解決了。」

勞瑞低下頭，望向那雙小巧的藍色舞鞋，覺得還眞是挺好看的。他們的舞步輕快而優雅，展現出絕佳默契，因爲早已經在家裡練習過多次。看著這對快樂的年輕人跳舞眞是賞心樂事，他們愉快地一圈轉過一圈，兩人之間的友誼也在那場小爭執後更加昇華。

「勞瑞，幫我一個忙，好嗎？」瑪格開口道，那時勞瑞正站著幫她搧風，因爲她快喘不過氣來了，她也不知自己爲何會如此。

「當然行。」勞瑞爽快地答應。

「請別告訴我家人我今晚的穿著。她們不懂這樣的玩笑，而且只會讓媽媽擔心而已。」

「那你幹嘛這樣穿？」勞瑞的眼神如此直白地寫著問句，以至瑪格趕緊補上一句：

「我會自己跟她們說清楚的！然後再跟媽媽『懺悔』我有多愚蠢。我希望由我自己來說，所以，請你不要告訴她們，可以嗎？」

「我不會說的，我保證。只不過要是她們問我的話，我該怎麼說呢？」

「就說我看起來很好，而且玩得很愉快。」

「叫我說第一句完全沒問題，可是第二句？你確定？你看起來不太像玩得很愉快的樣子，對吧？」勞瑞意有所指地瞧她，她只得壓低聲音回話。

「沒錯，而且不只是現在，也不只是玩得不愉快而已。我原本只想好好玩一下，可是我發現這種方式根本就不值得，而且我已經越來越厭倦了。」

「奈德．墨法特過來了，他想幹嘛？」勞瑞說，狠狠皺起他的兩道濃眉，一副十分不贊同舞會上這位年輕主人來打擾他們。

「他說要跟我跳三支舞，我想他現在就是要來邀舞的。無聊的傢伙。」瑪格顯得意興闌珊，此舉也使得勞瑞大為歡欣。

接下來好一會兒，勞瑞都沒有和瑪格說上話，晚餐時分，他看見瑪格在喝香檳，和奈德以及奈德的朋友費雪一起喝。勞瑞看著那兩人的言行，默默在心裡下了評價：「一對蠢蛋。」他升起一股類似於兄長的使命感——他得照看瑪楚家的女孩兒，必要時不排除為她們打上一架。

「你如果喝太多這種東西，明天早上就會頭痛到死。別再喝了，瑪格，你母親也不會喜歡你這樣的，你自己知道！」勞瑞靠到她座椅旁悄聲說，那時奈德剛好轉身，要幫瑪格再斟滿一杯酒，而費雪正彎腰幫瑪格撿扇子。

「我今晚不是瑪格，我是做出一切瘋狂舉動的『玩偶』。到了明天，我就會收起我的『浮誇』和『羽毛』，絕對會拚命、恢復成一個優秀的、好女孩兒的！」瑪格回答，矯揉造作地笑了一聲。

「那你明天就繼續待在這兒吧！」勞瑞低聲怒道，接著便走了開去，對她這樣的轉變頓覺非常感冒。

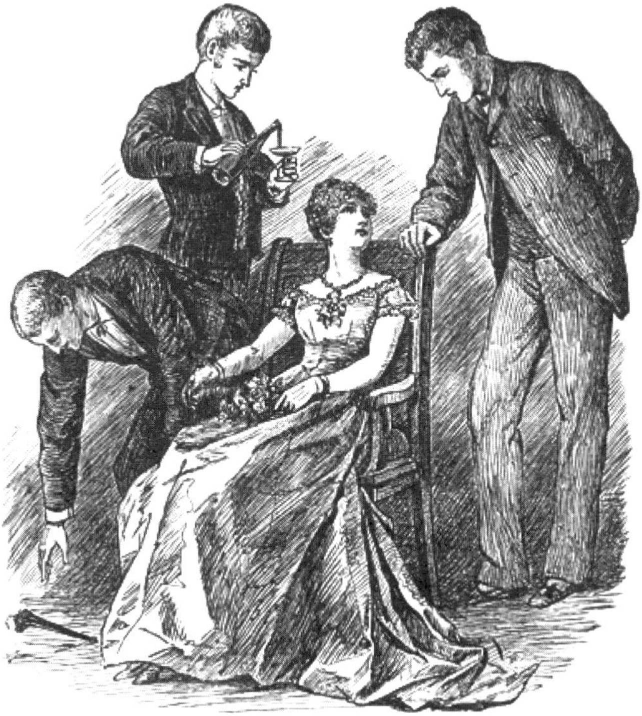

「別再喝了，瑪格。」

瑪格效仿起其他女孩，跳舞、調情、喋喋不休地閒談、咯咯亂笑，晚餐之後她開始說德文，卻說得亂七八糟，她的長裙讓她的舞伴感到困擾，誇大的舉動讓勞瑞也起了反感。他原本還想勸誡她一番，不過根本沒機會跟她說，因爲瑪格故意避開他，直到他準備告辭了，兩人才再度說上話。

「記得喔！」瑪格說，努力想擠出一個笑容，因爲她已經開始感受到何謂頭痛欲裂。

「Silence a'la mort.（我會沉默到死。）」勞瑞用法文回了一句，動作極盡誇張，隨後就離開了。

這個小插曲點燃了安妮的好奇心，不過瑪格累得沒力氣八卦就上床睡覺了，她感覺自己參加的是場化妝舞會，然而她玩得並不盡興。第二天她一整天都病懨懨的，待到週六返家，覺得這兩星期以來的玩樂眞是夠了，她已經待在「富人堆」中夠久了。

「安靜過日，不必整天客套來客套去的眞好。家眞是個好地方，就算我們家一點都不華麗。」瑪格說，週日晚上她和母親及喬一塊兒坐著，神情安詳且自在。

「我很高興聽到你這麼說，孩子。因爲我很擔心在你去過那些好地方之後，家對你而言就成了無趣而貧窮的所在了。」她的母親回應。這一整天裡，她憂心忡忡地看了瑪格好幾眼。因爲孩子臉上的任何神色都逃不過母親的法眼。

瑪格愉快地訴說她的新奇經驗，並且一遍又一遍地重述她在這趟旅行中有多快樂，然而似乎總有什麼東西懸在她心頭，讓她的情緒有些低落。一等兩個較小的妹妹回房就寢，她若有所思地坐在壁爐前盯著火堆看，幾乎不太說話，看上去有些憂愁。時鐘敲過九下，喬提議該上床睡覺了，瑪格突然從她的椅子裡站起來，換坐貝絲的矮凳，將手肘靠在母親膝上，提起勇氣開口。

「媽咪，我有事要『懺悔』。」

「我早猜到了，孩子，發生了什麼事？」

「我該走開嗎？」喬謹愼地問。

「當然不用，我向來都會告訴你一切事情的呀？兩個妹妹年紀都還太小了，我實在沒有臉在她倆面前說。可是，我想讓你們知道，我在墨法特家做了多荒唐的事。」

「我們準備好了。」瑪楚太太微笑，但是看上去還是有些焦慮。

「我說過她們幫我精心打扮，可是我沒跟你們說的是，她們還幫我搽粉、穿緊身衣、燙頭髮，讓我看起來像時裝畫片上的人物。勞瑞認爲我這樣太不妥當，雖然他沒說出口，但我知道他是這麼想的，而且還有一個人說我就像個『玩偶』。我知道那樣的確很蠢，可是她們一直稱讚我，說我是個美人等等一堆廢話，所以我就任憑她們把我變成一個蠢蛋了。」

「就這樣？」喬問道，而瑪楚太太一言不發地看著自己的女兒，一張美麗的臉龐低垂，她實在不忍心爲了這麼一點兒小蠢事責備她。

「不，我還喝了香檳，和其他人打鬧，學著調情之類，總之很討人厭就是了。」瑪格自我責備起來。

「我想，應該還有別的事吧？」瑪楚太太撫摸女兒柔軟的臉頰，瑪格的臉立刻泛紅，只見她緩緩答道……

「對，是很蠢的事，可是我想跟你們說，因爲我恨透了被別人這樣說，被他們這樣看待我們和勞瑞。」

接著她把在墨法特家所聽見的八卦鉅細靡遺地說出來，喬瞥見母親抿緊雙唇，那樣子彷彿在說她很難過，得讓純真善良的瑪格聽到別人有這種想法。

「啊……這真是我聽過最爛的蠢話！」喬憤恨不平地說，「你怎麼不當場跳出來反駁她們呢？」

「我沒辦法，我當時覺得太尷尬了。起初也只是不小心聽到的，我覺得好生氣又好丟臉，氣到忘記應該要離開現場了。」

「安妮．墨法特，等我碰到她就有好戲瞧了，我會讓你知道怎麼搞定這種荒謬的爛事！早有『布局』？我們是因為勞瑞有錢才對他好？而且他可以娶我們當中任何一個？什麼跟什麼啊！我要是跟勞瑞說人家是怎麼說我們這些窮小孩的，我看他會不會當場吼出來！」喬說著卻大笑起來，彷彿她在轉念一想的那瞬間，這件事就變成一個天大的笑話了。

「如果你跟勞瑞說，我絕不原諒你！媽媽，她不可以說，對吧？」瑪格愁悶地說。

「沒錯，絕對不要轉傳無聊的八卦，盡早把它忘掉就好。」瑪楚太太心情沉重地回答，「我太不智了，竟答應讓你去跟我不太認識的人來往。我敢說，他們還是算心地善良的，但卻非常沒有教養，對年輕人的揣度盡是些低俗想法。我真有說不出來的懊悔，瑪格，我讓你去經歷了這麼不愉快的一趟旅程。」

「別難過，我不會讓這件事傷害我的。我會忘掉所有不好的部分，只記得美好的回憶，因為我在那兒真的還滿開心的。非常謝謝您答應讓我去，媽媽，我不會傷感或是心有不甘，我知道我只是個愚蠢的小女生，在能夠照顧好自己之前，我會一直待在您身邊的。不過，被人讚美和欣賞真是好事一件，我得說，我確實還滿喜歡的。」瑪格說，似乎對這樣的自白感到些許害羞。

「那是再自然不過的事，而且這樣並無大礙，只要這樣的喜歡不會變成一種追求，追求要被捧在手心中的狂熱，或是做出蠢笨不自重的事情就好。知道什麼是值得擁有的讚美，並且珍惜這樣的讚美，以你的謙虛，讓優秀的人們打從心裡欣賞你，這跟外表的美貌一樣重要，瑪格。」

瑪格麗特端坐著，思考了好一會兒，喬背著雙手站在一旁，一臉既感到有趣又摸不清狀況，因爲看見瑪格紅著臉討論欣賞、戀人以及諸如此類的事，對喬而言是一種全新感受。她覺得在這兩個星期裡，姊姊的成長速度太過驚人，而且正在逐漸遠離她，漂向一個她無法追隨的地域。

「媽媽，您是否眞像墨法特太太說的那樣，早有所謂的『布局』了呢？」瑪格紅著臉問。

「是的，孩子，我布了好多局呢，所有媽媽都會有的布局，不過，我想和墨法特太太所說的大相逕庭就是了。有些計劃我會告訴你，因爲你已經到了對愛情好奇的時候了，我得把正確的觀念告訴你。瑪格，你還小，不過也已經大得可以理解我的意思了，而這些事由一個母親來告訴你們這樣的女孩兒再合適不過。喬，很快就要輪到你了，到時你也可以聽聽看，如果這些計劃還不錯，也許你可以幫我實現它們。」

喬走過來，坐在一邊椅子扶手上，彷彿她和瑪格即將涉入的是某項極爲嚴肅的事件似的。瑪楚太太分別握著兩個女兒的手，心疼地望著兩張年輕的臉，以鄭重但鼓舞人心的語氣娓娓道來……

「我要我的女兒們美麗、有成就而且心地善良，我要她們被稱讚、被愛，也被尊敬，我要她們愉快地度過青春年少，明智且安好地步入婚姻，將助人、樂己視爲生活目標，對於上帝的安排能欣然接受。對一個女人來說，被一個好男人所愛、所選是最美好、最甜蜜的事，我衷心希望我的女兒們都能擁有這麼美好的際遇。對此有所憧憬是很自然的事，瑪格，要對此抱持希望，要耐心等待，更要有智慧地做好準備，這樣在幸福時刻來臨的當下，你才會覺得已經準備好迎接新責任，也才能享受到其中的快樂。我親愛的女兒們，我對你們寄予厚望，但請不要過於衝動，嫁個有錢人只是因爲他有錢或擁有豪宅，那不能稱之爲家，因爲其中沒有愛。金錢是必要且珍貴的東西，假如使用得當，它也是值得敬重的東西，但我絕對不要你們凡事以它爲優先考量，或把它當作努力的唯一目標。只要你們生活幸福，得以被愛，而且因此心滿意足，我寧願你們嫁個窮人，也不要你們位居王后之尊，卻少了自尊與安寧。」

「貝拉說窮人家的女兒沒有任何機會，除非她們懂得推銷自己。」瑪格嘆道。

「那我們全都不用嫁就好啦。」喬一點也不見動搖。

「沒錯，喬。寧願不要嫁，快快樂樂地活，也不要當不快樂的妻子，更不要當不懂得矜持自重，成天只想四處找機會勾搭的女孩子。」瑪楚太太態度堅決地說。「別擔心，瑪格，貧窮嚇不走眞心愛你的人。我認識一些最優秀、最受人敬重的女子，都是出身自窮人家的女兒，她們非常受人喜愛，才不怕嫁不成呢！這些事就交給時間吧！先把這個家變成快樂的家庭，如此一來，當你擁有自己的家庭時，你也會把它變成一個快樂的地方，如若不然，你也可以安心自在地繼續留在這兒。女兒們，請記得一件事：媽媽永遠都願意與你們促膝長談，爸爸也會永遠是你們的良師益友。我們兩人都希望著，也相信著，不論女兒們是已婚或單身，她們永遠都會是我們生命中的驕傲與安慰。」

「會的，媽咪，我們會的！」在瑪楚太太跟女兒們道晚安時，瑪格和喬一起，衷心地如此高喊。

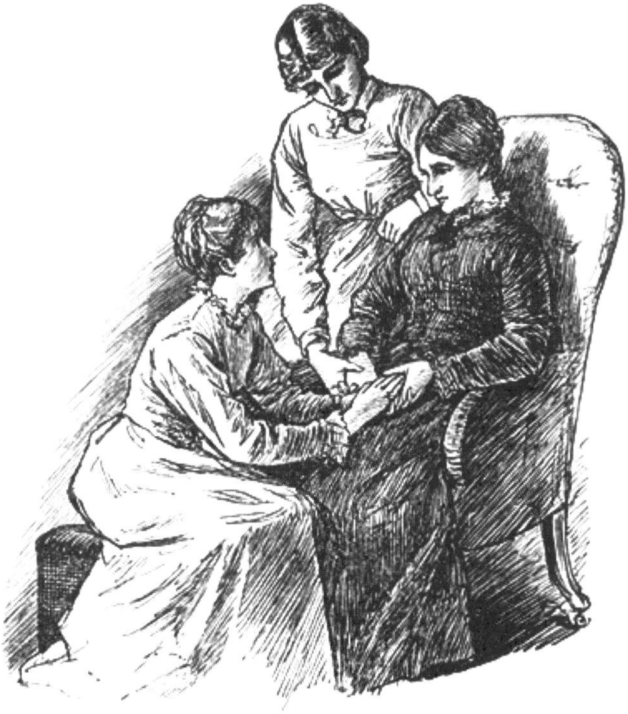

「不論女兒們已婚或單身，
她們永遠都會是我們生命中的驕傲與安慰。」

第十章　俱樂部

隨著春天來臨，一系列全新的娛樂活動隨之展開。白天拉長了，漫長的午後時光予人更多工作和玩耍的空間，花園勢必得好好整理一番。四姊妹各自擁有一小塊地，愛種什麼就種什麼，漢娜常說：「不用問就知道哪一個區塊是誰的，看種什麼就知道了。」她說得沒錯，因爲四姊妹對園藝的品味各不相同，正如她們差異顯著的個性。瑪格種的是玫瑰、香水草、桃金孃，還有一小棵柑橘樹。喬種的植物從來沒有重複過，因爲她永遠都在做實驗，今年種的是太陽花，希望在這塊美地悉心培養後，它們所結出的籽粒可以給母雞卡可姨媽和她的小雞們當食物。貝絲走的是懷舊路線，她的花圃裡散著各式花香：甜豆、木犀草、飛燕草、石竹、三色菫、鹼蒿，還有爲鳥兒們種的繁縷，以及爲貓咪們種的貓薄荷。艾美的區塊位於樹蔭下，占地較小，還有些小蟲，但整體看起來相當賞心悅目，她種了忍冬和牽牛花，從花環上垂掛下來，就像色澤鮮豔的號角和鈴鐺一般，高挺的白百合、精巧的羊齒蕨，以及其他更多燦爛如畫的美麗植物齊聚在此，恣意綻放花蕾。

天氣好的時候，她們整理花園、悠遊散步、河上泛舟、摘採花朵，遇上雨天就在屋裡做些消遣娛樂，或新或舊，也或多或少都是別出心裁的獨家開發。其中一項她們名之爲「P．C」，因爲當時流行祕密社團，大夥兒就想，組一個來玩玩也不錯。四姊妹都相當仰慕狄更斯，因此她們將這個社團命名爲「皮克威克俱樂部[1]」。成軍後雖然不時遇上活動暫停，她們仍舊讓這個俱樂部持續運作達一年之久，每週六晚間在寬敞的閣樓中聚會。每到集會時分，所行儀式如下所述：三張椅子在桌前一字排開，桌上擺著一盞燈與四個白徽章，每個徽章上以不同顏色書寫「P．C」兩個大字，每週新聞報則被命名爲《皮克威克紀事報》，每個人都得在刊上寫點東西，而喬因爲向來喜愛舞文弄墨，便承擔了編輯一職。晚上七點整，四名會員齊聚會場，各自將徽章繫在頭上，帶著莊嚴肅穆的表情入座。身爲大姊的瑪格擔任山謬爾．皮克威克一角，專精於駕馭文字的喬扮演奧古斯都．斯諾格斯，貝絲因爲生得圓潤，肌膚白裡透紅，是擔任崔西．塔普曼的不二人選，而艾美因爲老是想挑戰不可能的任務，所以是納森爾．溫克。擔任主席的皮克威克朗讀起紀事報內容，其中有原創故事、詩篇、當地新聞、有趣的廣告，還有好意提醒彼此缺失的建言等。

某一次聚會，皮克威克先生戴上一副沒有鏡片的眼鏡，他敲打桌面，乾咳幾聲，眼神淩厲地瞪向整個人癱在椅子上的斯諾格斯先生瞧，瞧得他趕緊坐好，才開始朗讀紀事報內容。

《皮克威克紀事報》
一八××年五月二十日

1英國大文豪狄更斯（Charles Dickens, 1812-1870）於西元一八三六年出版了《皮克威克俱樂部》（*Pickwick Club*）一書，也就是本章提及的P．C。書中主要人物有皮克威克（Samuel Pickwick）、斯諾格斯（Augustus Snodgrass）、塔普曼（Tracy Tupman）、溫克（Nathaniel Winkle），以及威勒（Sam Weller），內容多爲皮克威克與這些友人們在旅行中發生的趣事。四姊妹以及後來加入的勞瑞都選了當中的角色來扮演。

詩人角落・週年頌歌

吾等再度聚首慶頌，
徽章與莊嚴儀式爲鑑，
吾社五十二週年社慶，
於今夜皮克威克廳。

吾等健壯安好，
吾社無人離去：
老友重逢，
握手言歡。

堅守崗位的皮克威克，
讓我們額手歡迎，
眼鏡懸上鼻梁，
他朗讀吾等當週豐盛紀事。

雖受感冒之苦，
他的朗讀吾等依舊洗耳恭聽，

他的智慧言詞流暢傾瀉，
儘管嗓音粗啞如鈍物摩擦。

六呎高的老斯諾格斯，
踩著大象一般溫文步伐徐行而來，
光芒遍照吾社，
是他黝黑愉快面龐。

詩韻之火使他雙目炯炯，
他傾盡全力筆耕不輟。
眉宇間蘊藏莫大野心，
鼻頭上一點墨水污漬。

吾等寧靜祥和塔普曼緊隨其後，
氣色紅潤，身型豐腴，善體人意，
雙關語促他大笑不止，
嗆住一口氣又跌落座位旁。

拘謹的小溫克同樣在場，
每一根頭髮梳得服服貼貼，
好一個舉止有禮的模範生，
雖然他最討厭的是洗他的臉。

一年已過，吾等聚首如初，
說笑、談天、閱讀，
行於文學漫漫道途，
逐向光輝燦爛起始。

願吾等紀事報歷久彌新，
吾等結社堅毅不搖，
來年祝福澆灌滋養，
卓越無憂吾等P．C！

A．斯諾格斯

面具婚禮（威尼斯故事）

平底船一艘接一艘泊向大理石台階，將載運的貴客們送進歡騰喧囂、冠蓋雲集、燦爛華麗的艾德隆伯爵府。騎士與淑女、仙子與侍從、僧侶與花童，皆齊聚一堂，歡快共舞。甜美的歌聲、華美的曲調彌漫空中，在歡笑與音樂相伴下，化裝舞會隆重登場。

「女王陛下今晚可曾見過薇若拉小姐？」一位文雅的吟遊詩人如此探詢，望向這位飛越大廳駐足在他前臂的精靈女王。

「見過了，她看起來十分憂傷，但她豈是僅用美麗一詞就足以形容的呢？她的禮服也是精挑細選過的，因爲再過一週，她就要嫁給她深惡痛絕的安東尼歐伯爵了。」

「說實話，我眞忌妒他。在那邊，他要過來了，已經盛裝打扮得像個眞正的新郎，除了那個黑色面具以外。等他的面具一拿下，面對這個一點也不愛他，只因頑固父親的命令而嫁的美麗少女，我們就能看見他會是什麼表情了。」吟遊詩人回應。

「聽說她愛的是一位年輕的英國藝術家，他們兩情相悅，不過被老伯爵給否決了。」他們跟隨眾人起舞，女王在此刻說道。這場盛宴在一位神父出現時達到最高潮，他領著這對新人退入一間小室，在垂掛的紫色天鵝絨簾幕遮擋下，神父指示他們跪下來。早先歡聲雷動的人群頓時鴉雀無聲，沉默籠罩全場，餘下噴泉的潺潺水聲和柑橘樹的窸窣細響，自在酣睡於月光之中。一聲粗啞的嗓音瞬間劃破寂靜，艾德隆伯爵開口了。

「各位先生，各位女士，請原諒我用這樣的計策把你們聚集到這兒來，見證我女兒的婚禮。神父，請主持儀式。」所有目光一時落向新娘一行人，群眾議論紛紛，因爲不論新娘或新郎都沒有把面具摘下。每個人心裡都充滿好奇與猜疑，不過依然有禮地克制住自己的舌頭，直到神聖儀式結束，眾人便圍繞伯爵，要求給個解釋。

「如果可行，我十分樂意爲大家解釋，不過，我也只知道這是我家害羞的薇若拉一時淘氣，我也只好由著她。好了，孩子們，遊戲到此結束。把面具拿掉，領受我的祝福吧！」

然而，新郎、新娘卻遲遲沒有屈膝領受伯爵祝福，年輕的新郎在此時摘下面具，露出他的眞面目，全場眾人目瞪口呆，那張帥臉竟是屬於那位英國藝術家——同時也是英國貴族的斐迪南．德夫若伯爵！而倚靠在這位閃耀著貴族星芒的男子胸膛前的，正是洋溢幸福喜悅，容貌絕美的薇若拉。

「伯爵閣下，我的出身並不下於安東尼歐伯爵，財富更不會少於他，您卻在我向令嬡求婚之時將我驅逐於門外。其實，我擁有的比您所想的還要更多，我古老的家族兼具德夫若與德芙爾伯爵的頭銜，財富更是無法數算，您的野心再大，我也都能滿足您，而且還綽綽有餘。我願以這一切回報我身旁這位美麗的淑女——現在，她是我的愛妻。」

聽完這番話的伯爵呆若木雞，斐迪南帶著終獲勝利的愉悅笑容，轉向不知所措的賓客們說：

「至於在座各位，在儀式中保持風度的朋友們，謹祝您們的愛情成果跟我一樣豐收，能迎娶像我這場面具婚禮中一樣美麗的新娘。」

S．皮克威克

P．C爲何像巴別塔[2]一樣呢？

因爲它充滿了難以控制的成員。

一顆南瓜的生命之旅

從前有一個農夫在菜園裡種了一顆小種籽，過不久這顆種籽發芽茁壯，變成一株藤蔓而且結了許多南瓜。十月的某一天，南瓜們都成熟了，農夫挑一顆帶去市場賣。有個雜貨店老闆買了它，拿到店裡去擺，就在那天早晨，有一個頭戴棕色帽子，身穿藍色裙子，圓臉又圓鼻子的小女孩，走進店裡買了它，要帶回家給母親。小女孩使勁兒把南瓜拽回家，切開，放在大鍋裡煮熟，拿出幾塊搗成南瓜泥，加點兒鹽巴與奶油當晚餐。剩下的南瓜肉加進一品脫牛奶、兩顆蛋、四匙糖、肉豆蔻和蘇打餅，放進一個深盤裡，烤到變成焦焦的金黃色，第二天，它成了一户姓瑪楚的人家桌上的早餐。

T·塔普曼

皮克威克先生，主席：我要報告您關於原罪的事情而犯罪者是一個叫溫克的人總是以笑聲攪擾他的俱樂部成員有時還不把他該寫的東西寫在這份傑出的報紙上我希望您能夠原諒他的壞並讓他繳交個法文的寓言故事就好因爲他頭裡面想不出太多東西了有太多功課要做而腦子裡未來也不會有什麼空間想其他事我會找時間加緊腳步準備一些最 commy la fo[3] 的作品我的意思是噢好了我現在也很趕時間因爲我上學快遲到了

敬祝　愉快

N·溫克

〔此篇作品是一篇對過往錯誤十分勇敢而果決面對的自白書，如果我們的年輕朋友能注意一下標點符號就更好了。〕

2 巴別塔（the Tower of Babel），出自聖經故事，「巴別」一字有混亂之意。

3 此爲艾美筆誤的法文，原句應爲 comme il faut，表達敬重、得體之意。

一樁憾事

上週五，地下室傳出一陣猛烈撞擊聲，隨即是一道淒厲的哭喊，我們全都嚇呆了。眾人一起奔向地窖，首先映入眼簾的，是俯臥在地的、我們摯愛的會長，他因爲去取柴薪，不小心絆到腳，慘摔一跤。場面令人不忍卒睹，因爲皮克威克先生這一跤剛好把自己的頭和肩膀跌進一缸水裡，連帶打翻一小桶沐浴乳，全灑在他男子漢的身軀上，外衣也被扯破了。不過，險象環生的他除了幾處瘀青外，身體並無大礙，而且我們樂於加碼報導，此時的他狀況良好。

編者　謹啓

讓我們同聲哀悼

雖然痛苦，但我們責無旁貸。記錄我們所摯愛的友人——雪球拍拍太太——唐突而離奇的失蹤記。這隻可人且備受寵愛的貓兒，曾是一眾熱情仰慕她的人士所關注的焦點，她的美麗攫人眼光，優雅與高尚擄獲人心，我們無一不爲她的失蹤感到痛心疾首。

她最後的身影是坐在大門口，看著肉販手推車的模樣，恐怕是有些惡棍被她的魅力所誘，卑鄙地將她給竊走了。數週過去，她仍不知所蹤，我們只好放棄一切希望，繫一條黑絲帶在她的籃子上，收起她的餐盤，爲了她的永別而飲泣。

一位同情心潰堤的朋友送來此一上乘作品：

一首輓歌，致　雪球拍拍

我們爲痛失小寵物而哀哭，
也爲他不幸的命運而嘆惋，

火爐前再不見她安坐的身姿，
老舊綠門邊也再不見她的嬉鬧。

栗樹下的小墳，
是她的愛子安息之所。
我們卻無法垂淚於她的墳前，
因爲我們不知她長眠於何處。

空蕩蕩的床鋪，靜止不動的小球，
都將無緣再見她面；
沒有溫柔的輕輕敲擊，沒有可愛的咕嚕喉音，
客廳門口的雪球拍拍已成絕響。

一隻不知名的貓來追她的老鼠，
一隻滿臉髒污的貓，
狩獵技巧不若我們往昔摯愛，
身姿也是一星半點全無相似輕靈。

她鬼祟的腳掌踏遍廳堂，
踏遍雪球昔日玩樂的廳堂，
她只敢對狗兒齜牙咧嘴，
愛貓雪球卻敢於將狗兒驅之別院。

她善於分憂、溫順、鞠躬盡瘁，
然而她其貌不揚，
我們無法讓她取代你的地位，愛貓。
我們無法崇拜她像崇拜你一樣。

A．斯諾格斯

廣告

成就斐然、堅毅果敢的演說家——奧蘭西．布魯吉小姐，將於下週六晚間於皮克威克廳發表她最著名的演說〈女性與其地位〉，演說在例會結束後開始。

週會將於廚房舉行，本週主旨在教導年輕仕女們如何做菜。漢娜．布朗將是週會主席，歡迎所有會員參加。

字紙簍學會將於下週三聚會，並於俱樂部會館樓上舉辦遊行。所有與會成員請身著制服，肩扛掃帚，於九點整準時出席。

蓓思．邦瑟太太的新店鋪將於下週隆重開幕，各色各樣娃娃帽飾將於此販售。最新流行的巴黎時裝剛到貨，惠請大家踴躍光臨。

巴恩維爾大戲院近期內將有新戲上演，此爲美國舞台劇前所未見、無與倫比的優秀作品。這令人震顫的作品名爲《希臘奴隸》，又名《復仇者康斯坦丁》！

溫馨小提醒

如果皮克威克不要抹那麼多肥皂在手上，早餐時間就不會老是遲到了。斯諾格斯請不要在街上吹口哨。塔普曼別忘了艾美的餐巾。溫克請別因爲衣服上沒有九道皺褶而發脾氣。

週成績報告

瑪格——佳。

喬——糟。

貝絲——甚佳。

艾美——尚可。

當主席念完紀事報（我懇請將報紙留下，以便向讀者諸君證明，這眞的是從前幾個眞誠的女孩兒所寫的眞誠報導），熱烈掌聲隨即響起，稍後斯諾格斯先生站起身，提出一項臨時動議。

「主席先生與各位紳士，」他開口，將國會議員的神態腔調學了個十成十，「我提議讓一位新會員入會——一位絕對擔得起這項殊榮，將因此而對各位銘感五內，對本會助益良多，增加紀事報文學深度，讓本會更添風采、更加有趣的一位新會員。我提議讓提歐朵爾·勞倫斯先生成爲P·C的榮譽會員！來吧！讓他加入吧！」

喬突然改變語氣，逗得姊妹們哈哈大笑，可是所有人看起來都很緊張，斯諾格斯坐下時完全沒有人說話。

「這件事我們投票表決。」主席說：「凡是同意這項提案的人，請說『贊成』；凡是不同意這項提案的人，請說『反對』。」

瑪格和艾美都反對。溫克先生優雅地從座位上站起，「我們不希望有男孩子加入，他們只會開玩笑和活蹦亂跳。這兒是一個屬於淑女們的俱樂部，我們希望保有其私密性與適切性。」

「我怕他會嘲笑我們的報紙，往後也會拿這個開我們玩笑。」皮克威克發表見解，拉拉額前的小捲髮，這是她猶豫時慣有的小動作。

斯諾格斯態度誠懇地起身，「主席閣下，我以紳士的身分向您保證，勞瑞決不會做出那樣的事。他熱愛寫作，能爲我們的紀事報注入新調性，避免流於無病呻吟，您不認爲嗎？我們能爲他做的極其有限，他能爲我們做的卻無可限量。至少，我們可以讓他在此有一席之地，讓他在場的時候，可以覺得自己是受到歡迎的。」

這一席話說得既巧妙又直搗核心，道出的諸多助益觸動了塔普曼，只見他帶著堅決的神情站起身，開口道：

「是的，就算我們擔心，也得讓他加入。我認爲他可以來，而且，如果他祖父喜歡的話，也可以一起來。」

貝絲的發言振奮了大家的心神，彷彿電流一般，貫穿整個俱樂部，喬更是讚許地起身向她握手致意。

「那麼，我們現在再表決一次！各位，請記住，這位，是我們的勞瑞！請大聲說『贊成』！」斯諾格斯興奮地大叫。

「贊成！贊成！贊成！」立刻有三個聲音回喊。

「好！上帝賜福你們！擇日不如撞日，正如溫克先生的名言『加緊腳步』，我們現在就來歡迎新會員吧！」眾人一陣錯愕，喬瞬間拉開櫥櫃門，只見勞瑞坐在一只麻布袋上，因為憋住笑聲而滿臉通紅。

「騙子！叛徒！喬！你怎麼可以這樣？」三個女孩齊聲大叫，而斯諾格斯就像凱旋歸來一樣，領著他的朋友邁步向前，給他安排一張椅子一個徽章，讓他迅速就座。

「你們兩個壞蛋！口風也太緊了吧！」皮克威克先生首先發難，他本想皺眉卻笑出來。不過，新會員相當進入狀況，他起身向主席致意後，便以最迷人的丰采說：「主席閣下、女士們——抱歉，我的意思是，紳士們——請允許我向您們自我介紹，我是山姆．威勒，本俱樂部最謙卑的僕人。」

「好！好！」喬叫道，用她倚著的舊暖床爐手柄[4]敲地面。

「我忠實且高尚的朋友與支持者，」勞瑞朝她做一個手勢，繼續說：「她如此善意地介紹我入會，不應為了今晚卑鄙的計畫而受責罵。這全是我的主意，請別因此而不諒解她。」

「好了，別把責任都往你身上攬，你知道是我提議躲在櫥櫃裡的。」斯諾格斯插嘴，對於開了

4 暖床爐（warming pan），舊時見於寒冷國家在冬季使用的家具，外型類似加長手柄的平底鍋。用法是在容器的部分盛裝炭火、蓋上鍋蓋，再移至床罩底下加熱或使寢具乾燥。

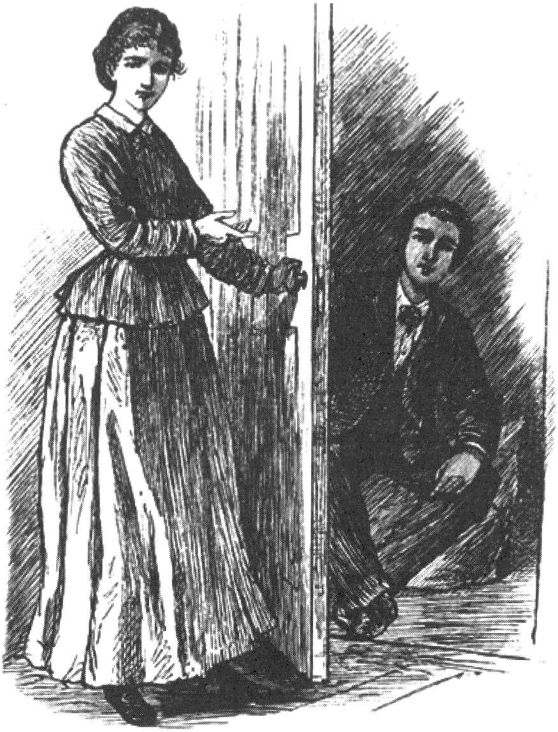

「擇日不如撞日，
我們現在就來歡迎新會員吧！」

這個玩笑感到無比快樂。

「她剛才說的請不要計較，我才是主謀的壞蛋，主席閣下。」新會員說，以非常威勒式的點頭向皮克威克主席致意，「但我以名譽保證，以後絕不再犯，但求從今以後，致力貢獻於這個不朽的社團。」

「你們聽！你們聽！」喬叫喊著，像敲鈸一樣猛敲暖床爐的蓋子。

「繼續說！繼續說！」溫克和塔普曼加入聲援，主席則親切和藹地欠身致意。

「我想說的只有一件事，爲了答謝大家對我的厚愛，我願意送上薄禮一份，藉以提升我們友邦之間的情誼。我設立了一個郵局，就在花園角落的矮樹籬旁，那個小屋狀況良好，空間寬敞，門上都掛了鎖，寄送郵件相當方便，對女士們而言更是如此——請容許我這樣說。那是一個舊鳥舍，不過我已經把門口封住了，只有打開屋頂，所以各種東西都能放進去，還能省下我們寶貴的時間。信件、手稿、書籍和包裹都可以放，兩個國家各有一把鑰匙，我覺得這方法一定很棒。請容我將鑰匙獻上，非常感謝諸位准予我入會。」

當威勒先生將一把小鑰匙放上桌，自己退到一旁時，現場響起如雷掌聲，那把暖床爐更是舞動敲擊得瘋狂，現場過了好久才恢復秩序。接著是綿延不絕的討論，因爲每個人都卯足了勁兒，發言出乎預料地熱烈。這是一次異常熱絡的聚會，時間持續到好晚，大家用三聲歡呼竭誠歡迎新會員，以此結束並散會。沒有一個人後悔讓山姆．威勒加入，因爲他非常忠誠、舉止得宜、活潑親人，是打著燈籠也找不到的好會員。他果然爲聚會增色不少，也爲報紙注入了所謂的「新調性」，因爲他的發言經常使聽眾笑得人仰馬翻，他的文字精鍊，時而充滿愛國情操，時而雋永，或詼諧、或戲劇化，但絕不流於浮濫。喬稱讚他的作品就和培根、密爾頓、或莎士比亞有同等價值，並因此修正自己的寫作風格，且深覺獲益良多。

這間P．O（Post Office）雖是個小機構，業務量卻蓬勃發展，各式各樣的怪東西都經它傳遞出去，就像眞的郵局一樣。從悲劇故事、男人的領巾、詩集、酸黃瓜，到園藝種子、長信、樂譜、薑餅、橡膠鞋、邀請函，甚至還有責罵和幾隻小狗。老紳士覺得好玩，偶爾也寄些奇怪的包裹、神祕的短信，還有好笑的電報以自娛。此外，還有他家的園丁，因爲他「深深著迷於漢娜的魅力」，竟寫了封情書託喬轉交。祕密曝光後大家忍不住哄堂大笑，此時的他們哪想得到，這個小郵局在未來將會經手更多、更多的情書。

第十一章　實驗

「六月一號！金恩家明天要到海邊去，我自由了！放假三個月——我一定要好好享受才行！」暖和的一天，瑪格一進家門就高聲宣布，隨即發現喬異常倦怠地癱在沙發上，貝絲脫下滿是塵土的靴子，而艾美正在做檸檬汁，打算給大家恢復精神。

「瑪楚姑媽今天出門去了，所以現在，我啊，高興得很！」喬說道，「我好怕她會找我一起去。如果她眞的開口了，我也只能硬著頭皮跟她去，可是，你們也知道，梅園那地方就跟墓園差不多無聊，我還是不去比較好。爲了要讓老太太出門，我們忙成一團，每次她跟我說話我就開始緊張，爲了趕緊把一切都準備好，我這回表現得特別俐落、特別體貼，可是又怕她會覺得這樣就非帶我不可。我一直緊張到她坐進馬車，結果還沒完！她臨走前又給我嚇最後一次！馬車眞的要出發的時候，她忽然從車窗裡冒出來說『喬瑟芬，你不——？』沒等她說完，我很沒良心地轉身拔腿就跑。我眞的用跑的，一路狂奔，跑到轉角我覺得安全了才停下來。」

「可憐的老喬，她進家門時活像後面有一群熊在追她似的。」貝絲說道，慈母一般摸摸她姊姊的雙腳。

「瑪楚姑媽就跟海蘆筍（samphire）一樣，是吧？」艾美一邊發言，一邊品嚐她的特調。

「她的意思是吸血鬼（vamphire）吧，跟海蘆筍有什麼關係啊？不過無所謂啦，天氣太熱了，我連給某人抓錯字都懶了。」喬嘟噥著。

「那你的假期想怎麼過呢？」艾美機靈地轉換話題。

「我要睡覺睡到自然醒，然後什麼也不做。」瑪格的聲音從搖椅的深處傳出來，「我一整個冬天都固定早起，而且一整天都在為別人忙，所以我現在要休息，要找樂子，一直到我高興為止。」

「不，」喬說道，「昏睡的方法不適合我。我已經準備了一堆書，打算在老蘋果樹上看，享受我的黃金時光，如果沒有勞……」

「請別說『勞神』吧！」艾美語調誇張地要求，只是要報復喬剛才糾正她吸血鬼的口誤。

「你那個字，我會說『勞累』。噢不，我原本是要說，如果沒有勞瑞跟在旁邊，我會在樹上看書啦！不過你那樣說也行，反正他是一個老愛四處跑跳的人。」

「貝絲，我們最近也不要做功課好了，整天休息玩樂就好，就像姊姊們那樣。」艾美提議道。

「嗯？我可以呀，媽媽同意就行。我想學幾首新曲子，我的孩子們也該換上夏服了。他們現在真的很可憐，根本沒有合適的衣服可以穿。」

「媽咪，您同意嗎？」瑪格轉向瑪楚太太問道，她正坐在孩子們暱稱的「媽咪小角落」忙著針線活兒。

「你們可以用一個星期來做實驗，看看你們喜不喜歡這樣。我想，到了星期六晚上，你們就會發現整天玩樂不做事，就跟整天做事不玩樂一樣糟糕。」

「噢，不，不會的，一定會很棒的，我確定。」瑪格滿足地說。

「我提議，我們現在就來乾杯，就像我的好友兼同夥——莎莉．甘普[1]所言，『玩樂終日，無所事事！』」喬高聲道，手舉玻璃杯站起來，給大家一一敬酒——雖然杯裡是檸檬汁。

女孩們愉快地啜飲手中的檸檬汁，喝完立刻展開實驗，這一天剩下來的時間就在無所事事中過完了。第二天早上，瑪格直到十點才出現，她寂寞地吃著早餐，感覺不太可口。屋裡顯得冷清而雜亂，因爲喬沒有給花瓶換上鮮花，貝絲沒有撣掉家具上的灰塵，艾美的書又亂丟了一地。沒有一處地方是乾淨、舒服的，除了「媽咪小角落」以外，它看起來就跟平常沒兩樣。

瑪格坐在那兒「休息與閱讀」，其實就是打哈欠外加想像用她的薪水可以買到哪些漂亮的夏季服裝。喬和勞瑞在河邊耗了一整個早上，下午就溜上蘋果樹，爲了她手上那本《遼遠世界》[2]嚎啕大哭。貝絲在她的娃娃家族所住的大衣櫥裡翻箱倒櫃，不過才翻了一半就已疲憊不堪，於是丟下亂七八糟的衣櫥跑去彈鋼琴，因爲不用洗碗盤重拾了愉快的心情。艾美收拾了她的小花圃，穿上她最好看的白色裙子，梳理一下捲髮，坐在忍冬樹下畫圖，暗自期盼有人看見她後詢問這位年輕畫家是誰。然而，除了一隻好奇心重的盲蜘蛛煞有介事地細看她的畫作以外，一個過客也沒有，她於是出門散步，卻剛好碰上大雨，淋了個落湯雞回來。

喝茶時，她們交換心得，所有人都認爲這是美好的一天，只是時間有點兒長就是了。瑪格下午出去購物，買了塊美麗的藍色平紋細布，但及至裁開後才發現這塊布並不耐洗，這個小意外令她有點惱怒。喬去划船時曬傷了鼻頭，又因爲看書看太久頭痛得厲害。貝絲看著被自己弄得雜亂無章的衣櫥不免擔心起來，又覺得一次要學三、四首新曲子眞是太困難了。艾美則深深懊悔讓雨淋壞了自

1 莎莉・甘普（Sairy Gamp），狄更斯筆下的小說人物，特色是貪愛杯中物。

2《遼遠世界》（*The Wide, Wide World*），美國作家蘇珊・華納（Susan Warner）於西元一八五〇年出版的小說。

這位年輕畫家是誰？

己最美的衣服，因爲隔天凱蒂・布朗要舉辦舞會，這會兒她卻像芙蘿拉・麥夫林希[3]一樣，「什麼都別想穿了」。不過，這些都只是小事，女孩們跟媽媽保證這個實驗進行得相當不錯，母親只是微笑，什麼都沒說，在漢娜幫助下默默做好女孩們忽略的工作，好讓家裡保持舒適、正常運作。

令人震驚的是，「休息與找樂子」這種事竟然也能使人厭煩透頂且漸感不適。時間似乎越來越冗長，天氣尤其變化莫測，人的情緒也一樣，每個人心中都充滿不確定感，遊手好閒讓撒旦有機可趁。從沒過上如此慵懶閒適的日子，瑪格停掉部分針線活，發現她有太多時間可用，於是便修改起自己的衣服，希望可以裁製成「墨法特式」風格，卻把衣服剪壞了，幾近全毀。喬看書看到眼睛痛，開始厭倦書本，而且脾氣暴躁得很，連好脾氣的勞瑞都被惹得和她吵了一架，她的好心情急轉直下，甚至後悔當初不陪瑪楚姑媽出門。貝絲過得還挺不錯，因爲她老是忘記她們現在只要整天玩樂就好，不用做事，所以時不時就掉回舊習慣裡，然而，家中某種氛圍正在影響她，她的恬靜個性彷彿逐漸崩解，有一次的狀態甚至嚴重到她抓住可憐的小喬安娜使勁搖晃，說她長得很難看。艾美過得最慘，因爲她能打發時間的東西太少，當姊姊們讓她自己玩時，她很快就發現她那深具才華又重要非常的自我是個沉重的負擔，她不喜歡玩洋娃娃，覺得童話故事太幼稚，而且一個人總不能一天到晚都在畫畫，要是參加茶會或野餐，沒安排好也只是索然無味的經歷。

「如果可以擁有一座豪宅，和一大群有趣的女生待在一起，或者去旅行，夏天就會很有意思。

3 芙蘿拉・麥夫林希（Flora McFlimsey），美國作家瑪麗安・庫提斯（Marian Curtiss）所著一系列洋娃娃故事的主角。

成天跟三個自私的姊姊和一個長大的男生窩在家，就算是波阿斯[4]的耐心也會被磨光的。」瘋玩了幾天，日子卻過得既煩躁又無聊，掉書袋小姐如此抱怨道。

沒有人要承認已經厭倦這個實驗了，不過在週五晚上，每個人都暗自慶幸這週即將結束。瑪楚太太爲了要讓女兒們對這次的教訓印象更深刻，深具幽默感的她決定用最適合的方式爲這次實驗正式畫上句點，她放了漢娜一天假，讓孩子們更加全心全意地享受這場遊戲。

週六早，女孩兒們起床時，廚房裡沒有生火，餐廳裡沒有早餐，到處都看不見媽媽的蹤影。

「救命啊！這怎麼回事？」喬叫道，焦急地團團轉看著四周。

瑪格跑上樓，不一會兒又跑下來，臉上表情放心不少，但更多的是不知所措，還有一點兒羞愧。

「媽媽沒生病，只是很累，她說她想靜靜地在房裡待一整天，還說我們覺得怎麼樣最好就怎麼去做。這眞是太奇怪了，一點兒也不像她。不過她說過去這一星期她很辛苦，所以我們別發牢騷了，好好照顧自己吧。」

「這容易得很，我眞喜歡這個主意，因爲我正想找事情做，這就是了！新的娛樂活動上場了！」喬很快地回應。

事實上，能有事情做讓她們大大鬆了一口氣，於是每個人都摩拳擦掌做準備。然而，過不了多久，每個人都體認到漢娜經常掛在嘴邊的眞理了：「操持家務眞不是開玩笑的。」儲藏室裡有許多食物，貝絲和艾美擺餐桌，瑪格和喬準備早餐，邊做邊想著難怪每個僕人都會說工作辛苦了。

「我會送早餐給媽媽，雖然她說我們不用管她，她會照顧好自己。」瑪格說道，她負責指揮調度，坐在茶壺後面像個眞正的管家。

在開動之前，大家先裝滿一托盤的食物，連同廚師的恭維一塊兒送到樓上。托盤裡的茶水煮得太苦，蛋捲煎到燒焦，餅乾上殘留小蘇打粉，不過瑪楚太太還是感謝地收下餐點，等到喬離開了才打從心底笑出來。

「可憐的小傢伙們，我怕她們要有苦日子過了，不過，玉不琢不成器嘛。」她說，拿出預先給自己準備好的美味餐點，連同那份難吃的早餐一起解決，免得孩子們難堪，她們將來會感激母親這一點小心機的。

樓下則是抱怨連連，主廚對自己的失敗也甚爲氣惱。「沒關係，我來做午餐、當僕人，你當女主人，無須動用玉手，只要接待客人和發號施令就好。」喬說道，但她其實比瑪格還不會做菜。

這麼好的事，瑪格麗特當然樂於接受，功成身退地離開廚房，花沒多久時間便整理好客廳，因爲她只是把垃圾全掃進沙發底下，把百葉窗全部拉上，好省去撢灰塵的麻煩。喬對自己則是信心滿滿，且一心想趁此機會修補友誼的嫌隙，她立刻寫了封短信丟進郵局，邀請勞瑞過來吃午餐。

「在邀請人家來作客前，你最好先看看你有些什麼食材。」瑪格一聽喬這個熱心卻衝動的計畫，忍不住說道。

「噢，家裡有醃牛肉和一堆馬鈴薯，我想再買些蘆筍和一隻龍蝦，就像漢娜常說的，『享受一下』。還有萵苣用來做沙拉，我不知道怎麼做，不過翻食譜就行。然後是牛奶凍加草莓當甜點，如

4波阿斯（Boaz），《舊約．路得記》中的人物。但是艾美眞正想講的應該是約伯（Job）。

果你想要優雅一點，就再來個咖啡好了。」

「不要想做那麼多道菜，喬，你做過能吃的只有薑餅和黑糖塊而已。我是不會幫你做午餐的，而且你既然邀了勞瑞過來，你就有責任把他照顧好。」

「我也不奢求你做什麼，只希望你對他客氣些，還有做牛奶凍時幫我一下就好。如果我有麻煩，你再指導我一下就行，可以嗎？」喬問道，頗覺受傷。

「好，不過除了做麵包和一些雜事以外，我也懂得不多，你要買任何東西前最好先問一下媽媽。」瑪格謹慎地回答。

「我當然會！我又不是傻。」受不了人質疑她的能力，喬生氣地走開了。

「你想要什麼就去買，不要打擾我。我要外出用餐，沒辦法擔心家裡的事。」喬去詢問母親時，瑪楚太太如此回應道，「我從來就不喜歡做家事，今天就要給自己放個假，看看書、寫寫文章，或是拜訪朋友，總之要讓自己放輕鬆。」

忙碌的母親卻一大早就在舒適的搖椅中看書，如此罕見的場景讓喬覺得一定有什麼超自然事件發生了，甚至連日蝕、地震、火山爆發，都還沒有眼前這一幕來得令人驚愕。

「每一件事都有點兒不對頭了，」她喃喃著走下樓梯，「貝絲正在哭？這就是兆頭了，這家子一定有哪裡不對勁。如果是艾美在找碴，我一定不會放過她。」

自己也感覺到渾身不對勁，喬趕緊衝到客廳去，發現貝絲正在爲金絲雀小嗶哭泣。他死在鳥籠裡，小爪子悲哀地攤開來，彷彿生前仍在乞求食物一般，可憐的小傢伙是被餓死的。

「都是我的錯，我把他給忘了，飼料盒裡一顆種子或一滴水都沒有……噢，小嗶！小嗶……我

「噢，小嗶！小嗶……」

怎麼能對你如此殘忍？……」貝絲啜泣不止，手裡捧著那可憐的小東西，試圖讓牠活過來。

喬覷向金絲雀半閉的眼睛，摸一下他的小小心臟，發現鳥兒早已僵硬冰冷得透徹，便搖搖頭，好心地提供自己的骨牌盒子給牠當棺材。

「把他放進烤箱裡，也許他的身體變溫暖，就會活過來了。」艾美充滿希望地說。

「他已經餓死了，不要再讓他死後變成烤小鳥。我要給他縫一塊殮布，他應該要葬在花園裡。我再也不要養鳥了，再也不要了，我的小嗶……我眞是個壞人我不配養鳥……」貝絲自言自語道，坐在地板上，寵物依然躺在手心裡。

「葬禮就辦在今天下午，我們都會參加。好了，別哭了，貝絲。這很令人難過，這一週確實沒有一件事正常，而小嗶正好是這次實驗中最悲慘的。你先去縫殮布吧，把他放進我的骨牌盒，午餐結束我們就給他舉行一場溫馨的小小葬禮。」喬說道，終於察覺自己似乎攬了太多工作。

她讓其他姊妹安慰貝絲，自己走進廚房，眼前景象堪稱是令人混亂與挫折的極致。她圍上大圍裙，開始埋頭整理，卻在將待清洗的碗盤疊成高聳的一堆後，才發現火已經熄滅了。

「這下可好！」喬煩悶地低喃，碰一聲甩開爐子的門，猛力戳著煤渣。

重燃爐火之後，她想，應該趁著水煮開的空檔去市場一趟。走路使她振奮精神，而且她覺得自己買到便宜的好東西，忍不住又誇讚自己一下。喬就這樣手提一隻幼小的龍蝦、一些太老的蘆筍、兩箱酸草莓，步履沉重地返家了。然而，她才把環境清理好，午餐時間就到了，爐子也正燒得火紅。漢娜先前留了一鍋麵團要發酵，瑪格太早處理它，把鍋子留在爐邊要發酵第二次，卻把這件事給忘了。此時的瑪格正在客廳招待莎莉．嘉地納，客廳門忽然被撞開，一個滿身麵粉、滿頭亂髮、滿臉通紅、狀似癲狂的人影出現在衆人眼前，口裡還在氣急敗壞地大聲質問：

「我說，麵團都脹到鍋子外面了，發酵是還沒發夠嗎？」

莎莉笑出聲，瑪格只是點了點頭，卻將眉毛抬得極盡所能地高，此舉使得那道幻影立即消失，二話不說就將麵團甩進烤箱。瑪楚太太走出房間，這裡看看、那裡瞧瞧，了解一下大家在做什麼，她安慰了一下貝絲，接著就出門去了。貝絲坐在角落縫製殮布，而她的愛鳥正停屍於骨牌盒中。當熟悉的那頂灰色軟帽從屋外轉角消失時，女孩們心中升起一股異樣的無助感，數分鐘之後，失望沮喪更是籠罩在每個人心上，因爲卡克小姐出現了——她說她是要來吃午餐的。這位卡克小姐是一位身材瘦小、臉色蠟黃的女子，她有一個鷹勾鼻，還有一雙熱愛探尋八卦的眼睛，凡事都想看一眼，看完後再碎嘴一番。女孩們都不喜歡她，不過向來都被教導要以仁慈之心接待她，只因她又老又窮又沒幾個朋友。於是瑪格請她坐在安樂椅上，試著逗她開心，她卻問一堆問題，什麼都批評，把她認識的人所發生的事統統抖出來。

喬當天早上的焦慮、歷練、努力眞是非語言所能形容，她做的午餐倒是成了笑話中的經典。由於不想再給人添麻煩，她悶著頭一個人做完全部料理，也因此在這時才察覺到，要想成爲一個廚子，只有力氣和熱忱根本遠遠不足。她的蘆筍泡在沸水裡煮了整整一小時，最後很難過地發現蘆筍頭都煮軟了，莖卻更硬了。麵包烤得焦黑，沙拉醬完全是一場悲劇，她實在沒辦法將它們端上桌給人品評。龍蝦對她而言眞是一團鮮紅色的謎，敲敲打打的總算讓龍蝦去了殼，但是比期望中更微渺的肉末終究只能藏在萵苣葉裡送出去。馬鈴薯得趕快料理，不能讓蘆筍乾等，最後還是沒弄好。牛奶凍沒有拌勻，結成難看的顆粒狀，草莓也不像看上去那樣熟透，這些倒是都被巧妙地「修飾」過去了。

「好吧，他們如果肚子餓的話，還有牛肉、麵包和奶油可以吃，只不過，忙了一整個早上卻徒勞無功，讓人感覺自己簡直像個傻子一樣。」喬思忖道，拉響了午餐鈴，比平常的午餐時間晚了半小時。她滿頭大汗地站在那兒，感到既疲倦又情緒低落，眼神巡視過自己搬上桌的「大餐」，落到端坐桌前，習於各種精緻餐食的勞瑞，她又看看卡克小姐，那張嘴一定會把這一切傳出去——無遠弗屆。

看著那些被嚐了一口就放下的餐點，一盤接著一盤都是如此，喬眞想鑽到餐桌底下去。艾美在一旁咯咯亂笑，瑪格一臉失望，卡克小姐不住地抿緊唇，勞瑞盡他所能談天說笑，想讓這場午餐宴的氣氛活絡起來。喬的強項是糖漬水果，她已經用糖醃漬過那些草莓，準備了一瓶濃郁的奶油可搭著吃，當那漂亮的玻璃器皿在席間傳遞，每個人都讚嘆地看著漂浮在奶油海上的粉嫩草莓群島，她滾燙的臉頰總算稍微降溫一些，吁出一口長長的氣。卡克小姐率先嚐一口，她擠出一張鬼臉，趕緊喝了些水。喬沒有吃那些草莓，因爲她擔心要是每個人都舀了那麼一些，份量就要不夠了。她瞄了一眼勞瑞，他毫無顧忌地吃著，不過嘴唇好像有些噘起，眼睛也只看著他的盤子。喜愛精緻擺盤的艾美，舀了滿滿一匙，卻噎著了，趕緊拿餐巾遮住臉，火速離開餐桌。

「呃，怎麼了嗎？」喬顫抖著探問。

「你放了鹽不是糖，而且奶油是酸的。」瑪格一臉悲憫地給出答覆。

喬哀嘆一聲，向後倒進座位中，她只記得自己在廚房裡，從兩個盒子裡的其中一個抓了把粉末就往草莓上頭灑，而且忘記了奶油得先冷藏過。她的臉開始泛紅，眼看就要哭出來了，一抬眼剛好接觸到勞瑞的眼神，雖然他力圖鎮靜，眼裡卻滿是笑意。她忽然覺得這頓午餐太過荒誕，便開始放

那張嘴一定會把這一切都傳出去——無遠弗屆。

聲大笑，笑得眼淚都流出來，每個人都開始笑，就連女孩兒們戲稱為「卡克廣播站」的老小姐也忍不住跟著笑，這一頓倒楣的午餐就在麵包、奶油、橄欖與歡笑中愉快地結束了。

「我現在沒有精神和力氣去清理善後，先以嚴肅的心情去參加葬禮吧。」大家起身時，喬說道。卡克小姐已經準備好告辭，迫不及待想在另一位朋友的午餐桌上講述這個新故事。

為了貝絲，大家都對小嗶的葬禮肅穆以待。勞瑞在一叢羊齒蕨的底端挖了個墳，小嗶在被安放在裡頭，在善良的女主人許多眼淚的陪葬下長眠於此。墳上覆以苔蘚，墓碑上掛著紫羅蘭和繁縷做的花環，墓誌銘則是由喬在和午餐奮戰時完成的：

小嗶．瑪楚與此地為伍，
牠於六月七日回歸塵土；
愛與悲嘆的痛苦，
短期內難以根除。

儀式結束之後，貝絲回到屋子裡，了結了情緒與龍蝦，不過她沒有地方可以休息，因為床都還沒整理，於是她痛揍了枕頭並開始收拾，發現這對她緩和情緒大有助益。瑪格幫喬整理善後，兩人忙了大半個下午，疲累不堪，最後達成協議，晚餐只吃烤吐司配茶。

勞瑞駕著馬車帶艾美去兜風，不過這是出於慈悲，因為那個酸掉的奶油似乎讓艾美脾氣非常暴躁。瑪楚太太回家時，發現三個年紀較長的女兒們下午都在努力做事，她瞄了一眼衣櫥，就知道她成功地爲這個實驗畫上句點了。

在這些小主婦們坐下來休息前，有幾個人上門拜訪了，她們一陣忙亂地招待客人。結束後準備茶水、做完雜務，又在最後一刻完成一、兩件必要的針線活兒。當暮色低垂，沁涼靜謐的時刻來臨，女孩們不約而同地在門廊階梯上聚集，一旁六月的玫瑰開得正美，每個人坐下時不是唉呦一聲就是輕嘆一下，彷彿不是疲累就是愁煩。

「多嚇人的一天哪！」喬開口道，她通常都是第一個發言的。

「這一天好像比較短，可是讓人覺得很不舒服。」瑪格說道。

「一點都沒有家的感覺。」艾美補了一句。

「沒有媽咪和小嗶的地方就不是家了。」貝絲嘆道，睜大眼直盯著懸在頭上空空如也的鳥籠。

「媽媽在這兒呀，孩子，而且如果你想要的話，明天就可以再養一隻鳥。」

瑪楚太太說著走了過來，和女兒們一塊兒坐，看上去她今天的假日過得並沒有比女兒們好。貝絲依偎到她身旁，其他姊妹們眼神晶亮地仰頭望她，就像追隨著太陽的花朵一樣。瑪楚太太這時問道：「女兒們，你們對實驗還滿意嗎？要不要再來個一週呢？」

「我不要！」喬果斷地大喊。

「我也不要。」其他人異口同聲地回應。

「你們那時候想要工作越少越好，最好只要管自己就好，對嗎？」

「整天發懶和玩樂一點好處都沒有。」喬搖了搖頭，「我已經厭倦那樣的生活了，好想馬上找個事情來做。」

「你可以學一些簡單的菜色，那是很有用的才藝，每個女人都應該要會的。」瑪楚太太想到了喬的午宴，忍不住淺笑一下，因為她在路上碰到卡克小姐，已經聽過她的經歷了。

「媽媽，您故意走開讓事情順其發展，好看看我們怎麼處理，對不對？」瑪格叫道，她已經懷疑一整天了。

「沒錯，我想讓你們明白每個人恰如其分地分工合作，對全體生活的舒適有多大影響。當我跟漢娜做了你們的工作時，你們過得還滿不錯，但我覺得你們並沒有很快樂或很愜意。所以，我想來點小教訓，讓你們知道如果每個人都只顧自己會是什麼情形。你們有沒有覺得互相幫助比較快樂呢？盡了責任再來享受閒暇時光的感覺更甜美，有付出也有回報讓我們的家更添舒適也更可愛，對吧？」

「我們明白，媽媽，我們明白了！」女孩們叫道。

「那麼，我建議你們再次背起自己的小包袱，雖然有時候它們略顯沉重，卻對我們很有幫助，只要我們學著承擔責任，擔子也就沒那麼重了。工作是對人有益的，每個人都有許多事要做，它讓我們免於懶散和淘氣，對身心都有助益，它帶給我們一種力量和獨立感，比金錢和時尚還要好。」

「我們會像蜜蜂一樣工作，並且熱愛工作，因為我們已經知道，如果不工作會是什麼結果了。」喬說道，「我要把學作菜當成我的假日任務，哪天我就要舉辦一場成功的午宴給大家瞧瞧。」

「我要給爸爸縫製幾件襯衫，不會再讓您獨自作針線活兒了，媽咪。我做得來，而且我會去做，就算我不喜歡縫紉也會做。那要比搞砸我自己的衣服好多了，它們原本就已經夠好看了。」瑪格說。

「我會每天做功課，不再花太多時間在玩音樂和娃娃身上。我真蠢，早該把時間拿來讀書而不是貪玩。」貝絲說出她的新希望，艾美也跟隨姊姊們的腳步，像要展現氣概似的宣布：「我要學會縫扣眼，也要學好怎麼講話最適合。」

「很好！我對這次實驗可以說是相當滿意，也希望我們以後無須再重複一次，只是我們並不需要矯枉過正，把生活過得像個奴隸一樣。只要正常工作、正常玩樂，讓每一天都充實快樂，好好利用時間，來證明你們知道時間的價值。青春歲月就能愉快度過，年老時也不至於遺憾太多，就算過得並不富裕，人生都將是美麗的成功。」

「我們會謹記在心，媽媽！」她們確實如此。

第十二章 營 地

貝絲大部分時間都待在家裡，經常有時間去巡視郵局，因此便成了郵局局長，她也很喜歡這份打開小門將郵件分送給大家的差事。七月的某一天，她兩手抱滿東西進門，其中有信件，也有包裹，像個眞正的信差一樣在屋裡四處走。

「您的花束，媽媽。勞瑞從未忘記這事。」她邊說邊拿起一束氣味芬芳的鮮花，將它放進媽咪小角落的一個花瓶裡，那男孩的熱心持續不輟，一直爲這個角落提供新鮮花束。

「瑪格·瑪楚小姐，您有一封信和一隻手套。」貝絲續道，將東西交給坐在母親身旁縫製襯衫袖口的姊姊。

「怎麼……？我留了一雙在那兒的，這兒只有一隻，」瑪格說，看著那隻灰色棉手套，「你該不會掉了一隻在花園裡吧？」

「沒呀，我確定沒有，因爲郵局裡就只有一隻而已。」

「我討厭不成對的手套！算了，另一隻可能改天就出現了。我的信是之前想要的一首德文歌的翻譯，我想是布魯克先生翻的，因爲這不是勞瑞的筆跡。」

瑪楚太太望向瑪格，她的女兒看起來十分美麗，身穿一件格紋晨袍，額前垂著小捲髮，更加襯托出她的女人味。瑪格此時正坐在擺滿整齊白色線團的小工作台前縫紉，她一邊工作一邊唱歌，對於母親的心思渾然未覺，只是勤奮地舞動手指編織，也在腦中編織著屬於女孩兒的夢，像她繫在腰

間的三色菫一般，單純、清新的美夢。此情此景讓瑪楚太太忍不住露出微笑，顯得安心而滿足。

「喬醫生，您有兩封信、一本書，還有一頂塞爆郵局的古怪大帽子。」貝絲笑著走進書房，喬正在裡頭振筆疾書。

「勞瑞眞愛惡作劇！我說希望可以流行大一點的帽子，不然每次天氣一熱，我的臉就要曬傷，他說『幹嘛在意流行？戴頂大帽子，讓自己舒服就好啦！』我說要是有，我就會戴，這下他還眞的送來了，要試試看我敢不敢眞戴。我就來戴給他看，讓他知道我一點兒也不在意流行！」說罷便將那頂骨董寬邊帽套在柏拉圖半身像頭上，打開信封開始讀信。

其中一封是她母親寫的，她細看下去，雙頰騰地泛紅，幾乎要熱淚盈眶，因爲信上是如此寫的……

孩子：

我想用這樣一封短短的信告訴你，當我看到你努力在控制脾氣時，我心裡有多感動。對於所受的試煉、失敗、成功，你不發一語，想著，也許只有那位你每天求助的朋友才看得見你的努力——我看見你那本小書都快被你翻破了。孩子，我也都看見了，而且我打從心底相信你的決心，因爲你的耕耘已經開始結果。繼續努力，親愛的，抱著耐心與勇氣，持續向前行，並且永遠別忘記，這兒永遠有一個人，比任何人都還要更心疼你、更愛你，那就是……

你的母親

「這對我太有幫助了！給我一百萬和一堆讚美也比不上這個！噢，媽咪，我眞的很努力！我會繼續努力，只要有您幫助我，我就絕對不會放棄的。」

喬將頭枕在手臂上，幾滴喜悅的淚水沾濕了她正在寫的小故事。她一直以爲沒有人看到，也沒有人把她的努力放在心上，因此這份肯定顯得格外寶貴，格外激勵人心，因爲它來得毫無預兆，而且是來自於她最珍視的人。喬頓覺勇氣百倍，更有底氣去迎戰與她纏鬥已久的心魔，她決定把這封信別在衣服裡，作爲一種護盾也作爲提醒，免得自己一時不察又被擊潰。她接著展開另一封信——不管是好消息或壞消息，她的心裡都早已有所準備——只見勞瑞斗大的字跡橫陳在信紙上……

親愛的喬：

嗨嗨！你好嗎？

有幾個英國女孩和男孩明天要來看我，我希望我們可以好好玩一場。如果天氣好的話，我打算在長草原那邊搭個帳棚，划船載所有人過去吃午餐、玩槌球——或是生個營火，無拘無束的，來個吉普賽風，嘗試各種好玩的東西。他們人很好，也喜歡這樣悠閒地玩，布魯克會跟著去，看好我們這些男生，凱特．沃恩負責女生。我要你們全都來參加，而且不要讓貝絲落單。放心好了，沒人會去煩她，也別擔心吃的，我會張羅一切，來就是了，別讓我失望啊！

最速件邀請

你永遠的朋友，勞瑞

「太棒了！」喬尖叫，飛奔去告訴瑪格這個消息。

「媽媽，我們能去吧？這一定能給勞瑞幫上大忙，因爲我可以划船，瑪格可以照看午餐，妹妹們或多或少也可以做點協助。」

「希望沃恩家不要全部都是成年人。喬，你對他們了解多少？」瑪格問道。

「我只知道他們有四個人。凱特比你大，弗雷德和弗蘭克是雙胞胎，年紀和我差不多，還有一個小女生叫葛瑞絲，大概九或十歲。勞瑞跟他們在國外認識的，他滿喜歡那兩個男生，不過，提到凱特時他就不大想講的樣子，所以我猜他應該不太欣賞她。」

「眞高興我那套法式印花裙是乾淨的，現在穿正合適呢！」瑪格好整以暇地說，「喬，你有合適的衣服嗎？」

「我穿划船裝就夠了，紅灰相間的那件。我要划船又得不停走動，不必穿得太講究。貝絲，你會來吧？」

「如果你不會讓男生來打擾我。」

「沒問題！」

「我想要讓勞瑞高興，而且我不怕布魯克先生，他人很好，不過，不要讓我玩遊戲、唱歌，說話也不要。我會盡量不打擾別人，你也會好好照顧我，喬，所以我會去。」

「這才是我的好妹妹，你很努力在對抗自己的怕生，我眞喜歡你這樣做。要戰勝自己的缺點不是容易的事，我自己也知道，一點點安慰打氣的話也都是最好的禮物。謝謝您，媽媽。」喬說著，感激地在母親瘦削的臉頰上親了一下，這舉動讓瑪楚太太感到無比開心，即便是青春年少時潤澤的雙頰也比不上這一吻來得珍貴。

「我有一盒巧克力糖，和一幅我想要臨摹的畫。」艾美說道，展示了一下她的郵件。

「我有一封勞倫斯先生寫的短箋，他邀我今晚路燈點起來前過去彈琴給他聽，我會去的。」貝絲接著說，她和這位老紳士的友誼日趨穩固。

「現在，我們來加快腳步，把兩天份的工作一起做完，這樣明天就可以放心地玩了。」喬說著，放下手中的筆，拿起一支掃帚來。

第二天一早，旭日露臉，偷瞧了女孩兒們的閨房，許她們一個美麗的好天氣，房裡的景象卻甚是好笑，每個人似乎都爲了這特別的一天，做了更多她們認爲必要且適當的準備。瑪格的額前多掛了幾根髮捲，喬在平常沒怎麼保養的臉上塗了一堆冷霜，貝絲抱著喬安娜睡覺以彌補今天不能陪她的歉疚，艾美的模樣最令人拍案叫絕——她在鼻頭上夾了個曬衣夾，想要將鼻子夾得更高挺。這位優秀的藝術家向來是拿這個夾子將紙張固定在畫板上，今天換了個使用方式，看起來更加適得其所。一定是這幅好笑的景象逗樂了朝陽，他加強馬力用陽光喚醒喬，使得她一醒來看見艾美那張臉，便大笑著搖醒其他姊妹。

陽光和笑聲是一個好兆頭，預告這一天的歡樂，比鄰的兩戶人家很快活絡起來。貝絲是第一個準備好的，敲著窗戶給仍在洗漱的姊妹們傳訊，不停地報告隔壁家的動態讓她們抖擻精神，快快準備完成。

「那兒有個男人提著帳棚！巴克太太把午餐放進一個大食盒跟大籃子裡，勞倫斯先生正在抬頭看天空和風向雞，我眞希望他也能去。勞瑞出現了！像個水手似的，眞好看！噢，天哪！來了一輛

曬衣夾今天換了個使用方式，
看起來更加適得其所。

馬車，裡面客滿了，有一位高個子的淑女、一個小女孩，還有兩個可怕的男生，其中一個跛腳了，眞可憐，他拄著拐杖，勞瑞沒跟我們說呢！動作快，姊妹們！時間不早了……咦，奈德．墨法特怎麼也來了？我確定那一定是他！瑪格，我們有天去購物時，有個男人過來跟你問好，就是那個人，對吧？」

「對！他怎麼也來了？太奇怪了，我還以爲他在山上！莎莉也來了，我眞高興她及時趕回來。喬，我看起來還可以吧？」瑪格手足無措地叫道。

「一朵漂亮的小雛菊。衣服拉整齊，帽子也戴好！你戴成那樣看起來太刻意了，而且風一吹就會掉。好了，走吧！」

「噢！喬，你該不會要戴那頂可笑的帽子吧？太荒謬了！別把自己打扮得像個男人！」瑪格提出異議，她看見喬正在給一頂麥稈帽綁上紅絲帶，就是那頂勞瑞專程送來開玩笑的過氣寬邊帽。

「我就要。這頂帽子好得很，又遮陽、又輕，而且夠大。戴上它會很好玩的，而且我只要穿得舒服就好，像個男人也無所謂。」喬說罷，大步往前走去，其他人跟在後面。一支由四姊妹組成的美麗隊伍出發了，各個身穿她們最美的夏服，洋溢青春亮麗的帽簷底下皆是愉快的笑臉。

勞瑞跑過去迎接她們，並以最誠摯的態度將她們介紹給他的朋友。一夥人將草地當成交誼廳，熱絡的場面持續了好幾分鐘。瑪格很高興見到凱特小姐，她雖然已經二十歲，穿著仍顯樸素，很值得美國女孩們多多效法，此外，瑪格也受到奈德熱切的恭維，他更表明此行是特別爲了見她而來。喬明白了爲何勞瑞在提到凱特小姐時一點表示都不想要有，因爲那位年輕淑女本人也總是一副「離我遠一點」、「別碰我」的樣子，跟其他女孩兒自在隨和的態度形成強烈對比。貝絲觀察了一會兒新認識的男孩們，發現那個瘸腿男孩並不「可怕」，他的氣質溫和、身體又虛弱，於是她決定要對他好些。艾美發現葛瑞絲是個舉止有禮、個性活潑、討人喜歡的小孩兒，兩人默默對望幾分鐘，突然地就變成好朋友了。

帳棚、午餐、槌球用具等物品已經事先送過去，一行人在不久後出發，他們分乘兩條船同時前進，留下勞倫斯先生在河岸邊不斷揮舞帽子。勞瑞和喬划一條船，布魯克先生和奈德划另一條，那個弗雷德．沃恩——雙胞胎裡比較毛毛躁躁的那個——使勁兒搖晃船身，好像不把兩條船弄翻不罷休似的。大夥兒眞該感謝喬的那頂大帽子，它簡直把它存在的功能發揮到極致，在一開始就因爲外型引得大家發笑，化解多人初見面時的尷尬，當喬划船時，寬大的帽簷前後搖曳，更是帶出沁人心脾的涼風，而根據喬的說法，萬一下雨了，這頂帽子還可以給大家當雨傘用。凱特小姐給喬下了評語：「古怪」，但是相當聰明，於是遠遠地對她微笑著。

在另一條船上，瑪格和兩位舵手面對面坐著，顯得放鬆而愉快，那兩人一邊欣賞美景，一邊熟稔且俐落地舞動船槳。布魯克先生是個嚴肅而沉默的青年，有一雙漂亮的棕色眼睛和一副悅耳的嗓音，瑪格喜歡他的沉靜，也認爲他相當博學多聞，像一部行走的百科全書。他對瑪格從不多話，倒是會時常看著她，瑪格相當確定他不討厭自己。奈德正在念大學，因此常端著一個新鮮人自認該有的大學生架子，他不太聰明，但是個性很好，整體來說還是一個很適合一塊兒野餐的人。莎莉．嘉地納一面小心翼翼保護自己的白色裙子，一面和到處亂跑的弗雷德聊天，這一位的惡作劇幾乎讓貝絲一次又一次陷入恐慌。

到長草原的路程不遠，但他們抵達時帳棚已經架好，槌球的球門也已立起。那是一片令人心曠

神怡的青青草地，三棵枝繁葉茂的橡樹挺立其中，還有一整塊狹長平整的草皮可用來打槌球。

「歡迎來到勞倫斯營地！」年輕的男主人說，大家一起歡呼著上岸。

「布魯克是總司令，我是總管，其他男生都是參謀，女士們，你們是賓客。帳棚是專為你們搭的，而那棵樹是你們的小會客室，這棵樹是餐室，第三棵樹是營地廚房。現在，趁天氣還沒熱起來，我們先來打一場球，之後再來準備午餐。」

弗蘭克、貝絲、艾美和葛瑞絲一塊兒坐下觀賞其他八個人打球。布魯克先生選了瑪格、凱特、弗雷德組隊，勞瑞選了莎莉、喬和奈德。英國人的槌球打得很好，不過美國人打得更好，捍衛每一吋土地的強悍模樣彷彿當年的獨立精神重現於此。喬和弗雷德發生了好幾次衝突，有一回差點兒互相叫罵起來。當時喬已經打過最後一個球門，卻沒打中終點柱，為此相當懊惱。弗雷德的分數緊追在她後面，而且此時是他取得先攻，他揮了一桿，球打過球門，卻停在錯誤的地方，距離終點柱範圍外一英吋左右。那時附近沒人，弗雷德跑過去察看，卻趁機狡猾地用腳趾尖輕碰一下球，球正好滾進範圍內一英吋。

「我進了！現在，喬小姐，我就要打敗你了，我會是第一名！」這位年輕的紳士喊道，揮舞著手中的球桿，準備乘勝追擊。

「你推了球，我看到了，現在該輪到我打才對。」喬不留情面地反駁。

「告訴你，我並沒有推球。也許球滾動了一下，但這是容許的。所以，請站開一點，讓我好好地完成這一球。」

「在美國，我們是不作弊的。不過，如果你想作弊的話，當然沒問題，請便。」喬的語調已然

「喬小姐，我就要打敗你了。」

帶上怒意。

「美國佬才是最狡猾的，大家都知道，你也請便吧！」弗雷德回嘴，把她的球打得老遠。

喬張口，粗話辱罵眼看就要傾瀉而出，然而她及時打住了，只見她一張臉漲紅到額上，在原地站了約莫一分鐘，接著用盡力氣打翻一個球門柱，弗雷德此刻擊中標樁，高興得大喊大叫。喬走出去找她的球，花了點時間才在灌木叢裡發現，當她折返時整個人顯得既冷靜又沉默，耐心地等著輪到自己上場。又經過好幾次桿她才追回失分，對方也快要獲勝了，因爲最後一球輪到凱特，而她的球恰巧停在終點柱附近。

「哎喲喂呀，我們就要贏了！凱特，再見啦！喬小姐輸我一分，所以你們玩完了！」大家上前察看最終成績時，弗雷德興奮地大叫。

「美國佬還有個對敵人慷慨的心機，」喬說著朝出聲的方向看了一眼，看得那位少年面紅耳赤，「特別是在他們痛宰敵人的時候。」她又補了一句，隨即巧妙地揮出一擊，繞過凱特的球直取勝利。

勞瑞將帽子拋向天空，繼而想起不該對自己的賓客輸球感到高興，歡呼聲於是半途煞住，他轉而向他的好友耳語：「喬，眞有你的！他的確是作弊，我看到了。只是我們不能跟他說，相信我，他以後不會再犯了。」

瑪格把喬拉到一旁，假裝幫妹妹整理鬆散開來的髮辮，讚許地說：「那個舉動確實讓人看不過去，不過，你控制住脾氣了，我眞的好高興，喬。」

「別誇我了，瑪格，因爲我現在還是很有可能賞他一巴掌。如果不是在灌木叢裡待那麼久，讓我可以控制怒氣，管好自己的嘴巴，我眞不知道我會發火到什麼地步……我現在還沒冷靜下來，所以我希望他最好滾出我的視線。」喬說完緊咬住嘴唇，大帽子底下的眼睛狠狠瞪視著弗雷德不放。

「午餐時間到！」布魯克先生看著他的手錶說，「總管，你可以負責生火和提水嗎？我和瑪楚小姐、莎莉小姐準備餐桌。誰煮咖啡的手藝最好呢？」

「喬可以！」瑪格說道，很高興可以推薦自己的妹妹。喬覺得自己前陣子在烹飪這塊下的功夫應該可以展現成果了，便當仁不讓地拿起咖啡壺，小女孩們撿拾枯枝，男生負責生火並到附近的水泉汲水。凱特小姐畫著素描，弗蘭克在與貝絲聊天，貝絲的手裡也沒閒著，正在用藺草編織小墊子，打算拿來當盤子用。

總司令和他的助手們很快便將桌巾鋪好，餐桌上陳列了許多好吃的、好喝的，更用綠葉裝飾得賞心悅目。喬宣布咖啡已經煮好，於是每個人都坐下來飽餐一頓，由於年輕人甚少消化不良，方才的運動更能促進食慾，這一頓午餐眞是非常愉快，大家吃得開心、聊得高興，不時爆出的響亮笑聲還驚嚇了一匹在附近吃草的老馬。不久，餐桌上已經杯盤狼藉，橡實掉進牛奶裡，不請自來的小黑蟻盤據了部分點心，毛毛蟲乾脆從樹上爬下來看看到底發生了什麼事。三個頭戴白帽的小孩子隔著圍籬偷看，一隻討厭的狗從河對岸卯足全力對他們狂吠。

「這裡有鹽巴。」勞瑞說道，將一碟莓果遞給喬。

「謝啦，我比較喜歡蜘蛛。」她答道，撈起兩隻不小心跌進奶油海溺死的小蜘蛛。「你的午餐派對辦得那麼成功就算了，非得來提醒我之前辦的那一場？」喬補了一句，兩人放聲大笑，共享一個瓷盤裡的食物，因爲盤子不夠用了。

「我那天眞的過得很開心啊？到現在都還捨不得忘記呢。今天的派對完全不是我的功勞，你知道的，我什麼都沒做，是你、瑪格還有布魯克讓活動這麼順利，我眞是對你們感激不盡。我們吃不下的時候要做什麼？」勞瑞問道，深覺吃完午餐的同時，自己的王牌就已經用光了。

「玩些遊戲到天氣轉涼吧，我有帶『大作家』卡牌，不過，我敢說凱特小姐一定知道些新奇又好玩的遊戲。去問她一下，她是客人，你應該多陪陪她。」

「你不也是客人嗎？我本以爲她會和布魯克聊得來的，哪知他一直和瑪格講話，凱特只能從那副好笑的單邊眼鏡後面瞪著他們瞧。我要過去找她了，你不必跟我碎碎念哪些事情該做哪些不該做，因爲你自己也做不到，喬。」

凱特小姐的確知道幾個新遊戲，而且既然女生不想再吃，男生也吃不下午餐了，一行人便起身轉移陣地，到會客廳玩故事接龍。

「故事由一個人開頭，多荒謬都可以，愛說多久就說多久，不過切記要停在最高潮，由下一個人接續，然後以同樣方式輪流下去。故事說得好時眞的很有趣，可以悲劇喜劇完全混雜在一起，一定能非常好笑。布魯克先生，就從你開始吧。」凱特帶著命令的口吻說道，這讓瑪格嚇了一跳，因爲她向來尊敬這位家教，和尊敬其他紳士的態度並無不同。

兩位年輕淑女的腳邊，原本躺在草地上的布魯克先生聞言，立即聽命開始說故事，漂亮的棕色眼睛凝視著豔陽下波光粼粼的河水。

「很久以前，有個騎士踏遍世界尋找財富，因爲他除了劍和盾牌以外一無所有。他闖蕩了好一陣子，約莫二十八年之久，日子都不好過，直到有一天他來到一位善心老國王的宮殿，他有一匹非常喜愛的小馬，資質很好，但是非常桀驁不馴，國王發出公告——若有人能馴服這匹小馬，將有重賞。騎士接下任務，進度緩慢可是成果明確，這匹小馬驍勇善戰，雖然性格古怪又狂野，不過很快地也學會喜愛他的主人了。每一天當騎士訓練完國王的愛馬後，就會騎著他在城裡穿梭，騎士一面騎，一面尋找一張漂亮的臉，那張臉多次出現在他的夢中，只是從未在眞實生活中見過。有一天，他騎馬奔馳在一條靜謐的街上，接著竟從一座傾圮城堡的窗戶裡看見那張他想念許久的臉龐。騎士欣喜萬分，打聽起住在這座舊城堡裡的人是誰，有人告訴他是幾位被魔法所困的公主，她們在裡頭整天紡紗好積攢金錢，爲自己贖回自由。騎士當然急切地希望自己能幫助她們獲得自由，無奈他甚爲清貧，只能每天經過那座城堡，看看那張可愛的臉，希望有一天能在陽光下見面。最後他決定一闖城堡，直接詢問該如何幫助她們，他走上前敲門，厚重的大門緩緩打開，他目睹的是……」

「一位清麗脫俗的淑女，被喜悅沖刷過一般，尖叫著『終於！終於！』」凱特接了故事，她讀過法國小說，很欣賞這種故事風格，「『是她！』古斯塔夫伯爵叫道，欣喜若狂地在她腳前跪下。『噢，起來吧！』淑女說道，朝他伸出大理石般潔白光滑的臂膀。『不，除非您告訴我，如何才能拯救您。』騎士信誓旦旦地說，依然跪在地上。『唉，我的命運多舛，註定我須留在此地，直到宰制我的暴君滅亡。』『那惡人身在何方？』『就在煙紫廳。去吧！帶著您那顆勇敢的心，將我從絕望中拯救出來！』『遵命，在下若非勝利而返，

便是犧牲性命也無妨！』騎士所言撼人心弦，他說完就衝出去，撞開煙紫廳的大門，就在他即將跨步進入的那一剎那……」

「被一本希臘文大辭典砸中——一個穿著黑袍的老傢伙丟的。」奈德說道，「立刻呢，這個，叫什麼來著的爵士，回過神來，一把將那暴君扔出窗外！他轉身高唱凱歌，要回到那位淑女面前，不過，他的額上腫了個包，又發現門鎖上了，他當即撕開窗簾做成繩梯，但是爬到一半繩梯斷裂，他一頭栽進底下六十英尺深的護城河。好在他本領高強，鴨子划水一樣沿著城牆繞了一圈，來到有兩個壯漢把守的小門，他抓起那兩人的頭互撞，就像撞碎兩顆核桃，然後隨便使一下他的無窮大力就撞破大門，走上兩道石階，石階上覆蓋著一英尺厚的灰塵、拳頭一般大的蟾蜍，還有會嚇得你歇斯底里狂叫的蜘蛛，就是你，瑪楚大小姐。在石階的最尾巴，一幅景象嚇得他驚恐至極，呼吸都要沒了，血液也快要凍結……」

「一個高大的人形，一身白衣，臉罩面紗，乾枯的手上提著一盞燈。」瑪格接下去說道，「它打著手勢，在騎士眼前無聲無息地溜下幽暗冰冷有如墳墓一般的迴廊。迴廊的兩旁，站滿了若隱若現、身穿盔甲的詛咒塑像，整個空間被死寂籠罩，燈火燒成藍色，那幽靈似的人形時不時轉過來看看騎士，白色面紗下是一雙妖異閃爍的眼睛。他們來到一扇掛著布簾的門前，門後響起了悅耳的

音樂。騎士縱身一躍想跳進門去，不料卻被那幽靈給一把抓回來，還在他面前威脅似的揮舞著一個……」

「鼻——煙——盒——」喬的語調異常淒厲詭譎，聽者無不爲之一震，「『謝了。』騎士彬彬有禮地說，他吸完一口煙，連打七個猛烈的噴嚏，頭就掉下來了。『哈！哈！』那鬼大笑，透過鑰匙孔偷窺門裡，一群公主們正在爲了活命而不停紡紗，那邪惡的幽靈拎起它的受害者，把他放進一個大錫盒中，錫盒裡面還有十一個無頭騎士，擠得跟沙丁魚似的，他們全部站起來，開始……」

「跳起水手舞！」弗雷德立刻插嘴，就在喬停下來喘口氣的時候。「而且在他們跳舞時，那個廢墟城堡突然變形成一艘滿帆的戰艦，『升輔助帆，收主帆升降索，轉舵背風，備戰！』船長吼道，因爲一艘葡萄牙海盜船進入視線範圍了，桅杆上高懸的海盜旗黑得跟墨水一樣。『夥伴們！上呀！』船長說道，雙方展開激戰。當然啦！英國人贏了！他們總是打勝仗！」

「才怪！」喬在一旁大喊。

「他們把海盜頭子抓起來，徹底擊潰海盜船，甲板上滿滿堆疊著死屍，下風處的排水管流出血水，因爲海盜們收到的命令是『沒有投降，只有戰死！』英國船長這時說：『大副，解開三角帆的繩圈，開始審問這個惡棍，如果他不速速

認罪，立刻叫他走船板！！』那葡萄牙人死不鬆口，直接就去走船板，水手們興奮得跟發了瘋似的。然而這狡猾的海盜狗落入海中後卻潛水到戰艦底下，鑿破船底，於是整個戰艦在揚著滿帆的情況下開始下沉，一直、一直往下，直沉到最深最深的海底，在那裡……」

「噢，眞要命！我該怎麼接呀？」莎莉叫道，因爲弗雷德說完他的故事了，就是胡亂將一些航海用語和他最喜歡的書裡所提到情節混雜在一起。「呃，他們沉到水底，有個好心的美人魚游過來迎接他們，可是她很難過地發現了那個裝滿無頭騎士的大盒子，就好心把他們浸泡在海水中，希望能找出有關他們的祕密，因爲作爲一個女人，她有著高度好奇心。不一會兒，有個潛水伕下來，這美人魚就說：『這一箱子都是珍珠，如果你把這個箱子帶上岸，我就把它給你。』因爲她想要讓這些可憐的人活過來，可是箱子太重了，她提不動。於是這潛水夫就把箱子帶上岸，打開後卻非常失望，因爲裡面根本沒有珍珠。他把箱子丟在一大片無人的田野中，隨後箱子就被一個……」

「被一個養鵝的女孩兒發現了，她在這塊地上養了一百隻大肥鵝。」在莎莉已經編不下去時，艾美接道，「女孩兒很替這些騎士們難過，就去問一個老婦人，她能幫他們做些什麼。『你的鵝會告訴你，牠們什麼都知道。』老婦人說，於是小女孩改成問她的那些鵝，騎士們舊的頭已經沒了，她該用什麼來當新的頭，那一百隻鵝同時開口叫道……」

「『甘藍菜！』」勞瑞立刻接下去，「『好，我來試試！』女孩兒說，馬上跑進她的菜園裡，挑了十二顆好看的甘藍菜。她一把甘藍菜放上去，騎士們就復活了，他們向她道謝，隨即愉快地離開，一點兒都沒發現新的頭和以前有什麼差別，因爲在這世上其實有許多像他們一樣的人，所以大家也就不去在意了。原先提到的那位騎士回去尋找那張漂亮的臉，得知那些公主們都已經紡夠了紗，重獲自由，離開城堡結婚去了，除了一位以外。他一聽欣喜萬分，跳上那匹小馬——那匹馬不論日子過得好或壞，永遠跟在他身旁——他們衝回城堡，看看還留下些什麼。騎士透過圍籬往城裡看，他看到他心目中的王后就在花園裡採花，『你可以給我一朵玫瑰花嗎？』他問。『你得自己過來拿。我不能到你那兒去，因爲這樣不合禮儀。』女子說道，聲音甜得像蜂蜜一樣。騎

1走船板（walk the plank），舊時海盜對待俘虜的處罰方式，蒙上眼睛命令他們在船板上行走，俘虜因蒙著眼睛看不見路而掉入海中。

士試圖爬過圍籬，可是圍籬越長越高，他改成向前推進，想要穿過圍籬，圍籬卻越來越厚，他絕望了。於是他耐著性子開始拆圍籬上的小樹枝，一根接著一根地拔，好不容易挖出一個可以用來窺視的小洞，他哀求著說：『讓我進去！讓我進去！』然而，美麗的公主似乎不解其意，只是靜靜地繼續採著玫瑰，讓他自己在一旁掙扎。騎士最終進了花園沒有？就讓弗蘭克來告訴大家。」

「我沒辦法。我沒玩這個遊戲，我從不玩的。」弗蘭克說，要把這對處境荒誕的男女主角丟給他解救，讓他感到極度焦慮不安。貝絲早躲到喬的背後去，葛瑞絲也已經睡著了。

「所以，那可憐的騎士被卡在圍籬中，是嗎？」布魯克先生問，眼睛仍舊望著河面，手中把玩起掛在鈕扣眼裡一朵野玫瑰。

「我猜公主一會兒之後會送給他一小束花，再把大門打開。」勞瑞說道，自顧自笑起來，扔了幾顆橡實在老師身上。

「我們講了一個多無聊的故事呀！多練習的話應該會好些。你們想試試『真心話』嗎？」

「我希望如此。」瑪格謹慎地說。

「我是說一種遊戲，你們聽過嗎？」

「那什麼遊戲？」弗雷德問道。

「就是，你們先把手疊在一起，選一個號碼，輪流抽開手，抽到這個號碼的人就得誠實回答其他人的任何提問。很好玩的！」

「來玩吧！」喬說道，她向來喜歡嘗試新事物。

凱特小姐、布魯克先生、瑪格、奈德都婉拒參加，留下弗雷德、莎莉、喬、勞瑞，他們把手疊在一起抽號，最後抽到勞瑞。

「誰是你的英雄？」喬問道。

「爺爺和拿破崙。」

「你覺得在場哪位淑女最美麗？」輪到莎莉。

「瑪格麗特。」

「你最喜歡誰？」弗雷德開口。

「當然是喬。」

「這什麼蠢問題！」喬十分不以爲然地聳肩，然而其他人對勞瑞就事論事的態度卻大笑不已。

「再玩一輪，『眞心話』還不錯玩。」弗雷德說。

「這個遊戲眞適合你。」喬低聲反駁一句，結果她成了下一輪的主角。

「你最大的缺點是什麼？」弗雷德問，他提問的方式倒是讓人很想問他這個問題。

「易怒。」

「你最想要什麼？」勞瑞問道。

「一雙靴帶。」喬回答，她猜到勞瑞的目的，但偏不讓他得逞。

「這不是實話。你得說出你眞正最想要的。」

「算你天才。不過，你是打算親自送這樣東西給我吧？勞瑞？」說完，她對著朋友那張失望的臉狡猾地揚起笑容。

「你最欣賞男人有什麼優點？」莎莉問。

「勇氣與誠實。」

「現在輪到我了。」弗雷德說道，因爲他最晚抽。

「我們來問他這個……」勞瑞對喬耳語，她點點頭，立刻開口：

「你在槌球比賽中作弊，對吧？」

「呃，對，有一點。」

「很好！你說的故事取材自《海獅》那本小說，是嗎？」勞瑞說道。

「有一些。」

「你認為英國在各方面都完美無缺，對吧？」莎莉問道。

「如果不是的話，我就會以自己為恥了。」

「他是個不折不扣的約翰牛[2]。現在，莎莉小姐，你不用抽就可以回答了。我先來問個對你滿失禮的問題，你是不是認為自己很擅長勾引人？」勞瑞問道。此時喬向弗雷德點個頭，表示他們扯平了。

「你這個莽撞的男生！我當然不是！」莎莉大聲否認，不過她的神態恰恰好做了反證。

「你最討厭什麼？」弗雷德問道。

「蜘蛛和米布丁。」

「你最喜歡什麼？」喬問道。

「跳舞和法國手套。」

「呃，我覺得『眞心話』這個遊戲挺無聊的。來玩『大作家』吧，我有帶卡牌，我們動動腦清醒一下。」喬提議道。

奈德、弗蘭克，和小女孩們在這時加入遊戲，他們一群人玩著時，較年長的三人則坐在一旁聊

2約翰牛（John Bull），是英國人的擬人化形象，外表愛裝闊氣，喜好欺凌弱小，源自西元一七二七年的諷刺小說《約翰牛的生平》(*The History of John Bull*)。

天。凱特小姐再度拿起素描本，瑪格麗特在旁邊看她畫畫，布魯克先生帶著一本書躺在草地上，不過他沒在看書。

「你畫得眞好！眞希望我也會畫。」瑪格說，語氣裡參雜了欣賞與遺憾。

「你爲什麼不學呢？你應該也是很有品味和天分的。」凱特小姐禮貌地回應。

「我沒有時間。」

「我想，是因爲你母親要你學別的東西？我母親也是，可是我在私底下上了幾堂課，向她證明我有這方面的天分，她就很樂意讓我繼續學了。你不能請你的家庭女教師幫你這個忙？」

「我沒有家庭女教師。」

「我忘了，美國的女孩子多半是到學校去上課的，我爸也說那都是很好的學校。我猜，你是念私立學校吧？」

「我沒去學校上課，我自己就是家庭女教師。」

「噢，原來啊！」凱特小姐說，不過她可能是想說「天哪，眞悲慘！」因爲她的語氣聽起來就像那樣，神情更讓瑪格感到雙頰發燙，心想自己要是別這麼老實就好了。

布魯克先生抬眼，很快說道：「在美國，年輕女孩崇尚獨立，就跟她們的祖先一樣，她們也往往因爲能夠供應自己獨立生活而被讚賞與尊敬。」

「喔，是的，當然，她們能這樣眞的非常好，非常合適。我們有許多非常令人尊敬、非常優秀的年輕女子，她們也一樣有工作，受雇於貴族人家，因爲她們也是知識階層的女兒嘛，出身良好，又有才藝，你們懂的。」凱特小姐的口吻彷彿自己理當施恩於人、給人台階下，瑪格感覺自尊被傷害了，認爲此舉不但令人反感，貶損的意味更是清晰可見。

「瑪楚小姐，那首德文歌你覺得怎麼樣？」布魯克先生發問，打破這令人窒息的無言。

「噢，是的！非常棒，不論是誰幫我翻譯的，我都非常感激。」瑪格原先仍顯得情緒低落，卻在說話時轉瞬間明亮起來。

「你不會也學德文吧？」凱特小姐一臉詫異。

「學得不太好。原本是我父親教我的，可是他目前不在家，我自學也沒辦法學很快，因爲沒有人可以糾正我的發音。」

「念一小段試試？這本是席勒的《瑪麗．斯圖亞特》[3]，這兒也剛好有一個愛教書的家教老師。」布魯克先生說著，將他的書放到瑪格膝上，臉上帶著鼓勵的微笑。

「太難了，我不敢念。」瑪格感激地說，只是旁邊那位才氣縱橫的年輕淑女讓她緊張得臉都紅了。

「我來念一小段鼓勵你吧。」凱特小姐開口，隨即朗誦了書中最美的一個段落，發音十分完美，儘管一絲感情也無。

當她念完將書交還給瑪格時，布魯克先生沒有任何評語。瑪格不作多想地說：「我想這是一本詩集？」

3《瑪麗．斯圖亞特》（Maria Stuart），十八世紀德國著名文學家席勒（Friedrich Schiller）所創作的劇本，講述蘇格蘭女王瑪麗一世（Mary I of Scotland）悲壯的一生。

「一部分是，來吧，試試這一段。」

當布魯克先生打開可憐的瑪麗．斯圖亞特所吟誦的哀歌時，嘴角勾起一抹微笑。

瑪格順從地念出字句，她的新任家教手持一支細長的綠色草葉，葉子末梢指到哪裡，她就念誦到哪裡，語調低緩而靦腆。瑪格的嗓音本就如銀鈴般悅耳，碰上艱深字彙即柔軟下來的咬字，更在無意識中增添了美麗的詩韻。她跟隨布魯克先生的草莖指引念完一頁，忘卻了聽衆而深深沉浸在這齣悲劇的淒美場景中，彷彿這兒只留下她一人孤單地讀著這首詩篇，爲了朗誦出這位不幸女王的境遇感到些許動容。如果瑪格在此時瞧見布魯克先生的雙眼，她肯定會立即中斷，所幸她未曾抬頭，這個篇章因此得以順利結束。

「念得很好啊！」當瑪格停下來時，布魯克先生說。他故意忽略她許多錯處，看起來像個眞正熱愛教書的人。

凱特小姐戴起眼鏡審視一下自己的畫作，接著闔上素描本，帶著施恩的高貴姿態說：「你的腔調很好，假以時日可以成爲優秀的朗讀者。我建議你好好學德文，因爲這對教師們而言是一項非常加分的才藝。我得去看著葛瑞絲，她已經玩開了。」語畢，凱特小姐大踏步地離開，聳聳肩又自顧自補了一句：「我不是來當家庭女教師的監護人的，她再年輕再漂亮也一樣。這些美國佬眞奇怪，勞瑞跟他們混在一起，我還眞怕他要被帶壞了。」

「我忘了英國人總是瞧不起家庭女教師，他們對這個職業的態度跟我們不一樣的。」瑪格盯著那悻悻然離開的人影，有感而發地開口。

「就我所知，家教老師在英國也不是很受禮遇，眞讓人難過。沒有一個地方像美國一樣對待我

們這些辛勤工作的人，瑪格麗特小姐。」布魯克先生說，他看起來對現況抱著既滿足又樂觀的態度，使得瑪格對自己在生活上的諸多抱怨感到難爲情。

「我很高興我生在這樣的環境裡。我不喜歡我的工作，但我畢竟也從中收穫不少，所以我不會再埋怨了，只希望可以像你一樣那麼熱愛教學。」

「如果你教到勞瑞那樣的學生，你就會有和我相同的感受。明年我不能再教他了，眞可惜。」布魯克先生一邊說，一邊忙著在草皮上戳洞。

「我猜是因爲他要去上大學了，是嗎？」瑪格嘴上如此提問，眼神裡探詢的卻是另一個問題：「那你之後會怎麼樣？」

「是啊！他該念大學了，因爲他早就準備好啦，他一走，我就要去從軍了，國家需要我。」

「我眞高興聽到你這麼說！」瑪格鄭重地說，「我認爲每個年輕人都會想要從軍的，就算他們家裡的母親與姊妹們一定會很擔心也很捨不得。」她補充道，語氣裡難掩悲傷。

「我沒有母親也沒有姊妹，朋友也很少，所以應該沒什麼人關心我的死活。」布魯克先生頗爲苦澀地說，手上心不在焉地將枯萎了的玫瑰花放入剛才鑿出的小洞，掩埋起花朵的模樣好像這是一座小墳墓似的。

「勞瑞跟他祖父會很關心的，萬一你受到什麼傷害，我們也都會很難過啊。」瑪格衷心地說。

「謝謝你，聽到你這樣說，眞好。」布魯克先生恢復了愉快的神色，就在他想往下說時，奈德騎著上午拴在一旁的老馬過來了。他在年輕淑女們面前展現他的馬術技巧，鬧騰得這一天再也不得片刻的安寧。

「你喜歡騎馬嗎？」葛瑞絲問艾美，她倆正站著喘息，因爲剛剛一夥人才跑完由奈德領軍繞草地一周的賽跑。

「我愛死了！我爸爸還有錢的時候，我姊姊瑪格就常常騎馬，可是我們家現在一匹馬都沒有，只有愛倫樹。」艾美大笑著補充。

「告訴我愛倫樹的事！那是一隻驢子嗎？」葛瑞絲好奇了起來。

「哈，我跟你說，我和我另一個姊姊喬都瘋狂地喜歡馬，可是我們家除了一個老舊的側坐馬鞍之外，連一匹馬也沒有。我們屋外的院子有一棵蘋果樹，它正好有一根樹枝長得特別低，喬就把馬鞍放到那根樹枝上，再把樹枝向上長的地方綁上韁繩，從此，我們隨時都可以跳上愛倫樹，愛怎麼騎就怎麼騎。」

「眞好玩！」葛瑞絲笑道，「我在家裡有一匹小馬，幾乎每天都跟弗雷德還有凱特騎馬到公園去。很好玩，因爲我朋友們也會去，洛馬道[4]總是擠滿了淑女和紳士。」

「哇，多有趣呀！眞希望有一天我也能到國外去，不過跟洛馬道比起來，我比較想去羅馬。」艾美說，儘管她一點兒也不知道洛馬道爲何物，而且也懶得去問。

弗蘭克正好就坐在小女孩們後面，把她們的對話都聽進去了，又看見四肢矯健的小夥子們，奔跑著耍弄各種搞笑把戲，他忽然感到一陣不耐煩，使勁一甩手，拐杖被他遠遠地扔開。貝絲正在撿

4 洛馬道（The Row），倫敦海德公園中的騎馬專用道。

拾散落一地的紙牌，抬起頭以瑟縮著但依然友善的聲音說：「我想你應該很累了，有什麼我可以幫忙的嗎？」

「跟我聊天，拜託，我一個人坐在這好無聊。」弗蘭克回答。很顯然，他在家裡被照顧得無微不至。

假如是被要求用拉丁文發表一篇演說，對極度怕生的貝絲來說可能都還比較容易，然而此刻的貝絲無處可躲，喬不在身前可以保護她，那可憐的男孩又那麼渴慕地望著她，於是她拿出勇氣，決心一試。

「你想聊些什麼呢？」貝絲問道，整理起手中的紙牌，她想把紙牌繫起來，不料牌堆卻落了一大半。

「嗯——我想聊板球、划船和打獵。」弗蘭克說，他還沒接受必須按自己體能選擇娛樂項目的事實。

不會吧！我該怎麼辦？這些事我完全不懂……貝絲心想，一慌張就忘了這男孩不良於行，她只想讓男孩能說說話，於是她起了個頭：「我從沒看過打獵，不過我猜你很熟悉的。」

「我去打獵過一次，可是我永遠都無法再打獵了，因爲我有一次騎馬要跳過一道該死的柵門時卻受了傷。從那以後，我就再也沒有馬和獵犬了。」弗蘭克說著嘆了口氣，害得貝絲爲了自己的直率深感自責。

「你們的鹿比我們的醜水牛好看多了。」貝絲轉而求助草原，靈感使她脫口說道。她非常高興自己想起以前讀過一本書，那本書的主人是喬，通常被認爲是給男孩子們讀的，喬卻非常喜歡它。

水牛非常有效地和緩了氣氛，貝絲急於讓對方心情變好，完全忘了自己的畏懼，也沒注意到她的姊妹們的視線。她們看見貝絲竟然可以跟一個男孩兒談笑風生，臉上是掩不住的驚訝與欣喜，這孩子當初還要求不要讓可怕的男孩們來打擾她呢！

「她也太善良了！因爲同情他，所以待他特別好。」喬說，從槌球場上對她露出大大的笑容。

「就說她是個小聖人嘛！」瑪格補了一句，彷彿這句話早已無庸置疑。

「我很久沒聽到弗蘭克笑得這麼開心了。」葛瑞絲對艾美說。她們正好坐在一塊兒討論娃娃，用橡實殼作茶具組玩。

「我姊姊貝絲願意的時候，就會是個非常難以取悅的女孩兒。」艾美說道，對於貝絲的成功感到很高興。儘管，她的意思其實是「難能可貴」，不過，既然葛瑞絲對這兩個詞都不太懂，「難以取悅」聽起來也滿特別的，就覺得這一定也是讚許之詞了。

即興的馬戲表演，幾盤狐狸棋[5]、一場友好的槌球比賽，一個下午就被塡實了。日落時分，帳棚拆除、球具收起、球門拔出，一行人坐上船順流而下，盡情高歌歡唱。奈德忽然感傷起來，以故作淒涼的顫聲唱起情歌……

「孤單，孤單，啊！苦惱啊，孤單啊……」他如此詠嘆著，「我們個個年輕，個個有顆眞心，噢！爲何得承受如斯冷漠的別離？」

他的眼光落向瑪格，神情分外感傷，瑪格卻噗哧一聲笑出來，破壞了奈德的情歌。

「你怎麼能對我這麼殘忍？」在其他人歡快的合唱聲掩護下，他悄聲說，「你整天跟那個拘泥刻板的英國女人在一起，現在又這麼不給我面子？」

「我不是故意的，可是你的表情太逗趣了，我實在忍不住。」瑪格避重就輕地回答。她確實是有意躲避奈德，上次在墨法特家的那場舞會，還有舞會後所聽見的對話，她一直都記在心上。

奈德覺得臉面眞要掛不住了，轉而向莎莉尋求安慰，語氣顯得憤懣不平：「那個女的眞是不解風情，對吧？」

「是呀，可是那樣就像一隻可愛的鹿。」莎莉回答，承認朋友的短處時也不忘替她辯護。

「反正不是一隻會受重傷的鹿。」奈德說，試圖表現一下自己的小聰明。年輕紳士們經常喜歡玩這一招，他使出來的效果也和這些普通人一樣差不多。

一行人在草坪上集合，大家友好地互道再見和晚安，因爲沃恩一家接著要去加拿大了。四姊妹穿越花圃走回家時，凱特小姐看著她們的背影，開口時一絲擺高姿態的語氣都沒有：「雖然美國女生太過直來直往，不過，一旦認識了，就會覺得她們人非常好。」

「我非常同意。」布魯克先生說。

5 狐狸棋（fox and geese game），一種雙人棋盤遊戲，玩家可扮演狐狸與鵝展開狐狸吃鵝的遊戲。

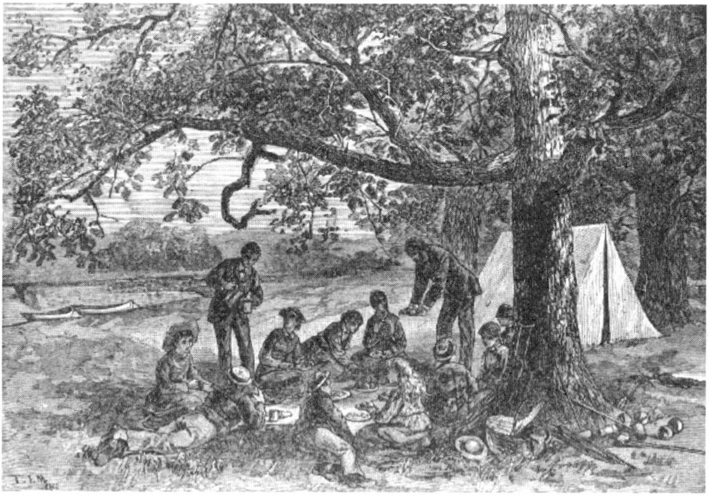

第十三章 嚮往

一個溫煦的九月天下午，勞瑞非常慵懶地躺在吊床上晃悠，猜想他的鄰居們正在做什麼，然而這會兒他實在是懶得過去看。

他的情緒正在谷底，因爲這一天過得既沒價値又令人沮喪，他忍不住想著，這一天要是可以重新來過該有多好。炎熱的天氣使人怠惰，他什麼事也不想做，用逃課試探布魯克先生的底限，彈了一下午的鋼琴惹得祖父不高興，惡作劇地向女傭們暗示他有一隻狗發瘋了，把她們嚇個半死，此外又和馬夫起爭執，指責馬夫沒好好照顧他的馬。勞瑞最後乾脆把自己扔進吊床裡生悶氣，直到這舒心的天氣、寧靜祥和的氛圍終於讓他平靜下來，他盯著頭上暗綠的七葉樹看，任憑腦袋裡的想像力奔馳，築起各種夢想。就在他想像自己環遊世界，徜徉於大海中的時候，一陣談話聲瞬間將他沖回岸邊。他從吊床的網眼中看出去，瑪楚四姊妹正從家門裡走出來，彷彿準備好去探險似的。

「這些女生是要幹嘛？」勞瑞思忖，睜開惺忪睡眼打算好好瞧一瞧，因爲他的鄰居們外表看來異乎尋常。每個人都是頭戴一頂寬邊大帽、肩背棕色亞麻布包、手握一根長桿，瑪格帶了個靠墊，喬帶了一本書，貝絲帶了個籃子，艾美拿著一本畫冊。一行人安靜地走過花園，從後面的小門出去，爬上那座介於房屋與河流之間的小坡。

「哇，眞酷啊，」勞瑞自言自語道，「要去野餐竟然沒邀我。她們又沒有鑰匙，不可能上船去。或許是她們忘了？我把鑰匙送去給她們，順便看看她們想做什麼。」

雖然勞瑞只有半打帽子，他還是花了不少時間在挑選，好不容易選上一頂卻又花了許多時間找鑰匙，最後在自己口袋中找到了。他翻過柵欄準備追上女孩們，卻發現她們早已不見蹤影，於是抄近路趕到船屋等人出現，然而連個影子也沒看到，最終還是跑上山坡一探究竟了。勞瑞的視線被松樹叢擋到一些，待在這個綠色掩護中，他聽見一個聲音，掩過松樹的輕嘆，蓋過蟋蟀的嗡鳴。

「好漂亮的景色！」勞瑞心想，從灌木叢裡往外望，頓覺睡意全消，心情更是愉快起來。映入眼簾的畫面相當美好，四姊妹坐在隱蔽樹蔭下，光影錯落交織在身上，微風的氣息清新，穿梭輕拂過她們的髮絲，冷卻她們發燙的雙頰。山中的幾個小人兒全部專注在手上的工作，但是周遭一切對她們而言並非事不關己的陌生人，反而像是相識多年的老友。瑪格倚在她的靠墊上，白皙的雙手優雅地做著針線活兒，她的粉紅色裙裝看起來清新甜美，就像綠地中的一朵玫瑰花。貝絲忙著揀選附近杉樹下散落一地的毬果，打算拿它們來做點漂亮東西。艾美正在描繪一叢蕨葉，喬一邊打毛線一邊朗讀文章。一朵雲影掠過勞瑞的臉龐，他專注地看著她們，覺得自己應該走開，因為他並沒有收到邀請，然而他遲遲無法移動雙腳，因為他在家裡只能感受到孤獨煩悶，樹林裡這般寧靜的小聚會反而更吸引他。他就這麼站著不動，直到一隻忙著豐收的松鼠跑下樹，猛然看到他後趕緊縮回樹上，尖銳刺耳的叫聲引得貝絲抬起頭，她看見樹枝後方那張渴望友伴的臉龐，對他露出一個安撫的笑容。

「請問我可以加入嗎？還是我打擾你們了？」勞瑞開口詢問，緩緩地向前移動。

瑪格揚起眉毛，可是喬大膽地制止她，回頭立刻說道：「當然好。我們應該事先邀請你的，只是我們想，你大概對這種女生的遊戲不感興趣。」

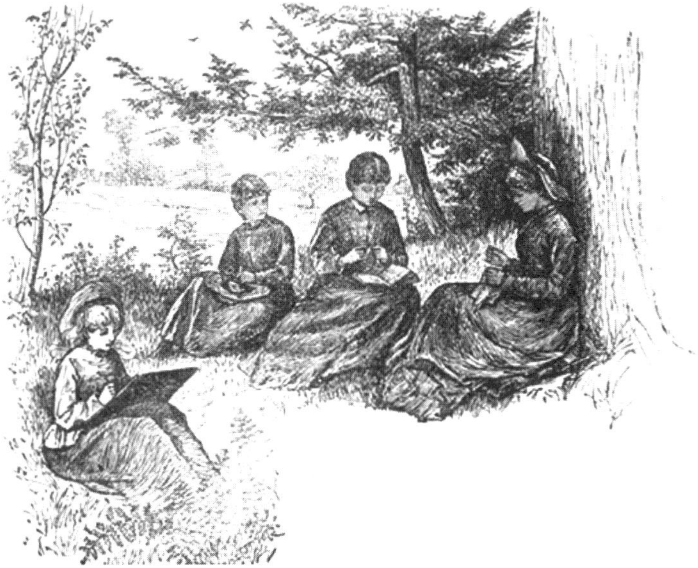

「我向來都喜歡你們的遊戲，可是如果瑪格不同意，我當然會走開。」

「我不反對你加入，但你得找事情做才行。在我們這裡，遊手好閒是違反遊戲規則的。」瑪格嚴肅而優雅地回答。

「非常感激。如果你們同意我留下，我會找事情做的，因爲山下無聊得跟在撒哈拉沙漠差不多。我該做什麼？縫紉、朗讀、撿毬果，或是畫畫？還是全部都得做？放馬過來，我準備好了。」勞瑞說完隨即坐下，臉上如實表達了靜候差遣的眞誠模樣。

「從我中斷的地方念下去，把它念完。」喬說道，把書遞給他。

「是，女士。」他謙恭地應聲，隨後開始朗誦，全力以赴好報答女孩們讓他加入這個「勤懇蜜蜂學社」的感激之情。

故事並不長，勞瑞念完後，試探性地提出幾個問題，想看看自己的表現是否能得到獎勵。

「打擾各位，請問一下，這麼有意義且令人著迷的社團是新成立的嗎？」

「你們要告訴他嗎？」瑪格轉而詢問她的姊妹。

「他會笑我們。」艾美警告。

「有什麼關係？」喬說。

「我想他會喜歡的。」貝絲補了一句。

「當然，我會喜歡的！我跟你們保證我絕對不會笑。說吧，喬，別擔心。」

「你覺得我會擔心？嗯，好吧，你知道我們有一齣戲叫《天路歷程》，我們很認眞地練習，從冬天跨到夏天，持續了很久。」

「是，我知道。」勞瑞明智地點頭。

「誰告訴你的？」喬質問道。

「天使。」

「不是，是我告訴他的。有一天晚上你們都不在家，他心情很不好，我想逗他開心，就跟他說了。他眞的很喜歡這個想法，所以，喬，你就別罵人了。」貝絲溫順地說。

「你就是藏不住祕密。算了，這會兒倒省事多了。」

「請繼續說下去吧。」勞瑞說道，因爲喬重拾了手上的工作，而且看起來不太高興的樣子。

「啊？她沒告訴你我們這個新計劃嗎？好吧，我們希望不要浪費假期，所以每個人都派了一個任務，要全心全意去完成它。現在假期快結束了，該做的事也都做了，我們很高興沒有虛度光陰。」

「是啊，我也這麼認爲。」勞瑞如此說道，心裡懊悔起自己無所事事的生活。

「媽媽喜歡我們多到戶外走走，所以我們就把工作帶來，在這邊好好享受它。我們扮演朝聖者是爲了好玩，把東西都裝在袋子裡，戴上舊帽子，再拿一支登山杖爬山，我們以前也都是這樣做的。這座山我們叫做『歡欣山』，因爲我們站在這裡，就可以遠眺將來要居住的美好地方。」

喬指向前方，勞瑞於是坐起身來看個仔細，他的視線穿過樹林，掠過湛藍色的開闊河水，飛過彼岸的草原，落在更遠處市郊外連綿無邊遠接天際的青翠群山。太陽低垂，天空閃耀著秋日夕暮的燦爛，金紫兩色交輝的薄雲駐足山頂，銀白山峰向上攀升迎接滿天紅霞，恍如矗立空中閃亮耀眼的天國尖塔。

「太美了。」勞瑞輕聲說，他對於美的事物總能很快領會。

「這很常見，可是我們很喜歡看這樣的美景，因爲景色變化萬千，絕不會出現同一種景致，不過總是那麼燦爛耀眼。」艾美回道，衷心希望可以把這幅景致畫下來。

「喬提到我們未來希望去住的地方——她說的是眞實世界，有豬有雞還有乾草堆的那種，想想就很棒。可是我希望在天上的美好國度也是眞的，而且我們都可以去住。」貝絲小心翼翼地說。

「那會是比我們所見更可愛的國度，總有一天我們都會過去的，前提是我們必須變得夠好才能進去。」瑪格用她最甜美的嗓音如此回答妹妹。

「好像還得等很久，而且過程會很辛苦。我想立刻就飛進去，像那些燕子一樣，飛進那扇閃閃發亮的大門裡面。」

「你遲早會到那兒去的，貝絲，別擔心。」喬說道，「我才是那個得打仗、得工作、爬一會、等一會，到頭來可能還進不去的人。」

「你會有我作伴，希望這樣會讓你感覺比較舒服。我光是要看到你說的天國就得經歷漫長的旅程了，如果我比較晚到，你會幫我說幾句好話吧，貝絲？」

勞瑞的表情似乎藏了什麼，讓貝絲感到有些困惑，不過她還是平靜地看向變化萬千的雲彩，打起精神來說道：「如果人們眞的很想去，而且一生都很努力，就一定能進去的。我不認爲那扇門會上鎖，也不認爲會有守衛擋在那兒，我對天國的想像和圖畫上的一樣，聖靈們總是會張開雙手，迎接從河裡面上來的可憐基督徒。」

「如果我們所想像的空中城堡都變成眞的，而且我們可以在裡面居住，那應該會很不錯吧？」喬在短暫的一陣沉默後開口。

「我蓋了好幾座空中城堡，要住哪一座呢？真傷腦筋。」勞瑞說著躺平在草地上，拿起毬果扔向那隻洩密的松鼠。

「你就選最喜歡的那座。那是什麼樣的城堡？」瑪格問道。

「如果我把我的說出來，你們會說出你們的嗎？」

「會啊，只要妹妹們也會。」

「我們會的。現在，勞瑞請說。」

「我想到世界各地看看，把想去的地方都去過一遍，在我如願以後，我想我會選擇在德國定居，鑽研我最喜歡的音樂。我想成爲一個有名的音樂家，所有人都會迫不及待要聽我演奏。我不用爲了金錢或事業煩惱，只要盡情享受生命，過我愛過的生活就好，那就是我最愛的城堡。瑪格，你的呢？」

瑪格麗特似乎覺得要說出自己的理想有點困難，一邊緩慢地說一邊在眼前揮揮手，彷彿這兒有虛構的蚊蚋要被驅散開似的，「我想擁有一個可愛的家，裡頭有各種奢華的物品——美食、華服、漂亮的家具、讓我開心的人，還有數不完的錢。我要當女主人，這一切都歸我管，而且我會有很多僕役，所以一點兒工作也不必做。這樣的日子多好呀！我不會虛度光陰，我會做好事，讓每個人都能打從心底愛著我。」

「你的空中城堡裡沒有男主人嗎？」勞瑞問得狡黠。

「我剛說了『讓我開心的人』了。」瑪格說，低下頭仔細綁緊鞋帶，所以沒有人看見她的臉。

「你怎麼不說你要有個又帥又聰明又優秀的好丈夫和幾個天使般的小孩呢？你的城堡要是沒有

這些人就不完美啦！」喬一針見血地說，她沒什麼綺麗的幻想，除了書中的描述以外，她對羅曼史總是嗤之以鼻。

「你的城堡除了馬、墨水台和自己創作的小說以外什麼都沒有。」瑪格不耐煩地回嘴。

「我不就是該有這些東西嗎？我會有一馬廄的阿拉伯駿馬，好幾個塞滿書的房間，我的墨水台會有魔法，如此一來我寫的作品就會和勞瑞的曲子一樣出名。在我走進我的城堡之前，我想做一件轟轟烈烈的大事，讓所有人在我死後還能記著我。我現在還不知道要做什麼，不過我會仔細想想，總有一天要讓你們大家嚇一跳。我想我會寫書，然後名利雙收，那還挺適合我的，所以那就是我最喜歡的夢想了。」

「我的話是跟爸爸、媽媽平安待在家裡，照顧到全家人。」貝絲滿足地說。

「你沒有其他的願望嗎？」勞瑞問。

「我有小鋼琴就很心滿意足了，現在只希望大家都能身體健康，可以常常在一起，其他的，就沒有了。」

「我有一大堆願望，不過我最想要的就是當個藝術家，去羅馬，畫出我的名作，當個全世界最棒的畫家。」艾美說出她最微小的願望。

「我們的野心都好大啊，不覺得嗎？我們每個人，除了貝絲以外，都想出名，想賺大錢，在各方面都想拿第一，我還眞想知道我們之中是否有人能實現願望。」勞瑞說道，嚼著青草，像一頭沉思中的小牛。

「我早就有我通往空中城堡的鑰匙了，不過是否開得了門，還請大家拭目以待。」喬神祕兮兮地說。

「我也早就有鑰匙了，卻不准用。該死的大學！」勞瑞咕噥道，不耐煩地嘆氣。

「我的鑰匙在這！」艾美說道，揮揮手中的鉛筆。

瑪格鬱悶了：「我都沒有。」

「有啊！你有。」勞瑞立刻反駁。

「在哪？」

「你臉上。」

「胡說八道，那又沒有用。」

「我們等著瞧，那一定會爲你帶來寶物的。」勞瑞說，他偷偷笑起來，猜想自己知道了個令人驚喜的祕密了。

瑪格躲到一叢蕨葉後方，她的臉紅透了，不過什麼問題也沒問，只是默默望向河對岸，神情和出遊那天布魯克先生說著騎士故事時，盯著河面的模樣如出一轍。

「如果我們十年後都還活著，就來碰面一下，看看我們當中，有幾個人已經實現願望了，或看看那時候的我們，比起現在離夢想又更近了多少。」喬說道，她隨時隨地都準備好了計劃。

「天哪，那時候我幾歲了？二十七耶！」瑪格高叫道，她才剛滿十七歲，但已經覺得自己是個成人了。

「泰迪[1]，到時你和我就會是二十六歲，貝絲二十四，艾美也二十二歲了。一群老傢伙！」喬說道。

「我希望在那之前我能有點兒成就，可是我太懶惰了，喬，我怕我只會浪費時間，一事無成。」
「你需要動機，我媽常說的，一旦你有了動機，她敢保證你的一生一定會活得精彩。」
「她眞這樣說？厲害！只要我有機會，我一定會的！」勞瑞說著，忽然像來了精神一樣跳起來坐好，「我都只想著要讓爺爺高興，我也盡力去試了，可是這完全不是我想做的，你也知道，所以做起來困難重重。他要我去印度經商，就像他一樣，我倒寧願去死。我討厭茶葉和絲綢和香料，那些他的舊船帶回來的各種垃圾，要我繼承那些船，我也根本不在乎它們多快會沉到海底去。上大學也只是爲了要讓他高興，因爲如果這四年也都順著他，他應該就不會再叫我經商了。可是他也都決定好了，我就是要像他那樣，除非逃家才能滿足我的心願，就像我爸那樣。如果有人可以留下來陪這個老人，我明天一定馬上就離開家。」
勞瑞講得很激動，彷佛只要有一點小刺激，他就會把剛才脫口而出的威脅付諸行動一樣。他正在急遽成長，即使日子過得慵懶閒散，他的想法依舊像這個年齡的少年該有的樣子，對於被管轄感到深惡痛絕，對於闖蕩世界躍躍欲試。
「我建議你從家裡挑一艘船直接開走，沒有按照心意冒險夠之前，千萬不要回來。」喬說道，她的想像力被這樣一番大膽行動的發言給振奮起來，同情心也因她名之爲「泰迪之冤」的同仇敵愾而激動不已。

1泰迪（Teddy），勞瑞的全名Theodore的小名。

「那樣不對，喬。你不應該那樣說，勞瑞也不應該把你的糟糕建議聽進去。你應該照你爺爺的意思去做，我親愛的朋友。」瑪格的口吻自然流露出她的母性天賦，「好好在大學念書，一旦他看到你那麼努力想讓他開心，我相信他一定不會爲難你或是逼迫你的。正如你所說，沒有其他人可以陪他、愛他了，你要是不管他，自顧自地離去，你一定會後悔。別對此失望，也不用焦躁，善盡你的本分，你就會得到應有的回報，變得像布魯克先生一樣好，受到尊重與愛戴。」

「你從哪知道他很好的？」勞瑞問道。他很感激瑪格給他的好建議，卻還是很反感被如此說教，因此在這樣一場突如其來的口頭宣洩後，他這時很慶幸終於可以換個話題。

「就只有你爺爺告訴我們的呀。像是他如何照顧唯一的母親直到她去世，爲了不離開母親，他婉拒了國外一些好人家提供的家教職位，而現在他又是如何幫助一位看護過他母親的老太太。他從未告訴過別人這件事，只是盡其所能地慷慨、耐心與善良。」

「他就是這樣一個好人！」在瑪格泛紅著臉，眞誠地敘述完她的所見，勞瑞衷心地說道，「我爺爺也是，了解過他所做的一切卻完全沒讓他知道，只把他的優點告訴別人，所以大家都喜歡他。布魯克一直不明白你們的母親爲何對他那麼好，邀請他跟我一起拜訪你們，而且總是那麼親切友善地對待他。他覺得你們媽媽眞是太好了，一整天都說個不停，談到你們時的態度也非常熱忱。如果我能實現我的夢想，你們就等著看我要爲布魯克做些什麼。」

「你現在就可以從不要刁難他開始。」瑪格不留情面地說。

「小姐，你又知道我刁難他什麼了？」

「每次我都可以從他離開你們家的表情看出來。如果你表現好，他看起來會很滿意，走路時腳步都很輕快；如果你給他找麻煩，他的臉色就是特別凝重，腳步也慢了不少，好像他想折回去把工作做好一樣。」

「哈！有這麼明顯？所以你是以布魯克的表情來解讀我的表現嗎？我看到他經過你家窗前都會微笑打招呼，沒想到你們竟然是在打暗號。」

「我們沒有在打暗號。你別生氣，噢，對了，我說的事一個字也不許跟他說！我只是要說我有多關心你的表現而已，我們在這兒說的話都得保密！你能理解吧？」瑪格急道，忽然才警覺到自己可能不小心說得太多了。

「我也不是會八卦的人。」勞瑞回答的口吻不鹹不淡，喬送給這副表情的評語叫做「莫測高深」，是勞瑞偶爾才會出現的神態，「只是，布魯克的功能要變成溫度計了吧，我得小心維持好天氣給他報導才行。」

「拜託你不要生氣。我沒有要碎念你，也不是要故意暗示或貶低你。我只是覺得，喬想鼓勵你的事情是意氣用事，我不希望你最後會後悔莫及。你對我們這麼好，我們覺得你就像我們親兄弟一樣，所以才會把想法如實說出來。請原諒我，我真的是想爲了你好才說這些話的。」瑪格說道，瑟縮著伸出手，懷藏的誠懇卻也是不容置疑的。

勞瑞也對自己一時的情緒爆發感到羞愧，他回握住瑪格的手，坦誠地開口：「我才應該求你原諒。我今天一整天都情緒不穩，做了很多蠢事。我很高興你能把我的缺點告訴我，像我真正的姊姊一樣，如果我有時太無理取鬧，還請你別計較，因爲我對你的感激始終如一。」勞瑞鞠了一躬，藉此表達他真的沒生氣，並且盡可能做了許多逗她們開心的事。他替瑪格捲好棉線，朗誦詩歌給喬當

作娛樂，爲了貝絲將樹上的毬果搖下來，還幫艾美擺弄她的羊齒蕨，藉以證明他是不折不扣的「勤懇蜜蜂學社」成員。就在他們熱烈討論烏龜的生活習性時（正好有一隻可愛的烏龜就從河裡爬上來），隱約傳來的鈴聲預告漢娜已經快泡好茶了，她們還來得及趕回家吃點心。

「我可以再來嗎？」勞瑞問道。

「可以呀，只要你聽話、乖乖念書，像小學生一樣守規矩就沒問題。」瑪格微笑著說。

「我會試試。」

「那你就儘管來吧，我教你像蘇格蘭人一樣編織，我們現在需要大量的襪子。」喬補上一句，他們在大門口道別，她一邊說著，一邊揮舞手上像一面藍色旗子的大尺寸襪子。

那天傍晚，貝絲在薄暮時分爲羅倫斯先生彈奏鋼琴，勞瑞就站在窗簾的陰影處聽著，她單純的琴音宛如聖經所描述的七弦琴般能滌淨人心[2]，總是能撫平他波浪翻騰的思緒。少年的目光落到爺爺身上，老紳士靜靜地坐著，一手撐著他的滿頭白髮，似在思念他摯愛的卻已過世的孩子。勞瑞想起下午的對話，暗自下定決心，他要犧牲奉獻，甘之如飴，無怨無悔：「我要放任我的空中城堡漂流了。我親愛的爺爺需要我，我要陪在他身旁，因爲我就是他唯一的所有。」

2 據《聖經》記載，大衛王是一位出眾的琴手，曾以一把七弦琴將惡靈從掃羅體內驅逐。

「我要陪在他身旁，因爲我就是他唯一的所有。」

第十四章 守密

十月天的白晝已然轉涼，下午也較短，喬在小閣樓裡忙碌得很。溫煦的陽光自天窗外照耀下來，她坐在舊沙發上振筆疾書，紙張散放著鋪滿眼前的大皮箱。她的寵物鼠抓寶正由其長子陪同，在她頭頂上方的橫樑漫遊，抓寶的兒子是一隻長得頭好壯壯的幼鼠，很顯然以自己的鼠鬚為傲。喬埋首工作，認真得幾近渾然忘我，直寫到最後一頁稿紙也被塡滿了才停，她給自己簽下花俏的署名後隨即丟下筆，開心地大叫：

「好啦，我盡力啦！如果這還不行，那就等我功力增強時再來寫吧！」

她躺回沙發上，再一次細讀手稿，這兒增一筆，那兒刪一句，又加上許多長得像小汽球的驚嘆號，最後用一條漂亮的紅色緞帶把稿紙綁起來，坐在那兒既嚴肅又悵惘地看著它約莫一分鐘之久，可見這次創作耗費了她多少心血。喬在這兒的書櫥是一只裝在牆上的錫製櫥櫃，她在裡面存放紙張與好些書籍，再緊密地蓋好櫃門，以免抓寶拿它們打牙祭。抓寶也眞不愧是一隻熱愛文學的寵物鼠，並且樂於將這些書籍的好發揚光大，只是他散播的方式第一步是先把它們的書頁吃掉。喬從這個舊櫥櫃裡取出另一份手稿，連同前一份一起放進袋子，悄無聲息地走下樓，獨留她的朋友們在這兒嚙咬她的筆，品嘗她的墨水。

她躡手躡腳地戴帽穿衣，爬出後窗，順著屋簷下滑至低矮的門廊屋頂，輕晃兩下跳到草地上，又繞了個大圈來到馬路邊。她鎭靜下來，伸手攔下一輛路過的公共馬車，她進城去了，顯得相當愉

快卻也一臉神祕兮兮。

如果有人正在觀察她，一定會覺得她的舉止異乎尋常。喬一踏出馬車，便跨著極大的步子，走進一條極爲繁忙的街道，好不容易才找到目標的門牌號碼。她走進入口，往上看著骯髒的樓梯，就這麼呆站了一分鐘，接著突然向後轉，往回鑽進來時的街道，抵達之前走多快，離去時就有多快。她就這麼來來去去地巡了好幾趟，帶給一位年輕紳士不少趣味，這位紳士就在馬路對面一棟建築裡，斜倚在窗戶旁，睜著深邃的黑色大眼，將這一切都看盡了。第三趟走回來時，喬使力甩甩頭，把帽子壓低到蓋住雙眼，終於走上樓梯，那樣子看起來就像要去把一口牙齒全拔光似的壯烈。

入口處有個牙醫招牌，就跟其他招牌掛在一起。年輕紳士盯著那對緩慢打開、關閉，旨在吸人眼球的人工齒顎看了足足有好一陣子，接著穿上外套，拎起帽子，自動走到樓下馬路對面的門口站好。他打了個冷顫，開口時卻聽得出笑意：「她似乎是一個人來的，不過要是她覺得很難受，那就得有人陪她回家了。」

過了將近十分鐘，喬滿臉通紅地跑下樓，看起來就像一個經受過嚴酷考驗、歷劫歸來的人。她一看到那年輕紳士，整個人立刻開心起來，朝他點點頭，紳士跟上了她的腳步，詢問的語調裡帶上濃濃的同情：「你是不是很不舒服？」

「還好。」

「你很快就結束了。」

「對呀，感謝神！」

「你爲什麼一個人去呢？」

「因爲不想讓別人知道。」

「你是我看過最奇怪的傢伙。你弄掉幾顆？」

喬不解地望向身旁友人，忽然像立刻省悟了什麼似的大笑不止。

「我想要弄掉兩顆，可是得等上一星期。」

「喬，你到底在笑什麼？好像要去幹什麼壞事一樣。」勞瑞說道，一臉困惑。

「你還不是一樣，這位先生。你在那邊的撞球館裡幹嘛呀？」

「不好意思，這位女士，那不是撞球館，是健身房，我在那裡上劍術課。」

「這倒是好消息。」

「爲什麼？」

「我們要演《哈姆雷特》的時候，你就可以教我啦。你可以飾演『雷爾提』[1]，到時我們就可以把擊劍那一幕弄得很有看點了。」

勞瑞聽完發自內心地縱聲大笑，十足少年的模樣，引得幾個路人也不由自主微笑起來。

「不管我們演不演《哈姆雷特》，我都會教你。擊劍很好玩，而且對改善體態很有幫助。不過，我不相信你說『這倒是好消息』只是因爲這個原因，你到底想說什麼？」

「的確不只，我很高興你沒去撞球館，因爲我永遠都不希望你去那樣的地方。你會去嗎？」

「不常去。」

「我希望你不要去。」

「那是無害的，喬。我家裡也有撞球桌，可是除非你有好對手，要不然一點都不好玩。我還滿喜歡打撞球的，有時候也會跟奈德．墨法特或其他人打上幾局。」

「噢，天，我眞難過，因爲你會越來越愛打撞球，浪費掉時間和金錢，變得像那些可怕的男生一樣。我眞希望你可以一直保持讓人敬重喜愛的樣子，讓你的朋友們能夠引以爲傲。」喬說道，搖搖頭。

「一個人要想獲得敬重，也是可以偶爾玩些無傷大雅的娛樂吧？」勞瑞問道，有點被激怒了。

「那就要看這個人怎麼玩，還有在哪裡玩了。我不喜歡奈德他們那一掛，也希望你最好和他們保持距離。我媽是不讓奈德進我們家門的，就算他多想來都一樣。如果你變得和他越來越像，我媽就不可能讓我們像現在這樣玩在一起了。」

「她眞的會這樣？」勞瑞緊張起來。

「當然會！她受不了輕浮又毛毛躁躁的男生，寧可把我們關起來，也絕對不讓我們跟那種人混一起。」

「好吧，那她還不用把你們關起來。我不是那種不正經的人，也不打算變成那樣子，可是我偶爾喜歡開些無害的小玩笑，你不是也會嗎？」

「我會啊，沒有人會介意的話，開開玩笑當然可以，只是不要太過火，你懂吧？要不然，我們的交情就到此爲止了。」

1雷爾提（Laertes），莎士比亞戲劇《哈姆雷特》中的角色，在劇中他用一把淬毒的劍殺死哈姆雷特。

「那我得修鍊成聖人中的聖人才行了。」

「我受不了聖人，你只要保持單純、誠實、自重，我們就永遠不會拋下你。要是你像金恩家的兒子一樣，我就不知道該怎麼辦才好了。他有一大堆錢卻不懂得取捨，不是喝得爛醉就是賭博，最後還落得逃家，敗壞他父親的名聲，一想起來我就覺得害怕。」

「你認爲我會變成那樣？還眞是謝了。」

「不是，我不──噢，天，不是啦！──我只是聽人說，金錢的誘惑力是很巨大的，我有時候也眞希望你是個窮光蛋。不過，看來我是不用擔心了。」

「喬，你會爲我擔心嗎？」

「稍微。在你看起來心情不好，對什麼事都不滿意的時候，你有時候就是那樣子。因爲你脾氣還滿硬的，萬一你走了歪路，我會很擔心沒辦法阻止你。」

勞瑞一言不發地走著，持續了好幾分鐘。喬覷向他，眞懊悔自己說了那些話，因爲勞瑞聽了她的警語，臉上雖然還是笑笑的，眼底卻是惱怒的情緒。

「你打算一路說教地走回家嗎？」不久，勞瑞隨即問道。

「當然不是。怎麼啦？」

「因爲，如果你打算這麼做，我就直接搭公車回家；如果不是，我就跟你一起走回去，而且還會告訴你一件非常有趣的事。」

「我絕對不再說教了，快告訴我是什麼事。」

「很好，那麼，來吧！不過，如果我把這個祕密告訴你，你也得把你的一個祕密告訴我。」

「我又沒有祕密。」喬一開口隨即閉上嘴，她想起來，她現在可有祕密了。

「你果然有——反正你也瞞不住，快快招來，要不然我就不說囉！」勞瑞叫道。

「你的祕密有那個價值嗎？」

「哈！當然有！而且全部都跟你認識的人有關，太有趣了！你眞該聽聽看，我想講出來想很久了。快，你先開始。」

「你在家裡連一個字都不許說，做得到嗎？」

「沒問題。」

「私底下也不會取笑我？」

「我從不取笑人的。」

「不可能，你就是取笑過。你太擅長從別人身上套話了，我實在不明白你是怎麼辦到的，只能說你天生就是哄人聽話的高手。」

「謝謝恭維，快說吧！」

「我拿了兩篇故事去報社投稿，他說下週就會給我答覆。」喬在知己的耳朵旁輕聲說。

「美國知名女作家——瑪楚小姐！萬歲！」勞瑞放聲呼喊，將帽子拋向天空再接住。他們已經離開市區了，聲音之大弄得兩隻鴨子、四隻貓、五隻母雞、半打愛爾蘭小孩都因此興奮起來。

「噓！不可能啦！我覺得一定不會被刊登出來的，可是如果不試試看，我絕對沒辦法靜下來。這件事我誰都沒說，我不想讓其他人失望。」

「沒問題的！嘿，喬，現在每天出版的東西有一半都是垃圾，怎麼能跟你比？你的故事就像莎

「美國知名女作家——瑪楚小姐！萬歲！」

士比亞的作品一樣，看到自己寫的故事刊登在報紙上，不是很棒的一件事嗎？我們難道就不應該為我們的女作家感到驕傲嗎？」

喬的眼睛閃著光芒，因為被人相信永遠是美事一樁，來自朋友的讚美更是好過一堆媒體的浮誇吹捧。

「那你的祕密呢？要公平啊泰迪！不然我以後就不再信你了！」喬說道，想要澆熄心中那因鼓勵的話而閃閃發光的希望情緒。

「我可能會因為說出祕密而惹上麻煩，可是我都已經答應你了，就算只是芝麻綠豆大的小事我也要說，如果我不把心裡想的全部告訴你，我一定會不得安寧——我要說的是：我知道瑪格的手套在哪裡。」

「就這樣？」喬說道，難掩失望之情。勞瑞點點頭，一臉神祕，眼裡閃爍著睿智的光芒。

「目前就是這樣。不過當我告訴你手套的下落時，你就會覺得這是個大祕密了。」

「那就說呀！」

勞瑞彎下腰，在喬的耳畔低聲說了三個字，這三個字帶來戲劇性的轉折。喬呆立原地，瞪著勞瑞看了有一分鐘之久，表情既驚訝又極度不悅，她接著抬腳往前走，甩下來的問句語氣非常尖刻：

「你怎麼知道？」

「我看到的。」

「在哪裡？」

「口袋裡。」

「一直都在？」

「對呀！很浪漫吧？」

「不！那太可怕了！」

「你不喜歡嗎？」

「我當然不喜歡！這太誇張了，不准！天哪！瑪格會怎麼說啊？」

「你不可以告訴任何人，絕對，不准。」

「我又沒答應。」

「嘿，我們本來就談好了，而且我也是因爲相信你才告訴你的。」

「嗯，反正我目前也不會說，可是我覺得好噁心，眞希望你沒告訴過我。」

「我本來以爲你會很高興的。」

「想到有人要來把瑪格帶走還高興得起來？不用了，謝謝。」

「要是有人要來把你帶走，你就會高興多了。」

「我倒要看看是誰敢來！」喬怒吼。

「我啊！」勞瑞回答，因爲這個念頭低笑起來。

「我想我眞是不太適合聽祕密，從你告訴我這個祕密後，我的腦袋裡簡直是一團亂。」喬說道，對勞瑞的好意分享一點也不領情。

「那我們來賽跑吧，就從這個山坡跑下去，然後你就會沒事了。」勞瑞建議。

四下無人，平直的斜坡向她遞出邀請，喬實在無法抗拒這樣的誘惑，一下便衝出去，她的帽子飛落在地，髮髻鬆脫飛散開來，髮夾也隨著她的奔跑掉落一地。勞瑞先馳得點，滿足地站在原地，享受自己開出的適當藥方帶來的好結果，他的「亞特蘭塔」[2]正氣喘吁吁地跑下來，秀髮迎風翻飛，她的雙眼發亮，雙頰泛紅，臉上的悶悶不樂早已煙消雲散。

「眞希望我是一匹馬，這樣就算我在這麼舒服的風裡跑上幾英里也不會喘成這樣了。眞慘，不過這都是某個男生害我的，就是你，小天使去幫我把東西都撿回來吧！」喬說著，癱坐在一棵楓樹下，那兒的草地上鋪滿了深紅色的落葉。

勞瑞悠哉地循著原路回去，撿拾散落一地的物品，喬則重新梳理髮辮，希望在她打理好自己前不要有人經過此地。然而，有個人就朝這兒走過來了，來者不是別人，正是瑪格。她剛才出門去拜訪人家，穿著打扮格外端莊正式。

「你們……到底在這兒做什麼啊？」看著一副狼狽樣的妹妹，瑪格難掩吃驚，但是提問的姿態優雅如常。

「撿落葉呀。」喬乖順地回答，連忙把抓過來的一把紅葉分開排放好。

「還有髮夾。」勞瑞補了一句，將半打髮夾往喬的膝上扔，「它們也長在這條路上，瑪格，還有長其他的髮飾啊，草帽之類的。」

「你們剛才在賽跑。喬，你怎麼能做這種事？你要到什麼時候才能停止這種行爲呢？」瑪格一

2亞特蘭塔（Atalanta），希臘神話中一位擅長快走的美麗女獵人。

邊斥責妹妹，一邊理理自己的衣袖和頭髮，因爲剛才正巧被一陣風給吹亂了。

「等我人變老，筋骨變差，要用拐杖時再說！你不要像這樣子，時候還沒到就急著要我長大，瑪格。你這樣瞬間長大已經夠叫人難受了，就讓我盡可能地當個小女生吧。」

喬說話的時候，嘴角忍不住顫抖起來，她彎下身伏在落葉上以免被發現異狀。最近她察覺到，瑪格麗特正在快速蛻變爲一個女人，勞瑞告訴她的祕密更讓她感到恐懼，她好害怕瑪格遲早要離開家，而且這件事很有可能在未來不久後便發生。勞瑞瞥見喬的神情滿是痛苦，他想，他得引開瑪格的注意，於是很快地轉換話題：「你穿得好漂亮，剛才是去了誰家嗎？」

「我去嘉地納家，莎莉告訴了我貝拉·墨法特婚禮的所有事。那眞是一場豪華的婚禮，新人已經到巴黎去過冬了，光是想想就覺得那一定很開心！」

「瑪格，你羨慕她嗎？」勞瑞問道。

「我必須說……是的。」

「我眞高興聽到你這樣說！」喬嘟噥道，用力繫上帽帶。

「爲什麼？」瑪格驚訝地詢問。

「因爲，如果你在意財富，你就絕對不會跑去嫁給一個窮人了。」喬說，對勞瑞狠狠皺起眉，他正在無聲地警告喬：小心說話。

「我永遠不會『跑去』嫁給任何人。」瑪格一字一句說得清晰，儀態落落大方地朝前走去，後面跟著大笑、耳語、打水漂玩、舉止「像個小孩」的兩人。瑪格在心中告訴自己，要不是身上穿著最好的衣服，她也想加入他們。

大約有一、兩週的時間，喬的行爲舉止變得非常詭異，讓她的姊妹們深感無所適從。郵差一按鈴她就會衝到門口去，不論什麼時候碰到布魯克先生，她都沒給他好臉色看，總是坐在一角憂愁地盯著瑪格，偶爾跳過去抓著她使勁搖，再用一種說不清道不明的神態親吻她。此外，喬和勞瑞持續打手勢溝通，談論著《鷹隼報》的話題，姊妹們都認爲這兩人瘋魔了。第二個週六，瑪格正待在自己的窗邊做縫紉，就這樣眼睜睜看著喬從另一扇窗戶爬出去，和勞瑞追逐著滿花園跑，兩人一直跑到艾美的樹蔭底下，勞瑞才終於把喬給抓住。這一幕讓瑪格感到丟臉至極，她看不見他們在那兒做什麼，只聽見一連串笑聲、低低的說話聲，還有大力翻動報紙的響聲而已。

「我們該拿這小女生怎麼辦呢？她就是不肯有個淑女的樣子。」瑪格嘆一口氣，深覺不妥地望著院子裡開始賽跑的兩人。

「我希望她可以不必當個淑女，她就是要這個模樣，才能這麼好笑又這麼可愛。」貝絲說。當喬跟她分享那個祕密時，她保證過不會背叛喬說出去，儘管在得知喬和其他人還有祕密的當下，她其實是有些難過的。

「這很費事，然而我們實在無法讓她成爲舉止恰巧（恰當）的淑女。」艾美坐在一旁補了一句，她正在給自己的衣服縫上新褶邊，美麗的捲髮也紮得相當精緻好看，讓她看來格外優雅，滿有淑女的樣子。

數分鐘後喬蹦蹦跳跳地進來了，她一下躺倒在沙發上，動作誇大地翻起報紙閱讀。

「有看見什麼有趣的嗎？報紙上？」瑪格和藹可親地問道。

「有一篇故事，不過我猜，它應該不算有趣吧。」喬回答，小心翼翼遮住那張報紙上的姓名欄。

「我建議你把故事朗誦出來，可以讓我們有點娛樂，也可以讓你自己不再調皮。」艾美用她最成熟的口吻說。

「故事叫什麼名字？」貝絲說道，納悶起姊姊為何要用報紙遮住自己的臉。

「宿敵畫家。」

「聽起來不錯，念吧。」瑪格說。

「咳嗯！」喬用力咳了一聲，吸進一大口氣，快速念起故事。姊妹們津津有味地聽著，這篇故事情節浪漫且令人傷感，因為在末尾時，大部分的角色都死了。

「我喜歡瑰麗的畫作那部分。」喬停下時，艾美讚許地評論。

「我比較喜歡感情戲的部分，薇若拉及安傑羅就是我們最喜歡的兩個名字，這是不是太神奇了？」瑪格一邊說，一邊拭去眼角的淚，因為那個愛情故事是一場悲劇。

「作者是誰？」貝絲提問，她注意到喬躲在報紙後的臉。

剛才朗讀的講者忽然站起來，她拋開報紙，露出泛著紅暈的臉，那張臉混雜了嚴肅與興奮，看上去非常逗趣。她用這副表情大聲回應道：「你姊姊！」

「你？」瑪格叫道，手中的織品掉落下來。

「寫得很好。」艾美儼然一副評論家的口氣。

「我就知道！我就知道！噢！我的喬！我真以你為傲！」貝絲說著跑上前擁抱姊姊，為這場非凡的成功感到狂喜不已。

啊！她們全都樂壞了！瑪格幾乎不相信這是真的，直到確實看見「喬瑟芬・瑪楚小姐」一行字印在報紙上，她才總算相信。艾美針對故事中的藝術性給予相當高度的評價，並且建議喬寫續集，可惜的是這故事寫不了續集，因爲男女主角都死了。貝絲興奮得在屋裡跳來跳去，歡欣鼓舞地唱著歌，「老天保佑啊！這是怎麼了！」漢娜走進來大叫，對於「那個喬幹的好事」感到極度震驚。瑪楚太太也知道了，且爲了這件事感到與有榮焉，喬笑得眼淚都流下來，說自己現在像隻貨眞價實的孔雀一樣神氣。那份《鷹隼報》在大家手裡傳來傳去，看似就要像隻眞正的鷹隼般，拍打著巨大的雙翅，飛到瑪楚家上空盤旋慶祝了。

「把詳情告訴我們！」、「什麼時候上報的？」、「稿費有多少？」、「爸爸會怎麼說呢？」、「勞瑞沒笑你嗎？」一家人簇擁著喬，連珠炮似的問個不停，這些人是如此質樸、熱情，就算這棟屋子裡發生的樂事只有一丁點大，她們也能把它當成慶典來狂歡。

「大家別吵了，我這就把詳細說給你們聽。」喬說道，心中不禁想著，〈艾芙莉娜〉的作者伯尼小姐[3]在得知同樣消息的情況下，她的心情是否會比寫作〈宿敵畫家〉的自己感覺更棒。待到描述完自己的投稿經過，喬接著說道，「我去問結果的時候，那個人說他兩篇故事都很喜歡，不過他們對於初次刊登作品的作者是不付酬勞的，只把作者名字刊登出來，讓人們可以注意到這些故事。他對方說這篇寫得不錯，只要再投稿被錄用就可以領取稿酬。我把兩篇故事都留在他那兒，今天收到這一篇，剛好被勞瑞逮到，他堅持要看我就讓他看了。他說這篇眞的寫得好，我應該要繼續寫，下

3 法蘭西絲・伯尼（Frances Burney），英國小說家與劇作家，〈艾芙莉娜〉（*Evilina*）爲其西元一七七八年匿名出版的書信體小說。

一次就一定有稿費了。我好高興，因為以後我就可以養活自己和幫助你們了。」

喬一口氣說完，把臉埋進報紙中，忍不住落下幾滴清淚在她的作品上，因為經濟獨立與至親家人的鼓勵，是她一直以來最衷心期盼的願望，如今獲得的這一切，彷彿就是邁向幸福之途的寶貴開端。

第十五章　電　報

「十一月是一年裡最討人厭的一個月份。」瑪格麗特開口。那是個沉悶的午後，她站在窗邊，瞧著眼前霜凍的花園。

「那就是我出生在這個月份的原因。」喬若有所思地陳述，完全沒注意到鼻頭上有顆汙點。

「如果現在能有些好玩的事發生，我們就會認爲它是個令人開心的月份了。」貝絲如此說道。她總是懷抱著希望，不論何事，就連十一月也是。

「可是，至今爲止，這個家裡從來沒有發生過好玩的事。」瑪格說，她的心情還是不太好，「我們每天辛苦工作，可是一點改變都沒有，就連一點樂趣也沒，跟磨坊裡的苦力有什麼兩樣？」

「天哪，我們可眞夠憂鬱的！」喬叫道，「不用想也知道，可憐的瑪格，親愛的，因爲你看到其他女孩兒過的都是繽紛快樂的生活，你卻從年頭到年尾都在工作，一直在工作。噢，我多麼希望能好好安排你的生活，就像幫我筆下的女主角安排那樣！你已經夠美麗夠好心了，要是突然來個富裕的親戚留給你一大筆錢就好了。到時候你就是個女繼承人，把所有曾經瞧不起你的人都比下去，你可以出國，然後回國，到時還會有一個嶄新的某某夫人的頭銜掛在你頭上，光想就覺得優雅又風光得不得了啊！」

「現代人才沒有這種遺產可以拿了。男人得工作，女人得爲了錢結婚，這個世界就是這麼令人失望且不公平。」瑪格苦澀地說。

「我和喬會賺大錢給你們，再等十年就行，看著吧！」艾美從角落裡發聲，她正在捏她的泥巴派——漢娜起的新名詞，專門用來稱呼艾美捏的塑像，包括小鳥、水果、人臉之類的。

「我等不了，而且我恐怕對墨水和泥巴沒什麼信心，不過還是謝謝你們的好心了。」

瑪格嘆一口氣，回頭繼續盯著花園裡的冰霜，喬哀嚎一聲，沮喪地將兩隻手肘撐在桌上，艾美仍然精力充沛地鼓搗手中的東西。貝絲坐在另一扇窗邊，微笑著說：「有兩件愉快的事情即將發生。媽咪正在街上，等等就回家，勞瑞穿過花園正要過來，腳步跨得好大，好像有什麼好消息要說。」

他們兩人同時進門，瑪楚太太一如往常地問道：「女兒們，爸爸有沒有來信呢？」勞瑞則以他善於誘哄的語氣說：「有沒有人想去兜風呀？我做數學做得整個腦袋只剩下漿糊，得去外面晃一晃，清醒一下。今天天氣是不太好，不過空氣還不壞，我要去接布魯克回家，所以就算戶外不怎麼樣，馬車裡面也會挺熱鬧的。來吧，喬，你和貝絲一起，要去嗎？」

「當然啦！」

「多謝好意，可是我很忙。」瑪格趕緊端出針線籃。因爲她認爲母親的想法是對的——她最好不要太常和年輕紳士一起駕車出遊。

「我們三個很快就好！」艾美叫道，迅速跑去洗手。

「我可以爲您做些什麼嗎？這位母親，夫人？」勞瑞躬身傾向瑪楚太太的椅子，像往常一般滿懷尊敬與熱忱地問道。

「不用了，謝謝你，不過如果可以的話，親愛的，麻煩你幫我跑一趟郵局。因爲今天應該有信寄到，可是郵差還沒來。爸爸是和太陽一樣準時的人，也許是路上有什麼事耽擱了也說不定。」

一陣尖銳的門鈴聲打斷談話，一分鐘後，漢娜拿著一封信走進來。

「太太，好嚇人的東西，來的是一封電報。」她說，小心翼翼地遞出郵件，深怕它會引爆什麼災難似的。

「電報」一詞激得瑪楚太太一把搶過信，她才讀了兩行，立時跌坐進椅子裡，臉色唰地慘白，彷彿那一小張紙朝她心口開了一槍。

瑪格和漢娜急忙攙扶住她，勞瑞立刻奔下樓端水，喬滿臉的驚疑不定，仍然顫著聲音大聲讀出電報內容……

瑪楚太太：

您的丈夫病危。請速來。

S．霍爾

華盛頓布蘭克醫院。

屋裡一片寂靜，凝神靜聽的每個人呼吸都急促起來。屋外彷彿瞬間變得暗無天日，整個世界都變了，女孩們圍繞著母親，感覺生命中所有的支柱與幸福即將被抽離。

瑪楚太太很快就回神，她把電報看完，將女兒們全部摟進懷中，說話的語氣讓女孩兒們這一輩子再也忘不了了：「我得馬上過去，不過也許已太遲了……噢，孩子們，孩子們，幫助我，幫助我撐過去……！」

「太太，好嚇人的東西，來的是一封電報。」

接下來的幾分鐘，整棟房子裡只有啜泣聲，不成句的字詞彼此安慰，用溫柔的加油聲互相扶持，然而，懷抱著樂觀與希望的絮語終至被淚水給擊潰。可憐的漢娜是第一個恢復過來的，她總在不知不覺中給其他人建立榜樣，以行動敦促大家，勤奮工作就是化解一切痛苦的萬靈藥。

「願上帝保佑先生平安！我不要浪費時間哭了，您也快快準備好出發吧，太太！」她誠懇地說道，抓起圍裙拭去淚水，用自己生了薄繭的手溫柔地握住女主人的手搖了搖，隨即趕去忙碌，幾乎是把自己一個人當三個人用了。

「漢娜說得對，現在不是哭的時候。女兒們，冷靜點，讓我思考一下。」

可憐的女孩兒們努力冷靜下來，她們的母親打直背脊端坐在椅子上，臉色依舊慘白，但是神態已然鎮定不少。她將自己的憂傷推到一邊去，集中精神想著該怎麼爲她們打算才好。

「勞瑞在哪裡？」她突地問道，顯然理清了思緒，也決定好哪些事項得優先去做。

「我在這裡，夫人，請派工作給我吧！」勞瑞大叫一聲，立刻從隔壁房間奔進來。因爲他覺得，這一家人忽然接到這般壞消息，必定需要完全單獨的空間去消化，他一個外人不便在場，於是退到了隔壁房間守候她們。

「請幫我發個電報，就說我馬上出發，下一班火車明天清早開，我就搭那一班。」

「還有呢？我家馬兒隨時都可以上路，我哪裡都可以去，而且任何事情都可以做。」勞瑞說道，彷彿已準備好要爲她們飛天遁地。

「幫我到瑪楚姑媽家送個信。喬，把紙筆拿過來。」

喬從她最新謄寫好的稿紙上撕下一側白邊，把小茶几拉到母親面前，心裡相當清楚這一趟既漫長又悲傷的旅途少不了得借錢。爲了父親，她多麼希望自己可以再多賺一點錢，不計代價。

「好了，出發吧！勞瑞，可是千萬不要貪快，一定要注意安全，不必快到連命都不要了。」

然而，瑪楚太太的告誡一下就給狂風吹散了，因爲五分鐘之後她們便從窗戶裡看見疾馳而過的勞瑞，他騎著他的快馬，狂奔得好像後面有人在追著他而他必須逃命。

「喬，去跟金恩太太說我沒辦法赴約了，路上順便買些東西，我把它們寫給你。這些是必需品，爲了我得準備好照顧你父親，醫院商店總是沒有預期的好。貝絲，你去跟勞倫斯先生要幾瓶老酒，爲你父親，我只得開口了，他理應擁有最好的一切。艾美，你去請漢娜把那口黑色皮箱拿下來，瑪格，過來幫我整理行李，因爲我現在實在是有些慌了。」

同時書寫、思考、發落大小事，著實讓這位可憐的婦人焦頭爛額，瑪格於是開口了，請求母親到房裡坐一會兒，冷靜下來，把事情交給她們就好。

大家就像被一陣狂風襲捲四散的落葉，那封電報儼然是一紙邪惡的詛咒，原本寧靜和樂的家庭因它的出現瞬間破碎成片。

勞倫斯先生急忙跟著貝絲回來，這位慷慨的老紳士帶了所有他能想到的，可以支應病人所用的一切東西趕到。這位仁慈的老先生更向瑪楚太太承諾，她不在家時他會保護好女孩們，這番話讓瑪楚太太感到無比的寬慰。實際上，勞倫斯先生是願意把自己的一切都奉獻出來的——甚至包括提供自己的睡衣，以及親自護送瑪楚太太到醫院去。不過後者是不可能的。瑪楚太太一聽這項提議便加以婉拒，因爲上了年紀的人實在不適合這般長途旅程，但老先生這麼說還是讓她放鬆不少，畢竟一個人要是帶著焦慮遠行也必定不適合。老先生看見瑪楚太太的表情，兩道濃眉一皺，他摩挲著雙掌，突然丟下一句他馬上回來，就大踏步地離開了。眾人無暇再去納悶他要做什麼，直到瑪格一手抱著橡膠靴一手端著茶，正要疾走過大門，就在那兒她撞見了布魯克先生。

「瑪楚小姐，我聽說消息了，也為你們感到非常難過。」布魯克先生說，他的聲音低緩溫和，讓瑪格一顆滿布陰霾的心頓覺重獲一絲光明，「我是來護送你母親的。勞倫斯先生派我到華盛頓，我非常高興能為你的母親盡一點心力。」

瑪格懷裡的橡膠靴掉落地上，另一隻手上的茶杯也差點摔落，因為她忘記自己手上還拿著東西就要伸出手來。那張臉上寫滿了感激的神情，令布魯克先生不禁心想，只要能為眼前這個女孩排解掉一切煩悶，就算要他赴湯蹈火，他也在所不辭。

「你們對我們太好了！母親會接受的，我確定，她如果知道有個人可以陪她去，她一定會放心不少的。真的非常、非常謝謝你！」

瑪格的語調裡充滿了真情實感，她完全忘卻自己，直到那雙凝視著她的棕色眼睛用視線探問她，她才記起手中的茶快涼掉了。她趕緊領著布魯克先生進屋，並說她這就去請母親到客廳來。

勞瑞帶著瑪楚姑媽的答覆回來時，一切都已經準備就緒，而那封信裡則裝著所需的借款，還有瑪楚姑媽寫的幾行字，內容只是老調重彈地叨念，認為瑪楚爸爸根本就不應該上戰場，她早就知道不會有好結果之類的話，末了並囑咐一家人下次一定要聽她勸。瑪楚太太把信扔進火爐，把錢放進皮包，繼續準備她的行李。她緊抿著嘴唇不發一語，倘若喬這時候在旁邊，她一定會明白母親這個舉止所代表的意義。

短暫的午後就這樣過去了，任務已經完成了絕大部分，只剩一些必要的針線活兒，由瑪格和她

「瑪楚小姐，我聽說消息了。」

的母親飛快地趕工，貝絲和艾美正在喝茶，漢娜表示自己用了「迅雷不及掩耳」的速度燙好了衣服，然而喬的身影遲遲未見。大家開始擔心，勞瑞甚至出門找她，最後卻無功而返，大家都不曉得喬是否又要將什麼驚世駭俗的想法付諸實行。喬最後總算出現在家門口，臉上表情卻是十分怪異，夾雜著好笑與恐懼、滿足與後悔，全家人都感到困惑不已，接著發生的事更讓所有人驚訝得張口結舌——她放了一捲紙鈔在母親面前，哽咽著說：「這是我的心意，希望爸爸可以早點康復，早點回家來！」

「孩子，喬，你哪來的錢？二十五塊錢……！你可千萬別做糊塗事才好！」

「我沒有，這真的完完全全是我自己的錢。我沒去乞討，沒去借錢，更沒有去偷。這是我賺來的錢，而且我不認為您會因此責備我，因為我不過是賣了我的東西而已。」

喬邊說邊扯下軟帽，眾人一見忍不住駭然出聲，因為她那一頭豐厚美麗的長髮全部剪掉了。

「你的頭髮！你的頭髮那麼漂亮……！」

「噢，喬，你怎麼可以？那是你最美麗的——」

「我親愛的孩子，你不必這麼做的。」

「她不再是我熟悉的喬了，不過我更愛這樣的她！」

驚呼聲此起彼落，貝絲愛憐地緊擁住喬的一頭短髮，喬故作瀟灑彷彿一點也不在乎，但其實騙不了任何人。她弄亂自己的棕色短髮，一副很喜歡這種造型似的說：「這又不是什麼國家大事，別哭了，貝絲。這個髮型剛好可以治一下我的虛榮心，以前我頂著那頭稻草還驕傲得不得了，現在把草除一除，頭腦也清醒多了。現在我覺得我的頭頂既輕鬆又涼爽，理髮師也說不久後頭髮又會變長，到時我就會有一頭俏麗的捲髮了，很男孩子氣，很適合我，而且很好整理，我非常滿意。所以，請把錢收下吧，我們來吃晚餐了！」

「喬，把事情經過詳細說說。我對這樣的結果高興不起來，不過我不能責備你，因爲我知道你是全心全意，自願爲了你愛的父親，而犧牲了你所謂的虛榮心。然而，我親愛的孩子，你眞的不必這麼做，我怕你很快就要爲此後悔了。」瑪楚太太說。

「不，我不會後悔的！」喬堅決地反駁，心底輕鬆不少，慶幸自己的莽撞沒有受到過多責難。

「你怎麼會想到要這樣做？」艾美問道，要是叫她去剪頭髮，這個主意的可怕程度就跟砍了她的頭沒什麼兩樣。

「嗯……因爲我非常急著想爲爸爸做點事。」喬回答她。一家人圍坐在餐桌前，即使身處困境，身體健康的年輕人仍舊胃口不錯。「我跟母親一樣討厭借錢，而且我知道，瑪楚姑媽一定會碎嘴，就算只跟她借點零頭她也會念。瑪格把她一整季的薪水都拿去繳房租了，我卻把我的薪水拿去買衣服，罪惡感太重了，所以我就決定，不管要付出多大代價，我也一定要想辦法弄些錢才行。」

「你不必有罪惡感，我的孩子！你本來就沒有多少冬天的衣服，你也只是用辛苦工作來的錢，買了最簡單的東西而已。」瑪楚太太說，她溫柔的眼神帶給喬的心無比的暖意。

「起初我完全沒想到要賣頭髮，只是邊走邊想我能做什麼，甚至想說乾脆直接衝進那些大商行裡搶錢算了。後來我經過一家理髮店，他們的櫥窗裡展示了很多有標示價格的髮辮，其中有一條黑色的髮辮，髮量還沒有我的多，居然要賣四十塊錢。我突然想到我有東西可以賣了，沒再多想就走進店裡去，問他們要不要買頭髮，要的話我的頭髮可以賣多少錢。」

「我眞不知道你怎麼敢這樣做。」貝絲語帶敬畏地說。

「噢，那人滿矮的，抹了一堆髮油，好像髮油就是他的生命一樣。起初他大概是嚇到了，就一直盯著我看，好像不習慣有個女生直接衝進店裡問要不要買她的頭髮。他後來說他不想買，因爲我的髮色並不流行，要買的話出價也不高，還說了他加工過的頭髮才會賣得比較好之類的話。天色越來越晚，我當時很擔心，如果頭髮沒有馬上賣掉，我以後就不想賣了。你們也知道我討厭半途而廢，一旦決定想做什麼，就一定得做到完爲止。於是我開始求他買我的頭髮，還跟他說我急著把頭髮賣掉的原因，我知道這樣做很蠢，可是這眞的讓他改變主意了。那時我越說越激動，一件事情也講得亂七八糟的，他的太太聽到了，很好心地勸他：『就買吧，湯瑪斯，就當作是幫忙一下這位年輕的小姐。如果換成是我們家吉米，我有這麼漂亮的頭髮也一定會爲了他賣掉的。』」

「吉米是誰？」艾美問道，她喜歡凡事都被解釋得一清二楚。

「她說那是她兒子，目前也在軍中。原本完全的陌生人就因爲這樣的話題變友善了，很神奇吧？那個理髮師剪頭髮的時候，太太也在旁邊一直找話題聊天，轉移我的注意力，讓我覺得好過多了。」

「第一刀剪下去的時候你不覺得很可怕嗎？」瑪格問道，打了個寒顫。

「那人在準備工具的時候，我看了我的頭髮最後一眼，然後，就沒了。我從不爲那種小事哭哭啼啼的，不過我得承認，當我看到我留了那麼、那麼久的頭髮，就這樣躺在桌子上，摸了頭只剩下短髮那種刺癢的感覺時，那種心情眞的很詭異，好像我拿掉的是一隻手或一隻腳一樣。那位女士看我一直盯著桌上的頭髮，就挑了一撮比較長的給我留著。媽咪，我會把我的頭髮交給你，就當作是往日榮光的紀念吧！因爲短髮好舒服，我想我再也不會留長髮了！」

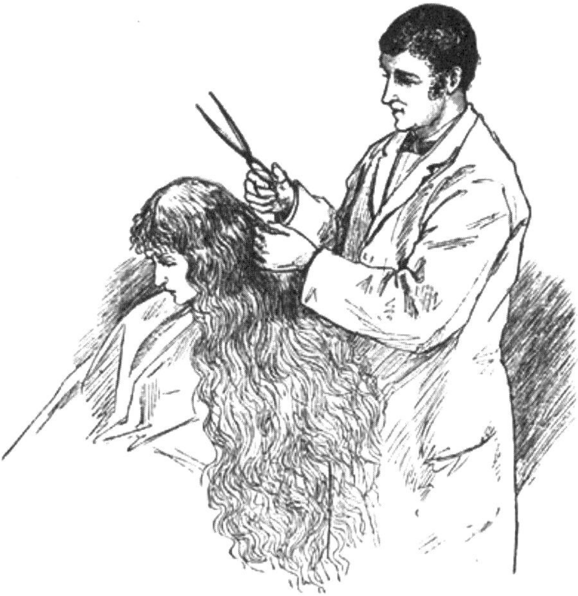

瑪楚太太將那一束栗色長捲髮收折好，放進書桌抽屜裡，和另一束灰色短髮放一起。她只說了聲「謝謝你，孩子。」臉上的神情卻使得女兒們自動轉換話題，她們盡可能活潑愉快地談論起布魯克先生的熱心助人、希望明天一切平安順利，以及等父親回來休養時，家裡又會是多麼快樂云云。

沒有人想上床睡覺，一直到晚上十點，瑪楚太太做完最後一件工作。「來吧！女兒們。」她喚道，於是貝絲坐到鋼琴前，彈奏起父親最喜歡的曲調。一開始大家都鼓足了勇氣高歌，後來卻一個接一個地失守崩潰，一片哭泣聲中只剩下貝絲一人支撐住，她全心全意地歌唱，因爲她相信，她的音樂永遠能帶給全家人最美好的安慰。

「去睡吧！別再聊了，我們明天得早起，所以盡量把握時間睡覺吧。晚安了，我親愛的孩子們。」瑪楚太太說。音樂已經停止，沒有人可以再嘗試下一曲。

女兒們安靜地一一給母親晚安吻，接著輕手輕腳地上床睡覺，彷彿生病的父親就睡在隔壁房裡似的。貝絲和艾美儘管經歷如此巨大的煩憂，頭一碰到枕頭也還是立刻熟睡了。然而，瑪格依然清醒，思索起她目前的短暫人生中最令人擔憂的這件事。喬動也不動地躺著，瑪格以爲她睡著了，隱約中聽見的啜泣聲卻使她警覺起來，一伸手，瑪格碰到一片濕漉漉的臉頰……

「啊！喬，你怎麼了？你在爲爸爸而哭嗎？」

「不，還不是。」

「那你在哭什麼呢？」

「我的……我的頭髮！」淚水就此決堤，可憐的喬大哭起來，把頭埋進枕頭裡仍掩不住哭聲。

瑪格一點兒也不肯輕看這件事，她靠近妹妹身旁親吻著她，用她最溫柔的樣子，極力安撫這位心中痛苦難受的女英雄。

「我一點也不後悔！」喬哽咽地辯解，「如果必要，明天重來一次也無妨。當作我是無病呻吟地在哭就好，這太蠢了，你千萬別說出去，我已經沒事了……我以爲你已經睡著了，就偷偷爲我唯一驕傲的東西惋惜一下。你怎麼還醒著呢？」

「我睡不著，我眞的很擔心。」瑪格說。

「想想愉快的事吧！你很快就會睡著的。」

「我試過了，可是越想越睡不著。」

「你都想些什麼？」

「很帥氣的臉——尤其是眼睛。」瑪格回道，在黑暗中微笑起來。

「你最喜歡什麼顏色的眼睛？」

「棕色的，不過、只是、有時候啦，藍色的也很可愛。」

喬大笑，瑪格當機立斷，制止她繼續胡言亂語，接著友善地向妹妹保證幫她把頭髮燙捲，就回頭睡去，做她的城堡美夢了。

午夜鐘聲響起，屋裡非常安靜，此時一個人影輕盈走過每張床邊，拉拉被子、理理枕頭，時不時愛憐地停下，注視著眼前熟睡的臉龐，無聲地親吻她們可愛的睡顏，以母親獨有的慈愛，懇切地爲她們祈禱。她拉起窗簾望向外頭淒冷的夜色，月亮忽然從雲後竄出頭，光輝溫煦地灑落在她身上，彷彿一張和藹可親的容顏，正在對她悄聲低語：

「放輕鬆，親愛的朋友，亮光總是躲在雲背後。」

第十六章　信件

天空才濛濛亮，女孩兒們即已點起燈火，以她們前所未有的虔誠閱讀手中的書籍。她們現在面臨了眞正的困難，而眼前正在翻閱的篇章能夠給予她們所需的幫助和安慰。她們在換衣服時，更是彼此說好，要用充滿朝氣與希望的模樣愉快地道別，要讓她們的母親心無掛慮地出門遠行，而非用淚水或怨懟讓母親更傷神。當她們下樓時，一切似乎都非常奇怪，屋外陰暗且沉寂，屋內卻是燈火通明而忙碌。早餐時間提前許多令人感覺很怪異，就連廚房裡熟悉的漢娜的臉孔，也因爲忙進忙出時頭上還戴著頂睡帽而顯得不自然。大皮箱已整理好放在走廊，母親的斗篷和軟帽則放在沙發上，雖然她坐在餐桌前試著想吃點東西，但是她的臉色蒼白憔悴，一看便知昨晚的她徹夜難眠。女孩們一見到母親憂懼滿布的臉，不禁懷疑起她們還能否實行互相約定好的承諾了，瑪格非常努力不讓淚水掉下來，喬不只一次被迫抓起桿麵棍遮住自己的臉，兩個妹妹臉上難掩陰鬱愁煩，因爲她們從沒經歷過如此悲傷的境遇。

誰也沒說太多話，隨著出發的時間逼近，她們全部坐下來等待馬車。瑪楚太太看著女兒們——一個幫她打好圍巾，一個幫她把帽帶理順，一個幫她套上鞋套，還有一個幫她束緊旅行袋——她看著女兒們逕自爲她忙碌，開口說道……

「孩子們，我把你們交給漢娜和勞倫斯先生，漢娜會照顧你們，勞倫斯先生則會保護你們。漢娜自會盡忠職守，而我們的好鄰居會像對待自己親孫女般看顧你們。我不擔心你們，只怕你們沒有用正確的態度來面對這次的困難，我不在家的時候，不要過度悲傷，也毋須感到愁煩，不要想著可以遊手好閒或是慵懶度日，不要忘記你們應盡的義務，而只想著讓自己舒適快活。要像平常一樣勤勞工作，因為工作就是蒙福的慰藉，要懷抱希望並保持忙碌。而且，不論發生任何事，記住，你們都不會變成沒有父親的孩子。」

「是的，媽媽。」

「瑪格，孩子，謹慎些，好好照顧妹妹們，有事找漢娜商量，若有不好解決的麻煩，就去找勞倫斯先生。喬，要有耐心，別氣餒或衝動行事，要常寫信給我，作我勇敢的女兒，隨時準備好幫助人，以及給大家打氣。貝絲，難過時就用你的音樂讓自己舒服些，做好每一件家事，哪怕事情都一樣。還有你，艾美，盡力幫助大家，要聽話，要安全地待在家，並且盡量保持你的快樂。」

「我們會的，媽媽，我們會的！」

馬車踩過路面的聲響逐漸靠近，一家人全都仔細聽著，那眞是難捱的時刻，不過女孩們都堅持住了。她們請母親代轉口信給父親時，儘管心情沉重無比，擔心這些肺腑之言在傳遞到的時候或許為時已晚，但是沒有人哭泣、沒有人逃跑，也沒有人為此而悲嘆。她們安靜地親吻母親，溫柔地擁抱她，在母親乘上馬車時，像要提振精神般大力揮手道別，勞瑞和他的爺爺也前來向瑪楚太太道再見，與她同行的布魯克先生這時看來既強壯又聰穎而且非常慷慨善良，女孩兒們因此當場送給他一個全新封號——「偉心先生」。

「再見，我親愛的孩子們，願上帝保佑我們。」瑪楚太太一一親吻女兒們的小臉，在她們耳邊低語道，隨即匆匆登上馬車了。

馬車離開時，太陽正好探出頭來，瑪楚太太回首一瞥，剛好看見陽光灑落在大門前的一行人身上，彷彿預示著好兆頭。他們也看見了，大家微笑著揮手，隨著馬車駛過轉彎處，瑪楚太太瞥見的最後一眼，是四張明亮的笑靨，還有站在她們背後的三名守護者——勞倫斯老先生、忠實的漢娜以及眞誠的勞瑞。

「大家都對我們這麼好！」她說道，轉過頭，正好看見身旁這位令人敬重的年輕紳士露出贊同的笑臉。

「這是當然的。」布魯克先生回應，他那發自內心的笑容似乎具有傳染性，瑪楚太太也不由自主微笑起來。這趟旅程就在陽光、笑臉，以及令人寬慰的言語等好兆頭下展開了。

「我覺得像經歷了一場地震一樣。」喬說。她們的鄰居已經回家吃早餐，女孩兒們正聚集在一起放鬆、休息。

「我覺得這個家像被掏空了一半。」瑪格神情空洞地說。

貝絲張嘴似乎想說些什麼，最後卻只能指指母親的桌子，上頭整齊擺放了一疊細心修補過的長統襪。母親一直忙到最後一刻都還惦記著她們，爲她們花費這些時間，這雖然只是小事，卻是那麼扎心，姊妹們已經下定決心要勇敢，但在此刻仍然全都忍不住了，紛紛痛哭失聲。

漢娜明智地讓她們盡情宣洩，靜待這陣風暴過去後，她的手裡挽了一只咖啡壺，前來解救她們。

「好了，我親愛的小姐們，記住你們母親說過的話，還有不要煩惱。過來喝杯咖啡，然後就開始工作，讓我們一起爲了這個家而努力吧。」

咖啡眞像是一種良藥，尤其漢娜在這天早上還特別展示了她的功力，沒有人拒絕得了漢娜的盛

情招呼，也沒有人抗拒得了從窄小的咖啡壺嘴溢散出來的香氣。她們圍坐在餐桌前，手中的帕子換成了餐巾，十分鐘後一切又恢復常軌了。

「『懷抱希望，保持忙碌』，這就是我們現在的座右銘，讓我們來看看誰最能把這句話放心裡。我要像往常一樣到瑪楚姑媽家去，希望她別趁機說教才好！」喬說道，啜飲著咖啡，她的精神已經恢復過來了。

「我要去金恩家了，雖說我更情願待在家裡做家事。」瑪格說，心想要是沒把眼睛哭得那麼紅腫就好了。

「不用你麻煩，我和貝絲會把家裡整理得一塵不染。」艾美插話，一副任重而道遠的樣子。

「漢娜會告訴我們該做什麼，等你們回來就會看見一個乾淨舒爽的家了。」貝絲適時補上一句，隨即提著拖把和水盆去忙碌了。

「我認為焦慮是一件非常引人玩味的事。」艾美一邊吃著糖，一邊語重心長地發表了如此看法。女孩們忍不住大笑起來，心情也好多了，對於這位在糖缽裡就能找到慰藉的小淑女，只有瑪格朝她搖了搖頭。

喬瞥見那些暖手筒捲餅，很快又恢復平靜，當她和瑪格出門上工時，習慣地回頭望向家裡，母親的臉龐卻沒有如往常般出現在窗邊，這讓她們心中有說不出的難過。貝絲想到這個家裡的小傳統，現在媽媽不在家，便換她走到了窗口，綻放著一張粉嫩笑臉朝姊姊們點點頭，溫暖得就像一顆小甜橙。

「這眞是我的小貝絲會做的事！」喬說道，揮揮手上的帽子，一臉感激。「再見啦，瑪格，希望你那幾個學生今天乖乖的。別擔心爸爸喔，親愛的。」喬說道，兩姊妹正要分頭去工作了。

「我希望瑪楚姑媽不會嘮叨，你的頭髮很好看，很男孩子氣，跟你很搭的。」瑪格回道，忍住不去笑話那一頭鬈曲短髮。喬因爲身材瘦高，顯得她的頭更小了，視覺效果還眞是挺逗趣的。

「這眞是唯一讓我感到安慰的事。」喬模仿勞瑞的方式，輕觸一下帽子便走開了，心裡覺得自己倒像是一隻在寒冬裡被剪了毛的綿羊。

從父親那兒捎來的消息讓女孩兒們放心不少，雖然早先狀況很不樂觀，但在母親悉心的照料下情況已逐漸好轉。布魯克先生每天都會報告病情，身爲長姊的瑪格則堅持要把每天的快報念出來給大家聽，如此往返持續了數個星期，好消息也越來越多。剛開始，每個人都急於寫信，再由姊妹中的其中一人收集起來放進一只信封，將這個裝得鼓脹的郵件小心翼翼塞入郵筒。大家都覺得她們與華盛頓特派員的聯繫益形重要，這些信封內，每一張信紙皆有其鮮明的個人色彩，想像一下我們攔截到其中一封，這就把它抓過來一探究竟。

我最親愛的母親：

您上一封信帶給我們的快樂，眞是筆墨所無法形容的，信上的好消息讓我們都忍不住又哭又笑。布魯克先生人眞好，我們也眞慶幸勞倫斯先生在華盛頓的生意不是一時半會兒可以談完的，所以他可以多陪您幾天，對您和父親而言都是很大的幫助。妹妹們都乖得不得了，喬幫我做針線活兒，還堅持要擔下所有粗重的工作，如果我不知道她的「道德感」只是一時興起，我還眞擔心她會不會做過頭了呢！貝絲跟平常一樣做她該做的工作，規律得就像時鐘，她從未忘記過您所吩咐的事，也很擔心爸爸，除了坐在鋼琴前面的時候，她總是一副嚴肅的樣子。艾美很關心我，我也很照顧她，她會自己梳頭髮了，我也教她怎麼做鈕扣眼和縫補襪子，她學得很努力，您回家時一定會對她的進步感到很高興。勞倫斯先生，套用喬的形容，就像一隻老母雞似的照看我們，勞瑞也非常友愛鄰居，他待我們非常好。有時我們的情緒眞的太低落了，因爲您遠在他方，我們感覺自己就像一群孤兒，這時他和喬總會想盡辦法逗我們開心。漢娜則是位完美的聖人，她完全不會責罵我們，而且稱呼我爲瑪格麗特小姐，聽起來眞是好適合我，她也十分很尊重我，我們都很好而且很忙，但是依然期盼著您早日回來，不論是在白天，抑或是黑夜。請代我向父親表達最深摯的敬愛，最愛您的⋯⋯

瑪格

這封信的筆跡娟秀，整整齊齊地書寫在薰了淡香的信紙上，正好和下一封信形成強烈對比。那封信的字跡潦草，寫在一張薄透的大張舶來紙上，邊緣裝飾了不少墨漬，以及各色各樣收筆極盡張揚的花俏字母。

我最珍愛的母親：

爲親愛的父親歡呼三聲！布魯克眞棒！在父親病情好轉時，就立刻打電報通知我們了。收到信當下我立刻衝上閣樓，想要謝謝上帝對我們這麼仁慈，可我就只是一直哭著說「我好高興！我好高興！」這也可以當作是一般通用的禱告吧？因爲我心裡一樣有好多話想說。這段時光還是算挺有意思的，我已經能樂在其中了，因爲每個人都是這麼的棒，就像一窩住在一起的斑鳩一樣。要是您看到瑪格一副當了媽媽的樣子，坐在餐桌主位，您一定會忍不住大笑，她現在一天比一天漂亮，有時候我都覺得自己要愛上她了。兩個妹妹依然像天使一般，至於我——呃，我就是喬，永遠這副德性的喬。噢，對了，我得跟您說，我跟勞瑞差點要吵起來，我隨口亂說了一些蠢話，他就生氣了。我是對的，但我沒說出對的話，他就頭也不回地走回家了，還說如果我不道歉，他就不再來我們這裡。我直接挑明了說我決不道歉，也爲此生氣了一整天，我很不好受，非常希望您就在身邊。我跟勞瑞的自尊心都很強，道歉對我們來說太難了，我以爲他晚上還是會過來，因爲我終究是站得住腳的一方。最後他沒來，晚上時我想起了艾美跌進河裡那天，您跟我說的話，我讀了我的小書，覺得好過些了，我不能讓怒氣留到日落以後，便跑過去向勞瑞道歉。我在門口碰到他，他居然也要來道歉，我們都大笑起來，互相道歉，於是又和好如初了。

昨天我在幫漢娜洗衣服時做了這首「小詩」，因爲父親喜歡我這些不成熟的作品，我就附在信裡娛樂他一下。請代轉我最熱烈的擁抱給父親，以及給您自己十二個吻，就當作是……

雜亂無章的喬獻給您的

肥皂泡之歌

洗衣槽女王，我愉快高歌，
潔白的泡沫高高飛起，
我洗著、沖著、擰著，眞快樂，
衣服洗淨晾曬，
新鮮的空氣中翻飛自在，
閃耀晴空下的熱烈光彩。
但願我們能洗淨心與靈，

洗淨一週的髒污，
水與空氣的魔力，
使我們如它們一般白又淨。
如此世上的洗衣日，
就會是光輝燦爛的洗衣日！
綿延向前的人生小路旁，
三色堇將夾道綻放。
忙碌的心無暇遲疑，
悲嘆擔憂抑或沮喪。
焦慮的心思將被掃除，
只要勇敢揮動掃帚。
我很高興有任務在身，
日復一日勞動不輟，
讓我健康、強壯、擁抱希望，
我何其欣喜地得以學習：
頭，你可思考，心，你可感覺，
但，手，你可終日努力做工！

親愛的母親：

我只能遙寄我的愛給你，還有一些三色菫押花，我保存了整株的在家裡，想要寄給父親看看。我每天早上都會看書，試著整天都當個乖小孩，唱爸爸做的歌入睡。我現在沒辦法唱〈天國〉[1]了，因爲我會哭。每個人都很好心，雖然您不在我們身邊，我們也盡量讓自己能過得快樂一點。艾美要用接下來的紙，所以我得停筆了。我每天都有把容器蓋起來、給時鐘上發條、讓房間通風，沒有忘記過。請幫我在爸爸的臉頰上親一下，他說那是屬於我的。噢，請快點回家來，回到愛你的……

小貝絲——身邊來

我親愛的媽媽：

我們都很好我每天都有做功課而且從不反證姊姊們——瑪格說我要講的是反駁才對所以我把兩個字都寫了您可以自己盼斷（判斷）。瑪格對我非常好讓我每天晚上喝茶時都可以吃果凍而且喬說這樣很好可以讓我保持夠可愛的樣子。勞瑞對我根本就不敬重可是我已經快青少年了，他還是叫我小鬼頭而且我用法文跟他說謝謝或早安就像金恩家的海蒂那樣時他就故意把法文說得很快讓我覺得很受傷。我那件藍色衣服上的袖子穿破了，瑪格就縫上新袖子，可是這樣弄得整個前面很奇怪，新袖子比原本衣服的顏色更藍耶。我覺得很慘可是我沒有抱怨我非常忍耐倒是我眞希望漢娜可以把我的圍裙漿得硬一點還有每天都弄蕎麥吃。她爲什麼不能做？我的請球（請求）夠客氣吧？瑪格說我

1 〈天國〉（*Land of the Leal*），蘇格蘭民謠。

還是太常寫錯字和下錯標點符號了我要多多加油可是唉喲我有一大堆事要做呀，我沒辦法停下來。Adieu，我寄上無盡的愛給爸爸。您深情的女兒……

艾美・寇蒂斯・瑪楚

瑪楚太太您好：

我只簡單報平安就好，女孩兒們都很聰明也很勤奮。瑪格小姐以後會是稱職的家庭主婦，她喜歡這些家務事而且學得很快。喬凡事總喜歡衝第一，不過往往沒仔細考慮就去做了，而且你永遠也不知道她接下來會做什麼。她星期一自己一個人洗了一堆衣服，不過她竟然在把衣服擰乾前就先加粉下去漿了，而且把一件粉紅色的碎花布裙染成藍色的，差點沒把我笑死。貝絲是當中最乖的，她當我的小幫手，又勤儉又可靠，她想要每一件事都學，而且還那麼小就上市場去，又學著記帳，在我的幫助下她還眞是做得有模有樣的。到目前爲止我們一直很節儉度日，我遵照您的意思，一週只讓女孩兒們喝一次咖啡，並且維持簡單健康的飲食，艾美沒有抱怨什麼，總是穿她最好的衣服和吃甜食。勞瑞先生仍然跟平常一樣淘氣胡鬧，經常把屋裡搞得翻天覆地，不過他能逗得女孩兒們很開心，所以我也就由著他們去了。老先生送了一大堆東西過來，吃穿用的都有，不過我也不便多說什麼話。我得去看看正在發的麵團，所以信就寫到這兒了。請代我問候瑪楚先生，希望他趕快從肺炎中康復。

敬祝　平安

漢娜・穆勒　敬上

第二號病房護士長：

拉帕哈諾克[2]一切平靜，部隊狀態良好，物資局運作如常，家庭衛隊在泰迪上校領導下克盡厥職，總指揮勞倫斯將軍每日視察軍隊，軍需官穆勒管理營區井然有序，獅子少校則在夜間警戒巡行。二十四響禮炮向來自華盛頓的好消息致敬，總部並有化裝舞會慶祝。總指揮官送上最美好的祝福，同樣衷心致賀的並有……

泰迪上校

敬愛的夫人：

女孩兒們都很平安，貝絲和我的孫子每天都來報告。漢娜是模範僕人，像隻噴火龍似的守護美麗的瑪格。很高興天氣持續晴朗，希望布魯克能幫得上忙，如果錢不夠用儘管跟我說，別讓瑪楚先生有任何欠缺之處。感謝上帝讓他逐漸康復。

您眞誠的朋友及僕人，

詹姆士．勞倫斯

2 拉帕哈諾克（Rappahannock），美國維吉尼亞州的一個郡。

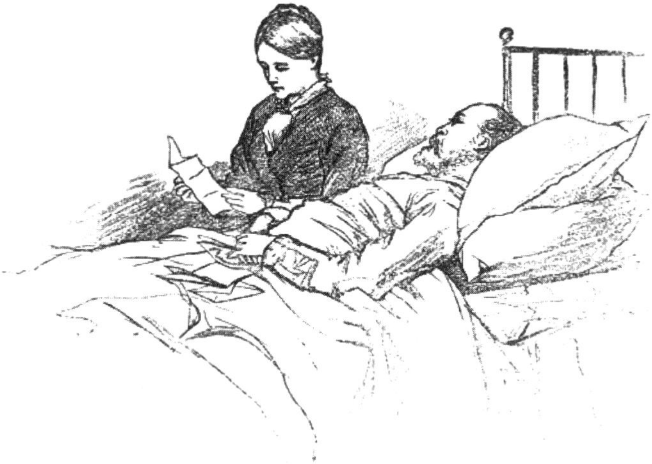

第十七章　虔敬

那一週在瑪楚家的老屋子裡所累積的美德，足可供應所有鄰居們使用了。這眞是令人佩服！每個人似乎都展現出崇高的情操，堅毅隱忍蔚爲一時楷模。然而，在得知父親病情好轉而鬆一口氣後，女孩兒們不知不覺鬆懈下來，就要掉回老路去了。她們沒有忘記座右銘，「懷抱希望，保持忙碌」，然而它逐漸流於口號。她們經歷過非比尋常的情緒緊繃之後想到，作爲辛勤努力的獎賞，她們是時候給自己好好放個假，只是，一放就放得太盡興了點。

喬得了重感冒，因爲她沒照顧好自己剪了短髮的頭，保暖做得不夠，於是她被命令安分地待在家裡直到身體復元，因爲瑪楚姑媽不喜歡一個感冒的傢伙念書給她聽。喬對這項命令可喜歡了，她精力充沛地從閣樓玩到地下室，最後才乖乖窩進沙發裡，以感冒藥和書本養病。艾美發現她無法兼顧操持家務和做藝術，便回去做她的泥巴派了，瑪格的家教工作一如往常，回到家時再做縫紉——不過只有她自己是這麼想的，其實她大部分時間都用來寫長信給母親，或是一再地閱讀華盛頓特派員捎來的消息。貝絲則持續努力，只留了一點點時間，稍微發呆或憂傷一下而已。

她每天都將自己的職責很妥貼地完成，也把姊妹們太健忘而怠工的份做完了一大半，這個家某些地方因此生了變化，就像一座鐘擺甩出門闖盪去了的時鐘一樣失常。當貝絲因爲思念母親或擔心父親而心情沉重時，她會躲到某個衣櫃裡，把臉埋進其中一件袍子，一個人悄聲低泣、潛心禱告。沒有人知道她是如何在小哭一陣後又能很快打起精神，大家只覺得貝絲好窩心，願意幫助所有人，所以一旦有人心裡不暢快，就會直奔她那兒尋求安慰或建議。

她們沒能預料到，這次經驗是對自己天性的一場試煉。當第一次的風暴過去，每個人都覺得自己表現良好，合該受到讚美。她們的確好好獎賞了自己，只不過卻犯了一個錯——她們的腳步停滯下來，不再如此奮力向前。

她們經歷了更多焦慮和悔恨，才明白自己依舊有所欠缺的那部分。

「瑪格，請你去漢默爾家探訪一下。媽媽告訴過我們，不要忘記他們的。」貝絲說，那時是瑪楚太太離家第十天。

「今天下午太累了，我沒辦法去。」瑪格答道。她正在一邊做縫紉，一邊舒適地在搖椅上搖來搖去。

「喬，你可以去嗎？」貝絲問道。

「我還在感冒，不太方便。」

「我覺得你已經快好了。」

「如果跟勞瑞出去是沒問題，可是還沒好到可以去漢默爾家。」喬說完大笑，不過對自己的兩種標準顯然還是感到一絲羞愧。

「你何不自己去呢？」瑪格問道。

「我每天都去，可是他們家的小嬰兒生病了，我不知道該怎麼辦。漢默爾太太得出門工作，只有莉恩照顧小嬰兒，可是情況越來越糟，我想你或漢娜應該去看一下。」

貝絲懇切地說著，於是瑪格答應明天會過去一趟。

「請漢娜準備一些小點心，讓你帶過去吧，貝絲。你出去呼吸一下新鮮空氣也好。」喬帶著歉意說：「我會去，可是我想先寫完我的東西。」

「我正在頭痛而且好累，所以才想你們也許有人可以過去。」貝絲說。

「艾美就快回來了，她可以替我們去一趟。」瑪格如此建議。

於是貝絲在沙發上躺下來，其他人回頭做自己的事，漢默爾一家就被遺忘了。一小時過去，艾美還沒回來，瑪格回她房間試穿一件新衣服，喬全神貫注在她的故事裡，漢娜在廚房火爐前打盹。貝絲安靜地穿上斗篷，在籃子裡裝滿那些零零碎碎的東西，要給漢默爾家的可憐孩子們送去。她走進冷冽寒風中，頭又痛又昏沉，雙眼裡極力隱忍傷悲。她回來時已經很晚了，沒有人注意到她步履蹣跚地上樓，將自己關在母親的房裡。直到半個小時後喬走進去，打算在母親衣櫃裡找些東西，才發現貝絲坐在醫藥箱上面，她的臉色慘白、眼睛發紅，手裡握了瓶樟腦油。

「我的天啊嚇死人！你怎麼啦？」喬大叫一聲，貝絲這時舉起手，警示姊姊別靠近她，並用急促的語調問：「你是不是得過猩紅熱？」

「幾年前得過，被瑪格傳染的。怎麼了？」

「那我告訴你，噢……喬，那嬰兒死掉了！」

「什麼嬰兒？」

「漢默爾家的孩子！在漢默爾太太趕回家前，小嬰兒就躺在我的大腿上……死掉了。」貝絲止不住啜泣。

「我可憐的妹妹，這對你來說一定很可怕！我應該去一趟的！」喬一把將妹妹攬進懷裡，坐到

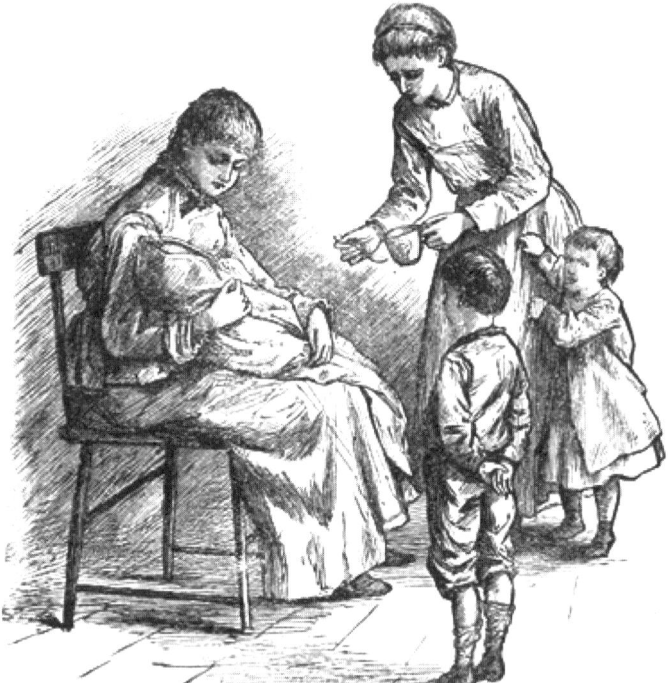

母親的小椅凳上，滿臉盡是後悔之情。

「這事並不可怕，喬，只是非常令人傷心。我眼睜睜看著那孩子的情況瞬間惡化……莉恩說母親去找醫生了，所以我把寶寶抱過來，好讓莉恩休息一會兒。他看起來像睡著了，但突然間卻又哭了一下，然後顫抖著，然後就再也不動了。我試著幫忙暖腳，莉恩弄了一些牛奶想要餵，但還是動也不動，於是我才知道，那孩子走了。」

「別哭，親愛的！你怎麼做呢？」

「我只是坐著，溫柔地抱著他，一直等到漢默爾太太帶著醫生回來。醫生說嬰兒死了，又看看海因利希和米娜，因爲他們都在喉嚨痛。醫生生氣了，說：『是猩紅熱，太太，你應該早點兒叫我來的！』漢默爾太太告訴醫生她沒有錢，已經盡力用自己的方法醫治過孩子，可是，一切都太遲了，她只能請醫生看一下其他孩子，醫藥費也只能賒欠。醫生聽了微笑一下，態度有好了一些，可是這一切還是很令人難過，我跟著他們一起哭，醫生忽然轉過頭，叫我馬上回家吃顛茄藥，否則我也會被感染的。」

「不，你不會的！」喬哭喊著，神色驚恐地把貝絲抱得更緊，「噢！貝絲！如果你生病了，我無論如何也無法原諒自己！我們該怎麼辦？」

「別怕，我猜我的情況沒有那麼糟。我看了一下媽媽的書，書上說初期症狀是頭痛、喉嚨痛，還有異常不適感，跟我的狀況很像，所以我已經吃了顛茄，現在覺得好多了。」貝絲說道，抬起冰冷的雙手放上發燙的額頭，努力要讓自己看起來狀況良好。

「要是媽媽在家就好了！」喬大叫道，忽然覺得華盛頓眞是遠在遙不可及之處。她匆忙抓過那本書，讀著書上的敘述，再看看貝絲，她摸摸妹妹的額頭，查看她的喉嚨，最後難過地說：「你每天都去看小寶寶，又跟感染的孩子們待在一起，已經超過一個星期了，我怕你也會感染上，貝絲。我這就去叫漢娜，生病的事情找她一定就對了。」

「別讓艾美過來，她從未生過這種病，我不想傳染給她。你和瑪格不會再感染一次吧？」貝絲焦慮地問。

「我想不會。就算再染上一次我也不在乎，就當是活該！我這隻自私的豬，讓你一個人去，自己卻待在家裡寫什麼垃圾！」喬忿忿地低喃著，隨即去找漢娜商量對策。

漢娜一聽，整個人立刻警覺起來，聽完喬的描述後，她當即做出判斷，認爲她們毋須緊張，因爲每個人都得過猩紅熱，只要治療得宜，不會死人的。喬對此深信不疑，也就放下心來，兩人於是走去告訴瑪格。

「現在，我告訴你們，我們該怎麼做。」漢娜檢查過貝絲，向她問了一些問題後說道：「我們去請邦斯醫生過來，讓他看一下你的情況，好確認我們的處理方法是對的。艾美得送到瑪楚姑媽家住一陣子，讓她沒有被傳染的危險，然後你們當中的一個，可以留在家裡陪陪貝絲一、兩天。」

「當然是我留下來，我是最大的。」瑪格首先說，臉上有著焦慮也有著自責。

「我留下來，因爲她會生病都是我的錯。我告訴過母親我會去探望他們，可是我沒去。」喬態度堅決地說。

「貝絲，你要誰陪你？只要一個人就夠了。」漢娜問了句。

「喬，請你陪我。」貝絲側頭靠在姊姊身上，臉上浮現滿足的笑容，事情於是就這樣決定了。

「我去告訴艾美。」瑪格說道，她覺得有點兒受傷，不過到底還是鬆了一口氣，因爲她不喜歡照顧病人，喬倒是挺樂意的。

艾美聽說了，當場跳起來，信誓旦旦地宣稱她寧願感染猩紅熱也不要去住瑪楚姑媽家。瑪格跟她講道理、拜託、懇求、威脅利誘，全部成了白費工，艾美竭力抗議，無論如何都不肯去，瑪格只好讓她自個兒生悶氣，自己跑去找漢娜商量該如何是好。在瑪格回來客廳前，勞瑞剛好過來拜訪，他一進門就看見艾美把頭埋在沙發靠墊裡面哭，艾美把事情告訴勞瑞，希望得到些安撫與認同，可是勞瑞只是把手插進口袋，在屋子裡來回踱步，他輕聲吹著口哨，眉頭糾結在一起，陷入沉思。過了一會兒，勞瑞在艾美身旁坐下，用他最柔軟的誘哄語調開口了：「好啦，你就做個明理的好女孩，照她們所說的去做。不，等等，你先別哭，我有個好玩的計畫，你聽聽看：你去瑪楚姑媽家住，我每天都過去找你，就帶你出去玩，看你想要坐車兜風或散步，我們一定能玩得很開心，那不是比留在這兒打掃好太多了嗎？」

「我不想被送走，是因爲、那種感覺、好像我很礙手礙腳一樣！」艾美用受傷的語氣說。

「不是這樣的，孩子，那是爲了保護你。你不想生病，對吧？」

「不，我絕對不想生病，可是我敢說我會生病的，因爲我一天到晚都跟貝絲在一起。」

「那你就更應該馬上離開，這樣才可以逃過被感染的風險，換個環境對你有好處的，而且我敢說，只要你沒有留在現場，就算沒有完全隔離開來，感染到的症狀也會輕很多。我建議你越快離開越好，因爲，小姐，猩紅熱眞的不是開玩笑的。」

「可是瑪楚姑媽家很無聊，而且她的脾氣暴躁得不得了。」艾美說道，看來頗爲害怕。

「我去找你就不會無聊了啊！你可以每天都獲得貝絲的最新消息，還可以出去大玩特玩。瑪楚姑媽很喜歡我，我也會盡量逗她開心，所以不論我們做什麼，她都不會碎嘴的。」

「你會駕著馬車和帕克來帶我出去嗎？」

「我以紳士的名譽向你保證。」

「每一天都來喔？」

「不去才怪。」

「等貝絲的病一好，馬上就帶我回來？」

「立刻。」

「還有去戲院？眞的嗎？」

「如果可以的話，連去個十二間也沒問題。」

「那——我想我願意去。」艾美緩緩地說。

「好孩子！去叫瑪格，跟她說你投降了！」勞瑞說道，讚許地拍拍她，這動作比「投降」二字更讓艾美感到心煩。

瑪格和喬跑下樓，特地來見證這場剛發生的奇蹟，使得艾美感到自己受到無比重視，更有了壯烈犧牲自我的情懷，她終於點頭答應，願意暫時離家了——如果醫生確認貝絲眞的生病的話。

「小傢伙怎麼樣？」勞瑞問。他特別疼愛貝絲，雖然問得輕描淡寫，內心裡的擔憂卻不比其他人短少。

「她在媽媽床上躺著，覺得好些了。小寶寶的死讓她很難過，不過，我敢說她只是感冒而已。

漢娜說她也這麼想，不過她的表情很擔心，這讓我有些不安。」瑪格回答。

「眞是……這世界，還想折磨我們多久啊！」喬說道，焦躁地抓亂頭髮，「我們才剛解決掉一個麻煩，馬上又打過來第二個！媽媽不在家，好像在茫茫大海中沒有東西可抓，我就像在海上漂流一樣……」

「嗯，那也不要把自己弄得像山豬一樣，不好看。喬，整理一下你的假髮，然後告訴我，是不是要我去發個電報給你母親，或是做些其他什麼事？」勞瑞詢問道。對於喬剪掉一頭秀髮的事，他是相當地不認同。

「這就是讓我困擾的事。」瑪格說：「我想，如果貝絲確認是染上猩紅熱，我們就應該告訴她，可是漢娜說千萬不要，因爲媽媽沒辦法離開爸爸，讓她知道只會讓他們兩個都擔心而已。貝絲不會生病太久，漢娜也知道該怎麼做，可是媽媽說有重要的事情就得告訴她，所以我想我們得跟她說，可是我又覺得有些不妥。」

「這——好吧，我也不知道。也許等醫生來過之後，你再問問爺爺的意見。」

「我們會的。喬，你立刻去請邦斯醫生來一趟。」瑪格於是發號施令，「在他來之前我們無法做任何決定。」

「你留在這吧，喬，這件事交給我這個跑腿小弟就好。」勞瑞說道，拿起他的帽子。

「我怕你有自己的事要忙。」瑪格急道。

「沒事，我今天的功課都做完了。」

「你放假也要讀書？」喬問道。

「我跟著我鄰居們立下的好榜樣走！」勞瑞扔下這句回答，就趕著出門去了。

「我對這傢伙期望很高喔。」看著勞瑞輕盈地一躍翻過籬笆，喬以充滿讚許的笑容評論道。

「就一個男孩子而言，他做得算是非常好了。」瑪格有些不置可否地回答，因爲她對這個話題不感興趣。

邦斯醫生來了，貝絲確實有猩紅熱的症狀，不過醫生認爲不太嚴重。然而，在聽過漢默爾家的情況後，他的表情嚴肅起來。艾美奉命馬上迴避現場，並且帶了好些預防生病的物品，由勞瑞和喬護送，大陣仗地離開家了。

瑪楚姑媽迎接他們的態度就像平常一樣：「你們現在想要什麼？」她問道，銳利的眼神從鏡片後面盯住一行人。她的鸚鵡波利棲息在椅背上，大叫出聲：

「走開！這裡不歡迎男生！」

勞瑞退到窗戶旁，喬把事情的原委告訴她。「我就想肯定會這樣，誰讓你們父母准你們和那些窮人在一起。艾美如果沒生病，就可以待在這兒做些事，我看她現在這樣，應該是沒有問題的。別哭了，孩子，我最煩有人在我旁邊擤鼻子的聲音。」艾美正要哭出來，勞瑞趁隙偷扯住鸚鵡的尾巴，波利嚇得驚聲大叫，淒厲地吼著：「有壞人！有壞人！」場面太過逗趣，引得艾美因此破涕爲笑。

「你母親那兒有什麼消息來嗎？」老太太粗聲粗氣地問。

「爸爸已經好多了。」喬答道，力圖鎮靜。

「喔，是嗎？我想應該好景不常，他的體力向來就撐不久。」瑪楚姑媽說，她可眞會安慰人。

「哈！哈！別說死！灑鹽灑鹽！再見再見！」鸚鵡放聲尖叫，因爲勞瑞又從後方抓了牠一把。

牠在牠的棲木上跳舞，還用爪子去抓老太太的軟帽。

「閉嘴！你這隻沒禮貌的老鳥！好了，喬，你最好馬上回去。這麼晚了還在外面閒逛，身旁還跟了個輕浮的小子，就是這個……」

「閉嘴！你這隻沒禮貌的老鳥！」鸚鵡叫道，縱身一躍跳開椅子，衝過來就要猛啄這個因爲老太太的話笑得渾身亂顫的「輕浮」小子。

「我想我應該會受不了，不過我試試看好了。」艾美暗忖，她終究是被獨自留下來了。

「相處！你怕了吧！」鸚鵡還在尖叫，這麼粗魯的言語讓艾美忍不住嗚咽起來。

第十八章　惶　怖

貝絲的確染上猩紅熱了，而且病況比料想的要嚴重許多，儘管漢娜和醫生早已預計到。女孩兒們對此一無所知，大夥兒又不准勞倫斯先生看望她，於是漢娜完全照自己的方式張羅一切，忙碌的邦斯醫生盡力而爲，不過大部分工作還是交給漢娜這位優秀看護來照管。瑪格待在家裡，以免將病傳染給金恩家的孩子們，順便在此期間打理家務。她對貝絲的病很憂心，更因此在每一次寫信給母親時，對於自己沒有提及一星半點貝絲的病情感到罪惡。她知道不該對母親隱瞞此事，母親也交代過她可以找漢娜商量，漢娜卻只是說：「瑪楚太太要是知道了，只會爲這種小事操煩了心。」

喬不分日夜地陪伴貝絲，這不是難事，因爲貝絲相當忍耐，她盡量忍住一切不舒服，除非撐不住了，否則絕不抱怨。然而，有一次發病時，她開始用嘶啞的嗓音說話，兩手在被單上動個不停，好像眼前的東西是她最愛的小鋼琴似的，她嘗試用腫脹的喉嚨唱起歌，可想而知這樣的曲子根本一點也不成調，她甚至一度認不得圍繞在身邊的人，將那一張張原本熟悉的臉龐套上錯誤的名字，更哀求著想要找媽媽。喬開始恐慌了，瑪格苦苦懇求讓她把實情告訴母親，漢娜自己也鬆口了：「我會考慮看看，可是這還不到危急的時候。」一封來自華盛頓的信使得景況雪上加霜，因爲瑪楚先生的病復發了，短時間內不可能回家了。

屋外天色暗黑，屋內悲傷寂寥，一邊工作一邊等待的女孩兒們心情何等沉重，一度歡笑滿溢的屋子，此時卻教死亡陰影籠罩其中。瑪格獨自坐著，不時滴落的淚珠持續打斷手中工作，她省悟到她所擁有的一切何其珍貴，遠非金錢就能購買的奢侈品可以取代——她擁有的愛、得到的保護、平和的生活，以及健康——那是她生命中眞正的福氣。喬睡在幽暗的房間裡，一睜眼就看見病痛中的妹妹，耳邊不斷迴響她氣若游絲的嗓音，她領悟到貝絲的美善和純眞，感受到她全心全意想要塡實這個家的溫柔美好，了解到貝絲的無私奉獻帶來的價値，還有那每個人都做得到，但卻只有貝絲一人願意身體力行的簡單美德，這是大家應該疼愛、珍惜的東西，更勝於才華、財富與美貌。還有艾美，在她以爲的被放逐中，極其渴望回到家裡，好爲貝絲做點什麼，因爲她現在已經不覺得有什麼差事是困難或討厭的了，她也無盡懊悔地想起來，許多她沒做的家事，最後都由貝絲接手了。勞瑞現在則像一個鬼魂，隨時出沒在瑪楚家，勞倫斯先生乾脆把平台鋼琴上鎖了，因爲他無法忍受讓這架琴不斷去提醒他，黃昏暮色裡總是有個小鄰居來拜訪，用那優美的琴聲伴他度過美好時光。每個人都想念貝絲，送牛奶的、麵包師傅、雜貨店老闆、肉販等等，都來詢問她的病情，可憐的漢默爾太太爲自己的大意登門致歉，也爲米娜要了一塊裹屍布。鄰居們不斷上門送上安慰與祝福，連最了解貝絲的人也驚訝不已，原來害羞的小貝絲不知何時竟有了這麼多的朋友。

這時候的貝絲躺在病床上，讓老喬安娜陪在自己身旁，即使氣若游絲，她也不忘自己這位孤苦無依的追隨者。她渴望跟她的貓咪玩，可是不行，以免貓咪們也染病，她在病情和緩時對喬充滿焦慮，她給艾美捎去充滿關愛的訊息，請姊妹們告訴母親她很快會給她寫信，時不時跟她們要紙筆，想寫下隻字片語寄過去，免得父親以爲貝絲忘記爸爸了。只可惜，短暫的清醒時刻很快告終，她躺在床上翻來覆去，口中喃喃自語，偶爾深陷沉睡，但醒來後一樣精神不濟。邦斯醫生一天來探訪兩次，漢娜徹夜未眠地守候，瑪格的書桌裡放著一份擬好的電報，準備隨時發出去，喬沒有離開過貝絲的身邊。

十二月一日對她們而言眞是名副其實的凜冬之日，刺骨的寒風吹拂，霜雪大片大片飛落堆積，這一年似乎早已準備好迎接它的消逝。那天早上邦斯醫生過來時，他盯著貝絲好長一段時間，握住貝絲發燙的雙手約莫有一分鐘之久，最後緩緩放下，低聲向漢娜說：「如果瑪楚太太可以離開她先生一下，最好請她回來一趟。」

漢娜點點頭，不再多說什麼，嘴唇緊張地抖動。瑪格聽到這一席話，猛然跌坐進椅子，彷彿四肢力氣轉瞬間被抽空。喬佇立原地，臉色慘白，呆站了整整一分鐘後迅速衝進客廳抓起電報，披上外衣闖進暴風雪中，不久卻折返回來，默默脫下斗篷。勞瑞跟在她後面進門，手裡拿著一封信，告訴大家瑪楚先生的病情再次趨向好轉。喬感激地讀信，然而心裡的重擔仍舊無法解除，她的臉上愁雲滿布，勞瑞於是著急地詢問她：「怎麼了？貝絲的情況惡化了嗎？」

「我要去發電報，請母親回來。」喬神情悲傷地說，將雙腳套進橡膠靴裡。

「喬，這樣很好啊！是你自己決定要這樣做的嗎？」勞瑞問道，將她按住坐在走廊的椅子上，脫掉她穿了半天還穿不好的橡膠靴，卻發現她的雙手顫抖得厲害。

「不，是醫生要我們做的。」

「喬……？不會吧？情況不會這麼壞吧？」勞瑞驚駭地叫道。

「有，就有這麼壞！她不認得我們了，她也不想聊牆壁上的藤葉，她總是叫它們綠鴿子的……她看起來一點也不像我的貝絲了！沒有人可以幫我們承受這種痛苦，母親和父親都不在，上帝看起來又離我好遠好遠，我好像……找不到祂了……」

「如果瑪楚太太可以離開她先生一下，
最好請她回來一趟。」

可憐的喬，臉上迅速爬滿熱淚，她無助地抬起一隻手，彷彿想在黑暗中摸索什麼，勞瑞立刻伸手回握，他也幾乎無法說話了，只是哽咽地低語：「我在這裡，抓住我，喬，親愛的。」

喬無法言語，不過她聽話地「抓住」勞瑞的手，如此友善溫暖的指掌撫慰了喬悲傷疲憊的心，也似乎將她帶領到上帝大能的手臂前，得以一把將她從困境中拉出來。

勞瑞很想說些溫柔、安慰的話，可是找不到合適的字眼，於是他安靜地站著，溫柔地摸摸喬低垂的頭，就像她母親經常做的。這是他能做到最好的事了，遠勝於那些最動聽的字句。喬感受到那些沒有說出口的憐恤，她在靜寂中得到甜美的安慰，克制住憂傷與哀愁。她很快拭去宣洩情緒的眼淚，感恩地抬頭望向勞瑞。

「謝謝你，泰迪，我好多了，不再有被遺棄的感覺，萬一發生了什麼，我也會去面對的。」

「要對最好的結果抱持希望，這樣的想法會幫助你，喬。你的母親很快就回來，到時候一切都會沒事的。」

「我好高興爸爸的病有起色了，媽媽要離開他就不用那麼擔心。噢，眞是！好像一堆麻煩都趕在這時候來，而我要擔的負荷是最重的。」喬嘆道，把哭濕的手帕攤在膝上晾乾。

「瑪格沒有幫你分擔？」勞瑞問道，語氣有些忿忿不平。

「有的！當然！她也很努力了，可是她沒辦法像我一樣那麼愛貝絲，她也不會像我一樣那麼想念她。貝絲是我的良心，我不能放棄她，不能，不能！絕對不能！」

喬拿起濕漉漉的手帕蓋住自己的臉，哭得聲嘶力竭，她一直故作堅強地吞忍淚水，直到此刻才終於潰堤。勞瑞抬手蓋住自己雙眼，半天說不出話，直到他壓下喉嚨中的哽咽難捱，感覺雙唇不再

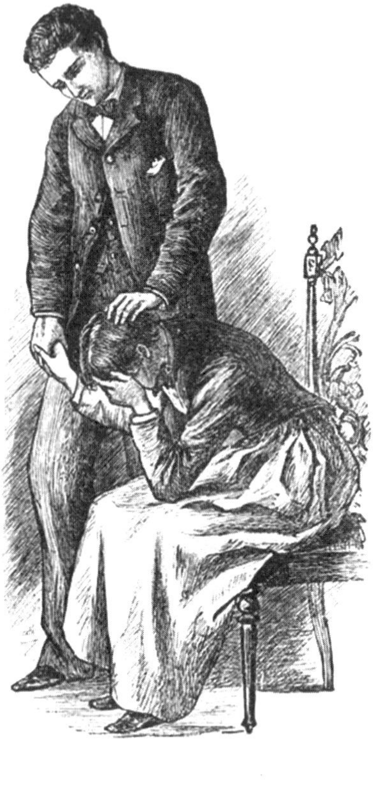

抽搐顫抖。這個模樣也許有失男子氣概，但他控制不住自己，其實我還滿高興他有這種舉動的。眼前，喬逐漸恢復平靜，勞瑞的語氣裡也重拾希望：「我想她不會死的。她人這麼好，我們都這麼愛她，我想這還不是上帝要把她帶走的時候。」

「就算好人和我們深愛的人也會死啊。」喬無奈道，不過她不再哭了，儘管依舊懷疑懼怕，朋友的話還是鼓舞了她不少。

「太可憐了，你眞的累壞了，從沒看過你這麼絕望的樣子。等一下，我有個法寶，鐵定能讓你的心情好起來。」

勞瑞一次兩階地跑下樓，喬把疲憊的頭枕在貝絲的褐色小斗篷上，那件斗篷自從貝絲放在桌上後，就沒有人想過要把它移開。那件斗篷一定具有魔力，因爲斗篷主人的溫順柔軟似乎一下注入了喬的內心。勞瑞再回來時，手裡拿了杯紅酒，喬對他微笑，伸手接過來，勇敢地說：「祝福我的貝絲身體健康！泰迪，你眞是個好醫生，也是很會安慰人的朋友。我該怎麼報答你才好？」她補了一句，感到這杯酒使她的身體重振活力，安慰的話語也使她波浪翻騰的心靈終能回歸平靜。

「我再寄帳單給你好了。對了，今天晚上我會給你送來某位——我是說，某個驚喜，一定能讓你覺得整顆心都是暖的，效果比一杯酒還要好上更多。」勞瑞對喬勾起笑容，表情裡明顯壓抑著一種心滿意足的快樂。

「是什麼？」喬喊道，好奇心很快就把她的憂愁驅逐殆盡。

「我昨天拍了電報給你母親，布魯克捎來消息說她立刻回來，今晚就會到，一切都會沒事的。我做得不錯吧？」

勞瑞說得很快，因爲情緒激動的關係，他的臉霎時間通紅一片，他害怕女孩兒們失望，也害怕傷害貝絲，一直將這件事保密。喬的臉色一下子變得蒼白，她立刻從椅子上跳起來，在勞瑞說完同時，觸電一般迅速伸出雙臂抱緊他。她欣喜地高聲叫道：「噢，勞瑞！噢！媽媽！我好高興！」喬不再哭了，反而歇斯底里大笑起來，渾身發抖，一直掛在好友身上，彷彿被這突如其來的消息給弄得暈頭轉向了一般。

勞瑞顯然非常驚喜，不過還是勉力維持紳士風度，安撫地拍拍喬的背，發現喬正在逐漸恢復正常，於是紅著臉親了她一、兩下。這下子喬完全清醒了，她馬上退回安全距離，輕輕把人推開，呼吸紊亂地說：「噢，別這樣！我不是故意的，是我不好，可是你眞的太棒了！雖然漢娜反對，你還是跟媽媽說了，所以我才忍不住抱你。快把事情經過跟我說，還有，不要再讓我喝酒了，就是酒害我這樣的！」

「我其實不介意。」勞瑞笑道，整整領帶，「嗯……你也知道我很擔心貝絲，爺爺更是。我們覺得漢娜管過頭了，你母親應該要知道這件事的。萬一貝絲……呃，萬一發生了什麼事，她絕不會原諒我們，你知道。所以我跟爺爺商量，這該是我們做些事的時候了，於是我昨天就趕到郵局去，因爲醫生的臉色很凝重，我一建議說要去拍電報，漢娜就一副要把我的頭擰下來的樣子，我最受不了被人威脅，所以這更讓我決定要去做。我知道你母親一接到電報就會馬上回來，最晚一班火車是凌晨兩點到，我得去接她，你們只要在家裡等，陪著貝絲，等你們媽媽回來就行啦。」

「勞瑞，你眞是天使！我該怎麼謝謝你才好？」

「你可以再飛撲我一次，我還滿喜歡的。」勞瑞說道，一臉惡作劇的表情，他已經整整兩星期沒有這麼輕鬆了。

「不用了，感謝建議。我等你爺爺過來再飛撲他——別開玩笑了！快回家去休息，你半夜還得起來呢！泰迪，上帝保佑你！」

喬已經退回角落，話一說完便快速遁入廚房，坐在碗櫃上對聚集在那兒的貓說她眞是「高興，噢，好高興！」勞瑞離開時，覺得自己還眞做對了一件大好事。

「眞是我所見過最愛管閒事的傢伙，不過我原諒他，希望太太盡快到家。」漢娜說道，當喬告訴大家這個好消息時，她也鬆了一口氣。

瑪格抱著一腔喜悅坐下，對著信紙靜靜沉思，喬著手整理病房，漢娜則「匆忙變出幾個派，以備不時之需」。一股清新的氣息吹進門，寧靜的屋子沐浴在更勝於陽光的明亮裡，眼前所見的種種似乎都充滿希望。貝絲的小鳥再度啁啾歡唱，窗戶邊艾美的小樹叢裡出現一朵半開的玫瑰，火爐裡的火也以一種別樣的生機雀躍燃燒。女孩們每一次打照面或對上眼，蒼白的小臉就會綻出笑容，她們互相擁抱，爲彼此悄聲打氣：「媽媽要回來了！天啊，媽媽要回來了！」每個人都浸入喜悅裡，除了貝絲以外，她的意識仍舊不見清醒，對希望、喜悅、懷疑、危難一概不覺。看著貝絲不由得令人唏噓感傷，曾經像玫瑰花般紅潤的臉頰變得瘦削蒼白，曾經忙碌做工的手如今虛弱得完全使不上力，曾經微笑的嘴角變得遲滯沉重，曾經殷勤梳理的柔順秀髮如今凌亂糾纏著鋪散在枕頭上。她躺在床上，一整天下來說的話，只有偶爾清醒時，從嘴裡喃喃吐出的一聲「水！」然而，她連這僅有的要求也沙啞乾澀得教人難以辨識。喬和瑪格隨時都陪伴在她身邊，照看著、等待著、希望著，相信上帝和母親。屋外的雪下了一整天，冷冽的風不斷怒吼，時間緩慢地拖著腳步走過。夜晚終於降臨，每當整點的鐘聲敲響，守候在床榻兩側的女孩便抬起閃爍的眼睛對望，因為隨著每一小時的經過，她們的救援也會越來越近。醫生來過了，告訴她們情況將會生變，變好變壞就看這一次，關鍵時刻大約是在午夜，到時他會再來拜訪。

漢娜已經疲憊不堪，她在貝絲床尾的沙發躺下，臉一沾上沙發椅就睡著了。勞倫斯先生在客廳來回踱步，他覺得自己寧願看見叛軍攻入，也不想面對瑪楚太太進門時可能出現的表情。勞瑞躺在地毯上假裝休息，實際上卻是若有所思地盯著爐火瞧，火光映照他烏黑晶亮的雙眼，這會兒襯得那雙眼睛格外溫柔與清澈。

女孩們永遠也忘不了那一夜，她們持續守望，沒有一個人睡得著。這般悲傷難受的時刻若是由你我來面對，那一波一波襲來的無助感，也會像她們此刻所感受的一樣強烈。

「如果上帝饒過貝絲，我這一輩子都不再發怨言。」瑪格真心誠意地低語。

「如果上帝饒過貝絲，我就一輩子愛祂、服事祂。」喬以同等的熱忱說。

「但願我是個沒有心的人，它現在……好痛。」經過一陣短暫沉默，瑪格嘆了一句。

「如果人生得不斷經歷這種痛苦，我連我們該如何走完這趟歷程都不敢想了。」她的妹妹同樣顯得意氣消沉。

時鐘敲了十二下，用上全副心力照顧貝絲的兩姊妹完全忘了自己，她們只期待妹妹的病容能夠好轉一些。屋內仍舊一片死寂，除了屋外呼號的風聲，什麼也聽不到。睏倦至極的漢娜繼續熟睡，除了兩姊妹，沒有人看見似乎俯落在小床上的蒼白影子。一小時過去，除了勞瑞安靜地起身前往車站外，什麼事也沒發生。又一小時過去了，依然沒有任何動靜，她們開始擔心暴風雪耽誤列車，或是路上發生什麼意外，甚至擔心起最糟糕的境況——華盛頓出了最令人傷心的事。種種可怕的想法不停在女孩兒們腦中盤旋不去，直讓她們焦躁不已。

午夜兩點，喬站在窗前，思考著在風雪肆虐下的世界看起來究竟有多可怕，忽然聽見床畔傳出細響，她迅速轉身，看見瑪格掩住臉，跪在母親的扶手椅前。可怕的恐懼感掠過喬的全身，刺骨得如墜冰窖，「貝絲死了，瑪格不敢跟我說。」她的腦海裡浮出這個念頭。

她立刻奔回床邊，彷彿要呼應她的激動神情似的，一場大轉變就在她眼前發生了。因發燒而起的臉紅及痛苦表情已然消褪，深受愛戴的一張小臉這時看來如此蒼白，卻顯得平靜祥和。喬不再有想大哭或悲嘆的衝動，她俯身看向這個她最疼愛的妹妹，貝絲的前額被汗水浸得濕透，喬親吻她的額頭，懷藏著由心底而生的無盡疼愛，溫柔地低語：「再見，我的貝絲，再見了……」

漢娜似乎被這陣騷動給吵醒，一個箭步來到床邊，看看貝絲，摸摸她的手，把耳朵貼在她嘴唇邊細聽。沒多久，她立刻將自己的圍裙拋過頭頂，坐上搖椅用力地前後搖，吐出長長一口氣，如釋重負地宣布：「燒已經退了！她的皮膚有點潮濕，呼吸變得順暢了，她現在只是很普通地睡著了！感謝上帝！讚美上帝！噢，這真是太好了！」

女孩們還不知道是否要相信這個令人高興的事實，醫生剛好過來拜訪，也證實了漢娜所說的話。邦斯醫生是個長相平凡的人，不過在他微笑著，用慈父的眼神看著她們時，女孩兒們覺得他簡直就像天使一樣。醫生說：「是的，孩子們，我想小妹妹是撐過這一次了。讓屋裡保持安靜，讓她好好睡一覺，當她醒來時，記得給她……」

記得給什麼，姊妹倆都沒聽到，因為她們一起爬進黑暗的走廊，坐在樓梯上。內心的千言萬語難以訴說，於是她們緊緊擁住彼此，享受這份失而復得的喜悅。當姊妹倆回到房裡，接受忠誠守候的漢娜親吻和擁抱時，發現貝絲的睡姿已經變得和往常一樣，臉頰枕在手背上，病態的慘白消失無蹤，她的呼吸勻稱悠長，彷彿只是深深陷入熟睡。

「如果媽媽現在回來就好了！」喬說，此時冬天的深夜正要逐漸淡去。

「看，」瑪格開口，拿出一朵半開的白玫瑰，「我以為它會來不及在明天開花，這原本是要放在貝絲手上的，萬一她——她離開我們的話。可是，它竟然在半夜裡就開了，所以我把它摘下來插在我的花瓶裡，貝絲醒來時，她首先看到的就會是這朵小玫瑰，和媽咪的臉。」

拂曉時分，漫長又心酸的守夜終於結束，瑪格和喬睜著憔悴痠澀的雙眼望向屋外。在清晨的這片天空裡，她們見到從未目睹過的美麗日出，世界在這般陽光籠罩下，展現出它前所未見的可愛。

「好像仙境啊。」瑪格說，不自覺揚起嘴角微笑。她站在窗簾後面，令人目眩的景象就在她的眼前恣意張揚。

「你聽！」喬叫了一聲，蹦跳起來。

是的，樓下門鈴響了，漢娜大叫起來，勞瑞的聲音接著響起，他的語調滿溢歡喜，低低喊著：

「小姐們注意！她回來了！她回來了！」

第十九章　遺　囑

當家裡發生這些事情時，艾美正在瑪楚姑媽家經受她人生中的痛苦時期。她深感自己被放逐，生平第一次領悟到她在家裡有多麼地受寵、多麼地被疼愛。瑪楚姑媽從未寵過任何人，她不覺得對一個人如此溺愛是件好事，不過她對一個討她喜歡、舉止合宜的小女孩倒是很不錯的，畢竟在她心裡，還是對姪子的女兒們關懷備至，只是她不認為自己應該明確表達這種心意。她眞的已經盡力想讓艾美過得高興了，不過，唉……她的方式實在大錯特錯。有些老人家雖然滿臉皺紋、滿頭白髮，卻保有一顆赤子之心，能夠理解孩子們的哀愁與喜樂，讓他們感到自在快活，即使要說教也善於寓教於樂，以最美好的方式贏得孩子們的友誼。然而，瑪楚姑媽並沒有這方面的天賦，她經常以規矩和命令來管束艾美，她的一本正經、沒完沒了的說教只令艾美感到心煩。老人家發現這小女孩比她姊姊溫馴親切許多，就覺得她身為一個長輩有種義務，必須要盡力導正女孩，消除她在家裡過於自由的生活下所受到的壞影響。因此她總是拉著艾美的手，用自己在六十年前所受到的教養對她諄諄教誨，弄得艾美神經緊繃、心情沮喪，覺得自己就像一隻被困在密實的蜘蛛網裡的蒼蠅，而織起這張網的蜘蛛，其性格簡直是前所未見的嚴厲。

艾美每天早晨都得清洗杯子、擦拭餐具，把老式湯匙、銀質胖茶壺及玻璃杯統統擦個晶亮，接

著開始撢除屋裡的灰塵，這可眞不是一件容易的差事。瑪楚姑媽的眼睛不會放過任何一小塊塵埃，然而屋裡的家具全是精雕細琢的工藝品，桌腳椅腳等等都是特別難纏的獸足造型，灰塵永遠沒有清乾淨的一天。這件差事做完了，還得餵食鸚鵡波利，給寵物狗梳毛，樓上樓下來去十幾趟地跑腿傳訊或送東西，因爲老太太走路不方便，不常離開她的大椅子。做完這些累死人的勞務，艾美還得做功課，爲了完善自己的品德，這是她每天必須做的。最後她才得以有一小時作爲運動或休閒之用，她豈會不痛快享受一番呢？

勞瑞每天過來陪瑪楚姑媽聊天、逗老人家開心，直到艾美獲准跟他出門散步、騎馬、玩樂，午餐過後，小女孩得念書給姑媽聽，通常念完一頁瑪楚姑媽就睡著了，睡一個鐘頭左右，而艾美就得端坐一旁等待她。接著就是縫製床單或手巾，艾美表面溫順地做手工，內心著實惱火到日落，然後她才可以隨心所欲地玩樂，直至午茶時間到來。夜晚則是最慘的時候，因爲瑪楚姑媽喜歡在這個時段大談她的青春往事，但對艾美而言，那完全是無聊乏味的極致，艾美每回都想爲自己這非服從不可的命運哭泣，不過通常在擠出一、兩滴眼淚後，她就累得睡著了。

要不是爲了勞瑞以及女傭老艾絲塔，艾美覺得自己絕對撐不過這段可怕日子。光是那隻鸚鵡就足夠折騰她了，因爲這傢伙很快就察覺艾美不喜歡牠，於是盡其所能地使壞作爲報復。只要艾美一靠近，牠就衝上前抓她頭髮，在艾美清理過牠的鳥籠之後，故意把麵包、牛奶弄得到處都是，在老太太打瞌睡時故意啄那隻寵物狗馬波，惹得小狗狂吠不止，或是在客人來訪時當面辱罵女孩，在各方面都表達出牠就是一隻極度欠教訓的老鳥。艾美也受不了那隻狗——那隻又肥又暴躁的畜牲，每當艾美幫牠梳毛打扮，牠總要面朝艾美齜牙咧嘴或吠叫，當牠想討東西吃時就躺得四腳朝天，裝出

一臉白痴樣，這樣的戲碼一天要上演個十幾次。加上廚子脾氣不好，老車伕又耳聾，艾絲塔成爲唯一一位對這名小淑女噓寒問暖的人。

艾絲塔是個法國女人，跟在她口中的「夫人」身邊已經好多年了，她對老太太更加專制強橫，不過老太太是離不開她的。艾絲塔原名艾絲塔拉，可是瑪楚姑媽叫她把名字改掉，以永遠不必改變宗教信仰爲條件，她順從地改名了。艾絲塔對艾美小姐很有好感，經常講些她在法國遇上的奇聞軼事給她聽，艾美就坐在她旁邊，一邊看她給老太太織蕾絲，一邊聽她講故事。她也允許艾美在偌大的屋子裡閒晃，仔細觀察收藏在大衣櫃和古董櫥櫃中的珍稀物品，因爲瑪楚姑媽就像隻愛囤積寶物的喜鵲。艾美最喜歡的是一個印度風櫥櫃，它有許多長得奇異的抽屜，裡頭切出不少小格子與暗櫃，全都存放著各色裝飾品，有些十分貴重，有些令人充滿困惑，不過幾乎都可稱之爲骨董。細看這些東西，再把它們分門別類排列好，帶給艾美極大的滿足感。尤其是存放珠寶的衆多小匣子，天鵝絨軟墊上擺放的飾品屬於四十年前的某位美女，一套石榴色珠寶經常出現在姑媽外出的衣飾裡，另外還有姑媽的父親在她結婚時送的珍珠、她的情人送給她的鑽石、出席喪禮專用的黑玉戒指與胸針。奇特的紀念小盒裡，裝有死去友人的小型肖像、遺髮飾品、她的女兒小時候戴的嬰兒手鍊、瑪楚姑丈的大手錶，以及許多童稚的手把玩過的紅色印泥。還有一個另外放的盒子，裡頭唯一擺放的，是瑪楚姑媽的結婚戒指，儘管她現在的肥胖手指已經戴不下了，這枚戒指仍被相當細心地保存下來，彷彿它就是所有珠寶中最貴重的一件。

「如果要小姐選擇的話，會選哪一件呢？」艾絲塔問道，她總是坐在近處照看，並負責將這些寶物上鎖。

「我最喜歡這些鑽石，可是它們沒有做成項鍊，我很喜歡項鍊，因爲它們很漂亮。如果要我選的話，我會選這個。」艾美回答，以欽羨的眼光看向一條綴有黑檀木念珠的金鍊，鍊子尾端懸掛了一只沉甸甸的黃金十字架。

「我也是，很喜歡它呢！不過不是把它當成項鍊看待。啊，不是項鍊喔！對我而言，它是一串玫瑰念珠，我會像個好天主教徒一般地來使用它。」艾絲塔說道，羨慕地看著眼前的漂亮東西。

「它的用法就跟你那串香香的木頭念珠一樣嗎？掛在你鏡子上面的那一串。」艾美發問。

「完全正確，是的，祈禱用。如果這樣一條美麗的玫瑰念珠是使用在祈禱上，而不是當作虛榮的珠寶來佩戴，對於聖者們來說，祂們一定是非常樂見的。」

「你好像總是能從祈禱中得到很大的安慰，艾絲塔，你的表情總是很平靜和滿足，如果我也能這樣就好了。」

「如果小姐是天主教徒，就可以尋得眞正的安慰了，然而小姐並不是，不過那也沒關係，您還是可以每天撥出時間來冥想和祈禱，就像我上一任女主人做的一樣。她擁有一座小聖堂，每當她心煩不已時便待在裡頭，她總能在其中得到慰藉。」

「我也可以這樣做嗎？」艾美問道，她正處在寂寞且希望尋求某種幫助的時刻。現在沒有貝絲在旁邊提醒，她發現自己快把那本小書給忘了。

「當然了，一定可以，完全沒問題的。如果小姐需要有個地方祈禱，我可以幫您整理一下小更

「如果要小姐選擇的話，會選哪一件呢？」

衣室——這件事別跟夫人提，當她午睡時，您就可以一個人去那兒坐一下，靜一會兒，想些正向的東西，也能向親愛的上帝祈求您的姊姊平安。」

艾絲塔眞的很虔誠，也非常由衷地提出建議，因爲她有一顆慈悲憐憫的心，對瑪楚姊妹們的焦慮感同身受。艾美很喜歡這個主意，便讓她去整理隔壁的小空間，希望這個方法能對她有所幫助。

「我好想知道，在瑪楚姑媽死後，這些漂亮東西會到哪裡去。」她說，將那條閃亮的玫瑰念珠放回原位，一一關上眼前的珠寶盒。

「我知道，是給您和您的姊姊們的。夫人告訴過我這個祕密，我是她的遺囑見證人，上面就是這樣寫的。」艾絲塔微笑著低語。

「太好了！可是我好希望她現在就把這些東西給我，拖延可不是一件好事。」艾美表示異議，看了那些鑽石最後一眼。

「小淑女們想戴這些東西，現在還嫌太早了。夫人曾經說過，最早訂婚的人可以擁有珍珠，另外，我猜夫人會在小姐您要離開的時候，將那個土耳其玉小戒指送給您，因爲她很讚賞您的好行爲和可愛的儀態。」

「你是說眞的嗎？噢！如果能得到那個可愛的戒指，我會像隻綿羊一樣乖巧的！它可比奇蒂·布萊恩的戒指漂亮多了！我果然還是很喜歡瑪楚姑媽。」艾美說道，喜孜孜地試戴起那枚藍色小戒指，下定決心非得到它不可。

從那天起，艾美變成一個聽話的模範生，老太太相當滿意自己的訓練有成。艾絲塔在小室裡幫她放了張桌子，擱了張腳凳，又從上鎖的房間裡拿出一幅畫，把它擺在桌子上。她以爲那張畫沒什麼特別，何況只是借來用一下，老太太不會知道的，就算知道了也不會介意。殊不知那幅畫正是某幅世界名畫的臨摹品，價值不菲。艾美總是抬頭凝望畫像中的聖母，她的雙眼喜愛所有美麗事物，對聖母的甜美臉龐自然也是百看不厭，心中更因此充盈著溫柔美善的思想。她把她的小聖經和讚美詩放在桌上，此外還放一只花瓶，隨時都裝滿勞瑞帶給她的最美麗的鮮花。她每天都到這兒來「獨坐」，思考美好的事物，並且祈求親愛的上帝保佑姊姊。艾絲塔給她一串綴有銀十字架的烏木玫瑰念珠，不過艾美只是把它掛著不用，因爲她不確定那串念珠是否適用於新教徒的祈禱。

由於隻身在外，不在安全的避風港中，艾美非常需要安慰，便本能地轉向那強壯又溫柔的大能者，希冀得到祂的幫助，艾美非常虔誠地祈禱，天父的愛也緊密環抱住祂的子女。她的母親不在身邊，無法幫助她理解和約束自己，不過母親教過她誰是可以隨時求助的對象，於是她盡力尋求眞理之道，並且全然相信地走在這條道路上。不過，艾美做爲一名年少的朝聖者，此刻的行囊似乎過於沉重，她試著忘掉自己的處境，就算沒有人看到也沒有人稱讚她，她還是努力保持愉快的心情，並且對自己做了正確的事情感到滿意。爲了要讓自己成爲非常非常好的人，她決定第一步就是立個遺囑，像瑪楚姑媽一樣，萬一她病重或者死了，她的財產才可以公平慷慨地分配出去。艾美的財產著實微不足道，可是在她的眼裡，這些東西就跟瑪楚姑媽的珠寶同等貴重，一想到她得放棄這些寶物們，她就感到椎心的疼痛。

她利用娛樂時間的空檔，絞盡腦汁擬出這份重要文件，好心的艾絲塔提供她法律詞彙的幫助，更簽下名字作爲遺囑見證人。做完這件事，艾美覺得心裡的大石總算落了地，她把文件擺在一旁，等著要給勞瑞看，她打算請他當第二個見證人。那天是個下雨天，艾美一個人在樓上最大的房間裡玩耍，還帶上波利作伴。這個大房間裡有一個塞滿舊禮服的大衣櫥，艾絲塔准許她穿這些衣服玩。她最喜歡的遊戲就是穿起這些褪色的綾羅綢緞，在長鏡子前面走來走去擺弄風情，聽著拖地的長裙窸沙沙作響的悅耳聲音。她簡直玩得不亦樂乎，以致沒聽到勞瑞按門鈴，也沒看到他探進屋裡偷看她的臉。她正小心翼翼地挪移身體，拿一把扇子搔首弄姿，把頭甩來甩去，她的頭上包著一條巨大的粉紅色頭巾，搭上那一身藍色錦緞衣裙與黃色小外套，對比起來眞是奇怪到極點，尤其當她還穿了高跟鞋，走起路來更是必須瞻前顧後地走才行。勞瑞後來與喬分享他所看到的一切，這幅荒謬又搞笑的畫面是這樣的：艾美頂著那身貴重的行頭蓮步輕移，鸚鵡波利在她後方亦步亦趨地跟隨，且煞有介事地模仿她，時不時停下來大笑，或高聲叫道：「我們豈不好嗎？相處，你怕了吧！閉嘴！親我一下，親愛的！哈！哈！」

爲了避免冒犯女王陛下，勞瑞耗費九牛二虎之力才憋住想要爆笑出聲的衝動。他輕輕敲了敲門，隨即受到殷勤的款待。

「你先坐著休息一下，我把這些東西拿下來，然後我有件重要的事跟你商量。」艾美說道，展現出高貴的儀態，把波利趕到角落去。「那隻鳥就是派來試煉我的。」她一邊繼續說，一邊把頭上那座粉紅色大山搬下來。勞瑞跨坐在椅子上，兩手支著椅背。

「昨天，瑪楚姑媽午睡時，我乖乖地坐在一旁，安靜得像隻老鼠一樣，波利卻開始吵，還在籠子裡不停拍翅膀，於是我跑去把籠子打開，卻看到一隻大蜘蛛在那兒。我把牠撥出來，牠馬上躲到書櫃底下，波利立刻跟上去，歪頭下去看，用牠那好笑的方式拋媚眼說：『快出來散個步，親愛的！』我忍不住笑了，波利氣得大叫，瑪楚姑媽被吵醒了，把我們兩個都罵一頓。」

「那蜘蛛有沒有接受這老鳥的邀請？」勞瑞打著呵欠問。

「有啊，牠一出來，波利就跑走了，簡直快被嚇死，這隻鳥直接爬到姑媽的椅背上，在我到處抓蜘蛛的時候還在大叫『抓牠！抓牠！抓牠！』」

「說謊！騙人！」鸚鵡這時也大叫出來，啄著勞瑞的腳趾頭。

「如果你是我養的，我就扭斷你的脖子，你這可惡的老傢伙！」勞瑞叫道，掄起拳頭對鸚鵡比劃。波利把頭歪向一邊，嚴肅地啞聲叫道：「阿哩路亞！親愛的！上天保佑！」

「好了，我弄好了。」艾美說道，關起衣櫃門，從口袋裡拿出一張紙。「我想請你念一下，再告訴我是否寫得合法、正確。我想我一定得這樣做，因爲人生充滿風險，我不想要死後有遺憾。」

勞瑞咬住嘴唇，看了一眼這位發話者愼思多慮的模樣，才檢查起紙上的文句拼寫，極爲莊嚴肅穆地念出以下文字：

我的遺囑

我，艾美．寇蒂斯．瑪楚，神智清明，僅將一切在世時的財產遺贈給下列人士——

遺贈我的父親：我最好的畫作、素描、地圖以及藝術作品，包含畫框。還有我的一百塊錢，他愛怎麼花就怎麼花。

遺贈我的母親：我所有的衣服，有口袋那件藍色圍裙除外，還有我的肖像、我的獎牌，還有很多很多的愛。

遺贈我親愛的姊姊瑪格麗特：我的土耳其石戒指（如果我拿到的話）、我那個上面有鴿子的綠色盒子，還有我那塊蕾絲，可以給她圍脖子，還有我幫她畫的素描肖像，用以給她紀念她的「小寶貝」。

遺贈給喬：我的胸針，有補封蠟那個，還有我的青銅墨水瓶——她把蓋子弄掉了，還有我最珍貴的石膏兔子，因爲我對燒掉她的故事手稿一事感到非常抱歉。

遺贈給貝絲（如果她活得比我久的話）：我的娃娃和小書桌、我的扇子、我的亞麻衣領，還有我的新拖鞋，如果她病好以後穿得下的話。此外還請她接受我誠摯的歉意，因爲我都拿老喬安娜開玩笑。

遺贈給我的朋友兼鄰居提奧朵爾．勞倫斯：我的紙漿作品組合、我的泥塑馬——雖然他說這匹馬沒有脖子。此外，爲了報答他在我孤苦無依時釋出的慷慨仁慈，我的藝術作品他喜歡都可以拿，聖母院是最好的作品。

遺贈給我們可敬的恩人勞倫斯先生：我那個盒蓋上有鏡子的紫色盒子，他可以用來裝筆，並且在看到這個盒子時，就能想到那個已經離世的小女孩，對於他老人家所給她以及她的家人——尤其是貝絲——的恩惠是多麼地感激。

我希望我最喜歡的玩伴奇蒂．布萊恩可以得到我的藍色絲質圍裙，還有那枚有金色珠子的戒指，此外也給她一個吻。

遺贈給漢娜：她想要的那個硬紙盒，還有我全部的縫紉作品，希望她「看到那些東西，一秒想到我」。

現在，我最有價值的財產分配已畢，希望所有受贈者都能滿意且不會責怪死者。我原諒大家，而且相信在號角吹響的那一天，我們都會在天堂相遇。阿們。
這份遺囑由我親筆簽名、蓋印於一八六一年十一月二十日。

立遺囑人：艾美・寇蒂斯・瑪楚
見證人：艾絲塔拉・瓦諾
提奧朵爾・勞倫斯

第二個見證人簽名處是用鉛筆寫的，艾美跟勞瑞解釋，他得用鋼筆再寫一次，最後幫她好好封緘。

「你怎麼會想到要寫這個？有人告訴你貝絲要把她的東西都送人嗎？」當艾美將一條紅緞帶、封蠟、細蠟燭與印台擺到勞瑞面前時，他嚴肅地詢問。

她將來龍去脈說了一遍，隨後焦急地問：「貝絲怎麼了？」

「我很抱歉跟你提到貝絲，不過，就像我跟你說的，我會把事情告訴你。有一天她的狀況很不好，竟然跟喬說，她要把她的鋼琴給瑪格，把她的貓給你，把那個可憐的破娃娃給喬，因爲喬會爲了愛她而善待她的喬安娜。她很難過自己只有一點點東西能給，所以又留下幾撮頭髮給我們其餘的人，把她最好的愛留給爺爺……她連想都沒想過遺囑這件事。」

勞瑞一邊說，一邊簽名封緘，他完全沒抬頭往上瞧，直到一顆豆大的淚珠滴落紙上。艾美臉上同樣很不好受的樣子，不過她只說：「立完遺囑之後，可以加上附記嗎？」

「可以啊，這叫做『遺囑附筆』。」

「那請幫我加附一筆，我希望把我的頭髮剪下來，分送給我的朋友們。我忘記這個了，雖然這樣會讓我看起來很醜，不過，我還是想這麼做。」

勞瑞幫她加上了，微笑地看著艾美這最後一句，也是最偉大的犧牲證明。接下來他陪艾美玩了一小時，津津有味地傾聽她的大小試煉。不過，當勞瑞要起身離開那會兒，艾美一把抓住他，顫抖的嘴唇低聲問了一句：「貝絲真的有危險嗎？」

「恐怕是，可是我們得抱持最大的希望，所以別哭了，孩子。」勞瑞說，像哥哥似的抱住她，艾美因此覺得情緒舒緩不少。

勞瑞告辭後，艾美回到自己的小聖堂，在夕陽餘暉中為貝絲祈禱。她的眼淚不停流淌，內心無比疼痛，深刻地體認到，就算有一百萬個土耳其玉戒指，也安慰不了失去貝絲的傷痛。

第二十章　談　心

母親與女兒們重逢的場景自是無須我贅述了，這樣的時刻是生命中的感動，卻很難形容它，所以那樣溫馨團聚的景象就留給讀者諸君去自行想像吧。我只簡單地告訴大家，那棟屋子裡當眞是幸福滿溢，瑪格溫柔的小心願也得以在此刻實現，貝絲總算從漫長的睡眠中恢復過來，首先映入她眼簾的，就是那朵小玫瑰和母親的臉。她的身子還是太虛弱，還沒辦法思考什麼，只是微笑著蜷縮回那個擁著自己的慈愛懷抱裡。察覺到自己渴求良久的願望終於得到滿足，貝絲再度墜入夢鄉，她的姊姊們在一旁守候母親，因爲瑪楚太太實在捨不得掙開那隻在睡夢中依舊緊抓自己的瘦弱的手。

漢娜迅速「備齊」了令人驚訝的豐盛早餐，端給勞累奔波的旅人，彷彿她已經找不到其他方法來表達她的興奮，瑪格和喬則像兩隻盡忠職守的小鸛鳥，將食物送入騰不出雙手的母親口中。瑪楚太太趁著空檔，向女兒們細訴父親的情況，她談到答應要留下來照顧瑪楚先生的布魯克、一場耽擱返家旅程的暴風雨，也提及勞瑞。在她疲憊不堪，又焦急又寒冷地抵達火車站時，少年迎接她的那張充滿希望的笑臉，讓她感到無法言喻的安慰。

那眞是又奇妙又開心的一天，屋外天色明亮瑰麗，似乎全世界都在殷殷盼望著迎接初雪；屋裡卻顯得格外靜謐安寧，因爲大夥兒要不是睡著了，就是靜靜地守候，安息日的寧靜輕輕籠罩住整棟房子。漢娜一邊打瞌睡一邊守在門口，瑪格和喬已然卸下她們甜蜜的負荷，雙雙閉起疲憊的眼睛，躺下來休息，彷彿暴風雨中倖存的扁舟，終於安全停靠至寧靜的港口一般。瑪楚太太不願離開貝絲身旁，只坐在大椅子裡休息，時不時醒來看一看、摸一摸，俯身照拂女兒，珍重得有如一個守財奴守護他失而復得的珍寶。

於此同時，勞瑞自動自發前往安撫艾美，他把自己接送瑪楚太太的過程說得精彩萬分，聽得瑪楚姑媽全程都沒有吭過一聲，除了吸鼻子的聲音以外，連一次「我早就告訴你了」都沒說過。艾美這次表現得非常堅強，我猜是因爲她在小聖堂裡栽植的好觀念開始結果子了。她很快就擦乾淚水，忍住想要馬上找媽媽的衝動，當老太太衷心表示同意勞瑞的看法，認爲艾美就像「一位行止極爲優秀的年輕女子」時，她甚至連想都沒想過那枚土耳其玉戒指。連鸚鵡波利也對她改觀了，稱她爲好女孩兒、說她好話，還用最友善的語氣要求她「過來一起散個步，親愛的」。艾美很想到外頭享受一下明媚的冬陽，卻發現勞瑞雖然很硬氣地撐著裝沒事，但其實已經累到恨不得立刻倒頭大睡，於是她說服勞瑞去沙發上休息一會兒，她就趁這空檔寫信給母親。艾美寫了很久的信，等她終於完成時，勞瑞已經用雙手枕著頭，在沙發上睡著了，瑪楚姑媽放下窗簾，極爲罕見地，以一種無限慈祥的神情在一旁靜靜坐著。

過了一會兒，她們開始覺得勞瑞這一覺可能得睡到晚上了，我不知道如果他沒被艾美吵醒的話是否眞會如此，因爲小女孩一看到母親出現，就忍不住高興得尖叫起來。那天全城裡裡外外應該會出現許多歡喜快樂的小女孩兒，不過就我個人意見來看，艾美也許是最快樂的一個了。她坐在母親大腿上，絮絮叨叨地說她在這段日子裡接受的考驗，她收穫的獎賞和補償令她感到寬慰不已，因爲

. . . .

母親給了她好多讚許的笑容和慈愛的撫慰。艾美和母親待在她的小聖堂裡，當母親得知設立此處的目的後，她並未對此表示反對。

「正好相反，孩子，我很喜歡這個主意呢。」母親的眼光一一掠過蒙塵的玫瑰念珠、那本幾乎翻破的小書，以及那張被常春藤花環圍繞的美麗畫像。「當我們感到煩躁、憂傷時，有個能讓我們靜下來的地方可去，對於緩解情緒而言效果非常好。我們一生中總有許多波折，不過，只要我們的方法正確，就能得到幫助，讓我們安然度過難關，我想我的小女兒正在學習這樣的功課了。」

「是的，媽媽，我回家後也要在大櫥櫃裡找一個角落，擺放我的書本和那幅畫。我有臨摹了一份，我盡力了，可是女生的臉實在不好畫，太漂亮了我畫不來，小嬰兒就好畫多了，我很喜歡祂。我喜歡想著祂也曾經是個小孩，這樣我就會覺得，我們的距離沒有那麼遙遠，這樣的想法眞的幫了我很多。」

艾美邊說邊指著那幅畫像——微笑的聖子坐在聖母膝上，瑪楚太太看見艾美舉起來的手上有個東西便笑了。她什麼話也沒說，不過艾美明白母親的神情，在沉默了一分鐘以後，她愼重地開口：「我想跟您談談這個，不過我忘了。姑媽今天給我這個戒指，她叫我到她那兒去，親我一下，就把戒指套到我手上了。她說我讓她覺得很光彩，她想把我繼續留在身邊。她加了個好笑的護套在戒指上，因為它太大了。我想戴著它，媽媽，可以嗎？」

「戒指非常漂亮，可是我想，你的年紀還太小了，不適合戴這麼貴重的飾品，艾美。」瑪楚太太說，看著那隻圓潤的小手，食指上戴著一枚鑲了天藍色寶石的戒指，寶石底座是兩隻黃金製的小手，緊緊交握著箍住這顆寶石。

「我會努力不要變虛榮的。」艾美說，「我喜歡它不是因爲它很漂亮，而是我想要像故事中戴手鍊的女孩兒一樣，提醒自己要記得。」

「要記得瑪楚姑媽嗎？」母親笑著提問。

「不，是提醒我記得，不要自私。」艾美的神態非常認眞、虔誠，使得母親不由得止住笑聲，懷抱起尊重的心，準備傾聽小女兒的小小計劃。

「最近我一直在思考我的『不乖的包袱』，而自私就是包袱裡最占空間的東西，所以，如果我做得到的話，我想努力去克服它。貝絲一點都不自私，這就是每個人都喜歡她，而且害怕失去她的原因。如果我生病了，搞不好大家根本就不會這麼難過，我也不値得他們那樣對我。不過，我也好希望自己能被一大堆朋友愛著，也希望他們可以思念我，所以我要努力變得像貝絲一樣。可是，我很容易忘記自己下的決心，所以，如果我身上有個東西可以隨時提醒我，我猜效果會比較好，我們可以試試這個方法嗎？」

「可以呀，不過我對櫥櫃小角落這個方法比較有信心。戴上你的戒指吧，孩子，盡力而爲。我想你會成功的，因爲當你眞心想要變好，你就已經成功一半。現在，我得回去貝絲身邊，我的小女兒，繼續加油吧，我們很快會接你回家的。」

那天晚上，當瑪格正在給父親寫信，報告母親平安返家的消息時，喬靜悄悄地溜上樓。她到貝絲房裡去，在老地方找到母親，她站在原地一會兒，足足有一分鐘時間都在用手亂抓頭髮，看上去十分憂心，滿臉不知所措且猶豫不決的模樣。

「親愛的，怎麼啦？」瑪楚太太問，伸出手來，示意喬過去坐。

「我有事想跟您說，媽媽。」

「有關瑪格嗎？」

「您怎麼一下就猜到了！是的，是跟她有關，小事一件啦！不過，就是讓我覺得很煩。」

「貝絲睡著了。小聲一點，把全部事情都告訴我，那個墨法特家的男孩子應該沒來過吧？」瑪楚太太單刀直入地問。

「沒有。如果他來了我一定當他面甩他門！」喬說道，在母親腳邊的地板上找了個位置坐下。「去年夏天，瑪格把一雙手套忘在勞倫斯家，最後只有一隻手套還回來。我們全都忘了這件事，一直到泰迪跟我說，另一隻手套被布魯克先生留起來了，因爲他喜歡瑪格可是不敢說。可是，瑪格太年輕，布魯克又太窮了。您瞧，這種情況不是很可怕嗎？」

「你想，瑪格喜歡他嗎？」瑪楚太太神情緊張地問。

「唉喲！愛情這種沒營養的東西，我完全不懂啦！」喬的音量變大，表情混合著奚落與鄙夷，「根據小說的描述，女生在一開始會表現出吃驚的樣子，然後就臉紅、暈過去、日漸消瘦、舉止像個笨蛋，可是瑪格完全沒有那些症狀，她吃、喝、睡都像正常人一樣，我提到那男的時，她也都直接看著我的臉，沒有想過要迴避或幹嘛的。她只有在泰迪開戀人的玩笑時，才會稍微臉紅一下，噢——我明明禁止那傢伙再開那種玩笑，可是他老是把我的話當耳邊風。」

「那你想，瑪格是對約翰沒有興趣囉？」

「誰？」喬瞪圓了眼。

「布魯克先生。我現在都叫他『約翰』，我們在醫院都這樣叫他，已經習慣了，他也很喜歡我們這樣叫。」

「噢天！我就知道您會站在他那邊！他對爸爸很好，您也不會趕他走，如果瑪格願意的話，您們就會讓他娶她了……那傢伙眞奸詐！跑去拍爸爸馬屁又幫您一堆忙，就是爲了讓您們對他有個好印象！」喬越說越氣，懊惱地開始拉扯自己的頭髮。

「孩子，別爲這件事生氣，我把事情原委告訴你。約翰是應勞倫斯先生的要求，陪我一塊兒去醫院的，他盡心盡力幫我照顧生病的爸爸，我們都忍不住要喜歡他。對於瑪格，他很坦白地告訴我們他的想法，他說，他很喜歡瑪格，不過在向她求婚前，他會先努力賺錢爲她預備一個舒適的家。他只想先徵得我們同意，讓他可以去愛瑪格、爲她工作，並且，如果可能的話，讓她也愛上他。他是個非常優秀的年輕人，我們實在無法拒絕他，不過我不會同意瑪格這麼早就決定終身大事的。」

「當然不行！怎麼能那麼蠢！我早就知道事有蹊蹺，我感覺得出來！這下好了，比我想像的還糟，要是我能自己和瑪格結婚就好了，就能讓她安全地繼續待在這個家！」

這個奇怪的想法讓瑪楚太太笑出來，不過她的話鋒一轉，對喬開口的語調裡帶上幾分嚴肅：「喬，我是因爲信任你，才跟你這些話，我希望你先不要和瑪格提起此事。當約翰回來時，我可以看看他們兩人相處的情形，到時就可以進一步知道瑪格對他的想法了。」

「那她就可以看見她一直在講的漂亮的眼睛，然後一切就成定局了！她的心那麼軟，只要有人用那種含情脈脈的眼神盯著她，她就會跟大太陽底下的奶油一樣直接融化了好嗎？她讀他寫的報告比讀您的信還要勤，而且每次我一說，她就擰我欸！她開始說她喜歡棕色的眼睛，還說約翰這個名字不難聽，她接著就會陷入熱戀了，然後我們和平、有趣、溫馨的好時光就要全部結束了！我已經預見未來了！他們會在屋子裡打情罵俏，到時候我們都得迴避他們，瑪格的全副心力都會放在愛情上，再也不會理我了！布魯克遲早會賺到錢、把瑪格帶走、讓我們家破一個大洞，然後我的心就會破碎，每件事都會變得令人厭惡，再也忍受不了……噢！眞煩哪！爲什麼我們不能全都是男生！那樣就什麼麻煩都沒有了！」

喬一下鬱悶地把下巴撐在膝上，一下又掄起拳頭揮舞，似乎那個欠教訓的約翰就在空氣裡一樣。瑪楚太太嘆一口氣，喬的眼光立刻轉向她，彷彿見到一絲希望重燃。

「媽媽，您也不喜歡這件事，對吧？我眞高興！那我們就叫那傢伙回去做他的白日夢，一個字也別跟瑪格提，這樣我們就可以恢復以前那樣幸福快樂的生活了。」

「喬，我不該嘆氣的。雖然我想要盡可能把我的女兒們留在身邊久一點，可是你們以後都會有自己的家庭，這種事情再天經地義不過。我只是沒想到這麼快就發生了，畢竟瑪格才十七歲，而約翰再過幾年就能給她一個家。你父親跟我都同意，瑪格在二十歲以前不該訂下任何形式的束縛，也不該結婚。如果她跟約翰彼此相愛，他們可以等，也可以藉此考驗他們的感情能否維持。瑪格是個誠實認眞的好孩子，我一點也不擔心她會虧待約翰。我美麗、溫柔的女兒啊，我眞希望她能幸福快樂。」

「您不希望她嫁個有錢人嗎？」喬發問，因爲母親最後那句話的聲音聽起來有些躊躇。

「金錢是很棒、很有用的東西，喬，我希望我的女兒們可以不用因爲缺錢而吃苦，但也不要爲此汲汲營營而落入控制。我希望約翰有個穩定的好工作，收入足以讓瑪格生活無憂。我不奢求我的女兒們要嫁給家財萬貫、地位顯赫，或是聲名遠播的人家，但若地位和財富是伴隨眞愛與美德一起來到，我當然也欣然同意，並且爲你們的幸運感到高興。不過，我從經驗中得知，一棟平凡的小屋子也能帶來眞正的幸福，每天辛勤工作賺取日用所需，也能從生活的苦澀裡獲得一些美好的時刻。就算瑪格從貧寒中起步，我也不會替她叫苦，因爲如果我沒看錯的話，她是富足的——她擁有一個眞心待她好的男人，這遠遠勝過空有一堆金銀而已。」

「我明白，媽媽，而且非常同意，可是瑪格太讓我失望了，我原本計劃想讓她嫁給泰迪，讓她一輩子享福的！那樣不是很好嗎？」喬問道，帶著閃閃發光的眼神，抬頭看向母親。

「他比她小，你知道的。」瑪楚太太說，不過喬立刻打斷她的話：

「只小一點點而已！他夠大了，人又長得高，如果他想的話，他也可以表現得很成熟。他很有錢，人又慷慨又好心，而且他愛我們每一個人，所以我說太可惜了——我的計畫被破壞了！」

「我怕勞瑞對瑪格來說太不成熟了，他現在的狀態跟屋頂上的風向雞一樣，還無法讓任何人倚靠。不要做任何規劃，喬，就讓時間和心去牽引，爲你的朋友們找到各自對的人。我們不可能在插手這樣的事以後全身而退，所以，最好不要去管你所謂的『愛情這種沒營養的東西』，以免毀掉彼此間的友情。」

「噢，我當然不會去管，我只是很討厭事情變成這樣扭扭捏捏的，明明只要這裡拉一下、那裡推一把，就能解決得乾乾淨淨啦！要是我們能在頭上壓個熨斗，不讓我們長大就好了。不過，花苞會開成花，小貓遲早也會長成老貓，啊——更難過了！」

「什麼熨斗和貓啊？」瑪格問道，她手裡拿了一封寫好的信，正輕手輕腳地走進房裡。

「只是胡言亂語而已，我要去睡了。來吧，睡覺睡覺！」喬說道，毫無形象地伸了個懶腰。

「措辭優美，寫得很好啊。請幫我補充一句，代我問候親愛的約翰就好。」瑪楚太太很快看完信，將它交還給瑪格。

「您叫他『約翰』啊？」瑪格微笑著問，純真的雙眼低頭看進母親眼裡。

「是啊，他就像兒子一樣照顧我們，我們都很喜歡他。」瑪楚太太說，敏銳地回看女兒。

「很高興聽您這樣說，他其實還滿寂寞的。晚安，親愛的媽媽，有您在這兒，我們的心都安定了不少。」瑪格如此回答。

母親非常溫柔地吻她一下，瑪格便走出房間了。瑪楚太太留在原處，臉上神情既滿足卻又帶著失落，她對自己悄聲低語：「她還沒愛上約翰呢，不過，就快了。」

第二十一章　惡作劇

隔天，喬的臉色眞是夠瞧的了，因爲那個祕密讓她心情沉重，而且她發現她很難讓自己看起來像沒事一樣。瑪格注意到了，可是她根本連問都不想問，因爲她早就清楚妹妹的個性，要對付喬的方法是反其道而行，只要她不問，喬就會自動告訴她。不過她這一次倒是挺驚訝的，因爲喬一直沒有打破沉默，反倒一副「你來問我呀！」的態度。這種姿態激怒了瑪格，她也不想低聲下氣地去問，乾脆去待在母親身邊了。這樣一來喬只好自己走開去，因爲瑪楚太太接替喬的護士職位照顧貝絲，並且囑咐她去休息、運動、到處玩玩，畢竟她在屋子裡悶得夠久了。艾美不在家，勞瑞那兒成了她的唯一去處，她也喜歡和勞瑞一塊兒玩。然而，喬最近有些害怕接近勞瑞，因爲他不可能放過任何捉弄人的機會，喬很擔心萬一勞瑞打算套話，她一不小心就會把祕密給說出來。

喬的顧慮是對的，因爲這個惡作劇愛好者只要聞到祕密的氣味，就會想盡辦法把眞相刨個水落石出，喬因此有一小段日子過得相當艱辛。勞瑞連哄帶騙、賄賂、恥笑、威脅、破口大罵，甚至假裝漠不關心好讓喬意外洩密，或是擺出一副他早已知道一切卻不以爲意的大器模樣。他的處心積慮終於收穫令他滿意的成果——原來是有關瑪格和布魯克先生的事，小男孩覺得非常生氣，自己的家教老師竟然沒把祕密告訴自己，於是他決定玩個小把戲來作爲報復。

瑪格那時根本就忘了這回事，只專心地爲父親回家做準備，然而，改變來得猝不及防，某一天的她好像突然變了個人，詭異的情況持續了一、兩天。有人向她說話，她就嚇一跳；有人看向她，她就滿臉通紅，瑪格整個人變得異常安靜，雖是坐著縫紉東西，臉上表情卻害羞又困惑。母親問她怎麼了，她只回答她好得很；喬問姊姊怎麼了，她就拜託她別問了，放她一個人靜靜就好。

「她給人的感覺就是！空氣裡滿滿都是——我是說，戀愛的氣息——而且，她的進展太快了！那些戀愛中的女人特有的症狀，她幾乎都有了——一會兒嘰嘰喳喳，一會兒脾氣特別差，東西吃不下，睡覺也睡不著，老是無精打采地躲在角落裡。我還抓到她在唱那傢伙給她的那首歌！有一次她還像您一樣叫他『約翰』，然後臉就紅得跟罌粟花一樣！我們到底該怎麼辦？」喬說道，似乎想要不計任何代價力挽狂瀾，不過，她想的主意都有些粗暴就是。

「只要等待就好。不要打擾她，對她體貼一些、耐心一些，等爸爸回來，事情就會解決的。」她的母親答道。

第二天，喬從小郵局裡拿信回來發，「瑪格，有張短箋給你，還是密封的，太奇怪了吧！泰迪給我的就從不封口啊。」

瑪楚太太和喬各自專心回自己的事情上，突然間瑪格大叫一聲，她們不約而同抬起頭，只見瑪格一臉驚恐地瞪著那張短箋。

「孩子，怎麼啦？」她的母親喊道，急忙跑到她身邊，喬則想要把那張要命的短箋拿過來。

「搞砸了，全部都搞砸了！他根本沒有寄過信……噢，喬，你怎麼可以做這種事？」瑪格說完用雙手摀住臉，哭得彷彿她的心就要碎了。

「我？我什麼事也沒做！她在說什麼？」喬困惑地大叫。

瑪格原先一雙溫柔的眼睛，此刻卻充滿怒火。她從口袋裡掏出那張被她揉成一團的信紙往喬身上扔，語氣裡盡是指責：「是你寫的！那個臭小鬼也有來參一腳！你們怎麼可以這樣？怎麼可以如此無禮、邪惡、殘忍地對待我們兩個？」

喬幾乎沒聽到瑪格所說的話，因爲她和母親正專注地讀著那張紙，上頭的字跡頗爲怪異。

我最親愛的瑪格麗特：

我的熱情再也無法抑遏，在我返回之前請將我的命運告訴我。我還不敢對你的雙親提說，然若他們明白我們兩情相悅，相信他們必將贊同。勞倫斯先生會幫我安排個好職位，到時，我的好女孩，你將爲我帶來幸福。我請求你暫時先別對你的家人提說，只求你給我個承諾，再託勞瑞送達即可。

眞心愛你的　約翰

「噢！那可惡的壞蛋！他在報復我不把媽媽講的事情告訴他！我非痛罵他一頓不可！還要把他抓過來，叫他道歉！」喬大叫，立刻就想殺過去找勞瑞算帳。然而，母親一把抓住她，瑪楚太太開口，臉上神情對她而言極其罕見……

「站住，喬，你得先自己澄清一下。因爲你也開過很多次整人玩笑，我都要擔心這件事你也有份了。」

「請相信我，媽媽，我沒有！我根本就沒有看過這封信，對這件事也一無所知，我用性命跟你

們擔保！」喬說道，情眞意切得讓她們也就相信她了：「如果這種事我也有份，做法一定高明得多，寫的信一定更逼眞！我還以爲你們應該都看得出來，布魯克先生不會寫這樣的東西。」喬又補了一句，滿臉鄙夷地一把扔掉那張紙。

「看起來像他寫的啊……」瑪格不安地說，比對起手中的信和那紙短箋。

「噢，瑪格，你該不會寫回信了吧？」瑪楚太太隨即追問。

「沒錯，我寫了！」瑪格再次把臉埋進雙手間，感覺自己要被這股羞愧感徹底淹沒了。

「這下子慘了！我去把那臭小子帶過來，叫他解釋清楚，順便教訓他一頓！沒逮到他以前我絕對不放心！」喬說完又朝門口走去。

「回來！這事我處理。想不到事情變得如此複雜，比我想的還糟……瑪格麗特，把事情原原本本跟我說一遍。」瑪楚太太命令道，在瑪格身邊坐下來，一手緊緊抓住喬，以防女兒衝出家門。

「我從勞瑞那兒拿到第一封信，他看起來完全和這件事無關。」瑪格開始陳述，但是途中一個勁兒地低頭，「起初我很害怕，也很想跟您說，可是我又想到您對布魯克先生印象很好，所以我就想，也許您不會介意我把這件事當作我自己一個小祕密，在心裡放上幾天。我眞是太傻了，以爲沒有人知道，我在想怎麼回信時，感覺自己就像小說裡，那些有相同處境的女生一樣……媽媽，請原諒我，我已經爲我的愚蠢付出代價了，我再也無法抬頭挺胸地看他了！」

「你在回信上寫了什麼？」瑪楚太太問。

「我只說我還太年輕，這種事我沒辦法做決定，我也不想要對您們隱瞞任何事，所以他得跟爸爸談談。我非常感謝他對我這麼好，我很樂意成爲他的朋友，不過僅止於朋友而已，不會再多了，就讓這種狀態再維持個幾年吧。」

瑪楚太太微笑了，對女兒的應對非常稱許，喬則是拍起手來，笑著叫道：「你簡直跟那個謹言慎行的模範——卡洛琳．波西[1]一樣！繼續說，瑪格，他怎麼反應呢？」

「他的回信跟上一封簡直判若兩人！他跟我說，他從未寫過任何一封情書，對於我淘氣的妹妹喬冒用我們的名字覺得很遺憾。信上寫得很客氣，也非常表示尊重，可是對我而言，那眞是太難堪了！」

瑪格傾身靠到母親身上，十足絕望可憐的樣子，喬在屋裡踱來踱去，口裡不斷臭罵勞瑞。突然間，她停下腳步，抓起那兩封信看個仔細，最後篤定地開口：「我認爲布魯克從未看過這兩封信，兩封都是泰迪寫的，因爲我不肯把祕密告訴他，他就想了這個辦法嫁禍給我。」

「不要搞祕密這種遊戲，喬，你有祕密就跟媽媽說，免得惹麻煩，就像我一樣，我早就該跟媽媽說的。」瑪格警告她。

「小可憐，上帝保佑你。媽媽的確是跟我說過了。」

「喬，我們這麼辦吧，我在這兒安慰瑪格，你去把勞瑞找來。我得把事情弄清楚，叫這段惡作劇馬上落幕。」喬應聲出門，瑪楚太太溫柔地將布魯克的心意告訴瑪格。「那麼，親愛的，你的意思呢？你想，你對他的愛能夠延續到他爲你準備好一個家嗎？還是你目前不想談感情的事呢？」

1卡洛琳．波西（Caroline Percy），十九世紀英裔愛爾蘭作家瑪麗亞．艾鞠華斯筆下人物，以美麗、敏銳、性格簡樸而著稱。關於艾鞠華斯則參照第八章註1。

「我眞是嚇壞了，擔心得不得了，大概有好一陣子都不想談感情了……也許永遠都不要談好了！」瑪格鬧脾氣似的回應。「如果約翰不知道這個惡劣的玩笑，那就什麼都不要跟他說，而且一定要讓喬和勞瑞乖乖閉嘴，不要亂講話。我不會再上當了，也不想再受這種折磨，不想再被當成笨蛋耍了，這眞的是太丟臉了！」

眼看平日性情溫順的瑪格被這惡作劇弄得情緒起伏、自尊受挫，瑪楚太太趕緊安撫她，保證這件事就到此爲止，沒有人會再提起，往後也絕對要更加審愼以待。走道上響起勞瑞的腳步聲，瑪格一溜煙躲進書房，留下瑪楚太太一人迎接這位萬惡淵藪。喬擔心勞瑞不想過來，並未告知臨時找他的原因，不過，當勞瑞看見瑪楚太太的臉，他就立刻明白了。他站在原地轉動手上的帽子，一副認定自己早已罪證確鑿的樣子。喬被支開來，但她還是像個衛兵一樣，在走道上來來回回地巡邏，生怕客廳裡某個惹事的傢伙趁隙開溜。那裡頭正在進行一場面談似的，說話聲音時高時低，持續了約半小時，不過實際上究竟發生些什麼事，女孩們就不得而知了。

當她倆被叫進門時，勞瑞站在瑪楚太太身旁，喬一看見那張臉滿滿地誠心懺悔，當場就原諒他了，儘管她在心底估算，自己先按兵不動比較好。另一方面，瑪格接受了他誠心的道歉，並且因爲勞瑞保證布魯克對此事毫無所知而放心不少。

「我到死都不會跟他提到這件事，不管被怎麼逼供也不會說。你就原諒我吧，瑪格，我會做牛做馬、盡心盡力，你們想怎麼使喚我都可以。否則，除了道歉以外，我也想不到還能用什麼來表達我的歉意了。」他加碼補充，看起來眞是悔不當初。

「要原諒你的話，我盡量，不過，這眞不是男子漢的行爲，勞瑞。我怎麼也想不到，你竟然能這麼狡猾、奸詐。」瑪格答道，嘗試用這樣嚴厲的斥責，來遮掩那陣縈繞在她心頭的紛亂。

「這的確是件很討人厭的事，你就算一個月都不跟我說話，那也是我應得的懲罰。可是，你不會這麼做的，對不對？」勞瑞交握住雙手說道，樣子十分謙卑懇切，加上他的語調具有無法令人拒絕他的說服力。因此，就算他的玩笑開得過火，也無法使人一直對他緊皺眉頭。

瑪格原諒了他，瑪楚太太嚴肅的臉龐也終於綻放笑容，就算她一直盡力維持不苟言笑的樣子，尤其是在勞瑞說到要如何爲自己贖罪，在生氣受傷的少女面前卑微得像蟲子一樣委屈求饒的時候。

喬那時冷漠地佇立一旁，她故意想對他心硬一點，於是成功擺出一副完全無法認同的模樣。勞瑞看向她一、兩次，她都鐵青著一張臉，深覺受傷的男孩背過身去不再搭理她，直到其他人都原諒他，他對喬稍微欠了欠身，便不發一語地離開了。

勞瑞前腳一走，喬就暗自後悔了，認爲自己應該及早對他寬容些。在瑪格和母親上樓以後，孤單的感覺更讓她覺得自己需要勞瑞。內心交戰好一會兒，喬決定屈服於自己的衝勁，藉口帶本書去還，直接向大房子裡進發。

「勞倫斯先生在家嗎？」喬詢問一個走下樓的女僕。

「在的，小姐，可是我想，他現在不想見客。」

「爲什麼？他生病了嗎？」

「啊，不是的，小姐，他剛才和勞瑞少爺吵了一架，少爺不知爲了什麼事，惹得老爺生氣了，所以我不敢去打擾他。」

「勞瑞在哪兒？」

「關在他自己房裡，雖然我一直敲門，可他就是不回應。我不知道怎麼辦才好，因爲晚餐已經準備好，但是沒有人要吃。」

「我去看看怎麼回事。反正我老的、小的都不怕。」

喬於是上樓去，用力敲響勞瑞小書房的門。

「安靜！小心我開門揍人！」年輕紳士大聲地威脅道。

喬立刻又敲起門，勞瑞迅速拉開門，然而在他反應過來前，喬已經跳進屋裡。眼前的勞瑞果然大動肝火，對他瞭若指掌的喬深諳如何化解危機，她馬上裝出深悟痛悔的表情，儀態優雅地雙膝跪地，溫順地說：「請原諒我剛才的冷漠無禮，我是過來和好的，而且不達目的絕不離開。」

「沒事，你起來，喬，別像個傻子一樣。」勞瑞輕描淡寫地回應喬這般煞有介事的請求。

「謝謝，我會的。敢問少爺發生何事？您好像心情很不好啊？」

「是很不好。應該說，我再也受不了了！」勞瑞氣憤難平地低吼。

「誰惹你？」喬問道。

「爺爺。如果是別人的話，我早就……！」這位情緒激動的年輕人沒有把話說完，改以用右手對空痛揍一拳。

「那也沒什麼吧……我也經常惹你生氣，可是你從不介意的。」喬試著安撫他。

「哧，你是女生耶！那樣當然只是鬧著玩的，可是我絕不容許任何男人惹毛我！」

「你現在的樣子跟外頭暴雨打雷差不多可怕，我想應該沒人敢惹你了吧？到底是怎麼回事？」

「因爲我不想說出你母親找我的原因！我都已經答應你母親不說了，當然得信守承諾。」

「你就不能說些別的讓你爺爺滿意嗎？」

「不行，他就只要聽事實，全部的事實，只有事實才能滿足他！我已經盡量不把瑪格扯進來我的惡作劇了，怎麼樣都不能說，所以我閉緊嘴巴，站在那兒被爺爺痛罵，罵到他過來要抓我領子，我就跑走了，以免我會失去理智。」

「眞慘！他心裡一定也很難過，下樓去跟他和好吧！我幫你。」

「我才不要！只不過爲了一個小玩笑，我就得讓每個人教訓我，我才不幹！我對瑪格很抱歉，也已經像個男人一樣對她表示過歉意了，但是對於我沒錯的事，我不需要道歉。」

「他不知道呀！」

「他應該要相信我，不要一直把我當成小嬰兒看待。怎麼說都沒用的，喬，他是時候學會認清一個事實——我可以自己照顧自己，他不必一直在旁邊牽著我！」

「你眞是吃炸藥了。」喬嘆道，「那你想怎麼處理？」

「嗯，爺爺得來道歉，他得相信我不講實話的理由，因爲我有我的顧慮和考量。」

「那你保重吧，他不會道歉的。」

「他不道歉我就不下樓。」

「泰迪，聽我說，理智一點。就讓事情過去吧？我能解釋的就會盡量解釋，你也不能一直停在原地啊，鬧情緒有什麼用呢？」

「我當然不會一直停在原地，我會偷溜出去，旅行到某個地方，等爺爺想我的時候，就會立刻跑來找我了。」

「或許哪天會吧，可是你不應該隨隨便便就讓他擔心。」

「別說教了。我要去華盛頓看布魯克，那裡很好玩，在這一堆麻煩都過去後，我就要去那裡好好玩一下。」

「眞羡慕你！希望我哪天也能逃過去。」喬的腦海中浮現首都鮮活的戰地風情，都快忘記自己心靈導師的角色了。

「那就一起走啊！猶豫什麼？你去讓你父親驚喜一下，我去逗逗老布魯克，一定能變成嚇人經典！就走吧，喬！我們留張紙條，說我們一切平安，然後馬上出發，我已經存夠錢了。這對你只有好處，一點兒壞處也沒有，因爲你是去看你父親啊！」

有那麼一瞬間，喬看起來就要同意了，因爲這樣的冒險計畫太適合她了。她已經厭倦家裡的看護生活，對於「改變」充滿渴望憧憬。想起她的父親，還有充滿新鮮感的軍營、醫院、自由、樂趣等，喬充滿熱情盼望地看向窗外，接著，眼光落到對門的老舊房子上，她無奈地搖搖頭。

「如果我是男的，我們就可以一起去，而且能玩得很愉快。可是，我是可憐的女生，我必須舉止合宜，還得待在家裡。不要誘惑我了，泰迪，這種計畫太瘋狂了！」

「就是要瘋狂才好玩啊。」勞瑞回嘴，他有時相當任性，只想掙脫束縛、打破規矩。

「別說了！」喬叫道，摀起耳朵，「『你要乖乖的、要聽話』，我老是被人說這些，這就是我的宿命，我最好認命些。我過來是爲了讓你和你爺爺和好的，不是來讓我自己逃避現實的！」

「我知道瑪格一定會對這個計畫潑冷水，我還以爲你比較有思想。」勞瑞用起了激將法。

「你這個壞傢伙，閉嘴！坐下來反省你的罪，不要把我拖下水！我現在問你：如果我讓你爺爺

「你這個壞傢伙，閉嘴！」

來跟你道歉，你會打消逃家的念頭嗎？」喬嚴肅地詢問。

「會，不過你辦不到。」勞瑞回答，雖然他也想和好，但總覺得自己高漲的尊嚴會成爲第一樣犧牲品。

「如果我能搞定小的，就能搞定老的。」喬走出門時喃喃自語，留下勞瑞一個人在書房裡，雙手撐頭彎腰地瞪著火車路線圖。

「進來！」勞倫斯先生回應喬的叩門聲，粗啞的嗓音在這時聽來，含糊得似乎更勝以往。

「是我，勞倫斯先生，我是來還書的。」喬走進門時殷勤地說。

「還要借別的書嗎？」老人家問道，盡量掩飾冷峻又憤怒的表情。

「是的，我好喜歡老山姆，所以想借第二冊。」喬回答，希望藉由續借老先生所推薦的包斯威爾著作《約翰生傳第二卷》[2]來安撫他，讓他情緒好一些——他在推薦時曾說，這是一部非常生動有趣的作品。

老人家把梯子推到約翰生作品的櫃子前，緊皺的眉頭在這時稍顯紓解。喬爬上梯子，坐在最上面一階，假裝尋找她想要的書，實際上則在心裡盤算，該如何說出她來訪的主要目的。勞倫斯先生似乎看出喬的心裡正在醞釀什麼，他在房裡步履輕快地繞上幾圈，最後回到原地，眼睛一眨不眨地

2詹姆士・包斯威爾（James Boswell, 1740-1795），英國著名的傳記作家，《約翰生傳》(*The Life of Samuel Johnson*)即由包斯威爾所著。山謬爾・約翰生（Samuel Johnson,1709-1784），英國歷史上最有名的文人之一，集散文家、詩人、作家、辭典家等身分於一身，「老山姆」（Old Sam）是喬對他的暱稱。

看著喬，冷不防開口，嚇得喬把一本《拉塞拉斯》[3]直接摔到地板上：

「那孩子惹了什麼麻煩？不用掩護他。從他回家時那個樣子看，我就知道他一定有闖禍。我怎麼問他都不肯說，直到我用上威脅了，逼著他非抖出事實不可，他竟然跑上樓去，把自己鎖在房間裡了。」

「他的確有錯，不過我們原諒他了，而且我們都立下承諾，不再對任何人提起此事。」喬不太情願地說。

「那沒有用，他不應該因爲你們這些好心的女孩兒們不追究，他也就此作罷。如果他眞做錯了什麼，就得坦承一切、尋求赦免，並且接受懲罰。喬，把眞相告訴我，不要把我蒙在鼓裡。」

勞倫斯先生表情嚇人，言詞擲地有聲，如果可能的話，喬實在很想逃走。可是，現狀是她正高高掛在梯子頂端，勞倫斯先生就在梯子底下等著她，像一隻大獅子擋在一條小路中央，所以她只好待在原地，勇敢面對。

「說實話，勞倫斯先生，我不能告訴您。我們的母親禁止我們再提此事，勞瑞已經跟我們認錯和道歉了，他受的懲罰也已經夠了。我們保密不是爲了袒護他，是爲了保護另一個人，如果您插手的話，麻煩就會沒完沒了。所以，請您別再過問了，這件事情我也有錯，幸好現在已經沒事了。所以，就讓我們忘了它，來談談《漫步者》[4]或其他有趣的事好啦！」

「別提《漫步者》！給我下來，你老實跟我說，我那個冒失鬼孫子是不是給你們闖了什麼禍？如果是，就算你們好心原諒他，我也要親手痛揍他一頓！」

勞倫斯先生的話聽起來很嚇人，不過，喬一點兒也不害怕，因爲她清楚得很：眼前的老先生脾氣暴躁、態度兇惡，然而，他連孫子的一根手指頭也捨不得碰傷，他講的那些不過是氣話而已。喬順從地從梯子上爬下來，在不提及瑪格、不偏離事實的情況下，將這個鬧得人仰馬翻的惡作劇輕描淡寫地交代過一遍。

「嗯……唉……好吧，如果那孩子不講實話，是爲了信守承諾，而不是冥頑不靈，我就原諒他。那小子，向來頑固得很，而且很難管教。」勞倫斯先生說，抬手抓亂頭髮，把他的頭頂弄得像剛從一場颶風中走出來似的，不過他深鎖的眉頭也在此刻隨之緩解了。

「我跟他一樣呀！不過，只要講一句溫柔的話，就會被收服了，比一個國王派出一整支軍隊還有用。」喬說，試圖替好友說點好話，因爲勞瑞的窘境似乎一波未平一波又起。

「你認爲我對他不夠好？你當眞這麼認爲？」老先生尖銳地答道。

「噢！不！先生，當然不是！您有時候甚至是對他太好了，只是他在搗蛋時您顯得稍微著急了一點……您不覺得嗎？」

喬早已經有豁出去的覺悟，努力裝出一副鎮定的樣子，實際上卻還是因爲自己的大膽發言而瑟瑟發抖。然而，眼前所見出乎她的意料，且讓她大大鬆了一口氣，老先生摘下眼鏡，喀嗒一聲扔到桌上，坦誠地對她說：「你說得對，小姑娘，我的確是！我疼愛那孩子，可他就是不斷搗蛋，不斷想試探我的耐性，再這樣下去，結局如何我都可以預見了。」

3《拉塞拉斯》（*Rasselas*），約翰生所著寓言故事，西元一七五九年首次於英國出版。

4《漫步者》（*The Tambler*），山謬爾．約翰生所出版的期刊。

「給我下來。」

「我先告訴您吧，他會逃家。」話一出口喬就後悔了。她本來是想警示老先生，勞瑞受不了太多束縛，希望他可以對那小子寬鬆一點。

勞倫斯先生紅潤的面色瞬間覆上一層陰霾，他坐下來，表情複雜地盯著掛在牆上的一幅畫像。畫中人是一名英俊青年，那是勞瑞的父親，年輕時離家出走，在專制的父親極力反對下結婚。喬思忖，老人家可能想起過往，心裡滿是懊悔，暗自責怪自己不該多話。

「除非他眞的很不安，否則他不會眞的去做啦！他只有在偶爾念書念煩了才會說一兩句發洩。我常常在想，要是我也能這樣就好了，尤其在我把頭髮剪短之後。對了，如果您想念我們的話，就可以刊登尋人啓事，而且要指名找兩個男生，要到開往印度的船上去找。」

喬邊說邊笑，勞倫斯先生的表情也就沒那麼緊張了，顯然把這事當玩笑看。

「你這胡言亂語的小姑娘，怎敢如此放肆呢？你對我的尊敬哪兒去了？還有你的教養呢？現在的男孩兒和女孩兒，眞是！他們有夠折磨人哪！可是沒有他們，還眞沒辦法過日子呀。」老先生說道，心情很好地捏捏喬的臉頰，「去把那小子帶下來吃晚餐，告訴他沒事了，還有勸他一下，別給他爺爺上演悲情戲碼，老人家受不住！」

「他不會下來的，勞倫斯先生。他難過得很，因爲當他告訴您，他不能講實話的時候您不相信他，而且您抓著他的衣領搖晃他，讓他更受傷了。」

喬想要裝可憐，不過肯定失敗了，因爲勞倫斯先生開始大笑，於是喬知道，她又贏得勝利了。

「我對此感到很抱歉，而且似乎還得謝謝他沒有因此反擊爺爺呢。那臭小子還想怎麼樣啊？」老先生對自己的暴躁也有些受不了的樣子，說話時看上去有些赧然。

「如果我是您，先生，我會給他寫封道歉信。他說他要您向他道歉才肯下樓，又提到華盛頓和其他一些蠢話。一個正式的道歉會讓他看清自己有多可笑，還能讓他乖乖下樓來，表現得比平常都要溫和。您就試試看嘛！他喜歡有趣的事，而且這比說教好太多了。我會把信帶上樓，並叫他好好反省一下。」

勞倫斯先生目光銳利地瞥了喬一眼，戴上眼鏡，緩緩說道：「你真是個狡猾的小姑娘，不過，我不介意受你和貝絲擺布。好了，給我拿張紙來，讓這齣鬧劇就此落幕吧！」

道歉信寫得誠摯懇切，充分表現出一名紳士在與另一名紳士發生口角後應有的周到禮節。喬在老先生光禿的頭頂親一下，跑上樓去將信從勞瑞房門底部塞進去，又從門上的鑰匙孔傳話進去，勸導好友要順從、要有禮貌，提點了好些要注意的地方。結果門再度上鎖了，喬於是靜靜地走開，其他的事情就留待那封道歉信發揮功效了。不一會兒，勞瑞走出房門，坐到欄杆扶手上，一路往下溜到一樓，停在那兒等喬，一臉的和藹可親，「真有你的，喬！哈！你也被罵慘了吧？」他笑著補上最後一句。

「沒啊！整體來說他很溫和。」

「啊！我懂了。你的功力比我高強太多，我還完全只是個新手呢。」他轉而賠罪似的說。

「別那樣說，就當作是展開新生活，重新開始吧，泰迪，好小子。」

「我一直在展開新生活然後搞砸它們，就像我搞砸我的作業簿一樣。我老是虎頭蛇尾，事情開了個頭卻永遠沒有結果。」他的語氣消沉。

「去吃晚餐吧！吃完你就會覺得舒服些了，男人肚子餓的時候總愛發牢騷。」喬說完隨即告辭返家。

「請注意你扣在我頭上的『刻板印章（印象）』。」勞瑞引用艾美的話回答，說完便回到屋裡，向祖父極其謙遜有禮地坦承認錯，而他的祖父在這一天的最後，也表現得比往常更加慈祥無比、和藹可親。

每個人都認爲這件事已經圓滿落幕，烏雲已然散去。然而，凡走過必留下痕跡，即使其他人全忘了，瑪格卻無法忘懷。她嘴上不提某個人，心裡卻更頻繁地想起他，夢境裡他造訪的次數也越來越多。有一次，喬在瑪格桌上找郵票，意外發現一張紙，上頭滿滿的只重複寫著一個詞——「約翰・布魯克太太」。喬慘叫一聲，把紙丟進火堆，她深刻感受到，勞瑞的惡作劇會讓她害怕的那一天提早到來了。

第二十二章　青草地

接下來幾週就像暴風雨後的陽光普照，病人們復原得飛快，瑪楚先生更提到返家一事，說自己年初就能回來了。貝絲沒過多久已能在書房的沙發躺上一整天，並且可以開始和她最寵愛的貓咪們玩耍，漸漸地也可以縫補娃娃了，那是她許久不曾碰觸的工作，一想起不免令人感傷。她一度靈活的四肢現在變得僵硬無力，好在喬能運用她強而有力的雙臂，帶她在屋子裡四處走。瑪格愉快地為她「親愛的妹妹」烹煮好吃的點心，即使白皙的手曬黑了、燙傷了也在所不惜，而艾美——這位戒指的忠實奴僕，為了慶祝自己回到家裡，把她所有寶貝都搬出來要送給姊姊們，並且熱切地勸服姊姊們儘管收下。

隨著聖誕節的腳步接近，瑪楚家也一如往常，開始沉浸於美好的節慶氣氛中。喬老是提出不切實際的建議或荒謬可笑的儀式，美其名曰慶祝今年這不同凡響的聖誕節，勞瑞也一樣，滿腦子不適用的主意，什麼來個營火、流星煙火，或是弄個凱旋門，要是讓他全權負責，他大概就要把這些東西全搬上場了。喬和勞瑞這一對拍檔擁有莫大野心，但在經過無數次爭執與冷戰後，兩人總算死心放棄，儘管如此，他們還是對幻想中的壯闊計畫心馳神往，只是都在湊一塊兒笑鬧時，用一陣陣的爆笑聲掩飾罷了。

接連幾天都是風和日麗的好天氣，成為這個美妙聖誕節即將盛大登場的徵兆。漢娜表示她「從骨子裡感覺出來了」，這一天將會出奇地美好，而她的確成為了先知！每個人、每件事似乎都是令

人讚嘆地美夢成眞，首先是瑪楚先生來信，信上寫道他很快就能與家人們團聚，接著是貝絲的好消息。她那天早上精神特別好，穿上母親爲她準備的禮物——一件柔軟的深紅色美麗諾羊毛睡袍，被人簇擁著抱到窗邊，欣賞喬和勞瑞呈現給她的史詩巨作。這對組合號稱「屹立不搖雙人組」，兩人爲了不愧對此稱號，也爲了讓作品表現得夠喜劇、夠震懾，像小精靈一樣挑在夜裡卯足全力趕工。成果此刻就屹立在花園裡——一位冰雪堆成的端莊少女，她頭頂冬青皇冠，一手提上裝滿水果與花的籃子，一手捧起一大卷樂譜，一條十分美麗的彩虹織毯包裹她冰冷的雙肩，嘴上啣著一條粉紅色的紙製橫幅，上頭洋洋灑灑地寫滿專屬於她的聖誕頌歌：

贈予貝絲的少女峰

上帝護佑你，親愛的貝絲女王！
願你無憂無慮、沒有愁煩沮喪，
只願健康、平安、幸福到來，
在此聖誕節，與你相伴相隨。
謹獻上水果給我們忙碌的小蜜蜂品嚐，
美麗芬芳的花朵供她聞香，
動聽的樂譜予她在小鋼琴上徜徉，
毛氈爲她的腳指頭禦寒。

看哪！喬安娜之肖像，
是拉斐爾第二的創作，
盡心竭力，勤奮不息，
但求極致逼眞、美麗。
請收下紅色緞帶吧，我向您懇求，
致贈予您的愛貓咕嚕夫人的尾巴，
特製冰淇淋由瑪格所做，好一個甜美的手藝人，
名之白朗峰，裝在提桶中。

我的創造者最深切的愛之所在，
收納於我冰雪製的胸懷中。
請收下這愛，還有這阿爾卑斯的少女！

勞瑞與喬　謹獻

貝絲一看笑得前俯後仰，眼前景象太逗趣了，尤其是當勞瑞跑上跑下地遞送禮物，以及喬用滑稽搞怪的聲調朗讀頌歌的時候。

「我好開心喔！要是爸爸在的話，這樣的幸福可能就要太滿了，我會接不住的。」貝絲滿足地嘆氣，喬隨即抱她回書房，讓她在高昂歡喜的情緒之後歇息一下，順道享受剛才那位「阿爾卑斯少

女」送給她的新鮮葡萄。

「我也很開心喔。」喬說道，拍拍她的口袋，裡頭穩妥地放著她垂涎已久的《水妖精與辛燦》。

「我也非常開心，這是必須的。」艾美跟著發聲，正在仔細研究母親送給她的禮物——一幅鑲嵌在精美畫框中的《聖母與聖子》木刻版畫。

「我當然也是！」瑪格叫道，撫摸著她第一套純絲質禮服的銀色褶邊，勞倫斯先生堅持要她收下這份禮物。

「我又怎麼可能不是呢？」瑪楚太太說道，感恩之情溢於言表。她的目光從丈夫的來信移向貝絲的笑靨，手裡輕輕撫摸著她的禮物，女兒們方才替她別在胸前的，用灰色、金色、栗色，與深褐色頭髮編織而成的胸針[1]。

有時候，在這平淡無奇的世界上，眞的會發生如童話故事一般美好的事物，而那也往往令人感到無比欣慰。歡欣的情緒如水一般被妥善盛裝，每個人都說著很開心、很幸福，這些情緒再滴入一滴就要滿出來了——半個小時後，那一滴就出現了。

勞瑞打開客廳門，無聲無息地探頭進來，臉上是努力抑制住的狂喜。此刻的他其實很想就地翻個觔斗，或是模仿印地安人歡呼大叫，不過還是努力抑制臉上的狂喜，然而不論如何壓抑，他的聲音終究洩露出祕密，那一句話令在場每個人都應聲跳起！只見他顫抖著，幾乎要喘不過氣，激動地

1美國南北戰爭時期，流行佩戴以親人頭髮製成的首飾，此種風潮可追溯到英國維多利亞女王時代（1837-1901）。

開口：「瑪楚家另一份聖誕禮物送來囉！」

他話還沒說完就閃到一旁，原先站的位置上出現一名高個男子，他讓另一名同樣高大的男子攙扶著，全身上下包得只剩眼睛，想說些什麼卻無法言語。全家人一擁而上，那幾分鐘裡，大家好像都高興得失去理智了。原先縹緲的願望竟然得以成眞，所有人都料想不到，欣喜若狂的瞬間，沒有人說得出半句話。

四雙手臂一下子全竄到眼前，瑪楚先生很快就被淹沒滿懷著愛的擁抱裡。喬很丟臉地差一點就昏倒了，還得讓勞瑞攙扶她到瓷器櫃旁邊照料。布魯克先生全然出於誤認地親了瑪格一下，他想解釋卻越描越黑。而艾美，這個時時提醒自己得高貴優雅的小女孩，此刻跌落在矮凳上，但是一直不放棄想站起來，抱住父親的長靴哭泣，看了令人忍不住鼻酸。瑪楚太太是第一個從激動情緒中恢復過來的，她舉起手來示意道：「安靜！想想貝絲！」

不過，瑪楚太太的提醒太晚了些。書房門倏地打開，身穿紅色睡袍的小人兒出現在門檻上，喜悅的心情將力氣注入虛軟無力的四肢，貝絲奔跑起來，直直衝進父親的懷抱。後來發生的事就無須細說了，每個人心中皆是溫情滿溢，過去的痛苦憂愁被一掃而空，眼前只留下無盡的甜美溫柔。

事情並非總是這樣浪漫過頭，一陣發自心底的大笑聲讓大家瞬間回歸正常，他們發現漢娜站在門後，手裡捧著一隻肥大的火雞在啜泣，因爲她衝出廚房的時候忘記先把火雞放下來。大家的笑聲漸漸止息，瑪楚太太趕緊謝謝布魯克先生勤懇悉心地照料她的丈夫，布魯克先生於是忽然想起瑪楚先生需要休息，便一把抓過勞瑞，帶著他迅速告退了。兩個病人接著被命令要好好休息，於是他們聽話地坐進一張大椅子，話匣子卻依然關不上。

瑪楚先生說他老早就想給她們一個驚喜了，而且這陣子正逢好天氣，他的醫生因此允許他得天氣之便離開醫院。此外，他也說到布魯克先生如何盡心盡力照顧他，眞可說是一位正直非常、值得欽佩尊敬的年輕人。不知怎地，瑪楚先生忽然停頓話頭，先是看看瑪格——她正在撥弄炭火，使力氣時異常粗暴——再看看瑪楚太太，意有所指地挑動一下眉毛，到底意有何指，我就留給讀者諸君去想像了。不知怎地，瑪楚太太也輕輕地點一下頭，突兀地問起丈夫想不想吃點東西。喬把一切都看在眼裡，她也明白了那些表情是什麼意思，所以藉口要拿點紅酒和牛肉茶，不高興地默默走開了。趁甩上門的時候，她低聲對自己抱怨了一句：「我討厭有棕色眼睛的値得尊敬的男人！」

他們未曾有過像這樣的聖誕饗宴。那隻肥碩的火雞眞有看頭，漢娜把它端上桌時，它的塡料飽滿、色澤誘人，而且裝飾得美輪美奐。聖誕布丁入口即化，果凍也是一樣，艾美對此愛不釋手，吃得像一隻甘願溺死在蜂蜜罐中的蒼蠅。每件事情都有好結局，眞是神的慈悲憐憫，這是漢娜的由衷感想，因爲她說：「由於我心思紊亂，太太，我沒把布丁放進去烤，也忘了在火雞的塡料中放葡萄乾，更別說給火雞塗上一層油了，這眞是奇蹟啊！」

勞倫斯先生和孫子一起過來用餐，布魯克先生也是，不過喬暗地裡送了他不少白眼，使得勞瑞在一旁看戲看得很高興。餐桌首位並排放了兩張安樂椅，是給貝絲和她的父親坐的，和其他人相比，父女兩人只吃了少量雞肉和一些水果。大家舉杯互祝健康、談天說地、唱歌，以及像老人家說的「追憶往昔」，度過一段極爲美好難忘的時光。餐後本來安排有雪橇出遊，但是女孩兒們不想離開父親，所以賓客們早早告辭了，待到黃昏時刻，這快樂的一家人便聚集在火爐前。

「只不過是一年前，我們還在爲聖誕節過得太寒酸而唉聲嘆氣，你們還記得嗎？」喬問道，藉此打破短暫的沉寂，隨即引來所有人爭相發言、沒完沒了的談話場面。

「整體而言，這是愉快的一年！」瑪格對著火爐微笑起來，非常高興自己沒有失態，能夠和布魯克先生以禮相待。

「我覺得這是辛苦的一年。」艾美沉吟著說，若有所思地盯著映在戒指上的火光。

「我很高興這一年過去了，因爲您回來了。」貝絲坐在父親膝上悄聲說道。

「我的小朝聖者們，今年對你們而言，確實是一趟艱辛的旅程，尤其是走到後半段的時候。然而，你們依舊勇敢地不斷前行，這使我相信，你們不久後一定可以擺脫身上的包袱了。」瑪楚先生開口，看著圍坐在自己身旁的四張年輕臉龐，心裡充滿爲人父者的滿足。

「您怎麼知道？是媽媽告訴您的嗎？」喬問道。

「不盡然，就像看草葉搖動就能知道風吹的方向，而且我今天有一些新發現。」

「噢，請告訴我們，您發現了什麼呢？」瑪格叫道，她就坐在父親身旁。

「這就是其一。」瑪楚先生說道，執起放在他座椅扶手上的一隻手，他指指變粗糙的食指、手背上的燙傷，還有手掌上的兩、三個硬繭。「我記得以前這隻手有多麼白皙柔嫩，你最注重保養你的手了。你的手眞的很漂亮，可是我覺得它們現在更美了，因爲這表面的每一處瑕疵都有一個故事在裡面。燙傷的痕跡勝過無瑕疵而生的傲氣，生了繭的手掌是撐過水泡痛苦後得到的獎牌，而且我確定，這滿是針扎痕跡的手指縫紉出來的衣服，必定非常耐穿，因爲你將你無比的感情一針一線都縫進裡面了。瑪格，我親愛的女兒，我很珍惜這些女子的手藝，這是促成家庭溫馨快樂的來源，更勝於白皙的手或是追著時尚流行跑。我有幸握住這雙善良、勤奮的小手，心中備感驕傲，希望不至於太快就有人來向我要求，要我把這隻手交給他。」
如果瑪格希望自己長久以來的辛勤工作可以得到獎賞，那麼此刻的她是眞正收穫了。父親的手傳遞過來的衷心期望，以及他臉上的讚許笑容，瑪格全都接收到了。
「那麼，喬呢？請給她一些好評，因爲她眞的很努力，而且一直都對我非常、非常好。」貝絲在父親的耳朵旁說道。
瑪楚先生笑了出來，看向坐在對面，身材高䠷、表情難得特別溫馴的女孩兒。
「除了那一頭短髮之外，我簡直看不到一年前我離家時那個『兒子喬』了。」瑪楚先生說，「我看到一位年輕的淑女，衣著端莊、鞋帶整齊，她不再吹口哨了，不再滿口俚語，也不再像以往那樣躺在地毯上。她的臉由於照顧妹妹和憂心家人變得瘦削蒼白，然而我卻很喜歡這張臉，因爲她的表情越來越溫柔，聲音也沉穩得多。她不再蹦蹦跳跳，走路都變得安安靜靜地，而且像母親一樣照顧某位小女孩兒，這尤其讓我感到高興。我還滿思念我的野丫頭的，不過要是她因爲捨棄這樣的性格，而蛻變成一位堅強、値得倚賴、溫柔善良的女子，我會非常滿意。我不知是否因爲剪了毛，所以我們家的黑羊變嚴肅了，但我確實清楚，全華盛頓沒有任何一樣東西，値得我用我的好女兒寄給我的二十五塊錢去買。」
喬那一雙銳利的眼眸一度十分朦朧，收到父親稱讚後，她的蒼白臉龐在火光映照下，散放玫瑰般的紅潤色彩。她想著，自己至少能對父親有所交代了。
「現在換貝絲了。」艾美說道，雖然期盼輪到自己，但她願意等候。
「關於貝絲，我要說的很少，怕說得太多，她就會逃跑，雖然她已經不再像以前那麼害羞了。」

她們的父親愉快地開口。不過，一想起差點失去這個女兒，他便緊緊摟住她，用自己的臉頰貼著女兒的臉頰輕蹭，溫柔地說：「我安全地將你摟在懷裡了，我的貝絲，上帝保佑，請讓我以後也能護你過得平安順遂。」

沉默持續了一分鐘，他接著低頭看向艾美，她就坐在父親腳邊的矮凳上。他撫摸著她一頭閃亮的秀髮，說道……

「我觀察到艾美在午餐時拿了雞腿，一整個下午都在幫媽媽跑腿，今晚還把她的位置讓給瑪格，很有耐心、很愉快地服侍每一個人。我還觀察到她不太鬧脾氣了，也不常照鏡子，甚至連提都沒提到她戴在手上的漂亮戒指，於是我得出一個結論：她已經學會多為別人著想，而非光想著自己，並且下定決心打磨自己的性格，小心仔細得就像在捏塑自己的陶藝作品一樣。對此我感到非常高興，其實我也很自豪她能創作出這麼美麗的雕像，不過，要是我可愛的女兒可以用她的特殊才藝，把自己和其他人的生活都變得更美好，我一定會感到更加驕傲，遠勝過她單單只把雕像創作出來而已。」

「貝絲，你在想什麼？」喬問道，那時艾美正在感謝父親的讚美，並且告訴他戒指的故事。

「我今天讀《天路歷程》時，讀到『基督徒』和『希望』兩個人，經歷過許多困難險阻後，來到一處美麗的青草地，那兒一整年都有百合花綻放。他們在到達旅程的終點前，愉快地在那裡休息，就像我們現在一樣。」貝絲答道，然後她溜出父親臂彎，走到鋼琴面前，「現在是晚安曲的時候了，我想回到我的老位子上。我會試著唱朝聖者們聽到的牧童之歌，我為爸爸配上音樂了，因為爸爸很喜歡這些詩句。」

於是，貝絲坐到摯愛的小鋼琴前，輕柔地撫觸琴鍵，用大家以為已經不可能再聽到的甜美嗓音，唱起由她自個兒譜寫伴奏的奇特讚美詩——這首歌的確再適合她也不過了。

衰頹的人無須害怕墮入深淵，
低微的人不再擔憂失去風骨。
謙卑的人若得存於塵世，
自有上帝在前引導。

我以所擁有的爲知足，
不論多抑或少。
上帝啊！我仍渴望滿足，
因爲祢爲我們所存留。

行走朝聖之路，
負擔乃爲成全。
今時微小，今後蒙福，
從此刻到永遠是人生至寶！

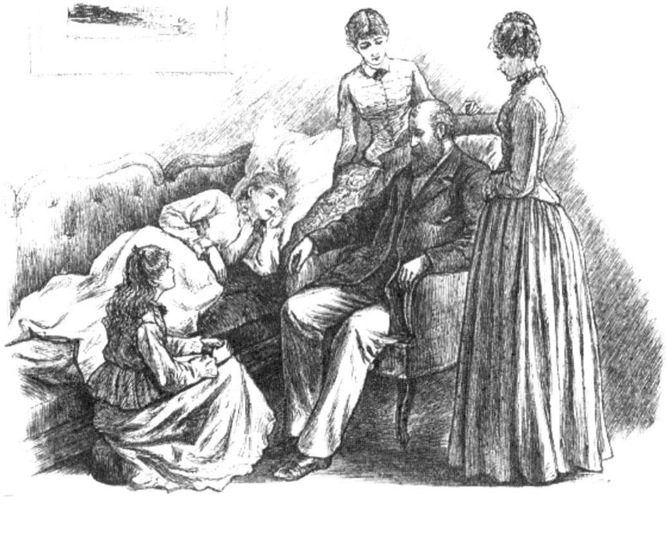

第二十三章 謝幕

第二天，就像蜜蜂們簇擁蜂后一般，母親與四個女兒只圍繞著瑪楚先生打轉，完全沒將其他事放在心上，只顧守候在這位新近返家的病人身邊，聆聽他的一言一語。妻子和女兒們的愛深沉如大海，瑪楚先生怕是溺死也心甘，他撐起身子坐在一張大椅子裡，就在貝絲的沙發旁，其他三個女兒圍繞在周圍，漢娜也不時探頭進來「偷看一下敬愛的先生」，一切都非常美好，彷彿不須再有多餘的東西來加添這一家子的幸福了。然而，空氣中卻又好像瀰漫著一股需索什麼的氣氛，大人們都感覺到了，只是沒有說出來。當瑪楚先生和瑪楚太太的目光隨著瑪格移動時，兩人總免不了彼此對望一下，神情充滿焦慮。喬突然變得不苟言笑，而且被人目睹了一件怪事：她掄起拳頭，對著布魯克先生留在走廊上的雨傘猛揮。瑪格一副魂不守舍的樣子，顯得既害羞又安靜，門鈴一響就嚇得跳起來，只要有人提到「約翰」這個名字就會雙頰緋紅。艾美說：「每個人好像都在等待什麼，而且靜不下來，這就怪了，爸爸已經平安回來了呀！」而貝絲只是天真地困惑著，她的鄰居怎麼不像以前那般頻繁造訪了。

那天下午，勞瑞走過瑪楚家門前，他看見瑪格站在窗口，整個人突然像中邪似的胡鬧起來。只見他單腳跪在雪地裡，雙手又捶胸又是扯頭髮，接著又十指緊握，好像在拜託瑪格施恩似的，裝出乞求的可憐樣子。瑪格叫他別玩了，趕快走開，他卻掏出手帕，假裝擰出一大堆淚水，最後步履蹣跚地晃到角落，像在訴說他滿漲於胸臆間的無盡悲哀。

「偷看一下敬愛的先生。」

「那傻子在幹嘛呀？」瑪格笑問，試圖擺出一副毫不知情的樣子。

「他在表演給你看，你的約翰不久後就會做的事，感動吧？」喬不屑地回答。

「請不要說『我的約翰』，這樣形容並不恰當，而且這也並非事實。」不過，瑪格說這句話時拖長了語調，聽起來倒讓人覺得她還挺爲此高興的，「不要拿我開玩笑，喬。我已經告訴過你，我對他沒什麼興趣，所以也沒什麼好說的。我跟他不過就是朋友而已，我們的生活就像以前一樣。」

「我們沒辦法再跟以前一樣了，因爲有些話都已經說了，勞瑞的惡作劇就快把你從我身邊搶走了——我看得出來，媽媽也是。你一點兒也不像原來的你，感覺就要離我越來越遠，我完全不想拿你開玩笑，若你哪天眞的要離開我，我會像個男人一樣把難過吞下去的。話說回來，我眞希望這事早點解決，我恨死乾等在一旁的感覺了，所以如果你對他有意思的話，就快點把事情說清楚，把它們統統解決掉好嗎？」喬沒好氣地說。

「他沒開口我當然不能說什麼，而且他不會開口的，因爲爸爸說我還太年輕了。」瑪格回嘴，低頭繼續做縫紉，不過她的臉上勾起一抹微妙的笑容，好像在說她並不同意父親對於年齡的看法。

「如果他眞的開口了，你根本也不會知道該說些什麼吧？你只會哭或臉紅而已，要不然就是全部聽他的，我看你就不可能講出個『不』字。」

「我沒有你想的那麼蠢笨、懦弱，我知道該說什麼，因爲我早就計畫好了，所以我不可能被嚇倒。沒有人知道未來會發生什麼事，我當然希望準備得越周到越好。」

對於瑪格不經意表現的鄭重姿態，喬忍不住微笑起來，她看見姊姊的雙頰因此變得紅潤，那個樣子在她眼裡眞是非常美麗。

「那你可以告訴我，你準備說些什麼嗎？」喬甚爲恭敬地詢問。

「當然可以。你現在十六歲，夠資格當我的閨密了，也許不久之後，你也會遇上同樣的事情，到時我的經驗就能給你派上用場了。」

「我才不要。看別人談情說愛挺有趣的，不過要是我自己也跳下去，那肯定看起來像個傻子。」喬說道，臉上表情因爲這個想法警戒起來。

「我認爲不會。如果你很喜歡某個人，而他也喜歡你，那就不用擔心。」瑪格說這句話時，好像這是說給自己聽的。她的目光落向窗外一條小徑，那條小徑上，每逢夏季薄暮時分，總有情侶漫步其中。

「你是打算把你這句自白告訴那個男人了？」喬粗魯地截斷了姊姊的白日夢。

「噢，不，我只會十分冷靜而且堅決地說：『謝謝你，布魯克先生，你人眞的很好，可是我跟我父親的想法一樣，我還太年輕了，目前就訂下婚約並不合適，所以請別再說了，我們還是跟以前一樣當朋友就好。』」

「嗯哼，這眞的夠硬派夠冷酷了！不過我不相信你會這樣說，就算你說了，他也不會就此罷休。如果他像小說裡寫的那些被拒絕的戀人一樣，繼續追求你，你就會想，與其讓他傷心，倒不如投降算了。」

「不，我不會的。我會告訴他：『我心意已決。』然後就優雅端莊地走出房間了。」

瑪格邊說邊站起來，正要預演優雅端莊地走出去，才跨一步進走廊卻立刻奔回座位，抓起做到一半的針線活兒開始飛快地縫，好像不在時限內完成這份工作就會沒命似的。喬大笑沒幾聲也迅速換一張臉，將被徹底娛樂到的歡快盡數抹除。屋外響起敲門聲，輕巧而禮貌，喬神色陰鬱地前去應門，一點兒也沒有歡迎來客的味道。

「午安，我來拿我的雨傘，順道問候一下，令尊今天身體狀況如何？」布魯克先生說，他看著眼前兩姊妹都是一言難盡的複雜表情，心中不禁困惑起來。

「它很好，他在架子上。我去拿他給你，然後告訴它你來了。」喬亂七八糟地回答，故意把雨傘和父親混在一起講，說完趕緊開溜，好讓瑪格有機會說出她的決心，演示一下優雅端莊的應答。哪知喬一離開，瑪格便悄聲走到門邊，低聲對來者說道……

「媽媽會很高興看到你。請坐一下，我去請她來。」

「請別走，你怕我嗎？瑪格麗特？」布魯克先生說，看起來很受傷的樣子，害瑪格以爲自己做了什麼無禮的事。她的臉頓時燒紅到小捲髮遮蔽下的前額，因爲布魯克先生從未以「瑪格麗特」稱呼過她。而且，她也對此相當驚訝，當自己的名字從對方口中說出來時，那種感覺竟是如此自然與甜蜜。瑪格急於表現友善，也想給人自己其實鎮定自如的印象，於是她以相當信任的姿態伸出手，充滿感激地說……

「你一直對父親這麼好，我怎麼可能怕你呢？我只希望能好好地謝謝你。」

「我可以告訴你方法，你想聽嗎？」布魯克先生問，他伸出自己的雙手，執起瑪格纖巧的小手握住，低下頭，以盛滿情感的棕色眼睛看著她，看得她一顆心開始鼓譟不已。瑪格一方面好想就此逃跑，一方面又想留下來聽個分明。

「噢，不，不用了，請不要說，我寧願你不要說。」她說道，試圖把手抽回來。雖然她嘴上說不怕，表情卻很害怕。

「我不會讓你困擾的。我只想知道你是否在意我，只有一點點也好，瑪格，我很愛你。」布魯克先生的語調更加溫柔。

此時就是瑪格搬出那硬派冷酷台詞的大好時機，然而，她什麼也沒說，她連一個字都記不得，只是垂著頭說：「我不知道……」聲音小得約翰必須彎下身來，才能聽清她的回答有多麼遲鈍。

他似乎覺得這樣的回答很值得自己費事地彎腰聆聽，因爲他聽完之後露出笑容，彷彿對這樣的答案已經心滿意足了。布魯克先生感激地緊握一下瑪格豐潤的手，以他最能令人信服的聲音說：「你想要試試看找出答案嗎？我就很想試試，因爲在得到答案以前，我實在無心工作——我想知道，我在努力過後能否得到報償。」

「我還太年輕了。」瑪格顫著聲音回答，她覺得自己抖得厲害，卻也困惑著，自己怎麼滿喜歡這種感覺的。

「我會等你，同時你也可以學著喜歡上我。這會是很難的功課嗎？」

「如果我想要學就不難，可是……」

「請試試看吧，瑪格。我會盡全力教你，何況這比德文容易多了。」沒約翰截斷話頭，執起瑪格另一隻手。這下子，瑪格再也無法以手遮臉了，她只能直接面對約翰俯身凝視她的眼神。

他的語調是恰到好處的懇求，瑪格羞赧地偷覷一眼，只見約翰眼裡盛滿快樂和溫柔，他似乎認爲自己的成功無庸置疑，臉上因此掛著一抹滿足的微笑。然而，這抹笑容激怒了瑪格，她忽然想起安妮·墨法特那些關於如何戲耍男人的愚蠢指導，潛藏在心底的虛榮感甦醒了。即便是我們這四位

「我只想知道你是否在意我，只有一點點也好。」

小婦人裡最優秀的一位，也想要試試看被捧在手心裡的感覺，這個想法在一瞬間迸發出來，盤據心頭。她忍不住期待起來，卻又感到十分怪異，由於不知該拿這樣的情緒如何是好，她索性讓自己衝動、任性一回——瑪格猛然抽回雙手，耍脾氣似的說：「我不想學。請走開，不要管我！」

可憐的布魯克先生，彷彿聽見他可愛的空中城堡在耳邊炸開了，因爲他從未見過瑪格這種樣子，這種情況足夠令他不知該如何是好了。

「你是說真的嗎？」他焦急地問，在瑪格轉身就走的同時追上她。

「對，沒錯。我不想爲這種事困擾，爸爸也說我不用煩，這事來得太快了，我寧願不去管它。」

「我可以冀望你不久之後改變心意嗎？我會等待，在你有更多時間考慮以前，我不會再多說什麼的。不要和我開這種玩笑，瑪格。我想你不是那樣的人。」

「你連想都不必想，我還比較希望你沒想到我。」瑪格說，一想到能夠測試自己戀人的耐心，以及自己能掌控他多少，她的心裡就升起一股淘氣的滿足感。此時的約翰，臉色蒼白、表情凝重，看起來和瑪格欣賞的小說男主角們簡直如出一轍，除了他沒用手掌拍向前額，或是像那些角色一樣在屋裡踱方步。他只是站在那兒，感傷地看著她，眼神溫柔得瑪格幾乎都要心軟了。

倘若瑪楚姑媽沒有在這個有趣的時間點一瘸一拐地走進來，接下來的發展如何，我恐怕也是不敢妄下定論了。

老太太前陣子在出外透氣時碰到勞瑞，聽他說瑪楚先生已經返家後，就一直想要過來看看姪子，於是今天直接乘著馬車來了。瑪楚一家人都還在後面忙著，姑媽一個人悄無聲息地走進來，想要給大家一個驚喜。她的確大大驚嚇到其中兩個了：瑪格被嚇得彷彿看到鬼，布魯克先生則是隨即躲入書房。

「唉呦！這是在演哪一齣哪？」老太太敲了一下手杖，視線從臉色蒼白的年輕紳士移向滿面通紅的年輕女士。

「這是爸爸的朋友……看見您眞是、嚇了我一大跳！」瑪格結結巴巴地說，心想這下可要被念慘了。

「我看得出來。」瑪楚姑媽回應道，坐了下來。「你倒是說說看，你父親這位朋友對你說了些什麼？怎麼讓你的臉紅得像朵牡丹一樣？這事有蹊蹺，到底怎麼回事？快點告訴我！」老太太說著又敲了一下手杖。

「我們只是在說話，布魯克先生是過來拿雨傘的。」瑪格開口，暗自希望布魯克先生和雨傘都已經安全地遠離這棟屋子。

「布魯克？那男孩的家教老師？啊！這下子我懂了，我全都明白了！喬陰錯陽差地把一張不對的短箋放進你父親的信裡，我叫她跟我解釋清楚了。孩子，你沒有接受他吧？」瑪楚姑媽高聲說道，一臉憤慨的樣子。

「小聲點！他會聽見的……您要我去請媽媽過來嗎？」瑪格相當困擾地說。

「還不用，我有話跟你說，而且不吐不快。告訴我，你打算嫁給這個庫克嗎？如果是，你別想從我這兒拿到一分錢！記住我的話，當個聰明的姑娘！」老太太咄咄逼人地說。

瑪楚姑媽這會兒的氣焰讓一個最溫柔的人都想跟她唱反調，並且以此爲樂。我們每個人心裡都有一種叛逆的天性，尤其是當我們正年輕而且陷入戀愛時。如果瑪楚姑媽拜託瑪格接受約翰・布魯

「唉呦！這是在演哪一齣哪？」

克，也許瑪格會就此和約翰劃清界線了，然而，瑪楚姑媽卻是親自指明瑪格不應該喜歡他，瑪格聽見當下就決定反其道而行了。她本就對約翰有好感，倔強的個性使得她下這個決定更加毫不猶豫，甚至爲此興奮不已。瑪格異常激動地對老太太回嘴：「瑪楚姑媽，我愛嫁誰就嫁誰，至於您的錢，您愛給誰就給誰。」她點點頭，信心堅定地說。

「注意你的態度！小姑娘，你竟是這樣看待我的忠告！你不久就會後悔的，當你住到一棟窩囊的小屋裡，想倚靠愛情過日子卻過不下去時，你就知道了！」

「這樣也比除了豪宅以外一無所有好得多了。」瑪格反駁道。

瑪楚姑媽戴上眼鏡，仔細打量起眼前的女孩兒，因爲她從未見過這樣的瑪格。瑪格也沒想到自己會這樣反應，她覺得自己既勇敢又獨立，並且很高興能替約翰辯駁、聲明對他的愛，如果她眞的喜歡他的話。瑪楚姑媽這才省悟到，自己用了錯誤的開場白，她緩了一會兒，決定重新來過，盡可能慈祥溫婉地開口：「好了，瑪格，親愛的，理性些，聽我的勸。我是爲了你好呀，不願意看到你因爲一開始的錯誤決定就毀掉你的一生。你得嫁個好人家，好幫助你的家人，你要嫁入豪門，而且應該心心念念都是這件事才對。」

「父親跟母親都不這樣認爲。雖然約翰很窮，但他們都喜歡他。」

「你父母親？噢，孩子，他們面對物質世界的智慧，跟一對小嬰兒相比根本高明不到哪兒去，他們不懂怎麼做打算的。」

「我很高興他們是這樣的人。」瑪格揚起聲調，強硬地說。

瑪楚姑媽不予理會，自顧自地繼續說教：「這個洛克不但窮，他也沒什麼有錢親戚吧？」

「沒錯，可是他有許多値得信賴的朋友。」

「你不能倚靠朋友過活。要是你眞想試試看，等日子久了，你就知道什麼叫做人情冷暖了。他也沒什麼事業，對吧？」

「還沒有，勞倫斯先生會幫他的。」

「那可不會持續太久。詹姆士．勞倫斯是個反覆無常的老傢伙，根本靠不住。總之，你就打算嫁個沒錢、沒地位、沒事業的男人，然後過上比現在還辛苦的日子，是嗎？你只要聽我的話，你就可以衣食無缺、過得舒服許多，你不想嗎？瑪格，我還以爲你是個聰明的小姑娘呢！」

「我再等上半輩子也不會遇上比他更好的人！約翰很善良、有智慧，也很有才華，他很願意勤奮工作，他一定會有好工作的！他對人對事都有熱忱，又勇於面對生活。每個人都喜歡他、尊敬他，就算我又窮又年輕又不懂事，可是他還是喜歡我，光想到這件事就已經足夠我驕傲了！」瑪格說道，全力以赴的模樣讓她看起來倍加美麗。

「孩子，他知道你的親戚有錢哪！我猜，這就是他愛你的原因，只是他沒讓人知道。」

「瑪楚姑媽，您怎麼能說這種話？約翰不是這種人，如果您再堅持這種論調，我就不要聽了！」瑪格義憤塡膺地叫道，彷彿除了老太太不公允的猜疑需要她澄清以外，其他一切都被拋諸腦後了，「我的約翰不會爲了錢結婚，我更不會！我們都願意吃苦也願意等待，我不怕貧窮，因爲我到現在都一直過得很快樂，我知道我會跟他在一起，因爲他愛我，而且我……」

瑪格停頓下來，赫然想起她還沒做出決定，甚至她前一會兒才叫「她的約翰」走開。如此一來，她前後不一致的說詞，可能全部都被聽到了。

瑪楚姑媽非常生氣，因爲她早就打算給她美麗的姪女找個好婆家的。此時此刻，看著瑪格幸福洋溢的年輕臉龐，使得這位寂寞的老太太心底升起一股既悲哀又酸澀的感覺。

「好吧，這件事我不管了！你眞是個任性的孩子，因爲你的愚蠢決定，你的損失將會比你想像的還要更多！好了，我不想留下來了，你太讓我失望了，弄得我連見你父親的心情都沒有了。你結婚的時候，別想從我這兒得到任何東西，反正你的布克先生的朋友一定會照顧你，從今以後我不再管你了！」

瑪楚姑媽當著瑪格的面甩上門，怒氣沖沖地乘上馬車離開了。她似乎連這名少女的勇氣也一併帶走了，因爲在她告辭後，瑪格獨自呆站了好一會兒，不知這時是該笑還是該哭。她還沒拿定主意，布魯克先生就過來把她的心拿下了，他把心裡的話一古腦兒全說了出來：「我忍不住聽你們談話了，瑪格。謝謝你爲我辯駁，也謝謝瑪楚姑媽讓我確認，你至少是有一點兒喜歡我的。」

「一直到她罵得越來越難聽了，我才明白我有多喜歡你。」瑪格說道。

「我不必走開，可以好好地留下來，是嗎？親愛的？」

這又是一個瑪格可以發表她那硬派冷酷的說詞，然後優雅端莊離去的好時機，然而，她兩件事都不想做了，只是很丟臉地讓自己迷失在約翰深情的凝視中，溫順地低語：「是的，約翰。」語畢，她把自己的臉埋進布魯克先生的背心裡。

瑪楚姑媽離開後十五分鐘，喬躡手躡腳地走下樓，在進客廳門前頓住腳步。她仔細傾聽著，客廳內悄然無聲，於是她點點頭，對自己露出極爲滿意的笑容，說道：「她按照我們的計畫把他打發走了，那件事就解決啦。我這就來聽她們把詳情說一遍，而且非得大笑一陣不可。」

事與願違，可憐的喬笑不出來了，因爲她一跨過門檻就被眼前的景象嚇得呆若木雞，嘴巴和眼睛張大得幾乎不能再大。她滿心想把布魯克當成手下敗將狠刮一番，順便好好稱讚一下她那意志堅強的大姊，慶祝她把討人厭的追求者驅逐出境這項成就。喬萬萬沒想到，前述的手下敗將居然安安穩穩地坐在沙發上，意志堅強的大姊竟也十分順從地端坐他的膝上。喬倒抽一口冷氣，彷彿一大盆冰水當頭澆下，這樣的情勢大逆轉幾乎讓她當場窒息。戀人們聽到奇怪的聲音，轉過頭來便看見了她，瑪格馬上跳起來，表情混雜了自豪與羞怯，而「那個男的」——喬老是這樣叫他——這時卻笑開來，親了一下這位闖進客廳後震驚不已的目擊者，語調平和地說：「喬，妹妹，恭喜我們吧！」

對喬而言這簡直就是在傷口上灑鹽，實在太突然、太超過了！喬抗拒地大力揮動雙手，不發一語便奪門而出。她奔回樓上、衝進房間，淒厲悲慘的大叫驚動了兩位病人：「噢，來人哪！快點到樓下去！約翰．布魯克太超過了！瑪格竟然還很喜歡！」

瑪楚先生和太太飛奔下樓，把喬扔在原地，讓她繼續狂暴地又叫又罵。她把這可怕的消息告訴貝絲和艾美，但是兩個妹妹反倒覺得這是最令人高興的一件美事，喬無法從她們那兒得到任何安慰，於是她逃上閣樓避難，對著寵物鼠們傾訴她的滿腔忿怨。

那天下午客廳裡到底發生什麼事，沒有人知道，女孩們只知道裡頭的人談了很多，平常安靜的布魯克先生表現得令人瞠目結舌，他辯才無礙、滿腔熱情，傾訴對瑪格的愛戀、對未來的規劃，說服大家放手讓他安排一切。下午茶鈴聲響起，演說尚未結束，他正在發表要爲瑪格打造的願景。鈴響後他停下談話，昂首闊步地帶著瑪格享用點心去了，兩人都是一臉幸福洋溢，看得喬也跟著高興起來，不再忌妒或生氣了。艾美深深著迷於約翰的深情與瑪格的端莊，貝絲遠遠地對兩人微笑，瑪楚先生和瑪楚太太則心滿意足地望著眼前這對年輕戀人，還真印證了瑪楚姑媽所言，這兩個人「像嬰兒般不會打算」。大家吃得不多，可是看上去都很快樂，隨著家中第一部浪漫戀曲展開，這老舊房子似乎也跟著奇蹟般地明亮起來了。

「瑪格，你現在不能說生活乏味了對吧？」艾美說，她正在構思如何把這一對戀人畫進她的素描簿。

「對，我確定我不能這樣說了。自從我說出那句話後，就發生了好多事！而那也不過是一年前而已。」瑪格回應道，沒想過夢想的幸福竟然就在平淡的日常中成真了。

「這次的歡笑真是伴隨痛苦而來，我想我們的生活已經開始翻轉了，」瑪楚太太說，「大部分的人家難免都會經歷多事的一年，我們這一年的確是如此，幸好結局終究是美善的。」

「希望明年的結局會更好。」喬喃喃說道，她看著瑪格當她的面和一個陌生人互動親密，發現自己心中其實很不是滋味。喬的心中放了好幾個摯愛的人，要是失去他們的愛，或是有人來瓜分他們給她的愛，她都會感到難受。

「我希望之後的第三年會有個更好的結局，我的意思是，如果我的計劃可以順利進行的話。」布魯克先生邊說邊對瑪格微笑，對現在的他而言，彷彿沒有事情是他不可能做到的了。

「這樣不會等太久嗎？」艾美問道，她急著想參加婚禮。

「在我準備好之前，還有許多事情要學，對我來說這時間還太短了些呢。」瑪格回答妹妹，臉上出現一種她未曾表露過的嚴肅神情，看上去卻依然非常甜美、動人。

「你只要等待就好，該做的事情就交給我來吧。」約翰說道，拾起瑪格的餐巾，似乎這就是他第一件該做的勞務。他的表情讓喬忍不住搖頭，正巧前門那兒傳出有人來訪的聲音，喬如釋重負地自言自語說：「勞瑞來了！我們終於可以聊些有意思的話題了。」

很可惜，喬又錯了一回。因爲勞瑞雖然歡欣雀躍地跑進來，顯然心情非常好，可是跟著他來的那一大束應該只會出現在新娘手上的捧花，竟是指定要送給「約翰．布魯克太太」的。這位年輕人還明顯地患了誇大妄想症，覺得這一切都是在他絕佳策畫下所誕生的美好結局。

「我就知道布魯克一定做得到，他總是這樣，一旦下定決心就一定會到達目標，就算天塌下來也一樣。」勞瑞說道，隨即獻上他的禮物與祝福。

「謝謝你對我這麼推崇，我會把它當作預言未來的好兆頭，並在此刻邀請你來參加我的婚禮。」布魯克先生如此回答，他對所有人都很好，即便是對他淘氣惡作劇的學生也是如此。

「就算我在天涯海角也要趕回來參加，光是可以在那個場合看到喬的表情就值回票價了。」話說回來，這位喬小姐，你看起來一點兒也沒有喜慶的感覺，到底怎麼了？」勞瑞發問，在其他人全部起身去迎接勞倫斯老先生時，他跟著喬走到客廳一個角落去。

「我不贊成這件婚事，可是我已經下定決心要忍耐了，所以、我不會說出任何反對的話。」喬鄭重地說，「你不知道……要我放棄瑪格有多困難。」她續道，聲音有些顫抖。

「你不是放棄瑪格，只是跟另一個人分享而已。」勞瑞安慰她。

「再也不會一樣了，我已經失去我最要好的朋友了。」喬嘆了一口氣。

「無論怎麼樣，你還有我呀？我知道我沒那麼好，但至少我是挺你的。喬，我跟你保證，在我生命中的每一天，我都會站在你這邊。」勞瑞眞心道出想法。

「送給約翰·布魯克太太！」

「我知道你會，也眞的非常感謝你，你一直以來都給我極大的安慰，泰迪。」喬回應道，感激地和他握了握手。

「好了，別沮喪了，他是個很棒的對象，沒事的。你看瑪格那麼幸福的樣子，布魯克一定會卯足全力，馬上就把事情給安排好，爺爺也會照應他。想像一下，瑪格未來會住在她的溫馨小屋裡，這樣想不是很愉快嗎？她離家以後我們也會展開新生活，因爲我不久也要去念大學了，我們可以出國旅行、到處去看看，一定會很精彩、很好玩的。這樣想有沒有讓你覺得舒服得多？」

「應該有吧……可是，我不知道三年後事情會變得怎麼樣。」喬若有所思地說。

「沒錯，可是你應該也會稍微期待一下，想像那時的我們會是什麼樣子吧？我就會啊。」勞瑞回道。

「我不要想。我可能會想到悲傷的場面，每個人現在看起來都很高興，我想不到還有哪些時候會比現在更令人快樂了。」喬一邊說，一邊緩慢地環顧四周，愉快的景象盡皆映入眼簾，她的雙眼因此逐漸明亮起來。

父親與母親坐在一塊兒，寧靜地重溫二十年前屬於他們的首篇浪漫樂章。艾美在給戀人們繪製肖像，畫中的男女主角獨坐一隅，沉浸在他們自己美麗的世界中，照耀他們臉龐的光芒彷彿充滿神的恩典，是這位小藝術家難以描繪的。貝絲在沙發上躺著，愉快地跟她的「老」朋友聊天，他握著她的小手，感覺到那手上傳來一股力量，足以讓他明瞭，她是如何一路平靜安穩地走過來的。喬懶洋洋地靠在她最喜歡的矮沙發上，臉上是最適合她的、專注而平靜的表情，勞瑞斜靠在喬的椅背上，下巴的高度正巧碰到喬的捲髮，他的臉上掛著最友善的笑容，看向長鏡子裡映照出兩人身影，他對著鏡中的喬點了點頭。

關於瑪格、喬、貝絲、艾美的故事，至此已經可以謝幕了。簾幕是否會再度拉起，就端視讀者諸君對這部名為《小婦人》的家庭劇首部曲的反應而定了。

——《小婦人》全文已完結，二部曲《好妻子》敬請期待！

國家圖書館出版品預行編目資料

小婦人 / 露易莎．梅．艾考特 (Louisa May Alcott) 著 ;
劉珮芳譯 . -- 初版 . -- 臺中市 : 好讀 , 2020.01
面 ;　公分 . -- (典藏經典 ; 123)

譯自 : Little Women

ISBN 978-986-178-507-3(平裝)

874.57　　　　108019346

好讀出版

典藏經典 123

小婦人

填寫線上讀者回函
獲得更多好讀資訊

作　　者／露易莎．梅．艾考特 Louisa May Alcott
譯　　者／劉珮芳
總 編 輯／鄧茵茵
文字編輯／林泳誼
行銷企畫／劉恩綺
發 行 所 ／好讀出版有限公司
407 台中市西屯區工業 30 路 1 號
407 台中市西屯區大有街 13 號（編輯部）
TEL: 04-23157795 FAX: 04-23144188 http://howdo.morningstar.com.tw
(如對本書編輯或內容有意見，請來電或上網告訴我們)
法律顧問／陳思成律師

總 經 銷 ／知己圖書股份有限公司
106 台北市大安區辛亥路一段 30 號 9 樓
TEL: 02-23672044 / 23672047 FAX: 02-23635741
407 台中市西屯區工業 30 路 1 號
TEL: 04-23595819 FAX: 04-23595493
E-mail: service@morningstar.com.tw
網路書店：http://www.morningstar.com.tw
讀者專線：04-23595819#230
郵政劃撥：15060393（戶名：知己圖書股份有限公司）

印　　刷／上好印刷股份有限公司
初　　版／西元 2020 年 1 月 1 日
定　　價／ 380 元
如有破損或裝訂錯誤，請寄回臺中市 407 工業區 30 路 1 號更換（好讀倉儲部收）

Published by How Do Publishing Co., Ltd.
2020 Printed in Taiwan

ISBN 978-986-178-507-3